ANGELIKA GODAU

Granny, ein Mord und ich

ÜBER DIE GRENZEN DER ZEIT Eine ganze Woche lang wird die 34-jährige Sabrina von Albträumen geplagt. Sie träumt von einem Mord an einem Minister und einer Frau in Schwarz, die sie immer wieder um Hilfe anfleht. »Hilf mir, bitte hilf mir …« Diese Worte noch im Ohr, wacht sie an einem frühen Sonntagmorgen auf und sieht genau diese Frau in ihrem Sessel sitzen. Zuerst davon überzeugt, eine Einbrecherin vor sich zu haben oder über Nacht verrückt geworden zu sein, muss sie schließlich akzeptieren, dass ›Granny‹ Realität ist. Mit Hilfe eines Tagebuchs machen sich die beiden unterschiedlichen Frauen an die Aufklärung eines 119 Jahre alten Verbrechens: dem Mord an ›Grannys‹ geliebtem Kabinettsminister.

Dass Granny zwischendurch zum ›Auftanken‹ in ihre Zeit zurück muss, daran gewöhnt sich Sabrina, aber das ständige Zitieren von Bibelsprüchen geht ihr gewaltig auf die Nerven. Aber auch Granny passt so einiges nicht. Rauchende Frauen, die keine Nachthemden tragen, ungezogene Kinder und fremde Männer im Bett ihrer Ur-Ur-Enkelin. Eine konfliktreiche Konstellation!

Angelika Godau wurde zufällig, wie sie betont, in Bayern geboren, verbrachte aber die ersten zehn Lebensjahre im schönen Detmold. Schon ganz früh entdeckte sie ihr Talent, sich schriftlich auszudrücken. Bereits im zarten Alter von neun Jahren wurde ihr erster Artikel über eine Zirkusprinzessin in der Zeitung veröffentlicht. Kein Wunder, dass sie zuerst einmal Journalistin wurde und für verschiedene Tageszeitungen in Deutschland tätig war. Später studierte sie Psychologie und arbeitete als Therapeutin. Das Schreiben blieb aber ihre heimliche Liebe und nach den Büchern »Wenn Wirbel aus dem Lot geraten« und »Ein Streuner mit Sommersprossen« erscheint nun im Gmeiner-Verlag der erste »Granny-Roman«.

ANGELIKA GODAU

Granny, ein Mord und ich

Kriminalroman

GMEINER SPANNUNG

Ausgewählt von
Claudia Senghaas

Besuchen Sie uns im Internet:
www.gmeiner-verlag.de

Im Ehnried 5, 88605 Meßkirch
Telefon 07575/2095-0
info@gmeiner-verlag.de

1. Auflage 2015

Lektorat: Claudia Senghaas, Kirchardt
Herstellung: Julia Franze
Umschlaggestaltung: U.O.R.G. Lutz Eberle, Stuttgart
unter Verwendung eines Fotos von: © manun / photocase.de
Druck: GGP Media GmbH, Pößneck
Printed in Germany
ISBN 978-3-8392-1727-6

Das vorliegende Buch ist keine Biografie, kein Tatsachenbericht, aber es ist auch kein Roman.

Die Geschichte von »Luise und ihrem Minister« ist keineswegs frei erfunden. Die geschichtlichen und örtlichen Gegebenheiten waren genau so, wie ich sie beschrieben habe.

Der kleine Staat Lippe wird von Fürst Woldemar regiert und als der ohne Nachkommen stirbt, löst das den Lippischen Erbfolgekrieg aus, der fast 10 Jahre lang die Region entzweit.

Dieser Blick in vergangene Zeiten bildet den Rahmen, in dem die beiden Hauptfiguren leben. Ihr einziges Problem besteht darin, aus unterschiedlichen Gesellschaftsschichten zu stammen. Ein tödliches Problem!

Er, Freiherr Otto von Wolffgramm, Kabinettsminister des Fürsten und sie, Luise Klewe, eine der vielen, längst in der Geschichte verloren gegangenen Frauen.

Ich kenne die Geschichte von »Minchen und ihrem Minister« schon ein Leben lang, jedenfalls das, was überliefert wurde. Oft musste mir aber auch meine Fantasie helfen, da ich leider nicht dabei war. Doch es könnte genau so gewesen sein oder auch ganz anders.

Mir hat sie so, wie ich sie zu Papier gebracht habe, am besten gefallen und so passte sie auch zu den verbürgten Tatsachen.

Angelika Godau

GRANNY, EIN MORD UND ICH

Schlagzeilen in riesigen blutroten Lettern tauchen aus dem Nichts auf. Dazu skandiert eine Stimme:

»Wie starb der Kabinettsminister?«

»War es Mord?«

»Heimliche Geliebte schweigt weiter.«

»Warum musste der Minister sterben?«

»Wer ist die geheimnisvolle Frau?«

»Gab es eine heimliche Geliebte?«

»Mord aus Eifersucht?«

»Der Minister Minister Minister.«

Ich weiß, dass ich träume, und versuche aufzuwachen. Es gelingt mir nicht. Auch das weiß ich inzwischen, denn dieser Schrecken wiederholt sich Nacht für Nacht. Seit mehr als einer Woche durchlebe ich diesen Albtraum. Eine Stimme schreit, raunt und wispert, ich verstehe die Worte nicht. Es sind verschiedene Stimmen, aber immer die gleiche Frau.

Ganz in Schwarz gekleidet, sie greift nach mir, packt meinen Arm, hält mich fest. Ich versuche, mich loszureißen, ihre Finger umklammern wie ein Schraubstock mein Handgelenk. »Hilf mir«, wispert sie, »bitte hilf mir!« Nebelhafte Gestalten schieben sie von mir weg. Ihre Stimme bleibt zurück, klingt immer dringlicher: »Hilf mir! Es war Mord! Sie haben ›meinen Minister‹ umgebracht!«

Verdammt, schreie ich zurück, verdammt, lass mich endlich in Ruhe, ich kenne keinen Minister.

Sie hört mich nicht, vielleicht schreie ich gar nicht?

Die Schlagzeilen werden zu Flammen und fressen Löcher in die Buchstaben. Die Farbe läuft wie Blut, langsam und zäh eine schwarze Wand hinab.

WURDE DER MINISTER UMGEBRACHT?

WAR ES EIN POLITISCHER MORD?

WER IST DIE FRAU, DIE FRAU, DIE FRAU …

Wenn es mir endlich gelingt aufzuwachen, bin ich nass geschwitzt, mein Herz rast wie nach einem Hundertmeterlauf. Was hat das alles zu bedeuten? Ich kenne wirklich keinen Minister. Keinen toten und keinen lebenden, nicht persönlich jedenfalls. Den ganzen Tag verfolgt mich ein Gefühl von Verzweiflung und Traurigkeit, das ich mir nicht erklären kann. Hat das mit der Frau aus meinen Träumen zu tun?

Heute ist es anders. Ich träume nicht, ich bin wach.

Nur meine Augen kann ich nicht öffnen. Ich spüre körperlich eine unheimliche Präsenz. Eine Person, die da nicht hingehört, befindet sich in meinem Schlafzimmer. Ich bin sicher, da atmet jemand und dieser Jemand stinkt nach Mottenpulver! Einbrecher, ist mein erster Gedanke!

Panik überfällt mich, mein Herz hämmert in der Kehle und ich versuche verzweifelt, die Augen zu öffnen. Endlich gelingt es mir, aber sehen kann ich trotzdem nichts, es ist stockfinster. Ich liege da und höre mein Blut in den Ohren rauschen. Meine Hand tastet vorsichtig nach der Nachttischlampe, findet den Schalter, und der Raum wird von einem diffusen Licht erhellt. Jetzt kann ich es erkennen: Eine Frau sitzt im Korbsessel unter dem Fenster. Ihre Augen sind geschlossen, die Hände um eine kleine Tasche gefaltet.

Sie trägt Schwarz, vom altmodischen Hut bis zu den klobigen Schnürstiefeln. Die schauen unter einem langen Rock hervor und scheinen eher für einen Mann gemacht worden zu sein. Ihr blasses Gesicht hat tiefe Falten, die von der Nase bis zum Mund verlaufen. Dadurch wirkt es alt, obwohl die Frau noch jung ist. Auf alle Fälle ist sie die Quelle des üblen Mottenpulvergeruchs!

Ich will aufspringen und schreiend zu den Nachbarn rennen, leider kann ich mich nicht bewegen. Schockstarre nennen das die Biologen, zumindest bei Kaninchen.

Ich starre also weiter auf die dürre Erscheinung. Sie sitzt aufrecht, die Füße nebeneinander, ohne sich anzulehnen. Sie sieht kein bisschen ertappt aus, eher entspannt. Einbrecher habe ich mir anders vorgestellt. Da ich nicht weiß, was ich tun soll, gebe ich mich noch einen Augenblick der tröstlichen Fantasie hin, zu träumen. Ich schließe die Augen und versuche weiterzuschlafen. Es klappt nicht! Ich wusste es vorher, die Frau in meinem Sessel ist Realität.

Tu was, befehle ich mir, während ich unkontrolliert zu zittern beginne. Los, mach schon! Dummerweise fällt mir in entscheidenden Momenten nie was Gescheites ein. Ich liege weiter da und starre auf die Frau. Was tut sie hier? Wie ist sie überhaupt hereingekommen? Meine Synapsen feuern ins Leere, meine grauen Zellen liefern nicht die kleinste Erklärung. »Lieber Gott, sag mir, was ich tun soll!«

»Ich weiß, dass du wach bist«, sagt sie unvermittelt und öffnet die Augen. Ihre Stimme klingt vollkommen ruhig, sogar melodisch.

»Wie kann ein junger Mensch dem lieben Gott nur so den Tag stehlen? Faulheit ist aller Laster Anfang! Es ist bereits 6 Uhr, du wirst zu spät zur Kirche kommen!«

Okay, das ist die Erklärung, ich verliere den Verstand und werde verrückt. Wundert mich nicht, ist nur eine logische Konsequenz aus meinem Leben. Ich bin alleinerziehende Mutter von zwei Kindern, mein Job ist oberstressig, mein Chef cholerisch und absolut unberechenbar. Dazu kommt ein Exmann, der sich die größte Mühe gibt, mich in den Wahnsinn zu treiben. Darin ist er unübertroffen, von Kater Amun einmal abgesehen.

Jetzt sehe ich also an einem meiner seltenen freien Sonntage eine wildfremde Frau in meinem Schlafzimmer sitzen. Die durchsucht nicht etwa – wie ich es von einer Einbrecherin erwarten würde – meine Schränke, bedroht mich auch nicht mit einer Waffe. Nein, sie bewirft mich mit Bibelzitaten, mokiert sich darüber, dass ich an einem Sonntagmorgen um 6 Uhr noch schlafe. Und damit noch nicht genug, will sie mich auch noch in die Kirche jagen. Damit steht eindeutig fest, ich brauche einen Psychiater!

Ich klappere mit den Zähnen, dabei ist mir heiß unter der dicken Decke. Mein Gehirn ist weiterhin leergefegt, immerhin kann ich mich wieder bewegen. Um im Ernstfall schneller aufspringen zu können, schiebe ich mich mit den Füßen nach oben. Mit dem Rücken zur Wand, die Bettdecke an die Brust gepresst, fühle ich mich etwas mutiger.

»Wer, zum Teufel, sind Sie und was wollen Sie? Hier gibt es nichts zu holen. Wie kann ein Mensch so blöd sein, ausgerechnet bei einer alleinerziehenden Mutter einzubrechen? Versuchen Sie's woanders, ich gebe Ihnen gern die Adresse von meinem Ex. Hauen Sie ab, verschwinden Sie, lassen Sie mich in Ruhe!«

Meine Stimme klingt mickrig, sie überzeugt nicht einmal mich selber.

»Liebes Kind, ›eine linde Antwort stillt den Zorn, aber ein hartes Wort richtet Grimm an‹. Also befleißige dich bitte einer höflichen Sprache. Vergiss nicht, dass ich Gast in deinem Haus bin.«

Wie bitte? Wer ist jetzt hier verrückt? Ich oder diese Vogelscheuche? Erwartet die von mir wirklich Umgangsformen? Die hat wirklich nicht alle Latten am Zaun.

»Gast? Das wüsste ich aber! Ich lade grundsätzlich keine Zeugen Jehovas ein, oder welcher Sekte sie sonst angehören. Wie haben Sie es eigentlich angestellt, in mein Schlafzimmer einzusteigen? Nein, will ich gar nicht wissen. Nehmen Sie Ihre albernen Boots in die Hand und verpissen Sie sich, bevor ich die Bullen rufe.«

»Ach, ich wusste gar nicht, dass du noch Landwirtschaft betreibst. Das ist schön, Kind, denn ›es wird dich nähren deiner Hände Arbeit; wohl dir, du hast es gut!‹«

»Was für eine …? Sagen Sie mal, was reden Sie da eigentlich für eine gequirlte Scheiße von Landwirtschaft? Ich hole die Bullen, die Polente, die Polizei. Kapiert?«

»Ah, ich verstehe, aber, mein liebes Kind, das täte ich nicht, wenn ich du wäre! Die Herren Gendarmen dürften kaum über deine Fähigkeiten verfügen. Sie sehen mich daher nicht. Und stell dir vor, wie das auf diese guten Menschen wirken könnte.«

»Was soll der Müll? Wollen Sie etwa behaupten, Sie seien unsichtbar? Ein Gespenst vielleicht?« Meine Angst ist längst in Aggression umgeschlagen und wenn ich noch immer zittere, dann vor Wut.

»Es gibt keine Gespenster, das solltest du doch wissen. Das sind Märchen, die Mütter kleinen Kindern erzählen. Du musst die Gendarmarie nicht kontaktieren, weil ich nur deine Ururgroßmutter bin. Mein Name ist Luise Klewe, geboren 1868 in Detmold, und ich bin hier, weil ich dich brauche. Du musst mir helfen, einen feigen, hinterhältigen Mord aufzuklären! Entschuldige bitte, es war natürlich außerordentlich unhöflich von mir, mich nicht gleich vorzustellen, ich bin ein bisschen durcheinander. Wenn du meine Geschichte hörst, wirst du verstehen, warum. Ich freue mich wirklich sehr, dich kennenzulernen! Auch, wenn du eine rüde und wenig gebildete Sprache sprichst.«

Bevor ich mich endgültig dem Wahnsinn in die weit geöffneten Arme werfe, kommt mir ein Gedanke. Ich verschlinge mit Begeisterung Bücher mit mysteriösen Inhalten und auf RTL gucke ich entsprechende Serien. Da ist bei einem Treffen mit Geistern stets Bekreuzigen angesagt. Leider bin ich nicht katholisch. Salz, um die schwarze Krähe in einem Kreis zu bannen, habe ich auch nicht zur Hand. Ebenso wenig wie Knoblauch, aber der hilft ja ohnehin nur gegen Vampire.

»Ururgroßmutter, Mord aufklären«, krächze ich und kralle meine Finger in die Bettdecke.

Die Alte ist mit Sicherheit gemeingefährlich.

»Hilfe, wer holt mich hier raus?«

Ein zartes Stimmchen in meinem Hinterkopf rät mir, ausnahmsweise die Klappe zu halten, aber ich überhöre das.

»Sie haben doch einen an der Waffel!«, keuche ich. »Meine Ururgroßmutter ist seit ewigen Jahren tot und geistert nicht hier rum, um einen Mord aufzuklären. Das ist der größte Müll, den ich je gehört habe, hören Sie also auf, mich damit vollzuquatschen und verschwinden Sie endlich!«

Meine Stimme ist zunehmend lauter geworden und droht umzukippen. Ich bekomme keine Luft, vor meinen Augen drehen sich rote Kreise. Daher entgeht mir, wie sie das macht, aber urplötzlich sitzt sie direkt neben meinem Kopf. Mit einer Hand presst sie mir ein Taschentuch vor die Nase, in der anderen hat sie ein Fläschchen. Der Geruch ist derart ekelhaft, dass an eine gnädige Ohnmacht nicht mehr zu denken ist.

»Riechsalz, mein Kind«, sagt sie lächelnd, »das hilft mir immer in schwierigen Situationen.«

Als sie sieht, dass ich wieder halbwegs fit bin, schüttelt sie milde lächelnd den Kopf und sagt: »Gutes Kind, du bist aber von sehr zarter Gesundheit. Ein bisschen Aufregung und du fällst in Ohnmacht. Das würde mir niemals passieren. Ich liege aber auch nicht bis nach 6 Uhr im Bett und stehle dem lieben Gott den Tag. Um diese Zeit habe ich schon alle Hausarbeiten verrichtet. Das Geschirr abgewaschen und die Stube gefegt. Natürlich auch alle Tiere versorgt, und ich bin auf dem Weg zur Kirche. ›Gehe hin zur Ameise, du Fauler; siehe ihre Weise an und lerne!‹, danach lebe ich.«

Ich verstehe, diese komische Type ist keine Einbrecherin, sie ist einfach nur komplett verrückt. Die nächste psychiatrische Einrichtung ist in Wiesloch, das ist nicht besonders weit entfernt, könnte sie locker zu Fuß geschafft haben. Die haben wahrscheinlich gerade erst bemerkt, dass sie nicht mehr da ist.

Vor meinem geistigen Auge sehe ich Schlagzeilen auftauchen:

»Journalistin im Schlafzimmer überfallen! Gefährliche Irre entkommt aus der Geschlossenen.«

Wow! Wenn ich das jetzt hier nicht in den Sand setze, könnte das die Geschichte werden, auf die ich seit Jahren warte. Was sage ich? Seit Jahrzehnten! Ich wollte immer schon Journalistin werden, solange ich denken kann, war das mein absoluter Traumberuf. Nicht Ballerina, nicht Schauspielerin, nein, Journalistin. Dabei hatte ich allerdings etwas anderes im Sinn, als bei einer braven, regionalen Tageszeitung über Feuerwehrfeste, Briefmarkensammler und nächtliche Brände in leeren Fabrikhallen zu berichten. Ich wollte über weltbewegende Ereignisse schreiben, Interviews mit George Clooney, Brad Pitt und Ashton Kutscher an Land ziehen. Die mir natürlich aufgrund meines persönlichen Charmes und meiner geschickten Fragestellung Geheimnisse verrieten, die sonst niemand kannte. Allerdings hatte bis zum heutigen Tage keine große Illustrierte mein Talent erkannt. Das sollte sich jetzt ab sofort ändern. Ich sehe die Aufmacher der Yellow Press direkt vor mir: »Gestern, in den frühen Morgenstunden, wurde die bekannte und beliebte Korrespondentin, Sabrina W. von einer äußerst gefährlichen Person in ihrem eigenen Schlafzimmer überfallen. Es ist nur ihrer Geistesgegenwart zu verdanken …«

Dann ein Déjà-vu: Schlagzeilen in riesigen, blutroten Lettern.

Mord am Kabinettsminister?

Wurde der Minister ermordet?

Wie starb Otto von Wolffgramm?

Ach, du heilige Scheiße! Mein wiederholter Albtraum, die Stimmen, die Frau, die meinen Arm umklammert. Jetzt weiß ich, wieso die mir gleich so bekannt vorkam.

»Also, wann?« Ihre Stimme klingt fordernd.

»Was, wann?«

»Wann du zur Kirche gehst?«

»Ich? Zur Kirche? Spinnen Sie? Entschuldigung, ist mir so rausgerutscht, aber haben Sie keine anderen Sorgen? Ich gehe überhaupt nicht in die Kirche. Aus dem Verein bin ich schon vor über 10 Jahren ausgetreten.«

»Liebes Kind, austreten gehen musst du vorher!«

Ihr Gesicht gleicht einem wandelnden Vorwurf und ich muss wider Willen lachen.

»Ich gehe nicht austreten, ich bin ausgetreten. Das heißt, der Verein bekommt von mir keine Kirchensteuer mehr, keinen müden Cent.«

»Oh«, sagt sie, »ich verstehe«, sieht aber nicht wirklich so aus. Ich überlege, aus welcher Zeit sie zu kommen glaubt. Konnten die Menschen da schon aus der Kirche austreten oder wurde das noch mit Pranger oder in besonders schwerwiegenden Fällen öffentlicher Steinigung bestraft? Zum Glück fällt mir rechtzeitig auf, dass ich anfange, einen angeblichen Geist ernst zu nehmen. Ein weiteres Anzeichen für beginnenden Wahnsinn?

Das muss aufhören und ich muss anfangen, professionell an die Sache heranzugehen, brauche Hintergrundinformationen, Fleisch für meine geplante Story.

»Sagen Sie mal, wenn Sie doch angeblich meine Ururgroßmutter sind, dann müssten Sie doch so um Achtzehnhundertschlagmichtot geboren sein, oder?«

Sie zuckt erschrocken zurück und fragt: »Wer schlägt dich tot und warum?«

Okay, sie ist gerissen, so komme ich ihr nicht bei. Ich gebe mich nicht geschlagen, aber präzisiere meine Frage nach ihrem Geburtstag.

»Kind, diese Sprache, die du sprichst, ist sehr unverständlich, das möchte ich noch einmal betonen. Außerdem erwähnte ich es bereits, ich kam 1868 zur Welt. Welches Jahr haben wir denn heute?«

»2014«, ich zeige auf den bunten Janosch-Kalender neben der Tür.

»Oh schon? Ach, wie schnell doch die Zeit vergeht«, sagt sie und bleibt dabei komplett ernst.

»Wer regiert denn jetzt in Lippe und welche kaiserliche Majestät in Berlin?«

Meine Anspannung löst sich, ohne dass ich etwas dagegen tun kann, in einem hysterischen Gelächter.

Ich gluckse, schniefe, huste und bekomme einmal mehr keine Luft.

Ihr Griff zur Tasche stoppt mich auf der Stelle.

»Wer in Lippe regiert? Und von welcher kaiserlichen Majestät sprechen Sie, bitte? Wir haben schon seit ewigen Zeiten keinen Kaiser mehr, zumindest nicht in Berlin. Der einzige Kaiser, den ich kenne, heißt Beckenbauer, war Fußballer und wohnt in Bayern. Und Lippe kenne ich auch nur Jürgen von der.«

»Oh, dann sind also doch diese schrecklichen Menschen, diese Sozialdemokraten an die Macht gekommen? Das ist ja ganz furchtbar.«

»Na ja, die waren auch schon mal dran, aber das ändert sich meist alle vier Jahre. Momentan haben wir eine Groko mit Mutti an der Spitze.«

Damit lasse ich mich zurück in die Kissen fallen. Soll sie in Ruhe ihrem Kaiser hinterhertrauern, ich muss jetzt erst mal nachdenken. Wir leben im Jahre 2014, und eine angebliche Ahnin von anno 1868 macht sich in meinem Schlafzimmer breit. Na ja, breit ist vielleicht das falsche Wort, aber wie auch immer, so etwas passiert einfach nicht. Bleibt die Frage, mit welchem Aufhänger ich diese Geschichte beginnen soll? Schließlich muss ich die Leser bei der Stange halten, sonst blättern die weiter und es interessiert sie auch nicht die Bohne, wer den Artikel geschrieben hat. Nein, so geht das nicht, ich muss einfach erst einmal mehr erfahren.

Ich stoße einen Seufzer aus und öffne erneut die Augen.

Sie sitzt noch genau so da, eine Mischung aus Scarlett O'Hara und Mary Poppins. Ihre Augen sind unglaublich intensiv, eine Mischung aus grün und braun, mit langen, tiefschwarzen Wimpern. Ich erblasse umgehend vor Neid. Für solche Wimpern würde ich einen Mord begehen. Auch der Rest ihres fast perfekt ovalen Gesichts ist nicht schlecht, eine schmale Nase, etwas zu lang vielleicht. Dafür einen toll geschwungenen Mund mit voller, sinnlicher Unterlippe. Auch ihr Teint makellos, nur die tiefen Falten passen irgendwie nicht ins Bild. An der rechten Seite ihrer Unterlippe hat sie ein kleines Muttermal, das fast wie ein Halbmond aussieht. Moment, hat sie schon was zu ihrem Alter gesagt? Keine Ahnung, und genau das muss sich ändern. Ich will ihre Geschichte hören, und zwar von Anfang an. Überzeugt sie mich in der nächsten halben Stunde davon, dass sie wirklich etwas zu erzählen hat, okay, wenn nicht, werde ich sie davon überzeugen, dass sie dringend ärztlicher Hilfe bedarf. Egal, so oder so, das wird eine ausgesprochen geile Story, auch wenn ich natürlich nicht an Geister glaube. Wenn ich das geschickt anfange, die richtigen Fragen stelle, notfalls das eine oder andere Detail dazu erfinde, spiele ich bald in einer anderen Liga.

Jetzt brauche ich aber erst einmal Kaffee! Am besten

eine ganze Kanne und dann eine Kippe, sonst kann ich nicht denken. Ich schwinge entschlossen die Füße aus dem Bett. Ururomi guckt mit großen Augen auf meine perfekt rasierten Beine. Was ist denn jetzt wieder? Hat sie noch nie nackte Frauenbeine gesehen?

»Liebes Kind, trägst du denn kein Nachtgewand? Du kannst doch nicht unbekleidet im Bett liegen. Was sollen deine Kinder denken, wenn sie dich so sehen, vor allen Dingen der kleine Junge? Der Herr sprach doch: ›Da wurden ihrer beider Augen aufgetan und sie wurden gewahr, dass sie nackt waren, und flochten Feigenblätter zusammen und machten sich Schürze.‹«

Wie jetzt? Ich soll in Zukunft ein Nachthemd tragen, weil meine Kinder sonst einen Schock erleiden? Womöglich ein bodenlanges, damit meine Zehen nicht unzüchtig rausgucken? Oder soll ich mir Feigenblätter pflücken gehen und eine Schürze flechten? Ich kriege die Krise, wenn die noch ein einziges Bibelzitat bringt.

»Oma«, ich beschließe, der Einfachheit halber mal so zu tun, als wäre dieses Gespräch ganz normal.

»Oma, wir leben im 21. Jahrhundert, und falls dir das entgangen sein sollte, die Zeiten haben sich geändert.«

»Anstand ist zu allen Zeiten gültig. Anstand und Moral sind die wichtigsten Güter des Menschen. ›Also ein jeglicher guter Baum bringt gute Früchte, aber ein fauler Baum bringt arge Früchte‹, spricht der Herr.«

Die Alte hat mehr Bibelsprüche auf Lager als ein Pferd Haare in der Mähne und sie macht es mir wirklich nicht leicht.

Entschlossen, mich auf nichts weiter einzulassen, marschiere ich in die Küche.

»Möchtest du eventuell auch einen Kaffee?«

»Kaffee? Du trinkst an einem ganz gewöhnlichen Sonntag Kaffee?« Sie klingt schon wieder schockiert. Ich drehe gleich durch. Was hat sie denn nun schon wieder?

»Ja, klar«, sage ich, »was sollte ich denn deiner Meinung nach trinken?«

»Nun, ich habe morgens Muckefuck getrunken, im Winter Kamille oder Pfefferminztee. Echten Bohnenkaffee habe ich aber auch einige Male getrunken, da war ich mit Otto ...«

»Moment, Moment«, unterbreche ich ihre Erinnerungen, »wer ist Otto? Nein, halt, ich will es nicht wissen, nicht vor dem Kaffee. Also, möchtest du oder möchtest du nicht?«

Ich stelle meine Tasse unter den Auslauf der Maschine und drücke den Knopf. Ich weiß nicht mehr, was ich denken soll. Werde ich wirklich langsam verrückt oder ist die Alte gerissener, als ich angenommen habe?

Ich weiß sicher, gestern war ich noch ganz normal. Na ja, was so als normal durchgeht, jedenfalls.

Ich heiße Sabrina Wagner, bin 34 Jahre alt, geschieden, zwei Kinder, Journalistin, die davon träumt, bekannt zu werden und spannende Storys zu schreiben. In meinem jetzigen Job sterbe ich eher an Langeweile als an Aufregung, und Geister sind hier gar kein Thema. Bis jetzt jedenfalls.

Ich trinke kaum Alkohol, nehme keinerlei Drogen, habe momentan nicht einmal Sex! Geht's noch normaler? Dabei bin ich keineswegs eine graue Maus, eher im Gegenteil, ich bin 1,74 groß, mehr oder weniger naturblond, sehr schlank und mit Beinen gesegnet, die Modelmaße haben.

Warum muss ausgerechnet mir so etwas passieren? Ich bin doch schon gestraft mit einem Exmann, der mich für geistig minderbemittelt hält, und das auch bei jeder sich bietenden Gelegenheit betont.

Sollte der Gute mitbekommen, wie ich in eine Diskussion mit einer unsichtbaren Ururgroßmutter vertieft bin …

Oh nein, darüber möchte ich jetzt nicht nachdenken.

Es kommt kein Kaffee. War klar! Kein Wasser im Tank, dafür der Restbehälter übervoll. Ich ziehe das Plastikteil heraus und öffne den Wasserhahn. Oma stößt ein verblüfftes Geräusch aus, das wie »iiicks« klingt. Ich drehe mich nicht um, ich weiß auch so, dass sie mit offenem Mund hinter mir steht. Okay, denke ich, dann pass mal auf, was es heißt, im 21. Jahrhundert zu leben.

Ich gehe ins Bad und setze mich aufs Klo.

Sie schweigt, obwohl sie natürlich in der offenen Tür steht. Die Spülung hat dann doch eine ungeahnte Wirkung. Oma macht einen gewaltigen Satz rückwärts, den ich ihr gar nicht zugetraut hätte. Aha, denke ich, so einfach ist es, zur Abwechslung einmal sie zu erschrecken. Haben die in der Anstalt noch Plumpsklos? Wenn nicht, war ihre Vorstellung bühnenreif.

Darüber amüsiere ich mich noch, als ich feststelle, dass ich vergessen habe, die Jura wieder anzustellen.

»Gottverdammte Scheiße«, kann ich gerade noch fluchen, bevor sich mir eine knöcherne, eiskalte Hand auf den Mund presst.

»Kind, der Herr möge dir vergeben, du versündigst dich! Du sollst den Namen des Herrn, deines Gottes, nicht unnütz gebrauchen, denn der Herr wird den nicht ungestraft lassen, der seinen Namen missbraucht!«

Offensichtlich interpretiert sie die Fragezeichen in meinen Augen richtig, denn sie lässt mit einem Kopfschütteln und einem vorwurfsvollen Seufzer die Hand sinken.

»Das ist das dritte Gebot, das kennst du doch sicher! Ich konnte alle zehn Gebote vor meinem vierten Geburtstag, darauf war meine Mutter sehr stolz.«

»Prima«, kontere ich, »ich konnte in dem Alter auf zwei Fingern pfeifen, darauf war *meine* Mutter sehr stolz.«

Ihre Antwort besteht mal wieder in einem resignierten Seufzer.

Meine Kaffeemaschine ist endlich einsatzbereit, und ich gieße mir den ersten Becher voll. Oma steht daneben und sieht stoisch aus. Das Beben ihrer Nasenflügel verrät sie trotzdem.

»Na los«, sage ich versöhnlich, »trink einen Kaffee mit mir. Es ist zwar nicht Weihnachten, aber einen Grund zum Feiern haben wir doch.« Ist nicht gelogen! Ich habe eine gute Geschichte und sie bald wieder die Sicherheit ihrer städtischen Einrichtung.

Wieder dieses kleine Lächeln mit geschlossenem Mund und ein schwaches Nicken mit dem Kopf.

Auf meine Frage nach Milch und Zucker zieht sie die Schultern hoch und sagt: »Ich weiß es nicht, ist lange her, dass ich Kaffee getrunken habe.«

Zucker gibt es in meinem Haushalt sowieso nicht, nur Süßstoff. Ich schütte ein paar Tropfen davon in ihre Kaffeetasse und gieße etwas Milch dazu.

Sie nimmt sie mir ab und riecht daran. »Mmmm, das duftet aber.«

Sie hebt den Becher an den Mund und zuckt zurück. Vielleicht doch zu süß, zu viel oder zu wenig Milch?

»Entschuldige bitte, Luise, ich kenne mich mit dem Geschmack von Geistern nicht aus. Bis heute Morgen dachte ich zum Beispiel, sie würden immer in weißen Bettlaken herumlaufen und schaurige Geräusche von sich geben.«

Sie verzieht keine Miene, antwortet ungerührt: »Du darfst eben nicht alles glauben, was in der Zeitung steht. Außerdem nenne mich bitte nicht beim Vornamen, ich bin ja nicht deinesgleichen.«

»Nee, klar, ich werde dich in Zukunft immer Frau – wie hast du seinerzeit noch gleich geheißen – Frau Klewe nennen«.

»Nein, das geht nicht, denn eine Frau wird man erst durch Heirat und ich bin – sie räuspert sich – war ledig. Bis zu meinem Tod war ich also Fräulein Klewe. Aber so förmlich musst du nicht sein, du darfst mich Urgroßmutter nennen.«

Die hat doch echt einen Clown gefrühstückt!

Kopfschüttelnd greife ich zur ersten Zigarette dieses Tages und gehe Richtung Balkontür. Ich warte auf einen Kommentar und bin schon fast enttäuscht, als der nicht kommt.

Prima, denke ich, kein Gemecker, wie ungesund das Rauchen ist, und stecke mir die Kippe an. Ich inhaliere genießerisch und puste blauen Dunst nach draußen. Ich weiß schließlich auch, dass mein Laster ungesund ist. Damit keiner, außer mir, davon beeinträchtigt ist, gehe ich eben raus.

Ich habe den zweiten Zug noch nicht gemacht, da höre ich hinter mir das beinahe schon vertraute »Iiiiks«. Ich drehe mich um, und da steht sie: Zu ihrer vollen Größe von sicherlich 1,48 cm aufgerichtet. Sie sieht aus wie eine altgriechische Rachegöttin, falls es so eine gab. Ganz sicher aber wie das personifizierte Entsetzen, sogar ihr Hut scheint vor Empörung zu zittern.

»Kind«, keucht sie und hält sich die Hand aufs Herz, als könne das jeden Augenblick aufhören zu schlagen. »Kind, nimm sofort dieses entsetzliche Ding aus dem Mund. Das gehört sich nicht für eine anständige Frau! Das ist, das ist vulgär!«

»Wieso denn das?«, frage ich verblüfft und stecke mir die Zigarette erneut zwischen die Lippen. »Du musst in einer echt öden Zeit gelebt haben. Nicht ausschlafen, nicht rauchen, keinen Kaffee trinken, wenn nicht gerade Weihnachten ist. Mein Gott, was durftet ihr denn überhaupt?«

»Auf keinen Fall den Namen des Herrn, deines Gottes …«

»Halt«, unterbreche ich sie, »das hatten wir schon, habe ich nur vergessen aufzuzählen. Also komm, ich mache jetzt noch zwei Züge und dann erzählst du mir in aller Ruhe, was dich eigentlich hierhergetrieben, äh, umgetrieben hat.«

Sie steht noch immer in der Mitte des Zimmers, die volle Kaffeetasse umklammert, als könne sie sich daran festhalten. Sie wirkt seltsam fremd, fast verloren, und sie ist eindeutig winzig und genau wie ich, sehr schlank. Das schwarze Gewand entpuppt sich bei genauerer Betrachtung als Kleid mit sehr vielen, kleinen Knöpfen. Einen Ausschnitt gibt es nicht, dafür einen gerüschten Stehkragen und enge, lange Ärmel, ebenfalls mit Knöpfen. Ihr schwarzer Hut erinnert an einen verunglückten Pfannkuchen, rund, flach und schwarz. Ein kleiner, schwarzer Schleier reicht bis an ihre Augenbrauen, die auch meinen Neid erregen, so schön geschwungen sind sie.

Ich betrachte sie eine Weile schweigend. Dann setze ich mich an den Esstisch und zeige auf den Stuhl mir gegenüber. Gegenüber deshalb, weil mich ihr Geruch nach Mottenpulver zum Würgen bringt.

»Komm, trink deinen Kaffee, bevor er kalt ist.«

Wieder dieses kleine Lächeln, dann schüttelt sie bedauernd den Kopf. Immerhin setzt sie sich.

»Ich kann den Kaffee nicht trinken. Schade, jetzt ist er verschwendet, das tut mir leid.«

»Muss dir nicht leidtun, trinke ich ihn eben, wenn er dir nicht schmeckt.«

»Aber nein, das ist es nicht.« Sie klingt erschrocken. »Es scheint so zu sein, dass ich, also, dass ich, so, wie ich jetzt bin, gar nichts zu mir nehmen kann.«

»Ach du heilige Scheiße!«, rutscht es mir heraus, noch bevor ich nachdenken kann.

Sie enttäuscht mich nicht: »Also das ist wirklich ein besonders übles Wort, das spricht eine Dame einfach niemals aus. Dafür hätte meine Mutter mir den Mund mit Kernseife ausgewaschen! Kind, Kind, wer hat dich denn nur so schlecht erzogen?«

»Oh, Vorsicht!«, warne ich. »Jetzt begibst du dich auf ganz dünnes Eis. Und bevor du wieder was falsch verstehst, das ist ebenfalls nur eine Redensart. Es soll bedeuten, dass dich meine Mam für solche Äußerungen steinigen würde. Und nein, natürlich nicht wirklich, nur im übertragenen Sinne.«

Mein Gott, die Unterhaltung mit Geistern von Ururgroßmüttern ist verdammt anstrengend.

»Dazu möchte ich dir sagen: ›Eure Rede sei allzeit lieblich und mit Salz gewürzt, dass ihr wisset, wie ihr einem jeglichen antworten sollt!‹ Außerdem weiß ich bedauerlicherweise nicht, wer ›Mam‹ ist.«

»Meine *Mutter*, und wenn du tatsächlich meine Ururgroßmutter wärst, müsstest du die kennen. Schließlich kommt sie vor mir in der Ahnengalerie.«

»Oh, ihr habt eine Ahnengalerie, das ist aber schön, Otto hatte auch eine in …«

»Stopp!«, unterbreche ich sie schon zum zweiten Mal an genau dieser Stelle. »Bevor du jetzt auch noch einen Otto aus dem Hut zauberst, will ich wissen, wer du wirklich bist. Wie du hier reingekommen bist, und natürlich ganz besonders: Was du von mir willst! Und die Wahrheit bitte, nicht diese ›Ich bin deine lange verstorbene Ururgroßmutter-Scheiße‹. Dann sehe ich mal zu, was ich für dich tun kann. Aber nur dann! Wenn du es vorziehst, mir weiterhin diesen Müll aufzutischen, dann rufe ich die Bullen. Dann sollen die sich weiter mit dir beschäftigen, und ich kann noch ein bisschen schlafen.«

»Aber Kind, ›Eifer und Zorn verkürzen das Leben und Sorge macht alt vor der Zeit‹. Wenn ich geahnt hätte, dass ihr jungen Leute heute so ungezogen redet und keinen Respekt vor dem Alter habt! Ich weiß nicht, ob ich dann überhaupt gekommen wäre. Aber ich hatte doch keine Wahl, weil ich deine Hilfe brauche. Du bist der einzige Mensch auf dieser Erde, der mir helfen kann.«

»Wobei denn? Ist dir dein Grabstein gestohlen worden oder war dir langweilig vom langen Liegen?«

Ihre seltsam intensiven Augen mit den langen Wimpern zwinkern nicht. Sie schauen mich nur an und ich fühle mich wie früher mit vier. Hatte ich da »Scheiße« oder Schlimmeres gesagt, guckte meine Mutter genau so. Mir ist auch jetzt danach, mit dem Fuß aufzustampfen oder eine Tür zu knallen. Das verschafft zumindest einen wirkungsvollen Abgang.

»Okay«, lenke ich ein, »Sorry, soll nicht wieder vorkommen, ich höre dir jetzt zu. Schweigend, versprochen. Großes Indianer–Ehrenwort, äh, also, was ich sagen will, ganz sicher.«

»Nun denn«, sie rückt sich auf dem Stuhl zurecht, sitzt sehr gerade, ohne sich anzulehnen, die Füße parallel zueinander.

»Und er sprach zu ihnen: ›Wer Ohren hat, zu hören, der hör!‹ Ich bin hier, weil ich beweisen muss, dass mein Otto umgebracht wurde. Erst, wenn das vollbracht ist, kann ich vielleicht wieder ein bisschen Frieden finden.«

»Ach so«, höhne ich. »Irgendwer hat vor Jahrhunderten einen Otto umgebracht, und ich soll nun in meine Kristallkugel gucken und dir sagen, wer der Bösewicht war? Nein, nein, schon gut, schon gut«, ich hebe abwehrend beide Hände, »ich schweige, erzähl weiter.«

»Nun, natürlich geht es nicht um irgendeinen Otto, da hätte ich mir wohl die Mühe nicht extra gemacht. Nein, es geht um meinen Otto, ›meinen Minister‹, die große Liebe meines Lebens.«

Sie sagt das so schlicht und selbstverständlich, dass mir für den Augenblick kein dummer Spruch einfällt.

»Okay, dein Ehemann hieß also Otto und wurde deiner Meinung nach umgebracht. Richtig so?«

»Mitnichten«, sie schüttelt ungeduldig den Kopf. »Ich habe dir schon erzählt, dass ich nie verheiratet war. Du hörst mir nicht gut zu. Otto war nicht mein Ehemann, er war mein Geliebter. Dass er umgebracht worden ist, steht für mich absolut fest.«

Wow, was sage ich denn dazu? Granny hatte einen Geliebten. Na, da schau her. Sie war also nicht immer so prüde gewesen, wie sie sich jetzt gab.

»Gut«, sage ich beschwichtigend, »mag ja sein. Vielleicht hat ihn seine Gattin ins Jenseits befördert, weil er zu viel Geld mit dir verjuxt hat?«

Ohne eine Miene zu verziehen, schüttelt sie erneut den Kopf und ihr blöder Hut schüttelt mit. Wieso hat sie den immer noch nicht abgesetzt?

»Otto war unverheiratet und es ging bestimmt nicht um Geld. Er war zwar vermögend, hatte aber keine Erben. Überhaupt keine Verwandten, nur zwei Patenkinder. Die waren aber noch sehr klein. Nein, ich glaube, es ging um etwas völlig anderes …«

»Ja, und um was?«, unterbreche ich sie schon wieder einmal.

»Er wollte mich heiraten, und das hat er mit dem Leben bezahlen müssen. Nun ja, vielleicht musst du dazu wissen, dass es wohl einen Skandal gegeben hätte, wären wir vor den Traualtar getreten. Vor Gott waren wir ja schon lange vereint, aber ein Minister, ja, sogar der Kabinettsminister des Fürsten zur Lippe, heiratet seine Aufwärterin. Stell dir das nur einmal vor. Aber wir haben uns nun einmal geliebt und vor Gott sollten doch alle Menschen gleich sein. Wir haben fast sieben Jahre auf die Einwilligung des Fürsten gewartet. Immer wieder hat Otto mich vertrösten müssen, immer wieder wurde er selber vertröstet. Er wurde geadelt, befördert und ihm wurden Orden verliehen, aber das Wichtigste wurde ihm verwehrt. Als seine Durchlaucht, Fürst Woldemar, dann gestorben ist, hat Otto gesagt, dass nun Schluss sein muss. Er wollte alle seine Ämter niederlegen, um mich umgehend ehelichen zu können. Wenige Tage später war er tot! Sie haben alles vertuscht. Haben gesagt, er wäre an einer Lungenentzündung gestorben, aber das waren Lügen. Otto war völlig gesund und auch erst 59 Jahre alt. Mich haben sie nicht einmal zu ihm gelassen, obwohl er nach mir gerufen hat. Es war so schrecklich und ich konnte nichts tun. Niemand wollte mich anhören, niemand mir helfen. Im Gegenteil, sie haben gedroht, mir das Haus wegzunehmen und das …«

Ach, du heiliger Rauch, wie geil ist das denn jetzt? Das wird die Story meines Lebens. Chefredaktion, ich komme!

»Halt, stopp, jetzt mal langsam und der Reihe nach. Das muss ich erst mal alles auf den Schirm kriegen! Dein Otto war also ein hohes Tier? Ich habe zwar keine Ahnung, was ein Kabinettsminister ist oder tut. Auch den Fürsten zur Lippe kenne ich nicht, aber das kann ich alles recherchieren. Das ist kein Problem. Und er wollte dich heiraten, obwohl du nur eine, eine was, warst?«

»Ich war seine Aufwärterin, das heißt, ich habe mich um sein Haus, seine Wäsche und, na ja, um ihn gekümmert.«

»So eine Art Haushälterin?«

»Nein, seine Haushälterin war Hermine, ich war eher ein Dienstmädchen. Aber natürlich nicht wirklich, nur für die Leute. Damit die nicht merkten, was uns tatsächlich verband.«

»Gut, also, Otto wollte dich, gegen welche Widerstände auch immer, endlich heiraten und wurde deswegen umgebracht? Das ist doch ein Scheißmotiv. Es sei denn, du hattest noch ein oder mehrere andere Eisen im Feuer und einer von denen hat Otto aus dem Weg geräumt. Ich meine, hast du eine Ahnung, wie ich das herausfinden soll? Wann ist das Ganze denn genau passiert? Außerdem, selbst wenn, diese Geschichte ist doch längst verjährt.«

»Was meinst du mit ›Eisen im Feuer‹? Du willst damit doch nicht etwa andeuten …? Kind! Schämen solltest du dich! ›Die Frau verfügt nicht über ihren Leib, sondern der Mann. Ebenso verfügt der Mann nicht über seinen Leib, sondern die Frau‹!

Mein Otto war der einzige Mann in meinem Leben, dem ich mich hingegeben habe, niemals, niemals wäre ich ihm untreu geworden. Er ist am 11. April 1895 gestorben, und, egal was der Arzt gesagt hat, ich weiß, er wurde ermordet!«

Mein Gott, das wird ja immer skurriler. Ob sie vielleicht etwas erlebt und darüber den Verstand verloren hat? Eine Affäre mit dem Chef, der dann eine Jüngere knackiger fand? Vielleicht war er auch katholisch? Ein Priester? Zölibat gebrochen? Vor lauter schlechtem Gewissen impotent geworden? So was in der Art, würde ja einiges erklären.

Ich muss als Erstes nach einer Luise Klewe googeln, nehme ich mir vor, dann sehen wir weiter.

»Ja, es gab viele Neider in seiner Umgebung, aber schließlich bist du doch Redakteur? Das will ich für den Augenblick auch nicht weiter verurteilen, obwohl es für eine Frau mehr als unschicklich ist, unter lauter Männern zu arbeiten. Da es aber nun einmal so ist, gehört es doch wohl zu deinen Aufgaben, Dinge herauszufinden, oder etwa nicht?«

Unschicklich? Der fehlt bestimmt mehr als nur eine Latte am Zaun.

Ich hole Luft, um etwas zu entgegnen, zum Beispiel, dass es heute »Redakteurin« heißt und es sich dabei um einen sehr angesehenen Beruf handelt. Ich komme aber nicht dazu, sie redet schon weiter.

»Mir ist klar, dass man denjenigen, der meinen Otto gemeuchelt hat, nicht der weltlichen Gerichtsbarkeit zuführen wird, daher möge Gott sein Richter sein. Seinen Namen will ich aber kennen, und dann werde ich ihn verfluchen, er soll keine Ruhe finden, nicht in alle Ewigkeit.«

Auch das noch! Das kleine Einmaleins der schwarzen Magie! Verfluchen! Ich dachte, das sei völlig out? Macht heute kein Mensch mehr, oder etwa doch?

»Gut, wenn dein Herz dran hängt, werde ich sehen, was ich für dich tun kann. Du musst mir aber möglichst die Namen aller nennen, die nah genug an deinen Otto herankommen konnten.«

»Ach, mein liebes Kind, Gott segne dich, ich wusste, du würdest mich nicht im Stich lassen. Otto ist ja dein Ururgroßvater, und gehört somit zur Familie. Es muss dir schon aus diesem Grunde ein besonderes Anliegen sein, seinen Tod aufzuklären.«

»Aber natürlich, der Mord an einem Familienmitglied lässt sich bestimmt viel leichter aufklären als jeder andere.«

Ich habe noch nicht verinnerlicht, dass Ironie an Granny verschwendet ist, sie nimmt sofort wörtlich, was ich sage, und seufzt sichtlich erleichtert auf.

»Ach, du gutes Kind, ganz bestimmt sogar. Ich bin sehr froh, dass ich mich in dir nicht getäuscht habe.«

Super, ganz super! Was sage ich denn nun? Angebracht wäre so was wie: »Schätzchen, es wird langsam Zeit, dass du dich wieder vom Acker machst. Geh zurück in die Anstalt, aus der du getürmt bist.« Nur, dazu müsste ich sehr viel tougher sein, als ich es bin. Ich sage feige gar nichts, trinke nur schweigend meinen inzwischen kalten Kaffee.

Ich fasse innerlich mal für mich zusammen: Der Geist meiner Ururgroßmutter fordert mich auf, den 120 Jahre zurückliegenden Mord an ihrem Geliebten aufzuklären. Wenn das keine Story ist, was dann? Ich überzeuge in Gedanken schon einmal meinen Chefredakteur. Das wird schwierig werden, schwierig bis vollkommen unmöglich. Er hält von Geistern eher wenig und von Esoterik gar nichts. Fakten sind seine Bibel, Fakten, nichts sonst. Das heißt für mich, ich muss diese ominöse Geschichte erst einmal verifizieren, sie hieb- und stichfest machen. Egal, ob die Frau sich für einen Geist hält oder ich sie für eine schwer gestörte Seele. Am Ende ergibt das eine Geschichte, die ich auf Seite drei, über dem Bruch lesen will!

Ich überlege, wie ich ihr einigermaßen einfühlsam sagen kann, dass ich sie zwar für gaga halte, mir ihre Geschichte aber trotzdem gern anhören werde, da erscheint Kater Amun auf der Bildfläche.

Er kommt von draußen und bringt den Duft von Wald und Feldern mit. Wie immer sucht mich sein Blick und er läuft maunzend auf mich zu.

»Hallo«, heißt das, »sitz hier nicht rum, folge mir jetzt auf dem Fuße in die Küche. Ich habe Hunger!«

Amun ist schließlich nicht einfach irgendein Kater, ich bin sicher, er ist die Reinkarnation seines Namensvetters Pharao Tutanchamun, auch wenn er ein Türke ist. Ein Türkisch-Angora-Kater, genauer gesagt.

Nun steht er – wie jeden Morgen – im Zimmer und fordert lautstark Bedienung. Er hat mal wieder ausgesprochen schlechte Laune. In dieser Stimmung springt er mir schon mal ins Gesicht, um mich schmerzhaft in Wange oder Nase zu beißen. Ich zögere daher keinen Augenblick und erhebe mich schnell von meinem Stuhl. Da krallt er unvermittelt alle vier Pfoten in den Boden und stößt ein lautes Fauchen aus. Er starrt in Richtung Tisch, bevor er mit gesträubtem Schwanz umdreht und kreischend das Weite sucht.

Granny lächelt: »Du hast eine Katze, wie schön! Ich hatte auch eine, die hieß Minka. Otto hat sie mir geschenkt.«

»Gut, du hattest also eine Katze, wie schön. Jetzt würde mich allerdings mehr interessieren, warum du nicht friedlich und still in deinem Grab liegst, wenn du schon glaubst, 1868 geboren worden zu sein? Oder, warum du nicht wenigstens in deinem Zimmer mit den Gittern vor den Fenstern sitzt? Warum jagst du mich am frühen Sonntagmorgen aus dem Bett?«

Das vollkommen befremdliche Verhalten von Amun hat mich sehr verunsichert. Katzen haben doch angeblich ein Gespür fürs Übersinnliche. Oder bilde ich mir das ein? Und wenn nicht, wie erkläre ich das meinem Chef?

»Kind, du bist wirklich sehr ungezogen. Nein, das gefällt mir überhaupt nicht gut. Das kommt sicher daher, dass du unter lauter Männern arbeitest. Da hört man als

Frau Dinge, die für unsere Ohren nicht bestimmt sind. Dabei steht doch geschrieben: ›Die Weiber seien untertan ihren Männern als dem Herrn.‹«

»Den Spruch hat mein Ex bestimmt über seinem Bett hängen, und meinem Chefredakteur würde der sicher auch ganz gut gefallen«, unterbreche ich ihre Tiraden und verdrehe die Augen zur Decke.

»Liebes Kind, als deine Ururgroßmutter und damit die Ältere von uns beiden, muss ich dir einen Rat geben dürfen. Männer mögen es nicht, wenn Frauen so reden, das ist vulgär. Frauen sollen überhaupt lieber schweigen, denn es ist ihnen nicht erlaubt …«

»Schluss jetzt! Du hörst jetzt sofort mit diesem Schwachsinn auf! Mir ist schon schlecht vom Zuhören. Du liebe Zeit, wo leben wir denn? Also, entweder du erzählst mir jetzt deine Geschichte, oder unsere Wege trennen sich auf der Stelle.«

Ihre Lippen werden zu einem schmalen Strich, aber sie beherrscht sich und sagt: »Nun gut, wie du möchtest. Dann fahre ich jetzt fort.«

»Gute Idee, aber du hast noch überhaupt nicht angefangen.«

Ich hasse Interviews mit Leuten, die nicht zur Sache kommen.

»Ach ja.« Sie greift in den bestickten Beutel und zieht eine Kladde mit stabilem Pappdeckel daraus hervor. Das Papier ist vergilbt, an vielen Stellen eingerissen.

Sie legt sie auf den Tisch und sagt: »Das ist Ottos Tagebuch. Du musst es mir bitte vorlesen, ich habe meine Brille nicht dabei.«

Ich muss schon wieder kichern, unterdrücke das aber und greife nach dem Heft. Es entspricht keiner heutigen Norm. Für A5 ist es zu groß und für A4 zu klein, eher breit, als hoch. Die Schrift ist gut zu erkennen, offensichtlich mit Tinte und Feder geschrieben. Ordentlich sieht es aus, die Reihen sehr eng beschrieben, nach rechts geneigt. Sehr merkwürdig. Wer schrieb Ende des 19. Jahrhunderts mit Feder und Tinte? Zumal ein privates Tagebuch? Wer schrieb überhaupt Tagebuch? Und ist das wirklich Tinte? Die Schrift wirkt etwas verblasst, eher braun als schwarz. Auf der ersten Seite, oben rechts, steht deutlich und klar zu lesen: ›Jänner 1888‹. Aha, dieses Büchlein ist also tatsächlich alt, aber das heißt natürlich gar nichts. Kann man im Dutzend billiger bei eBay kaufen oder auch fälschen? Okay, das kann ich später rausfinden. Dafür gibt es kompetentere Menschen als mich. Jetzt habe ich ein anderes Problem.

»Hallo, was ist das für eine komische Sprache?«

»Kind, was meinst Du? Welche Sprache wird das denn schon sein? Das ist Deutsch, es ist doch Ottos Tagebuch.«

»Deutsch? Im Leben nicht! Ich kann kein Wort davon lesen.«

Da kommt mir ein Gedanke und ich greife nach meinem Smartphone, ziehe es vom Strom, argwöhnisch beäugt von Granny.

»Smartphone«, sage ich. »Frag besser gar nicht erst, das kann ich dir nicht auf die Schnelle erklären. Es ist eine Art Telefon, nur eben kleiner und umfangreicher.«

»Teleefooohn?« Man spürt die vielen Fragezeichen in ihrer Stimme. »Oh, du meinst einen Fernsprechapparat? Ja, ich erinnere mich, Otto hat davon erzählt.«

»Ja, mit einem Fernsprechapparat fing das wohl mal an«, sage ich resigniert, »ich erkläre dir später mal, wie es damit weiterging. Jetzt muss ich erst etwas suchen.«

»Und das, was du suchst, ist in diesem kleinen Kästchen?« Oma klingt fassungslos, aber ich gebe keine Antwort. Ich wüsste einfach nicht, welche.

Ich suche nach Schriftmustern. Erfahre, dass es eine Sütterlin, eine Kurrent und eine Kanzleischrift gibt. Am Ende weiß ich auch, dass die meisten Ururgroßmütter nicht einmal schreiben konnten, egal, in welcher Schrift.

»Das könnte Kurrentschrift sein, Sütterlin kam erst viel später«, sinniere ich. Oma reagiert nicht.

»Na ja, egal, was immer es ist, ich kann es nicht lesen, tut mir leid.«

»Du kannst nicht lesen?« Granny zuckt zusammen. »Aber das kann ja sogar ich, das hat mir Hermine beigebracht.« Sie klingt sehr stolz bei diesen Worten. Ich frage nicht nach, wieso ihr eine Haushälterin das Lesen beibringen konnte.

»Doch, natürlich kann ich lesen, aber das hier nicht. Das ist eine Schrift, die gibt es heute nicht mehr, die ist total veraltet. No way!

Aber halt, da fällt mir was ein. Du kannst also wirklich lesen?«

»Liebes Kind, zweifele bitte nicht an meinen Worten, wie ich schon sagte, ich habe nur meine Brille nicht bei mir.«

»Na ja, das sollte eigentlich unser kleinstes Problem sein, warte mal einen Augenblick.«

Dankbar für die Schusseligkeit meiner Mutter, hole ich eine ihrer vergessenen Lesebrillen aus der Nachttischschublade, in der ich sie in Sicherheit gebracht habe, und laufe zurück ins Wohnzimmer.

»Hier, versuch mal, vielleicht klappt das damit.«

Oma nimmt mir die Brille aus der Hand, aber die fällt einfach auf den Tisch. Zum Glück bleibt sie heile und sie versucht es erneut. Als sie sie auf der Nase hat, schüttelt sie mit dem Kopf: »Danke für deine Mühe«, sagt sie, »aber damit kann ich leider überhaupt nicht sehen.«

Ich nehme die Sehhilfe wieder zurück und überlege, wer in meiner näheren Umgebung eine Brille trägt. Natürlich fällt mir niemand ein.

»Okay, dann müssen wir das jetzt verschieben, bis wir eine passende Sehhilfe für dich aufgetrieben haben«, sage ich und es kommt mir so vor, als wäre Granny eher erleichtert als enttäuscht.

»Hast du das Tagebuch in deiner Zeit gelesen oder kennst du seinen Inhalt gar nicht?«

»Nein, ich weiß nicht, was darin steht.« Sie zögert, wischt sich über die Augen und sagt leise: »Ich habe es zu Ottos Lebzeiten nie gesehen und wusste auch nicht, dass er es geschrieben hat. Es wundert mich aber auch nicht, Otto hat immer gern und viel geschrieben.«

Die ist echt total durchgeknallt, ist erneut mein erster Gedanke, aber dann sehe ich die unendliche Traurigkeit in ihren Augen. Kann jemand über seine erfundenen Geschichten derart traurig aussehen? Ich weiß nicht mehr, was ich denken soll. Gut, wem schadet es schon, wenn ich ihr einfach weiter zuhöre? Mit dem, was ich bisher habe, kann ich keinen Chefredakteur hinter dem Ofen hervorlocken.

»Na, ist ja auch kein Drama, wir kriegen das schon raus«, versuche ich sie abzulenken. »Erzähl mir deine Geschichte einfach so, wie du sie in Erinnerung hast. Alzheimer hast du doch hoffentlich nicht, oder haben Geister am Ende auch keine Erinnerungen mehr?«

»Natürlich erinnere ich mich, ich bin keineswegs vergesslich«, kommt die empörte Erwiderung.

Da kann ich es mir nicht verkneifen und murmele vor mich hin: »Nee, nur seit bestimmt 90 Jahren tot.«

Sie hat es gehört und guckt schon wieder einmal strafend.

Dass Geister nicht schwerhörig sind, muss ich mir für die Zukunft auch merken.

»Okay, dann ist ja alles im grünen Bereich«, sage ich friedlich, »erzähl doch einfach mal.«

»In welchem Bereich?«

Granny ist einmal mehr verwirrt, aber ich schüttele mit dem Kopf und zeige auf das Sofa.

»Komm, gehen wir rüber, da ist es bequemer.« Ich stehe auf, schmeiße mich auf meine Couch und ziehe die Beine unter mich.

Ömchen macht mal wieder ihr abfälliges »Tzzz, Tzzz« und ich schließe daraus, dass eine Dame so nicht zu sitzen hat. Auch nicht, wenn sie dabei damenhaft schweigt. Sie kommt und setzt sich, zum Glück ein Stück von mir entfernt, hin. Aufrecht, die Füße brav nebeneinander.

Sieht scheiße unbequem aus, aber bitte, wenn sie es so will, mir soll das egal sein.

LUISE

Oh ja, ich erinnerte mich sehr gut. An jeden einzelnen Augenblick, den ich mit Otto verbringen durfte.

Meine Eltern waren einfache Leute, der Vater Gehilfe bei einem Kohlenhändler. Er schuftete von früh bis spät, oft sieben Tage die Woche. Mutter hatte weitere acht Kinder bekommen, alle jünger als ich. Eines von ihnen war immer krank, hatte Masern, Mumps oder Keuchhusten. Vier waren, trotz aller Mühen und Gebete, noch im ersten Lebensjahr gestorben.

Bei der Geburt ihres zehnten Kindes nahm Gott mit dem Säugling auch meine Mutter zu sich. Damit war es nun an mir, den mutterlosen Haushalt zu versorgen. Ich hatte keine Zeit, in die Schule zu gehen, konnte weder lesen noch schreiben. Für Mädchen war das ja auch nicht wirklich wichtig. Dafür konnte ich einen Haushalt versorgen, auch kochen, und auf meine Geschwister aufpassen.

Der Vater war kein schlechter Mensch, und auf seine Art trauerte er sicherlich auch. Er war aber niemand, zu dem ich mit meinem Kummer um die Mutter gehen konnte. Der Alltag forderte schon seine ganze Kraft. Er erwartete abends etwas zu Essen auf dem Tisch, auch wenn das Geld nicht einmal für die Hälfte der hungrigen Mäuler reichte. Satt wurde ich daher selten. Ich war noch zu jung und zu dumm, um zu begreifen, dass geschrieben steht: »Selig seid ihr, die ihr hier hungert, denn ihr sollt satt werden. Selig seid ihr, die ihr hier weinet, denn ihr werdet lachen.«

Zwei Jahre später, ich war jetzt 16, starb auch er an einem Fieber. Er war 38 Jahre alt geworden und alles, was er hinterließ, waren fünf unmündige Kinder.

Mein ein Jahr jüngerer Bruder Hugo und ich zogen mit dem, was wir auf dem Leib trugen, zum Kohlenhändler. Bei ihm hatte der Vater bis zum letzten Atemzug sein karges Brot verdient. Hugo sollte ihn nun ersetzen, dabei war er gerade 15, zart gebaut und klein für sein Alter. Ich ging der Hausfrau zur Hand und kümmerte mich um die vier Kinder.

Meine drei jüngeren Geschwister wollte niemand. Sie kamen ins Waisenhaus, ich habe sie nie wiedergesehen, aber für sie zum Herrn gebetet.

Mein Leben war jetzt leichter als in den letzten Jahren. Ich hatte zwar immer noch viel Arbeit, aber ich wurde satt und musste nicht frieren. Die Hausfrau war eine gute Seele, aber ihr Mann vergalt ihr das oft schlecht. So vergingen fast drei Jahre und ich war Gott dankbar für mein Schicksal.

Otto sah ich das erste Mal am Silvestertag des Jahres 1887.

Es schneite schon seit Stunden ohne Unterlass, trotzdem wurde ich losgeschickt, den vorbestellten Karpfen für das Abendessen abzuholen. Die Herrschaft hatte noch einen Besuch zu machen, zu dem nur die drei älteren Kinder mitgenommen werden sollten. Den knapp vierjährigen Franz hatte ich dabei. Der Weg war elend weit, und durch das Schneetreiben erschien er mir noch weiter. Ich erhielt den Karpfen in Zeitungspapier eingewickelt, frisch geschlachtet. Auf dem Nachhauseweg begann nun Franz zu weinen, seine Füße täten ihm weh und ihm sei auch sehr kalt. Fränzchen war ohnehin ein schwächliches Kind, das häufig kränkelte. Er wollte getragen werden und ließ sich nicht überreden, auch nur einen einzigen Schritt weiterzulaufen. Ich war auf Höhe des Schlossparks und unter normalen Umständen hätte ich den Weg wohl in 10 Minuten hinter mich gebracht, aber das Wetter war gegen mich. Schneetreiben im Gesicht, Schnee unter den Füßen, einen Karpfen im Arm und nun auch noch ein Kind auf dem anderen, das nach wenigen Metern bereits fest schlief.

Jeder, der einmal ein schlafendes Kind getragen hat, weiß, dass es mit jedem Meter schwerer zu werden scheint. Dazu fielen die Flocken so dicht, dass ich kaum die Hand vor Augen sehen konnte. Ich bemühte mich verzweifelt, den kleinen Franz vor ihnen zu schützen.

Durch die seltsame Stille, die der Schnee mit sich brachte, hörte ich Hufgetrappel. Kurze Zeit später überholte uns ein Einspänner. Ich war sehr erstaunt, als dieser plötzlich anhielt und ein Mann sich zu uns herunterbeugte.

Er war mir fremd, gut gekleidet, in mittlerem Alter. Er hatte auffällig blaue Augen, und die schauten freundlich auf uns herab. Sein dunkelblonder Vollbart war modisch geschnitten und seine Lippen voll und rot. Ich knickste tief, soweit mir das mit dem schlafenden Kind auf dem Arm möglich war.

Er machte eine einladende Handbewegung, und als ich zögerlich stehen blieb, sagte er: »Na kommen Sie schon, bevor Sie vollständig eingeschneit sind.«

Ich machte zwei Schritte auf ihn zu, blieb aber wieder stehen, widerstreitende Gefühle hinderten mich an jeder

Bewegung. Die Aussicht, das Kind für einen Moment ablegen zu dürfen, nicht mehr gegen den Schnee anzukämpfen, war verlockend. Meine sehr kalten Füße nicht mehr so schmerzhaft zu spüren, auch. Dagegen sprach, dass meine Herrschaft es nicht gutgeheißen hätte, was ich vorhatte. Ein Dienstmädchen stieg nicht zu einem Fremden in die Kutsche. Schon gar nicht mit einem ihr anvertrauten Kind.

»Na los«, sagte der Fremde in diesem Moment noch einmal. »Ich will weder Sie noch Ihr Kind fressen, ich will Sie nur vor dem Tod durch Erfrieren bewahren. Also, reichen Sie es mir hoch und steigen Sie endlich ein.«

Sein Ton duldete keinen Widerspruch, das hörte ich sofort. Er war gewohnt, Befehle zu erteilen, und ebenso gewohnt, dass diese umgehend befolgt wurden.

Ich streckte meine steifen Arme mühsam in die Höhe und Klein-Franz wurde zum Glück nicht einmal wach. Dann kletterte ich ihm hinterher in die Kutsche.

»Na, wo wohnen Sie? Wo wollen Sie hin?«, fragte mich mein Retter und schnalzte dem Pferd mit der Zunge zu. Das Tier, offensichtlich erfreut, Richtung Stall laufen zu dürfen, setzte sich fröhlich in Bewegung.

»Oh, meine Herrschaft ist die Familie Blanche aus der Krummen Straße, da muss ich hin. Aber, wenn das für Sie ein Umweg ist, ich meine …«

»Unsinn«, unterbrach er mich, »ich habe Sie und Ihr Kind nicht aufgelesen, um euch an der nächsten Ecke wieder rauszuschmeißen.« Er schmunzelte und fuhr fort: »Nein, schon gut, ich bringe Sie nach Hause, von dort ist es überhaupt nicht weit bis zu mir. Ich wohne im Lippischen Hof.«

Dass die kurze Fahrt mein ganzes Leben auf den Kopf stellen sollte, das ahnte ich zu diesem Zeitpunkt nicht.

Vor dem Haus meiner Herrschaft angekommen, sprang er leichtfüßig auf den Gehsteig. Streckte die Arme nach Klein-Franz aus und half dann sogar noch mir, indem er mir seine Hand reichte.

Ich griff nach dem Kind und knickste gleichzeitig zum Abschied und als Dank.

Er lachte: »Nun mal der Reihe nach. Hier ist Ihr Kind und hier meine Hand zum Abschied. Darf ich nach Ihrem Namen fragen?«

Ich spürte, wie ich unter seinem Blick errötete und antwortete schnell: »Luise heiße ich, gnädiger Herr, und das ist nicht mein Sohn. Es ist der Jüngste meiner Herrschaft.«

»Aha«, gab er Antwort, und wenn es nicht gänzlich unmöglich gewesen wäre, hätte ich geglaubt, Erleichterung in seiner Stimme zu hören. »Aha, du bist also bei Leuten in Stellung, richtig?«, fragte er und ging zum vertraulichen ›Du‹ über.

»Ja«, antwortete ich und knickste noch einmal, »bei Kohlenhändler Blancke, und ich danke auch recht schön, dass Ihr mich in Eurer Kutsche mitgenommen habt. Der Herr möge es Euch vergelten.«

»Es war mir ein Vergnügen, und ich bin sicher, wir werden uns wiedersehen.«

Mit diesem Satz machte er kehrt und stieg wieder ein. »Halt, halt«, rief er plötzlich, »hast du nicht etwas vergessen? Ich glaube nicht, dass deine Herrschaft erfreut sein wird, wenn heute Abend kein Karpfen auf den Tisch kommt.« Ich erschrak heftig und spürte außerdem, wie ich zutiefst errötete. Er stand aber schon wieder auf der Straße und reichte mir lächelnd das Paket. »So, bitte schön und ich wünsche dir noch ein gutes neues Jahr.«

Meine Erwiderung hörte er wohl nicht mehr, denn bis ich mich gesammelt hatte, war er schon wieder eingestiegen und losgefahren. Ich lauschte aber noch eine kleine Weile dem Hufschlag, dann war wieder Stille. Draußen, denn in meinem Inneren herrschte Aufruhr. Wer war dieser Unbekannte und was hatte er gemeint mit »Wir werden uns sicher wiedersehen?« Hatte er die Absicht, meiner Herrschaft davon zu erzählen, dass ich mit Franz in eine fremde Kutsche gestiegen war? Bei diesem Gedanken drohten meine Knie zu versagen und schnell griff ich das immer noch schlafende Kind fester. Ich drehte mich um und betrat das Haus. Hier war es nicht viel wärmer als draußen. Das Feuer war wohl schon vor längerer Zeit erloschen. Ich beeilte mich, Franz in sein Bett zu tragen, ihn zu entkleiden und für die Nacht umzuziehen. Er merkte nichts von all dem, er schlief, wie nur Kinder schlafen können.

Dann machte ich mich daran, das Feuer wieder in Gang zu bringen und heißes Wasser auf den Herd zu stellen. Die Herrschaft und die Kinder wären gewiss froh um eine schöne Wärme, wenn sie aus dem Schnee kamen.

Während ich das Abendessen vorbereitete, klopfte es an der Außentür. Ich erschrak auf das Heftigste. Sollte der Fremde jetzt schon vor der Tür stehen, um von meiner Verfehlung zu berichten?

Nein, zum Glück war es nur die Köchin, die mir heute zur Seite stehen sollte. Es war ja Silvester und eine Feier für 14 Personen musste ausgerichtet werden. Ich war dankbar für die Hilfe, denn ich war immer noch jung und unerfahren und hatte große Sorge, etwas zu verderben.

Die nächsten Stunden hatte ich dann kaum Zeit zum Atmen, und schon gar nicht, über einen Fremden nachzudenken.

Als die Herrschaft nach Hause kam, mussten alle Kinder abgefüttert und ins Bett gesteckt werden. Der Herr setzte dann die Bowle an, die aus vielen Flaschen Weiß- und Schaumwein bestand.

Vermutlich hatte er sie auch viel probieren müssen, er war jedenfalls viel freundlicher als gewöhnlich. Als ich einmal nah an ihm vorbeiging, tätschelte er sogar meine Wange.

Ich wurde angewiesen, noch ein weiteres Gedeck aufzulegen, da ein unerwarteter Gast dazukäme.

Gegen 21:00 Uhr trafen nach und nach die Gäste ein und wurden von der Herrschaft an der Tür empfangen. Ich stand etwas abseits, um die vielfältige, den Temperaturen angepasste Garderobe, in Empfang zu nehmen. Später trug ich sie dann zur Aufbewahrung in das große Schlafzimmer.

Ich erinnere mich nicht, wer sonst noch kam, ich sah nur ihn. Meine Knie zitterten so sehr, dass ich mich an einen Türrahmen lehnen musste, um nicht der Länge lang hinzuschlagen.

Er begrüßte artig die Gastgeber und bedankte sich für die unverhoffte, freundliche Einladung. Überreichte eine Bonboniere an die Dame des Hauses und eine Flasche Cognac an den Hausherrn.

Als er mir seinen Mantel, Schal und seinen mit roter Seide gefütterten Zylinder überreichte, war ich fast einer Ohnmacht nahe.

Er jedoch lächelte mich freundlich an, sagte: »Vielen

Dank, mein Kind.« Dabei kniff er verschwörerisch ein Auge zu.

Ich weiß es sicher, dass dies der Moment war, in dem meine Liebe zu ihm begann. Eine Liebe, die so viel mehr Tiefen als Höhen hatte. Die mich zur Außenseiterin machte und in die Schande stürzte. Die ich jeden Tag hätte bereuen können und die ich doch nie bereut habe. Nicht einen Tag lang, nicht eine Minute.

Die nächsten Stunden wurde fröhlich gefeiert, das Essen gelobt, ebenso die Bowle und das schöne Geschirr, die kristallenen Gläser. Immer wieder tranken alle auf den Kaiser, das fürstliche Regentenpaar und auf alles Mögliche mehr. Die Unterhaltung dazwischen drehte sich um allgemeine Themen: Das Theater, das vor gut 10 Jahren fertiggestellte Hermannsdenkmal und natürlich um Politik und die Rolle Lippes in Preußen.

Die Zeit verging schnell, ich hatte in der Küche viel zu tun. Zwischendurch musste ich immer wieder Gläser spülen und polieren, dem einen dies, dem anderen das bringen. Es machte mir nichts aus, fiel mir alles seltsam leicht. Ich war jung, 19 Jahre alt und zum allerersten Mal in meinem Leben verliebt.

Ich kannte nicht einmal seinen Namen, wusste nichts von ihm, und doch ging jeder Blick von mir heimlich zu ihm, wenn ich das Zimmer betreten musste. Er beachtete mich gar nicht, aber das erwartete ich auch nicht. Im Gegenteil, ich war zufrieden, ihn betrachten zu können, und sei es auch nur für wenige Augenblicke.

Kurz vor Mitternacht wurden die Gläser mit echtem Champagner gefüllt, der wunderschön perlte. Weil dieses Jahr 1887/88 geschäftlich für den gnädigen Herrn besonders erfolgreich gewesen war, gab es sogar ein kleines Feuerwerk. Das konnten sich wirklich nicht viele leisten, und ich war stolz, zu diesem Haushalt zu gehören.

Punkt 24 Uhr klangen die Gläser, alle sagten »Wohl bekomms« und »Frohes neues Jahr«, man war fröhlich und ausgelassen. Durch das geöffnete Fenster drang der schöne Glockenklang der Erlöserkirche herein. Kurz darauf fielen auch die Glocken der Lutherkirche ein.

Es war alles sehr feierlich und eigentlich das erste wirkliche Silvester meines Lebens, auch, wenn ich nur am Rande daran teilnehmen durfte. In meinem Elternhaus wurde dieser Tag nicht gefeiert, auch nicht in der Nachbarschaft. Alle waren viel zu müde und zu erschöpft, um überhaupt bis zum Beginn des neuen Jahres auf den Beinen zu bleiben. Meine Mutter hatte aber manchmal von Silvesterabenden in ihrem Elternhaus erzählt. Ihr Gesicht hatte dann immer einen besonderen Ausdruck gehabt, weicher und ganz jung hatte sie ausgesehen. Sie stammte aus einem Beamtenhaushalt. Die Eltern waren nicht reich gewesen, aber auch nicht arm und die drei Kinder hatten alle Unterricht gehabt. Konnten lesen und schreiben, zumindest ein bisschen. Mutter wollte uns auch unterrichten, aber ihre Kraft hatte dazu nie ausgereicht. Außerdem war der Vater dagegen gewesen. Er war das Kind eines Knechts und einer Magd, hatte früh schwer arbeiten müssen und für Schule war weder Zeit noch Geld da gewesen. Trotzdem hatte meine Mutter sich in ihn verliebt und ihn geheiratet. Ob sie es bereut hat, darüber hatte ich nie nachgedacht.

Gegen 1 Uhr begannen die ersten Gäste sich zu verabschieden und ich suchte nach der jeweils passenden Garderobe.

Plötzlich stand der Hausherr hinter mir. Sein Gesicht war gerötet, aber vielleicht lag das auch am Schein der Kerzen. Er schwankte ein bisschen, hatte jedoch ein Lächeln im Gesicht, als er auf mich zukam. Ich knickste und wollte an ihm vorbei, aber er hielt mich am Arm zurück und nuschelte: »Warum bist du immer so abweisend zu mir! Bin ich nicht immer nett zu dir, habe dich und deinen Bruder in mein Haus aufgenommen? Behandele dich doch wie mein eigen Fleisch und Blut, oder etwa nicht?«

Mein Herz klopfte bis zum Hals, ich wusste nicht, was ich tun sollte. Jeden Augenblick konnte die Tür aufgehen und die Gnädige hereinkommen.

»Bitte, gnädiger Herr«, bat ich, »lassen Sie doch bitteschön meinen Arm los, was soll denn die gnädige Frau denken, wenn sie hereinkommt?«

»Die kommt nicht, die ist mit den Sonntags draußen und bewundert die neue Kutsche. Also komm, stell dich nicht so an, sei ein bisschen lieb zu mir und gib mir mal ein kleines Küsschen.«

Mit diesen Worten packte er auch meinen zweiten Arm und hielt nun beide zusammen auf meinem Rücken fest. Sein Mund kam näher, und sein Geruch nach Fisch, Cognac und Zigarre schlug mir ins Gesicht. Das war mir so schrecklich, dass ich die Luft anhalten musste. Überhaupt hatte ich eine besonders empfindliche Nase, schon immer gehabt.

Ich wand mich und flehte ihn an, doch bitte aufzu-

hören, erwähnte seine Gattin, seine Kinder, seinen Ruf, er hörte mir nicht einmal zu. Er schob mich mit seinem ganzen Körper auf das Bett zu, das noch immer voll mit der Garderobe seiner Gäste lag.

Ich versuchte energischer, mich loszureißen, da klopfte es und Ottos Stimme rief unüberhörbar: »Herr Blancke, ich sah Sie hineingehen. Hätten Sie wohl die Freundlichkeit, mir meinen Mantel und so weiter mitzubringen? Ich würde mich gern verabschieden.«

Ich weiß nicht, ob es der bestimmte Ton oder die Stimme war, dass der gnädige Herr wieder zu sich selber fand. Auf alle Fälle ließ er mich umgehend los, fuhr sich durch die Haare, strich seinen Bart glatt und ging zur Tür.

»Ah, mein lieber von Wolffgramm«, hörte ich ihn sagen, »wollen Sie wirklich schon gehen? Nicht noch einen kleinen Cognac vielleicht? So jung kommen wir ja nicht wieder zusammen.« Sein Lachen klang selbst in meinen unerfahrenen Ohren aufgesetzt und falsch.

»Danke«, lautete die knappe Antwort, »nein danke, es ist genug, ich möchte lieber nach Hause. Ich darf mich für Ihre Gastfreundschaft bedanken, von der verehrten Frau Gemahlin werde ich mich draußen verabschieden.«

Damit wandte er sich an mich, blies die Wangen auf, seine Augen schauten wütend. Ich versuchte hastig, mich wieder herzurichten, strich mir die weiße Schürze glatt und rückte mein Häubchen zurecht. Die Tränen in meinen Augen hatte er trotzdem noch gesehen. Seine Nasenflügel bebten, und er bat mich, ihm seine Garderobe zu geben. Als er mir seinen Zylinder abnahm, berührten sich unsere Hände, und möge der Herr mich strafen, wenn ich lüge, es durchfuhr uns beide wie ein Blitz.

Später, viel später, haben wir diesen magischen Augenblick oft für uns hervorgeholt und ihn wieder lebendig werden lassen.

Vielleicht führte dieser Schlag dazu, dass er seine Kopfbedeckung fallen ließ, die unter das Bett rollte. Ich war schon fast auf den Knien, da hielt er mich am Ellbogen fest. »Nein, mein Kind, lass das nur bleiben. Du kannst das gute Stück morgen aufheben und ich bin sicher, deine Herrschaft wird dir Gelegenheit geben, es mir in mein Hotel zu bringen.« Mit diesen Worten drehte er sich zum Hausherrn um und hob fragend die Augenbrauen.

Der nickte hastig und antwortete: »Natürlich, aber ja, morgen früh um Punkt 11:00 Uhr wird Ihnen unser Hausmädchen Ihren Zylinder überbringen. Selbstverständlich, keine Frage.«

Mein Retter nickte nur und verließ dann gemeinsam mit dem Hausherrn den Raum. Wenn es mir nicht ganz und gar unmöglich erschienen wäre, hätte ich mich sicherlich für einen Moment auf das Bett gesetzt, um meine wackligen Beine wieder zur Ruhe zu bringen. Das ging natürlich nicht an, und so verließ ich kurze Zeit später ebenfalls das Zimmer und ging zurück in die Küche.

»Hey, Granny, bist du wieder online? Du starrst die ganze Zeit vor dich hin und erzählst nicht weiter.«

»Oh, ach ja, entschuldige bitte, ich war ganz in meine Gedanken versunken. Dabei habe ich mich Otto so nah gefühlt, als würde er im Nebenzimmer auf mich warten.«

»Na, das fehlte mir gerade noch, zwei von eurer Sorte kann ich wirklich nicht gebrauchen.«

Ich bin jetzt echt irritiert. Kann eine psychisch

gestörte Frau sich eine solche Geschichte ausdenken? So flüssig wiedergeben? Solche Details, passend in die Zeit? Das ist doch nicht möglich, oder doch? Ich greife wieder nach dem Smartphone und rufe eine Seite mit Ahnenforschung auf.

»Wie hieß dein Otto mit Nachnamen?«

Sie hebt den Kopf und lächelt. »Wolffgramm hieß er, Otto von Wolffgramm, und wohnen tat er in der Langen Straße 73.«

Ich tippe die Informationen ein, und da kommt das Ergebnis: Von Wolffgramm, Otto, Kabinetts-Minister, Exzellenz, Lange Straße 73. Ich starre auf das Gerät und schlucke trocken. Dann versuche ich es noch einmal mit Luise Klewe und prompt erscheint: Klewe, Luise, Aufwärterin, Bruchmauer Straße 10.

Na gut, besinne ich mich. Diese Auskünfte könnte sie sich auf die gleiche Art besorgt haben wie ich. Das passt aber kaum zu meiner Theorie von einer getürmten Irren. Oder haben die Zugang zum Internet?

Sie hat mich beobachtet und lächelt ein wenig. »Du glaubst mir nicht, das merke ich schon lange. Du hältst mich für eine Verrückte, aber das bin ich nicht, ich kann es beweisen.« Wieder gräbt sie in ihrem schwarzen Beutel und zieht dann ein Medaillon hervor, herzförmig und offensichtlich wertvoll. Sie öffnet es und hält es mir hin. Ich nehme es und drehe es um. Die Gravur auf der Rückseite ist alt und kaum noch zu lesen: »Für mein geliebtes Minchen. Bald für immer Dein, OvW Juli 1890«

Ein Foto gibt es nicht, nur eine dunkelbraune Haarlocke steckt auf der einen Seite, die andere ist leer. Na ja, die Fotografie war ja noch nicht so weit verbreitet um die Zeit, denke ich, bevor ich das Schmuckstück wieder schließe. Im Grunde beweist das nichts. Sie kann das Medaillon über eBay gekauft, geklaut, gefunden oder geerbt haben. Warum zum Teufel glaube ich dann immer mehr, dass diese kleine, traurige Gestalt wirklich das ist, was sie die ganze Zeit schon behauptet: Der Geist meiner Ururgroßmutter? Wow! Das sage ich mal besser nicht laut, will ich nicht die nächsten Jahre mit ihr in der gleichen Zelle verbringen.

»Wann kommen denn deine beiden Kleinen eigentlich nach Hause? Du hast übrigens überhaupt noch nichts zu dir genommen. Nur Kaffee getrunken und diese schrecklichen Dinger geraucht.«

Sie klingt eindeutig unzufrieden mit mir.

Ich starre sie an und kann es nicht glauben. Warum ich? Wieso passiert mir so etwas? Was soll ich jetzt machen? Ich kann doch nicht einfach zur Tagesordnung übergehen. Ich meine, wie oft kommt es schon vor, dass jemand Besuch von einer Urahnin bekommt? Das muss ich erst einmal in Ruhe sacken lassen, aber nicht jetzt.

Für den Augenblick beschließe ich, so zu tun, als wäre alles ganz normal. Ich streiche die »Ur's«, dann ist Omi zu Besuch, fertig. Ich lasse einfach die Behauptung, dass sie seit vermutlich 90 Jahren tot ist, unter den Tisch fallen. Daher kommt mir ihre Bemerkung jetzt sehr gelegen, sie wird mich mit banalen Dingen ablenken.

»Wo du recht hast, hast du recht. Es wird Zeit, etwas zum Mittagessen zu kochen. Wenn ich das bis jetzt richtig verstanden habe, willst du nicht mitessen, oder?«

»Nein, danke, ich glaube nicht, dass ich essen kann, da ich auch keinerlei Hunger verspüre.«

»Okay, das ist wirklich sehr schade für dich, aber vielleicht hast du ja Lust, mir zu helfen? Hol mir bitte die Pommes aus der Truhe.« Mit diesen Worten stehe ich auf und gehe Richtung Küche.

Omi folgt mir nicht. Sie steuert zielstrebig auf die türkische Hochzeitstruhe zu, die ich bei meiner Mutter abgestaubt habe.

Ich warte und frage mich, was sie denn dort will, da dreht sie sich um und sieht mich an.

»Entschuldige bitte, was soll ich aus der Truhe holen? Den Pompadour?«

»Nein«, lache ich, »nicht den Pompadour – die Pommes. Die sind nicht in dieser Truhe, sondern in der Tiefkühltruhe. Die steht nicht im Wohnzimmer, sondern in der Küche.«

»Ach so«, sagt sie, »das ist alles sehr befremdlich.«

»Macht nichts«, winke ich ab, »das lernst du alles ganz schnell. Sind doch nur schlappe 120 Jahre, die du nachholen musst. Was ist das schon? Also komm, fangen wir mit der ersten Lektion ›modernes Leben‹ an.«

Sie kommt mir in die Küche hinterher und verkneift sich weitere Kommentare. Ich öffne die Kühltruhe und entnehme ihr eine Tüte Pommes. »Das, Granny, ist die Truhe, und das sind die Pommes. Kartoffeln, geschnitten und gefroren. Die packe ich jetzt auf das Backblech und schiebe sie in den Backofen, das ist dieses Gerät hier. Umluft 220 Grad.« Der Ofen beginnt zu heizen und sie macht wieder einen Schritt rückwärts, ihre Augen sind groß wie Untertassen.

»So, und weil heute Sonntag ist, und die Kids gleich kommen, gibt es zur Feier des Tages auch noch Würstchen dazu. Kein kulinarisches Highlight, aber es geht schnell und füllt den Magen.«

Ich nehme ein Glas mit Wienerle aus dem Vorratsschrank. Mit einem Knacken öffnet sich der Deckel und gibt den Geruch frei.

»Oh«, sagt Omi, »das riecht ja abscheulich!«

»Ach?«, ich gucke sie an und kann es mir nicht verkneifen: »Riechen kannst du? Fällt dir denn dann nichts auf?«

Sie sieht irritiert aus und schüttelt den Kopf.

»Ich verstehe dich nicht, was meinst du denn?«

Jetzt ist es mir peinlich, dass ich diese blöde Bemerkung gemacht habe und wehre ab.

»Nichts, war nur ein Scherz, alles ist gut.«

Zum Glück reißt gerade jemand die Klingel ab und meine beiden Süßen kommen nach Hause, poltern unter lauten Mamaaaaaaaaa-Rufen die Treppe herauf und schmeißen sich in meine Arme. Sie boxen und schubsen sich gegenseitig, um Platz zu haben.

Mein Sohn findet zuerst zurück in die Realität, läuft in die Küche und posaunt: »Ich habe ja soooooooo einen Hunger! Was gibt es denn und wann ist es endlich fertig?« Luise muss zuerst nach ihrem Kaninchen sehen und verschwindet im Kinderzimmer.

Lasse hat jetzt die Würstchen und die Pommes im Ofen entdeckt: »Oh, super, Pommes und Würstchen. Isi! Es gibt Pommes und Würstchen«. Er rennt los, um seiner Schwester diese Neuigkeit zu verkünden.

Von der höre ich die entnervt klingende Antwort: »Ich weiß, du musst mir das nicht dreimal ins Ohr schreien. Was stinkt hier eigentlich so?«

Für den Augenblick hatte ich meinen Besuch tatsächlich vergessen, jetzt fällt er mir siedend heiß wieder ein. »Lasse, Isi«, rufe ich, »kommt mal her, ich möchte euch jemanden vorstellen!«

Beide kommen erstaunlich schnell, schon beim ersten Rufen aus ihrem Zimmer gerannt. Besuch ist gern gesehen und wahrscheinlich hoffen sie auf meine Mutter oder auf Marius, einen guten Freund von mir. Sie schauen sich im Zimmer um, rennen dann ins Schlafzimmer.

»Da ist niemand«, Lasse klingt schon wieder weinerlich. Er hat gerade seine theatralische Phase, während Luise, genannt Isi, eher auf Krawall gebürstet ist.

»Natürlich nicht«, rufe ich zurück, »sie ist in der Küche.« Beide stürmen los und gleich darauf ertönt wieder: »Da ist auch niemand. Ach, menno, wo denn?« Jetzt ist es an mir, irritiert zu sein, und ich gehe nachschauen. Die Küche ist wahrlich nicht so groß, dass sich jemand in ihr verstecken könnte. Jedenfalls nicht, wenn er größer als eine Maus ist. Da steht sie doch! An genau dem gleichen Fleck, an dem ich sie verlassen habe.

»Na, hier ist sie doch«, sage ich erleichtert, aber beide Kinder gucken weiterhin suchend umher.

»Du bist vielleicht blöd«, sagt meine liebreizende Tochter, »du hast uns angelogen!«

»Nein«, wehre ich mich, »habe ich nicht, eben war sie noch da, Ehrenwort.«

»Ich habe dir doch gesagt, sie können mich nicht sehen und auch nicht hören.«

Scheiße, Scheiße, Scheiße! Meine Ururgroßmutter ist ein Geist. Eine Erscheinung, die gekommen ist, um einen 120 Jahre alten Mord aufzuklären. Mit meiner Hilfe!

Das ist die Geschichte des Jahrhunderts. Ach, was sage ich, das ist die Geschichte des Jahrtausends! Die Frage ist nur, wer nimmt sie mir ab? Vermutlich lande ich eher in einer Zwangsjacke damit, als bei der Verleihung des Pulitzer-Preises.

Egal, darüber werde ich nachdenken, wenn es so weit ist, jetzt muss ich erst einmal meine beiden Zwerge vom Thema Besuch ablenken.

»Okay, vielleicht ist sie weggegangen, ihr könnt jetzt mal den Tisch decken, das Essen ist fertig.«

Zwischen mir und der Inquisition befindet sich Gott sei Dank *Feuerwehrmann Sam*, und der macht seinen Job richtig gut.

Granny ist mir aus der Küche ins Wohnzimmer gefolgt und schaut lächelnd auf meine beiden Sprösslinge, bis zu dem Moment, in dem der Fernseher seinen Dienst aufnimmt.

Hätte zur Abwechslung sie einen Geist gesehen, ihr Schreck wäre bestimmt nicht größer gewesen.

Sie klammert sich an den Esstisch und die Augen fallen fast aus ihrem Kopf. Ich mache eine beruhigende Handbewegung in ihre Richtung, aber sie nimmt mich gar nicht wahr. Wie gebannt starrt sie auf den Bildschirm.

»Ja«, sage ich betont munter, »der gute, alte Feuerwehrmann Sam. Da seid ihr aber bestimmt froh, dass ihr den jetzt wieder im Fernsehen sehen könnt. Habe ich euch schon mal erzählt, dass es noch keine Fernsehapparate gab, als eure Oma noch ein Kind war?«

Puh, das habe ich mal elegant gelöst. Dass meine beiden nicht einmal mit einem Wimpernschlag reagieren, war zu erwarten. Immerhin hoffe ich, Granny hat mich gehört und die Botschaft verstanden: »Fernseher sind nur eine weitere, für dich unverständliche Erfindung unserer Zeit.«

Sie atmet hörbar aus und nimmt die Hand wieder von ihrem Herzen. Na ja, zumindest aus der Gegend, wo bei Menschen das Herz sitzt. Haben Geister Herzen? Sie ist nicht die Einzige, die hier Fragen hat.

Ausnahmsweise serviere ich den Kindern ihr Mittagessen direkt vor der Glotze. Sie nehmen das wohlwollend zur Kenntnis, ohne auch nur hochzugucken. Ich weiß aber schon jetzt, dass das wieder Debatten mit meinem Ex zur Folge haben wird. Er hält KiKA für eine Erfindung des Teufels, gefährlicher als Klapperschlangen im Kinderzimmer. Zumindest dann, wenn sie bei mir gucken, bei ihm sind sie vor dem bösen Einfluss japanischer Zeichentrick-Figuren offensichtlich gefeit. Scheiß drauf, im Augenblick habe ich echt andere Sorgen. Ich hocke mich mit meinem eigenen Teller wieder auf die Couch. Kaue lustlos auf Pommes mit Würstchen, die fade schmecken.

Als ich hochschaue, ist Granny verschwunden. Ich springe auf und renne durch die Wohnung. Nichts, nirgendwo. Ich gehe ins Bad, schaue lange und gründlich in den Spiegel und suche nach Anzeichen für eine beginnende Geisteskrankheit. Wie macht sich die bemerkbar? Außer in Halluzinationen natürlich, in denen man sich mit einer Ahnin unterhält, die seit 120 Jahren tot ist. Ich finde nichts Erschreckendes an meinem Äußeren und beschließe, meine Mam anzurufen. Für Fragen zu psychischen Störungen ist sie ohnehin die erste Adresse. Sie ist – oder besser war – Psychotherapeutin. Jetzt ist sie schon eine Weile in Rente. Aber so was verlernt man doch wohl nicht, da bin ich mir sicher.

Sie meldet sich nach dem zweiten Klingeln: »Na, Kind? Alles gut?«

Schon wieder jemand, der »Kind« zu mir sagt. Das wird langsam zu einer schlechten Gewohnheit, finde ich, muss aber trotzdem lachen.

»Yap«, beantworte ich ihre Frage, »alles bestens. Die Kids sind gerade wiedergekommen und gucken *Feuerwehrmann Sam*.«

Noch ein bisschen Smalltalk, dann pirsche ich mich vorsichtig an mein eigentliches Thema.

»Sag mal, meine Kollegin hat mir von einer Bekannten erzählt, die sich neuerdings mit ihrer angeblich lange verstorbenen Großmutter unterhält. Worauf weist das hin?«

»Kommt darauf an, was und wie viel davon sie getrunken hat. In nüchternem Zustand sollte das besser niemandem passieren, wenn er nicht gern längere Zeit psychiatrische Behandlung genießen möchte.«

Ach, du heilige Scheiße! Ich habe es geahnt, ich bin auf dem besten Weg in die Anstalt! Na ja, ist eigentlich kein Wunder, nach dem, was ich in den letzten Jahren so alles erlebt habe.

»Manchmal haben auch bestimmte Medikamente Halluzinationen zur Folge. Das ist dann nur temporär und verschwindet meist mit dem Absetzen wieder«, doziert meine Mutter weiter. Sie hat keine Ahnung, was sie damit in mir auslöst. »Na ja, manche Drogen machen unter Umständen auch solche Symptome und eben Alkohol in großen Mengen, über einen langen Zeitraum. Delirium, you see?«

Sie nimmt meine Frage natürlich mal wieder nicht ernst. Kenne ich schon, Mam neigt zu Ironie.

»Nee, glaube ich alles nicht. Meine Kollegin sagt, die ist völlig klar im Kopf, kein Junkie und auch keine Alkoholikerin. Nichts! Sie sei aber felsenfest davon überzeugt, dass ihre Ururgroßmutter bei ihr erscheint, um etwas von ihr zu fordern.«

»Was denn«, meine Mutter klingt eindeutig amüsiert, »will sie ihren Nähtisch zurück?«

»Weiß ich doch nicht«, ich merke selbst, wie sauer ich klinge, »ich habe ja nicht mit dem Geist gesprochen.«

»Gut, dann musst du dich auch nicht darüber aufregen, oder?«

Ich überlege, wie ich das Thema wechseln könnte, ohne dass sie misstrauisch wird, mir fällt aber überhaupt nichts ein.

»Hallo! Bist du noch da?«, die erhobene Stimme, die durch den Hörer klingt, holt mich aus meinen Gedanken zurück.

»Ja, klar, ich habe gerade dem Kater die Tür aufgemacht«, schwindele ich und wechsele damit das Thema.

Beruhigt hat mich dieses Gespräch in keiner Weise. Wie soll ich ihr erklären, dass es *meine* Ururgroßmutter ist. Dass die sich obendrein nicht für einen Nähtisch interessiert, sondern für die Aufklärung eines Mordes?

Ich verabschiede mich und gehe zurück zu meinen beiden Süßen. Die haben ihre Teller leer gegessen, sitzen aber immer noch vor der Kiste. Der Feuerwehrmann hat ausgelöscht, jetzt läuft ein Märchen. Frau Holle, wenn ich das richtig in Erinnerung habe. Ich überhöre die mahnende Mutterstimme in mir, die so langes Fernsehen unter keinen Umständen duldet, und gehe erst mal eine rauchen. Ich finde, die habe ich mir mehr als verdient.

Ich kann mir nicht helfen, aber mir fehlt das »Kind, das geht aber nicht!«. Ob das ein weiteres, übleres Anzeichen für Wahnsinn ist?

Wie alles im Leben geht auch dieser Tag um, die Kinder sind im Bett und ich atme tief durch.

Nachdem Granny sich nicht mehr gezeigt hat, fange ich langsam an, mich zu entspannen. Vielleicht habe ich mir das Ganze tatsächlich eingebildet? War übermüdet, noch im Halbschlaf, Nebenwirkung von Aspirin? Ich glaube mir selber nicht, ich weiß genau, dass sie wirklich hier gewesen ist. Und ich weiß auch, dass sie irgendwann wieder da sein wird.

»Du gehst aber sehr spät zu Bett, kein Wunder, dass du morgens nicht aus den Federn kommst.«

Da ist sie, sitzt wieder im Sessel unter dem Fenster. Wieso bin ich eigentlich erleichtert? Ich sollte doch entsetzt sein, oder nicht?

»Welcome back«, sage ich, »leiden Geister unter Schlaflosigkeit, oder warum kommst du um diese Uhrzeit noch? Wo hast du denn die ganze Zeit gesteckt?«

»In meiner Zeit, mein Kind«, sagt sie leise. »Es ist so viel zu tun, ich weiß gar nicht, wie ich das alles bewerkstelligen soll, aber Fritz hilft mir, wo er kann. Ich habe bis jetzt noch nicht herausgefunden, ob ich das beeinflussen kann. Ich meine, mein Kommen und mein Gehen, das ist alles noch sehr befremdlich für mich.«

»Oh, na dann: Willkommen im Klub«, seufze ich und setze mich im Bett auf. »Möchtest du jetzt vielleicht weitererzählen, denn *ich* muss irgendwann auch mal schlafen. Meine Nacht ist morgen früh um 6 Uhr zu Ende.«

»Du bist immer so ungeduldig, Kind, das musst du aber mal ablegen. ›Wer geduldig ist, der ist weise; wer aber ungeduldig ist, offenbart seine Torheit!‹«

Ich hasse Bibelweisheiten!

LUISE

Ich musste mich sputen in dieser Nacht. Die Köchin war schon lange nach Hause gegangen. Ich erinnere mich, dass ich dreimal frisches heißes Wasser gebraucht habe, um alles an Töpfen, Pfannen, Geschirr und Gläsern abzuwaschen. Es war dann bestimmt schon 4 Uhr, als ich mich noch ein bisschen hinlegen konnte. Nicht lange, denn schon früh am Morgen wurde der kleine Franz wach. Der hatte ja auch genug geschlafen. Obwohl ich also kaum Schlaf gefunden, dafür aber meine Hände fleißig geregt hatte, fühlte ich mich äußerst lebendig. Ich hätte singen mögen und die Welt umarmen.

Ich bereitete den Morgenkaffee für die Familie, die natürlich noch schlief. So hatte ich nur die Kinder zu versorgen und ruhig zu halten. Die Zeit verging quälend langsam, ich horchte häufig in Richtung Schlafzimmer. Ich hatte große Angst, dass die Herrschaft verschlafen könnte und ich »meinen Retter« nicht wiedersehen würde. Zum Glück passierte das nicht und so stand ich pünktlich um 11 Uhr in der Halle vom Lippischen Hof. Eingeschüchtert von der vorneh-

men Umgebung strich ich mir immer wieder meine weiße Schürze glatt und drehte den Zylinder in meinen Händen.

»Guten Morgen, mein Fräulein.« Ich fuhr herum und da stand er! Er sah so gut aus, mir wurde schon wieder ganz flau im Magen.

»Guten Morgen«, stammelte ich und knickste tief. »Bitte schön, gnädiger Herr, Ihre Kopfbedeckung.«

»Danke schön«, lächelte er und nahm mir den Zylinder ab.

»Hmm«, er räusperte sich vernehmlich und schaute sich in der Halle um. »Hmmm, möchtest du vielleicht irgendetwas? Ich meine, etwas trinken oder essen?«

»Nein, oh nein, natürlich nicht. Vielen Dank, gnädiger Herr, ich muss schnell zurück, meine Herrschaft erwartet mich ja«, dankte ich, obwohl ich nichts lieber getan hätte, als zu bleiben.

»Oh ja, natürlich«, lenkte er schnell ein und diesmal war ich sicher, seine Stimme klang bedauernd.

»Gut, du sollst ja meinetwegen nicht in Schwierigkeiten kommen, aber, wenn du erlaubst, begleite ich dich. Ein bisschen frische Luft wird mir jetzt sicherlich guttun.«

»Ja, Herr, wie Sie wünschen, ich meine, sehr gern, wenn Sie das möchten und es Ihnen nichts ausmacht.«

»Du meine Güte«, sagte er plötzlich kopfschüttelnd. »Ich benehme mich idiotisch, nicht?«

»Oh nein, auf keinen Fall, überhaupt nicht«, versicherte ich ihm schnell und wusste nicht, wie er das gemeint hatte. »Natürlich müssen Sie mich nicht begleiten, ich kann gut allein nach Hause gehen, entschuldigen Sie bitte schön.«

»Aber das meine ich doch gar nicht«, unterbrach er mich ungeduldig. »Ich möchte dich ja nach Hause bringen, ja,

unbedingt möchte ich das. Ist das nicht total seltsam? Ich weiß, ich benehme mich sehr befremdlich und eigentlich unverzeihlich, wirst du mir das nachsehen?«

Ich stand wie angewachsen vor ihm und wagte kaum zu atmen. Ich hatte keine Ahnung, was er von mir erwartete, wusste nicht, was ich sagen sollte.

Ich hatte natürlich über Mädchen tuscheln hören, die von ihren Dienstherren in Schwierigkeiten gebracht worden waren. Von Männern, die schöne Worte und Versprechungen gemacht, aber nicht gehalten hatten. Mir kam jedoch nicht einmal in den Sinn, dass er auch so einer sein könnte. Seine blauen Augen schauten verwirrt und gleichzeitig liebevoll auf mich, mein Herz klopfte wie wild in meiner Brust.

Ich weiß nicht, woher ich plötzlich diesen Mut nahm, aber ich lächelte, knickste und sagte: »Gut, dann gehen wir.«

»Na, du warst ja eine ganze Forsche«, lache ich.

Granny schüttelt nachdenklich den Kopf.

»Oh nein, das war ich nicht, aber ich war mir so sicher, dass Otto anders war als alle Männer auf der Welt.«

»Na ja, dieses Gefühl hatte ich schon öfter, das nennt man ›Verliebtsein‹«, stimme ich zu, »das vergeht häufig über Nacht wieder. Aber, wenn ich das richtig verstanden habe, waren One-Night-Stands in deiner Zeit noch nicht so ›in‹, oder? Und eine verlorene Jungfernschaft kriegt man auch nicht wieder.«

»Liebes Kind, ›Selig sind, die ein reines Herz haben, denn sie werden Gott schauen!‹ Ich weiß ja, dass du eine Geschiedene bist. Ich sehe auch, dass du dir Mühe gibst, deine Kinder ohne ihren Vater aufzuziehen, aber …«

»Was soll denn das heißen? ›Aufziehen‹ tut man Hundewelpen oder Kanarienvögel, aber doch keine Kinder. Und außerdem, eine Scheidung ist heutzutage völlig normal. Meine Mutter ist geschieden, ihre Mutter auch, nur du nicht. Du warst gar nicht erst verheiratet und willst mir hier Moral predigen? Ich glaub, ich spinne!«

»Kind, das verstehst du nicht, du hast die Zeiten nicht miterlebt.«

»Ja, das kenne ich! Immer, wenn ihr Alten nicht weiterwisst, kommt ihr mit den ›anderen Zeiten‹, blöde Ausrede! Aber ist jetzt wurscht, erzähl weiter, wie du dir Otto geangelt hast.«

»Ach Kind, sag so etwas nicht, bitte. Meine Gefühle waren gänzlich unschuldig, romantisch. Ich war zwar schon fast 20 Jahre alt, hatte aber keinerlei Erfahrung und schwärmte für einen Mann, der nicht aus meiner Gesellschaftsschicht war, also völlig unerreichbar.«

»Ja, aber er hat das offensichtlich anders gesehen, sonst hätte er dich ja nicht so angebaggert?«

»Was hat er?« Granny hat wieder Fragezeichen in den Augen.

»Dich angebaggert, angegraben, wie auch immer ihr eine Anmache damals genannt habt.«

»Du meinst, er hat mir Avancen gemacht?« Granny ist mal wieder irritiert.

»Wenn das der Ausdruck dafür war, meinetwegen auch das. Kommt aber am Ende auf das Gleiche heraus, richtig? Wie ging's weiter?«

»Ja, wie ging's weiter?«

Wir spazierten zusammen die Lange Straße entlang, sorgsam darauf bedacht, Abstand voneinander zu halten. Mit meiner weißen Schürze und dem Häubchen war ich ja auf den allerersten Blick als Dienstmädchen zu erkennen, während er wie ein eleganter Herr gekleidet war.

Wir schwiegen, nur um dann plötzlich zur gleichen Zeit mit einem Satz zu beginnen. Darüber mussten wir beide lachen und unsere Verlegenheit war gebrochen.

»Luise«, sagte er ernst, »Luise, ich darf dich doch so nennen? Du spürst es doch auch, nicht? Uns beide verbindet etwas ganz Besonderes, etwas, was da ist, ohne dass ich es in Worten ausdrücken kann. Sag mir, ob du es auch spürst, bitte!«

»Ja«, sagte ich und schaute ihm jetzt ohne jede Angst in die Augen, »ja, ich spüre es auch!«

Er lachte erleichtert auf und sagte: »Ich heiße übrigens Otto. Also, ganz genau heiße ich Friedrich Otto Hermann von Wolffgramm und stamme ursprünglich aus Königsberg. Lebe und arbeite aber in Potsdam. Ich bin dort Polizeipräsident. Ein ordentliches Stück weit weg von deinem schönen Detmold hier. Zu meinem Bedauern, muss ich sagen.«

Viel zu schnell kam das Haus meiner Herrschaft in Sicht.

»Ich finde einen Weg, dich wiederzusehen«, flüsterte Otto mir noch zu, dann drehte er sich schnell um und ging den Weg zurück, den wir gerade noch zusammen gegangen waren.

Ich werfe einen Blick auf meinen Wecker und erschrecke. Es ist fast halb zwei, ich muss jetzt dringend schlafen, will ich morgen nicht total durchhängen.

»Granny«, sage ich daher, »ich bedaure es wirklich sehr, aber deine Geschichte muss noch etwas länger warten, ich brauche meinen Schönheitsschlaf.«

»Schlaf nur, liebes Kind«, lächelt sie ganz in ihre Gedanken versunken, »wer schläft, der sündigt nicht. Ich komme morgen wieder, hoffe ich jedenfalls.«

»Wer sündigt, schläft besser«, murmele ich und bin schon eingeschlafen.

Ich erwache unfreiwillig, weil Kater Amun sein allmorgendliches Terrorprogramm damit startet, meine Haare zu waschen. Das ist eine seiner bewährten Methoden, mich aus dem Bett zu kriegen. Dazu legt er sich im Halbkreis um meinen Kopf, packt mit den Zähnen eine Haarsträhne und beginnt, diese durchzukauen. Das geht nicht ohne Verluste auf meiner Seite ab. Seine Strategie hat daher schnell Erfolg.

Diesmal versuche ich es mit entschlossener Abwehr. Ich greife mit den Händen nach oben, packe den Kater und schmeiße ihn unsanft zum Fußende meines Bettes. Wer nun glaubt, Amun wäre von seinem Vorhaben, mich zu wecken, abgewichen, der kennt diesen Kater schlecht. Jetzt geht er zum frontalen Angriff über und springt mir mit Anlauf ins Gesicht. Zum Glück kann ich rechtzeitig die Bettdecke hochreißen, sodass ich ohne Verletzungen davonkomme. Ich stöhne und versuche, mir das pelzige Untier weiter vom Leib zu halten.

Genauso gut könnte ich versuchen, einen Orkan mit bloßen Händen zu stoppen. Amun ist nicht zu bremsen, wenn er Hunger hat. Türen öffnen kann er natürlich im Vorbeigehen, selbst hochstehende Klinken halten ihn nur sekundenlang auf. Abschließen ist auch keine Lösung, denn seine Randale hört man noch drei Häuser weiter.

Jetzt sitzt er unmittelbar vor meinem Gesicht und versucht mit der rechten Vorderpfote meinen Mund zu öffnen. Gleichzeitig beginnt er freundschaftlich an meiner Nase zu knabbern. Dazu knurrt und gurrt er in voller Lautstärke. Ich gebe auf und schwinge stöhnend die Beine aus dem Bett.

Bis zu diesem Moment habe ich Granny nicht vermisst, jetzt fällt sie mir voller Entsetzen wieder ein. Der Sessel ist allerdings leer und meine schnelle Inspektion der restlichen Wohnung ergibt auch keine Spur von ihr. Amun rennt mit hochgestelltem Bürstenschwanz maunzend vor mir her, den Hungertod unmittelbar vor Augen. Ich fülle als gute Katzenmutter als Erstes seinen Napf, noch bevor ich die Kaffeemaschine anwerfe und aufs Klo gehe.

Trockenfutter ist dem Herrn Kater heute nicht genehm, er verzieht die Nase, mault laut und streicht mir um die Beine. Verfolgt mich klagend miauend weiter ins Bad und erzählt von seinem Elend. Entnervt renne ich zurück in die Küche, öffne eine Plastikschale Katzenfutter und stelle ihm den Matsch nach unten. Nein, auch das findet nicht seinen Beifall, und jetzt wird er ernsthaft sauer. Er schimpft wie ein Rohrspatz und beginnt an meinen Beinen hochzusteigen. Das tut weh und ich versuche verzweifelt, aber mit wenig Erfolg, ihn abzuwehren. Vom Kater verfolgt, flüchte ich mich zurück in mein Schlafzimmer und ziehe mir schnell eine Jeans an.

Zwischenzeitlich sind auch meine beiden zweibeinigen Nervensägen auf dem Plan erschienen. Nur, um sich umgehend auf das Sofa im Wohnzimmer zu schmeißen. KiKA gucken. »Guten Morgen, Mama« oder ähnliche Nettigkeiten, muss ich überhört haben.

»*Guten Morgen*«, sage ich überdeutlich und zumindest von Isi kommt ein gemurmeltes »Guten Morgen« zurück. Ich starte das allmorgendlich wiederkehrende Programm: Wie mache ich mich am schnellsten unbeliebt. Dazu fordere ich so unnötige Dinge wie Zähneputzen und zumindest pro forma mit einem Waschlappen durchs Gesicht fahren. Sie überhören das, auch wie jeden Morgen!

In den zehn Minuten, die ich brauche, um sie endlich in die Gänge zu bekommen, werde ich weiterhin von Amun terrorisiert. Ich flüchte mich unter die Dusche, er hockt sich davor und knurrt so laut, dass es selbst das rauschende Wasser übertönt. Irgendwann reißt mir regelmäßig der Geduldsfaden und ich schmeiße den Kater raus. So auch heute. Jetzt sitzt er vor der Balkontür und starrt Löcher in die Scheibe. Hilft das nicht, klagt er laut der Nachbarschaft sein Leid.

Egal, ich muss mich für die Redaktion fertig machen, die Kinder schul- bzw. kindergartenfein kriegen. Jeden gottverdammten Morgen das gleiche Spiel. Ja, ich weiß, ich soll den Namen des Herrn … geschenkt.

Um kurz nach sieben habe ich es, wider Erwarten, ein weiteres Mal geschafft. Ich sehe präsentabel aus, die Kinder sind gewaschen und gekämmt, haben Kakao getrunken, sich angezogen und können nun auch in ihren Tag starten. Ich lasse noch schnell den beleidigten Kater wieder rein. Der würdigt mich keines Blickes, rennt umgehend in die Küche, um nun, ohne jedes Gemaule, sein bisher verschmähtes Futter zu vertilgen.

Lasse steigt vor dem Kindergarten aus. Küsschen, Winken, weiter geht's zur Grundschule. Jetzt ist Isi dran, aussteigen, Küsschen, Winken, weiterfahren. 30 Kilometer durch den allmorgendlichen Stau bis in die Redaktion.

Ich pack's so gerade und atme erst einmal tief durch. Danach schmeiße ich Tasche und Jacke auf meinen Schreibtisch und marschiere, ohne anzuhalten, Richtung Kaffeemaschine. Kaffee! In Ruhe, ohne Kinder, ohne Kater, und wenn ich Glück habe, sogar ohne Chef. Der kommt meist eine gute Stunde später. Zwei Kolleginnen sind schon da und stehen mit mir um die Kaffeemaschine herum. Beide sind Single und sehen daher auch sehr viel entspannter aus als ich vermutlich. Wir quatschen kurz, dann macht sich jede auf in ihr Büro. Jetzt müssen die nächtlichen Ereignisse, die von den verschiedenen Polizeiwachen, Presseleuten und freien Mitarbeitern eingegangen sind, gesichtet werden.

Ich sehe sie schon von Weitem! Sie sitzt neben meinem Stuhl auf dem Besucherplatz und sieht aus wie immer, blass, dünn, schwarz mit Hut.

»Hey, Granny«, stöhne ich erschrocken und sehe mich um, ob jemand in der Nähe ist, »wie kommst du denn hierher?«

»Ich weiß das nicht, das habe ich doch schon gesagt!« Können Geister genervt klingen? Sie kann!

»Okay, aber dann pass jetzt mal auf, was ich dir sage: Ich kann es mir unter keinen Umständen leisten, hier Selbstgespräche zu führen. Ich kann auch keinem Kollegen erzählen, dass ich mich mit dem Geist meiner Ururahnin unterhalte. Sprich mich also bitte nicht an, und vor allen Dingen, frag mich nichts, damit ich nicht aus lauter Gewohnheit antworte. Hast du das gecheckt? Äh, ich meine, hast du das verstanden?«

Beide nicken, Granny und ihr Hut.

Die ersten zwei Stunden verlaufen ohne Störungen. Niemand stellt mir komische Fragen, niemand scheint sie sehen zu können. Sie schweigt auch tatsächlich, sitzt einfach da und betrachtet mit großen Augen ihre Umgebung.

Dann kommt mein Chef und legt mir eine Mappe auf den Schreibtisch. Ich soll rausfahren und eine knappe Pressemeldung weiter recherchieren. Okay, wie erkläre ich das jetzt Granny? Sie nickt aber schon wieder und steht auf, offensichtlich will sie mich begleiten. Na dann, gehen wir!

Am Fahrstuhl ahnt sie wohl noch nichts Böses, aber als sich dann die Tür hinter uns schließt und das Teil sich in Bewegung setzt, klammert sie sich voller Entsetzen an der Haltestange fest.

»Ganz ruhig, dir passiert nichts. Das ist nur ein Fahrstuhl, der spart das Treppensteigen, wir sind immerhin im 5. Stock.«

Da sind wir auch schon unten, und das ältere Modell stoppt mit einem deutlichen Ruck. Granny schließt die Augen und holt tief Luft. Ich nehme an, das war ein Dankgebet, sagen tut sie aber keinen Ton.

In der Tiefgarage steuere ich auf mein Pressefahrzeug zu, da ich zum Glück nicht mein Privatauto benutzen muss. Das ist derart betagt, dass es jeden Moment seinen Geist aufgeben kann.

Der VW-Bus hat auch schon bessere Zeiten gesehen, aber wenn der zusammenbricht, muss mich das jedenfalls nicht erschüttern. Ich schließe auf und warte, das Granny einsteigt. Die wandert gerade mit kleinen Schritten um das Auto herum und murmelt dabei vor sich hin.

»Was jetzt? Steig ein, ich kann nicht ewig auf dich warten!«

»Da steige ich nicht ein!« Sie klingt entschlossen.

»Warum denn nicht? Ich bin eine gute Autofahrerin, habe seit ewigen Jahren meinen Führerschein und keinen einzigen Unfall«, versuche ich sie zu beruhigen.

Sie schüttelt weiterhin den Kopf und steht nur da.

Ach so, jetzt verstehe ich. Woher soll Granny Autos kennen, noch dazu einen VW-Bus?

»Pass auf, das Ding hier ist ein Auto. Jeder hat eines, ich auch. Ich fahre, die Kinder fahren, jeder fährt, und die meisten überleben das. Dir wird nichts passieren, also komm, steig ein oder bleib hier. Ich kann dir aber versichern, dass keine Droschke kommen wird. Husch, ich kann nicht den ganzen Tag auf dich warten.«

Langsam nähert sie sich jetzt der Beifahrertür und sitzt plötzlich neben mir. Was war das denn? Wie hat sie das gemacht? Kann sie fliegen?

Sie scheint selber erschrocken und klammert sich am Sitz fest. Sie hat aber wieder diesen entschlossenen Zug um den Mund.

»Achtung, es geht los!« Ich drehe den Zündschlüssel und überlege, ob sich Geister eigentlich anschnallen müssen?

Wir rollen aus der Garage und reihen uns in den fließenden Verkehr ein. Ich kann kaum schneller als 30 km/h fahren, aber Granny sieht aus, als würde ich versuchen, den Großen Preis von Monaco zu gewinnen.

»Nun komm, entspann dich, Autofahren ist noch lange nicht die schnellste Art, sich fortzubewegen. Es gibt Flugzeuge, mit denen bist du in wenigen Stunden in Amerika.«

»Flugzeuge?« Schon wieder Fragezeichen in ihren Augen, hätte ich doch bloß die Klappe gehalten

Ich zeige zum Himmel, an dem ein dicker, weißer Kondensstreifen zu sehen ist: »Da, schau, da oben fliegt eins, kannst du es sehen?«

Granny kneift die Augen zusammen und starrt angestrengt nach oben. »Nein, ich sehe nichts. Du weißt doch, dass ich meine Brille nicht bei mir habe.«

Ach ja, wie konnte ich das nur vergessen?

»Gut, macht nichts. Flugzeuge sind riesige Maschinen, die durch die Luft fliegen. Hunderte von Menschen passen in so ein Ding rein. Flugzeuge fliegen so schnell, dass sie nicht runterfallen können. Wenn du drinnen sitzt, merkst du nicht einmal, wie schnell sie fliegen. Nur bei Start und Landung dröhnt es ein bisschen in deinen Ohren.«

Ich glaube nicht, dass sie verstanden hat, was ich ihr zu erklären versucht habe. Sie starrt aus dem Fenster und hat vermutlich das Gefühl, von Außerirdischen auf einen entfernten Planeten entführt worden zu sein. Autoverkehr, Hochhäuser, Flugzeuge. Science-Fiction für ihre Zeit.

Vermutlich habe ich keine Vorstellung davon, wie sie sich in meiner Welt fühlen muss, ob's umgekehrt leichter wäre?

»Entspann dich, Granny. Vielleicht erzählst du einfach, wie es mit Otto und dir so weiterging? Das lenkt ab.«

Sie reißt ihren Blick von der Straße los, atmet tief durch und beginnt …

LUISE

Ich fand kaum Schlaf in dieser Nacht, wälzte mich hin und her. Malte mir aus, wie es wohl wäre, mit Otto verheiratet zu sein. Etwas anderes konnte ich mir nicht vorstellen, aber auch dieser Gedanke erschien mir völlig unmöglich. Otto war ein vornehmer Herr, ein Polizeipräsident, ein Studierter, ich war ein Dienstmädchen. Ohne Familie, ohne Mitgift, ohne Bildung, im Gegensatz zu ihm war ich ein Niemand.

Ich schlief also nicht, als Unruhe im Haus zu bemerken war und die Gnädigste nach mir rief. Ich sprang schnell aus dem Bett, zog mir mein Morgengewand über und lief hinaus in die Küche.

»Es brennt, ein Großbrand! Wo, weiß ich nicht, aber man kann den Feuerschein am Himmel sehen.«

Brände waren etwas sehr Schlimmes. Es passierte sehr oft, dass ein Feuer die nah zusammenstehenden Häuser erfasste und viele Menschen obdachlos machte. Jeder, der konnte, sprang also aus dem Bett, und bald war die Straße gefüllt mit aufgeregten Menschen.

Wir konnten den Feuerschein sehen, aber keinen Qualm riechen. Es schien weiter weg zu sein und uns nicht unmittelbar zu bedrohen. Von der Langen Straße war jetzt Hufgetrappel und Geschrei zu hören, vermutlich Helfer auf dem Weg zum Brandherd.

Da nichts weiter passierte, es außerdem noch dunkel und sehr kalt war, zogen sich die meisten Anwohner wieder in ihre Häuser zurück. Auch meine Herrschaft ging wieder zu Bett. Mir trugen sie auf, das Feuer zu schüren und Morgenkaffee zu richten. Mir war das ganz recht, ich hätte ohnehin keinen Schlaf mehr gefunden.

Gegen Mittag erfuhren wir, dass in einer großen Druckerei ein furchtbares Feuer gewütet hatte. Sie war bis auf die Grundmauern zerstört worden. Eine schreckliche Nachricht, denn einige Nachbarsfrauen arbeiteten dort und waren nun wohl für lange Zeit ohne Einkommen. Die Bewohner der nahe liegenden Bruchmauer Straße traf das Unglück noch härter. Hier lebten besonders arme Menschen, und die würden jetzt wohl noch mehr hungern müssen, als sie es gewohnt waren. Auf alle Fälle so lange, bis die Druckerei ihre Arbeit wieder aufnehmen konnte.

Bis die Herrschaft zum zweiten Mal an diesem Sonntagmorgen aufstand, hatte ich schon die Kinder angekleidet und mit Milch und Grießbrei versorgt. Der kleine Franz kränkelte wieder, seine Nase lief und seine Bäckchen waren hochrot. Ich hoffte inständig, dass es nur eine Erkältung wäre und nichts Schlimmeres. Meine Hoffnung erfüllte sich nicht, denn schon kurze Zeit später begann er heftig zu husten und bekam nur noch schwer Luft. Mir wurde angst und bange und ich beschloss daher, die Gnädigste zu wecken. Sie kam mir aber schon aus dem Schlafgemach entgegen. Offensichtlich hatte sie das keuchende Husten des Kindes gehört. Auch der Herr kam. Noch im Schlafrock und mit Bartbinde, ordnete er nach einem Blick auf Franz an, sofort den Arzt holen zu gehen. Ich warf mir meinen Umhang über, zog in aller Eile meine Schuhe an und lief los, so schnell es mir auf dem gefrorenen Schnee möglich war. Der Doktor wohnte in der Schülerstraße, direkt gegenüber der Lutherkirche und war, dem Herrn sei Dank, zu Hause. Auf meine aufgeregte Schilderung, die er immer wieder mit Fragen unterbrach, nahm er seine Tasche, zog noch im Hinausgehen seinen Mantel an, und lief, den Hut in der Hand, vor mir her.

Zu Fuß waren wir schneller, als hätte er erst seinen Einspänner bereitgemacht. Erhitzt vom schnellen Lauf kam ich kurz nach ihm im Haus der Herrschaft an und fand alles in höchster Aufregung vor. Die Gnädigste lief jammernd durch die Räume und klagte laut, die Hände unter das Kinn gepresst. Die Kinder kamen mir entgegen, sie waren verängstigt und suchten Trost.

Ich wusste nicht, was tun, und nahm sie erst einmal mit in die Küche. Eine heiße Milch mit Honig würde ihnen guttun. Ich beruhigte sie, so gut es eben ging, betete zusammen mit ihnen und versprach, dass es Klein-Franz bald wieder gut gehen würde.

Danach sah es aber nicht aus. Ich hörte das laute Weinen der Gnädigsten selbst durch die fest geschlossene Tür. Kurze Zeit später kam der Herr herein und sagte kurz und knapp: »Luise, mach dich und die Kinder reisefertig, ihr fahrt für eine Weile zu meiner Schwägerin aufs Land. Pack schnell das Nötigste ein, aber beeil dich, die Kutsche wird gleich eintreffen.«

Ich lief los, suchte für alle Kinder an Kleidung zusammen, was ich auf die Schnelle greifen konnte, und packte damit eine große Reisetruhe. Für mich selber blieb keine Zeit und so hatte ich kaum mehr, als das, was ich am Leibe trug, als wir abfahrbereit in der Diele standen.

Im selben Augenblick kam Doktor Pohlmann aus dem Zimmer, in dem Klein-Franz zu Bett lag. Sein Gesichtsausdruck war ernst und mir schwante das Schlimmste.

Bevor sich die Haustür öffnete, konnte ich einen Blick in das Zimmer werfen und sah die Gnädigste am Bett ihres jüngsten Sohnes knien und hörte sie schluchzen.

Der Herr kam jetzt mit dem Kutscher. Der packte sich die Reisetruhe, die er hinten auf der Kutsche festschnallte. Die Kinder hatten – ganz Kinder – ihren kranken Bruder völlig vergessen, waren aufgeregt und begeistert von dem unerwarteten Abenteuer. Während sie einstiegen, sagte der gnädige Herr kurz und leise: »Franz hat Diphtherie und wird das schwerlich überleben. Sollte eines der Kinder Halsschmerzen oder Fieber bekommen, wende dich sofort an die Hausfrau. Dann muss ein Arzt hinzugezogen werden!« Damit überreichte er mir ein Schreiben an seine Schwägerin. Vermutlich gab es darüber Auskunft, warum drei Kinder ohne Eltern, nur mit dem Hausmädchen bei ihr vorfuhren.

Die Fahrt war lang, unser Ziel war Hiddesen, ein kleiner Ort vor den Toren Detmolds. Die Kinder langweilten sich, hatten Hunger und Durst und wollten nicht länger still sitzen. Als wir unser Ziel erreichten, sprangen sie sofort aus der Kutsche und liefen lärmend auf das Haus zu. Die Schwester der Gnädigen war eine ältere Dame, vielleicht Anfang 50, mit grauem Haar, von dem nur ein paar Löckchen aus ihrer Haube herausschauten. Sie hielt sich sehr gerade, und sie konnte ihr Erstaunen über unser unerwartetes Auftauchen nicht verhehlen. Sie lief mir entgegen und fragte hastig: »Was ist passiert, sag schnell!« Ich übergab ihr das Schreiben ihres Schwagers und berichtete, was ich wusste. Sie handelte umsichtig, entlohnte den Kutscher, hieß ihn aber noch an, die Truhe ins Haus bringen. Als ein Dienstmädchen herbeieilte, übertrug sie diesem die Verantwortung für die Versorgung der Kinder und deren vorläufige Unterbringung. Wir gingen zusammen ins Haus und direkt in die Küche. Fräulein Priester war unverheiratet. Sie lebte allein in diesem Haus, das der Vater ihr bei seinem Tod vor etwa 10 Jahren hinterlassen hatte. Dieses Erbe hatte fast zu einem Bruch mit ihrer einzigen Schwester geführt. Nicht, weil diese es für sich beansprucht hätte. Das nicht, aber ihr Ehemann machte sehr deutlich, dass eine Frau keinen Besitz haben durfte.

Am Ende hatte er aber einen Skandal vermeiden wollen, und so wohnte Fräulein Priester eben weiterhin in ihrem Vaterhaus. Allein mit einem Dienstmädchen und einer Köchin. Das war äußerst ungewöhnlich und die Leute brauchten lange, bis sie es akzeptiert hatten.

Das erfuhr ich alles in den nächsten Stunden, denn das gnädige Fräulein war recht redselig. Das lag vielleicht daran, dass sie sehr viel ohne Gesellschaft war. Außer ihrem ältlichen Dienstmädchen und der nicht viel jüngeren Köchin, gab es nur noch einen alten Mann, der die Kutsche fuhr, wenn das gnädige Fräulein zu einem ihrer seltenen Besuche bei Freundinnen ausfahren wollte. Er ging am Stock, war schwerhörig und hatte keinen einzigen Zahn mehr im Mund. Er wohnte natürlich nicht im Haus, sondern einige hundert Meter entfernt bei seiner verwitweten Tochter.

Fräulein Priester wollte von mir alles über die Erkrankung von Franz, den Silvesterabend und natürlich den Brand wissen. Über Letzteren wusste ich ja nicht viel zu erzählen, aber sie fragte immer weiter, auch als ich längst schwieg. Franz' Schicksal schien sie nicht weiter zu beunruhigen, was daran liegen mochte, dass sie Franz nie von Angesicht zu Angesicht kennengelernt hatte.

Mich beunruhigte das hingegen sehr, denn ich kannte den kleinen, kränklichen Jungen von seinem ersten Lebensjahr an und bildete mir ein, er könne mir nicht mehr am Herzen liegen, wäre er mein eigen Fleisch und Blut. Nun war ich zur Untätigkeit verurteilt und musste mich wohl oder übel gedulden, bis neue Nachrichten eintrafen.

Über all diesen Aufregungen hatte ich Otto natürlich auch nicht vergessen und fragte mich, ob er auf irgendeine Art wohl erfahren würde, wo ich mich befand und warum. Wenn ja, was könnte er tun? Abreisen, in seine Heimat Potsdam? Würde er wiederkommen? Mir eine Depesche schicken? Sicher nicht, die Gefahr, dass eine solche in falsche Hände geriet, war viel zu groß.

Es verging eine ganze Woche in quälender Ungewissheit. Ich wurde zu einer Art Gesellschafterin für das gnädige Fräulein und das Dienstmädchen kümmerte sich um die Kinder und deren Versorgung.

An einem der nächsten Abende war die Stimmung zwischen ihr und mir fast vertraulich. Sie erzählte von ihren Jugendjahren, der Schwester, der sie sehr zugetan war. Von der langen Krankheit des Vaters, seiner Pflege und seinem Tod. Sie hatte deshalb zweimal die Gelegenheit zu einer guten Partie ausschlagen müssen. Besonders ein Mann hatte großen Eindruck auf sie gemacht. Vielleicht wäre sie seine Frau geworden, aber er starb an Tuberkulose, noch bevor sie sich zu einer Entscheidung durchgerungen hatte. Immerhin machte ihr diese vergangene und nicht genutzte Gelegenheit das Dasein als ältliches Fräulein erträglicher. Schließlich war es nicht so, dass niemand sie gewollt hätte. Zusätzlich hatte es in ihr eine sehr romantische Ader hervorgebracht.

Irgendwann fragte sie dann lächelnd: »Nun, Luise, und wie ist das mit dir? Jung und hübsch, wie du bist, hast du doch sicherlich auch schon einen Verehrer?«

Ich spürte, wie mir das Blut ins Gesicht stieg und wusste nicht, was ich darauf erwidern sollte.

Fräulein Priester spürte sofort, dass ich offensichtlich ein Geheimnis hütete, und versprach sich wohl eine unterhaltsame Geschichte.

»Nun komm, sei nicht so schüchtern«, forderte sie mich auf, »erzähl mir ruhig ein bisschen, es wird ja niemand erfahren. Es bleibt ganz unter uns.«

Was sollte ich machen? Wenn das Herz von etwas voll ist, läuft der Mund eben über. Ich berichtete ihr also von meiner Begegnung mit Otto, ohne allerdings seinen Namen zu erwähnen. Entgegen ihrer Gewohnheit unterbrach sie mich nicht, sondern hörte mir aufmerksam und mit Interesse zu.

Als ich geendet hatte, räusperte sie sich und sagte nachdenklich: »Nun, das scheint mir wirklich eine delikate Angelegenheit zu sein. Ihr habt niemanden, der euch offiziell miteinander bekannt machen kann. Ihr kommt nicht aus den gleichen Kreisen, er ist viel älter als du, nicht aus Detmold und du weißt nicht wirklich viel über ihn. Wie kannst du da sicher sein, dass er es ernst mit dir meint und nicht nur darauf aus ist, ein junges, unschuldiges Mädchen in Schwierigkeiten zu bringen?«

Ich widersprach sofort auf das Lebhafteste und sie nickte lächelnd. »Natürlich, natürlich, du bist verliebt, und glaubst daher jedes Wort, das er dir erzählt. Das kann ich verstehen, aber eine gewisse Vorsicht schadet ja nicht. Schließlich bist du diejenige, die den Schaden hat, falls er doch unehrenhafte Absichten haben sollte. Und, mein

Kind, selbst wenn er ein Ehrenmann ist, so müsstest du doch eine Menge ändern, bevor eine Verbindung zwischen euch auch nur in Betracht gezogen werden kann. Deine Sprache, deine Haltung, dein Gang, ach, da ist so vieles. Aber, nun, das ließe sich ja alles ändern.«

Ich wusste schon, dass meine Sprache sehr einfach war. Mein Vater hatte es nicht geduldet, dass meine Mutter mit uns »gestelzt« sprach, obwohl sie von zu Hause ein gutes Deutsch gelernt hatte. Mein Gang war durch häufiges Barfußlaufen als Kind sehr bodenständig und keinesfalls grazil. Und Kleidung war etwas, wofür sich feine Damen interessierten, aber doch nicht ich.

Ich fasste mir noch einmal Mut und berichtete vom Silvesterabend und dem Verhalten meines Dienstherrn. Sie war sichtlich empört und zornig, zum Glück nicht auf mich, sondern auf ihren ungeliebten Schwager.

»Das ist schändlich«, schimpfte sie, »ungehörig und höchst unehrenhaft, aber das passt zu ihm. Ich habe ihm nie getraut. Ich muss mit meiner Schwester reden, wenn ich sie das nächste Mal sehe!« Ich wehrte erschrocken ab und bat sie inständig um ihr Schweigen, um mich nicht in die größten Schwierigkeiten zu bringen.

»Du hast vielleicht recht«, stimmte sie mir zu meiner großen Erleichterung zu, »er wird es ohnehin abstreiten, er ist ein Feigling, war er schon immer. Aber Strafe muss trotzdem sein, und zurück zu ihm kannst du unter diesen Umständen nicht, das werde ich nicht zulassen.«

»Aber«, hob ich an, doch sie unterbrach mich energisch. »Nichts aber! Lass mich nur machen. Zwischen Hiddesen und Detmold liegt nicht die Welt, du bleibst auf alle Fälle bei mir. Ich habe dich in der letzten Woche

lieb gewonnen, vielleicht weil das Schicksal es mir nicht bestimmt hat, eigene Kinder zu bekommen. Du könntest die Tochter sein, die ich gern gehabt hätte.«

Mir traten bei diesen Worten die Tränen in die Augen und ich musste schlucken, so berührten mich ihre Worte. Seit dem Tod der Mutter hatte niemand mehr so freundlich mit mir gesprochen und mein Herz flog ihr zu.

Eine Woche später, um die Mittagszeit, kam ein Kutscher mit einer Depesche, die unsere schlimmsten Befürchtungen bestätigte: Franz war tot und bereits begraben. Die trauernden Eltern riefen ihre gesunden Kinder nun zurück, und damit auch mich.

»Nichts da!«, sagte das gnädige Fräulein resolut, »du bleibst hier, alles andere überlasse mir.«

Ich war hin- und hergerissen zwischen meinen Gefühlen. Es war nicht nur Pflichtbewusstsein, das mich zaudern ließ, auch die Kinder dauerten mich. Ihnen nun zusätzlichen Schmerz zufügen zu sollen, brach mir fast das Herz. Aber der Gedanke an meinen Dienstherrn war nur schwer zu ertragen. Ich will nicht besser scheinen, als ich es war. Meine Hauptsorge galt freilich der Frage, wie sollte ich Otto über meinen neuen Aufenthaltsort informieren, wenn ich in Hiddesen blieb und nicht nach Detmold zurückkehrte?

Fräulein Priester schien meine Sorgen von meinen Augen abzulesen. Sie hob beruhigend die Hand und lächelte mich an. »Lass mich nur machen, für mich kommt das Glück an der Seite eines guten Mannes zu spät, vielleicht kann ich es dir ermöglichen. Vertraue mir, aber wir müssen sorgsam und vorsichtig zu Werke gehen. Zumindest bis wir uns sicher sein können, dass dieser feine Herr es ernst mit dir meint. Jetzt werde ich erst einmal eine Depe-

sche an meine Schwester und den Schwager aufsetzen. Ich muss mein Beileid zum Ausdruck bringen und dein Fernbleiben erklären. Ich werde meinen schlechten Gesundheitszustand ins Feld führen und dass ich daher dringend deiner Hilfe bedarf. Er wird das nicht ablehnen können. Hat er doch sonst zu befürchten, mich in seinem eigenen Haus zur Pflege aufnehmen zu müssen. Und, glaube mir, ich kenne ihn, das wird er nicht wollen.«

Sie lachte, aber ihre Worte klangen bitter.

So kam es, dass ich bis auf Weiteres Detmold nicht wiedersehen sollte, und wie ich befürchtete, Otto auch nicht.

»Du meine Güte, war das früher kompliziert. Depeschen, Kutschen, Frauen, die kein eigenes Geld verdienen, ja nicht einmal haben durften. Und Herrschaften, die über eine Angestellte verfügen konnten wie über einen Hund. Nee, das muss eine Scheißzeit gewesen sein.«

Ich lasse sie gar nicht erst zu einem neuen Bibelzitat ansetzen, sondern steige aus und bedeute ihr, dass sie nicht mitkommen kann. Sie bleibt daher im Auto sitzen, und ich stelle ihr, gut gemeint, den CD-Player an. Schade, dass Depeche Mode die Reaktion von Granny nicht sehen können. Zu Tode erschrocken, würde es treffen, ist aber fast noch zu schwach. Na ja, wie auch immer, daraus, dass sie ihre Hände gegen die Ohren presst und versucht, den Kopf zwischen die Knie zu bringen, schließe ich, dass ich ihren Musikgeschmack verfehlt habe. Gut, mache ich also den Player wieder aus, soll sie sich eben langweilen, während ich meine Geschichte recherchiere. Ich will sie nicht mitnehmen, weil mich ihre ständige Anwesenheit schlicht nervös macht. Nach circa anderthalb Stunden habe ich alle Informationen zusammen, die ich brauche, um meinen Chef zufriedenzustellen und die Story morgen in der Zeitung lesen zu können. Hoffe ich jedenfalls, denn, auch wenn ich viel Zeit und Sorgfalt auf die Recherche einer Geschichte verwende, heißt das noch lange nicht, dass sie tatsächlich veröffentlicht wird.

Manchmal kommen Dinge von den Agenturen, die wichtiger, interessanter, einfach aktueller sind. Die werden dann natürlich vorgezogen, und ich fliege raus. Passiert jedem Journalisten, ist nicht schön, gehört aber zum Berufsalltag. Nun habe ich also eine Story recherchiert und hoffe, sie auch im Blatt zu sehen.

Den ganz großen Coup werde ich ohnehin erst später landen. Für diese besondere Geschichte brauche ich sehr viel Zeit. Ich habe noch lange nicht alle Fakten zusammen. Grannys Geschichte ist der Jackpot und der will vorsichtig geknackt werden. Nur nicht die Pferde scheu machen, ist meine Devise.

Auf der Rückfahrt sieht Granny schon viel entspannter aus. Sie bestaunt kopfschüttelnd und mit großen Augen die Umgebung und sagt kein Wort. Als wir schließlich die Redaktion erreichen, richtet sie sich wieder schweigend auf ihrem Besucherstuhl ein und sieht mir zu, während ich meinen PC hochfahre.

Als der Windows-Bildschirm sich meldet, atmet sie hörbar ein und ich werfe ihr einen strengen Blick zu. Bei Google atmet sie wieder aus und verhält sich bis auf Weiteres ruhig.

Ich tippe 90 Zeilen, mehr Platz habe ich nicht erhalten, und versuche, alles Wesentliche darin unterzubringen. Das ist nicht immer einfach, aber ich beherrsche das gut. Wenn noch ein oder zwei Fotos dazukommen, reicht das immerhin für einen Artikel auf Seite drei, über dem Bruch.

Zufrieden mit mir und meiner Arbeit schicke ich alles in den Umbruch. Die dortigen Kollegen müssen noch eine passende Überschrift darübersetzen.

Ich finde, dass ich für den heutigen Tag mein Geld verdient habe und surfe müßig im Internet herum. Neben mir erklingt wieder ein erschrockenes Einatmen und da niemand in Hörweite ist, sage ich leise: »Das ist das Internet. Ist so ähnlich wie ein Fernseher, aber mit diesem Gerät kann ich die ganze Welt sehen und sogar darüber hinaus. Bis auf den Mond, wenn es dich interessiert.« Als dann die ersten Fotos der Mondoberfläche erscheinen, sieht Granny aus, als wollte sie auf der Stelle ohnmächtig werden. Scheint für Geister aber keine Option zu sein. Sie wird nur noch eine Spur blasser, als sie ohnehin schon ist, und schüttelt unentwegt ungläubig mit dem Kopf. Ich wechsele vom Mond zu Google Earth und fahre durch unsere Straße bis zu unserem Haus. Sie kneift kurzsichtig die Augen zusammen und macht »hmhmhm«.

»Ja«, nicke ich, »die letzten 100 Jahre hatten es in jeder Hinsicht in sich. Was hat es denn zu deiner Zeit alles noch nicht gegeben? Schau'n wir mal.

Also, Fernsehen gab es ja noch nicht einmal, als deine Urenkelin Kind war, und an Computer hat auch noch keiner gedacht. Den gab es selbst, als ich klein war, nur so als Riesenteil bei irgendwelchen Großunternehmen. Handys oder gar Smartphones gab es auch nicht, obwohl ich mir überhaupt nicht mehr vorstellen kann, wie ich das überlebt habe.

Flugzeuge, Starfighter, Raketen, Mondflüge und sämtliche elektrischen Küchengeräte wollen wir jetzt gar nicht erst näher untersuchen. Auch nicht die ganzen Übergangsteile wie Fernschreiber, Fax, Kassettenrekorder, Schallplatten und so weiter. Na, und warmes Wasser, das jederzeit aus Hähnen fließt, Duschen und Toiletten mit eigener Wasserspülung, um nur noch ein paar Annehmlichkeiten aufzuzählen, sind ja auch nicht zu verachten, oder? Klopapier, fällt mir noch ein, Strumpfhosen, Tiefkühlpizza, Spaghetti und Nutella. Meine Mutter sagt, ihr erstes Telefon haben sie bekommen, da war sie schon 14, wäre ein schwarzer Riesenkasten gewesen, und der Fernseher hatte nur drei Kanäle und das Programm startete erst am Abend und lauter so komische Dinge.

Äh, Deodorant nicht zu vergessen, ist auch eine geile Erfindung.« Ich kann es einfach nicht lassen.

»Ach Granny, es gibt so furchtbar vieles, was du nicht kennst, dir nicht einmal vorstellen kannst. Das macht es echt ein bisschen schwierig mit der Verständigung.«

Wieder sieht sie so verzweifelt aus, dass sie mir richtig leidtut, aber dann öffnet sie den Mund und sagt: »Gott donnert mit seinem Donner wunderbar und tut große Dinge und wird doch nicht erkannt.«

»Oh, na wenn das so ist, dann lass dir doch von ihm helfen, den Mörder von deinem Otto zu finden. Was brauchst du mich dazu? Und wenn du mir jetzt wieder mit einem Bibelzitat kommst, kannst du echt zusehen, wer dir weiterhilft.

Ich habe dir das ja alles nicht nur aufgezählt, um dich zu beeindrucken. Ich wollte dir zeigen, dass man heute Dinge ausfindig machen kann, die zu deiner Zeit passiert sind, ohne auch nur vom Stuhl aufzustehen. ›Internetrecherche‹ heißt das Zauberwort.«

Keine Ahnung, ob sie das begreift, aber was soll ich sonst sagen?

Die nächsten zwei Stunden wird es hier noch einmal richtig hektisch. Ein Brand in einem Hochhaus soll noch in die morgige Ausgabe. Endlich habe ich es geschafft. Ich packe meine Sachen zusammen und verabschiede mich mit einem Winken und dem üblichen »Bis morgen«. Als ich in der Tiefgarage ins Auto steige, sitzt Granny schon auf dem Beifahrersitz, ganz ohne sich irgendwo festzuklammern. Geister lernen offensichtlich schnell.

»Na«, sage ich, »geht doch. Magst du jetzt vielleicht ein bisschen weitererzählen, die nächste Stunde sind wir unter uns, danach wirst du kaum noch zum Reden kommen, das übernehmen dann meine Kinder.«

»Dann musst du ihnen sagen, dass sie zu schweigen haben, wenn Erwachsene sich unterhalten«, beginnt sie mit ihren Tipps zur Erziehung und ich kriege den ersten Lachflash. »Granny«, kichere ich, »hast du eine Vorstellung, was ich darauf zu hören bekommen würde?« Sie sieht so verständnislos drein, dass ich eine Erklärung nachschiebe. »Die würden mich vermutlich fragen, ob ich sie noch alle auf der Reihe hätte, also, ob ich noch ganz normal bin.« Granny schüttelt den Kopf und fragt verwundert: »Reden Kinder heute so mit ihren Eltern? Das gibt es zu meiner Zeit aber nicht. Kinder darf man sehen, aber doch nicht hören. Wenn Erwachsene sich unterhalten wollen, haben Kinder ruhig zu sein.«

»Super Zeit«, nicke ich. »Heute musst du schon froh sein, wenn du selber den Mund aufmachen darfst, wenn die entzückenden Kleinen zum Beispiel Fernsehen schauen und sich gestört fühlen.«

»Das ist aber nicht richtig. Kinder haben zu gehorchen, wenn Erwachsene etwas sagen. Welche Strafen erhalten sie denn, wenn sie sich so ungezogen benehmen?«

»Strafen? Womit sollte ich sie denn bestrafen und vor allen Dingen, warum? Es sind Kinder, die sind so. Alle! Heute weiß man eben vieles über die kindliche Psyche, was man zu deiner Zeit noch nicht wusste. Kinder sollen und müssen sich frei entwickeln können. Dazu gehört, dass sie aussprechen dürfen, was sie beschäftigt. Dass sie nicht eingeengt werden durch Zwänge und Verbote. Dass sie natürlich keine Angst vor ihren Eltern entwickeln, indem diese sie bestrafen.«

»Das klingt aber alles sehr seltsam. Dreht sich in eurer Zeit denn alles um die Kinder? Vorstellen kann ich mir das nicht.« Granny klingt nachdenklich und ich klopfe mir innerlich auf die Schulter für diese Lektion in moderner Pädagogik.

»Na, du brauchst dir das ja auch nicht nur vorzustellen, du wirst es ja, sobald wir zu Hause sind, live erleben.«

Zu ihrer Geschichte sind wir jetzt gar nicht gekommen, haben stattdessen einen Ausflug in »Kindererziehung heute« gemacht. Na ja.

Als Erstes holen wir Isi vom Hort ab, sie schmeißt ihren Ranzen und die Jacke in den Kofferraum und ist ganz offensichtlich geladen.

»Boah, der Kevin, das ist vielleicht ein Arsch. Der will immer der Anführer sein und alles bestimmen. Der ist voll blöd. Immer ärgert der mich und wenn ich ihm eine knalle, kriege ich noch den Ärger. Das ist voll ungerecht. Ich gehe überhaupt nie mehr in diesen blöden Hort!«

Ihre Stimme kippt fast um vor lauter Empörung.

»Du weißt doch, dass hauen keine Lösung ist«, beginne ich mit mütterlicher Psychologie, werde aber unbeeindruckt von ihr abgewürgt.

»Ja, ja, jetzt bin ich mal wieder an allem schuld, das ist voll gemein, der Kevin hat angefangen, der ist so blöd, mit dem will ich nie mehr was zu tun haben. Und wenn der mich noch mal schubst, dann trete ich ihn. Ist mir doch ganz egal, ob ich Ärger kriege.«

Jetzt sind wir vor dem Kindergarten angekommen und ich atme tief durch, bevor ich die Tür öffne. Isi sitzt höchst beleidigt in ihrem Kindersitz und weigert sich auszusteigen.

Lasse finde ich in der Bauecke liegend alleine vor. Er sieht noch so klein aus, und mein mütterliches Herz quillt über vor lauter Liebe.

»Hallo, mein Großer«, spreche ich ihn an, und er guckt hoch. Gerade noch mit sich und der Welt im Reinen, beginnt er jetzt umgehend mit klagender, jammernder Stimme: »Das geht nicht, das hält überhaupt nicht, immer fällt mir das wieder ab … Mama, mach du maaaaal.«

Damit hält er mir ein undefinierbares Bauwerk aus Legosteinen entgegen. Ich ignoriere das und sage: »Die Isi wartet auf uns, wir wollen jetzt nach Hause. Komm, zieh deine Schuhe und die Jacke an, das Auto kannst du morgen weiterbauen.«

Sofort erklingt mit der Frequenz einer Feuerwehrsirene: »Neiiiiiiin, das ist doch kein Auto, das ist ein

Raumschiff! Und ich will das jetzt fertig machen, du sollst das fertig machen.«

Ich bleibe so geduldig, wie es mir nur irgendwie möglich ist, nehme das Raumschiff und stelle es auf einen der kleinen Schränke. Lasse beantwortet das mit einem Tobsuchtsanfall. Er schmeißt sich auf den Boden und kreischt, trampelt mit den Füßen und trommelt dazu mit den Fäusten. Er hat es geschafft, meine mütterlichen Gefühle innerhalb einer Minute von überschäumender Liebe in den Wunsch, ihn bei eBay zu versteigern, zu verwandeln. Privatauktion, Garantie und Umtausch ausgeschlossen!

Ich atme sehr tief durch, zähle innerlich noch einmal bis drei und sage mühsam beherrscht: »Also, ich möchte jetzt nach Hause, wenn du lieber hierbleiben möchtest …«

Der tobende Giftzwerg springt in die Höhe und fährt sich mit dem Pulloverärmel unter der Nase vorbei. Dann schluchzt er noch einmal auf, wirft mir einen bitterbösen Blick zu, um dann – ganz gekränkte Unschuld – davonzustapfen. Mir bleibt nur noch, seine Schuhe und die Jacke zu packen und hinter ihm herzurennen.

»Aha! So sieht also deine moderne Erziehung aus? Kinder benehmen sich, als wären sie tollwütig, und die Mutter sagt gar nichts dazu! Würde sich zu meiner Zeit ein Kind erdreisten, den Eltern oder einem anderen Erwachsenen Widerworte zu geben, das bekäme den Riemen zu schmecken. Danach würde es ohne Essen ins Bett geschickt. Das ist Erziehung!«

Warum ist sie nicht im Auto geblieben, anstatt mir hinterherzuspionieren? Ich muss diesen Schwachsinn jetzt auch noch schweigend hinnehmen, weil die Kinder mich sonst für völlig durchgeknallt halten.

»Boah, du hast schon wieder geheult«, stellt Isi jubelnd fest, als Lasse ins Auto klettert. Sie lässt keine Gelegenheit aus, den jüngeren Bruder darauf hinzuweisen, dass sie ihn für ein Baby hält. Leider spielt er ihr da viel zu oft in die Hände, indem er jammert und schluchzt, sobald etwas nicht so klappt, wie er es gern hätte.

»Neiiiiiiiiin, ich habe überhaupt nicht geheult und du bist höchstens ein Baby.«

»Nein, bin ich nicht!«

»Bist du wohl! Baby, Baby, Baby!«

»Mama, der hat mich gehauen. Da, du Blödmann.«

»Buhuhu, Mama, die Luise hat mich gekratzt, Buhuhu, ich blute.«

Ist es nicht schön, zwei Kinder zu haben, die sich so wunderbar vertragen? Wäre ich doch noch ein Stündchen oder zwei in der Redaktion geblieben. Keine Arbeit kann so derart stressig sein wie diese beiden.

Ich fahre in die Garage, da sehe ich schon Amun ankommen, den Schwanz auf Sturm. Oh bitte, nein, der jetzt nicht auch noch. Ich überlege gerade, ob Granny überhaupt aus dem Auto aussteigen kann, so nah, wie es an der Wand parkt, da steht sie schon auf dem Bürgersteig. Den Trick muss sie mir unbedingt bei Gelegenheit verraten. Vom Kater ist nichts mehr zu sehen.

Die beiden Kinder rasen los in Richtung Haustür. Wir wohnen in einem 500-Seelen-Dörfchen und der Autoverkehr hält sich in engen Grenzen. Nur zum morgendlichen Aufbruch und zum abendlichen Heimkommen fahren einige Autos durch unsere Straße. Im Augenblick ist keines zu sehen. Wir wohnen in einer von zwei Wohnungen eines frei stehenden Hauses, dessen Haustür leider häufig offen steht. Ungehört verhallen meine Bitten, doch Jacken, Ranzen, Schuhe mit nach oben zu nehmen. Wofür hat man schließlich Mütter? Ich erfülle meine Aufgabe brav, klimme die Treppe zur Wohnung empor, bepackt wie ein Maultier. Die Suche nach dem Wohnungsschlüssel nimmt mir Isi ab und will die Tür aufschließen. Das geht natürlich wieder nicht ohne Streit mit ihrem Bruder ab, der das auch machen möchte. Mir fallen fast die Arme ab und Grannys Blick brennt in meinem Nacken. Endlich in der Wohnung angelangt, schreien sie schon wieder, diesmal in heiliger Eintracht: »Wir haben Hunger! Wann gibt es Essen?«

Es ist gerade 16:00 Uhr, noch vor einer Stunde gab es für beide den Nachmittagsimbiss im Hort beziehungsweise Kindergarten.

Nun hat man ja schon öfter gehört, dass Kinder den Hungertod gestorben sind, weil sie 60 Minuten ohne feste Nahrung aushalten mussten, daher verschwinde ich in die Küche, aber pronto.

Granny ist schon da und sieht sehr, sehr nachdenklich aus. Ich lege den Finger auf die Lippen und deute auf meinen Nachwuchs, der wieder vor KiKA hängt. Wundert sich jemand, dass ich dankbar für 5 Minuten Ruhe bin und alle pädagogischen Einwände in den Wind schlage? Erst mal einen Kaffee, dazu ein winziges Stückchen Schokolade gegen Unterzucker, als Nervennahrung sozusagen, dann mal überlegen, was ich kochen könnte.

»Ich mache Spaghetti Carbonara, das geht schnell und die Kinder lieben es.«

»Mmmm, machst du eigentlich auch mal etwas, was deinen Kindern nicht gefällt, was sie nicht mögen?«

»Äh, lass mich kurz überlegen … nein! Warum fragst du?«

»Nun, ich möchte wirklich nicht unhöflich sein, schließlich bin ich Gast in diesem Haus, aber als deine Ururgroßmutter sei mir ein offenes Wort doch gestattet.«

Klingt irgendwie nicht gut, meine Mutter fängt Sätze merkwürdigerweise ähnlich an: »Es sind ja deine Kinder, aber …«

»Klar, immer raus damit«, fordere ich Granny also auf und ahne schon, dass das, was jetzt kommt, mir nicht gefallen wird.

»Also, es steht doch nicht umsonst geschrieben: ›Wer seine Rute schonet, der hasset seinen Sohn‹ und wenn deine beiden Kleinen das Ergebnis moderner Erziehungsmethoden sind, dann taugt das nichts. Ich habe wohl niemals zuvor zwei so ungezogene und freche Kinder gesehen. Sie widersprechen ihrer Mutter nicht nur ständig, sie gehorchen dir auch nicht. Sie schlagen sich gegenseitig und haben eine ausgesprochen schlimme Ausdrucksweise. Ganz abgesehen davon, dass dich das kleine Mädchen nicht, wie es sich ja wohl gehören würde, mit einem anständigen Knicks begrüßt, nein, sie grüßt gar nicht. Auch dein kleiner Junge macht keinen Diener, wenn er dich sieht, sondern trotzt auf unschöne Weise. Beide gehörten jetzt ohne Essen sofort ins Bett. Keinen Ton darf man von ihnen mehr hören. Und wenn es nach mir ginge, bekämen beide vorher eine ordentliche Tracht Prügel.«

»Bist du fertig?«, frage ich mit zusammengekniffenen Augen. Wenn ich eines absolut nicht abkann, dann, dass jemand meine Kinder kritisiert. Ich weiß sehr wohl, dass die beiden manchmal schwierig sind, schlecht hören und was auch immer. Damit umzugehen ist aber meine Sache, das geht überhaupt niemanden etwas an. Auch nicht diese alte Krähe! Außerdem, kennt sie vielleicht die vielen positiven Seiten? Isis Hilfsbereitschaft, ihre unglaubliche Klugheit? Lasses weiches Herz, seine Tierliebe, seinen Charme, um nur mal einige aufzuzählen?

»Mag sein, dass dir das so vorkommt«, ich beherrsche mich mühsam, »für mich ist das finsterstes Mittelalter, deine gute, alte Zeit. Dazwischen liegen zwei Weltkriege, Pippi Langstrumpf, die sexuelle Revolution und Michel aus Lönneberga. Außerdem Oswald Kolle, Dr. Sommer, Summerhill und last but not least die Tatsache, dass du eben keine Kinder hast. Das macht dich in meinen Augen nicht gerade zu einer Expertin für Erziehungsfragen! Knicks und Diener, da hört sich doch wohl alles auf.«

So! Das musste jetzt raus, ich wäre sonst geplatzt.

»Das meiste, was du da gesagt hast, verstehe ich nicht, aber dass ich keine Kinder habe, das stimmt nicht. Ich habe einen Sohn, meinen Heinz«, sagt sie leise.

»Du meinst, du hast ein Kind?«, frage ich entgeistert. Obwohl das ausgesprochen dämlich ist, denn ohne Kind keine Enkel, von Ururenkelinnen ganz zu schweigen. Nur, so schnell kriege ich das mit den Ahnen nun auch nicht immer auf die Kette. Schon gar nicht, wenn ich gerade auf 180 bin.

»Aha, na also, dann musst du doch wissen, wie das ist? Oder ist Klein-Heinz so ein Lämmchen, dass er immer tut, was Mama sagt?«

»Natürlich tut er das«, sie ist schon wieder empört. »Ich habe ihn sehr gut erzogen, sein Vater war sehr stolz auf den Jungen.«

»Und dieses arme Kind erziehst du so, wie du es eben aufgezählt hast? Mit Prügeln und ohne Essen ins Bett?«, frage ich entsetzt.

»Aber natürlich, was denn sonst. Wer seine Kinder liebt, der züchtigt sie. Alle Eltern tun das.«

»Ja, so langsam verstehe ich, warum Millionen Männer sich brav zur Schlachtbank haben führen lassen. Die haben früh gehorchen gelernt.« Granny sieht mich völlig ohne einen Funken Verständnis an und weiß offenbar überhaupt nicht, wovon ich spreche. Na ja, sie weiß ja auch nichts von Kaiser Wilhelm II. und Adolf Hitler.

Ich wende mich meinen Töpfen zu, schließlich muss ich kochen, die Kinder abfüttern, sie baden, ihnen zuhören und vorlesen. Wenn ich dann Glück habe, sind sie um 21 Uhr im Bett und mir gelingt es, noch eine Stunde die Augen offen zu halten.

»Mein Heinz geht jeden Abend um sieben zu Bett – ohne Widerrede«, sie klingt ekelhaft besserwisserisch.

»Andere Zeiten, andere Sitten«, murmele ich und schütte die Spagetti ins kochende Wasser.

Später, sehr viel später mache ich es mir auf der Couch bequem, Granny setzt sich in den Sessel und beginnt wieder zu erzählen.

LUISE

Nie in meinem Leben hatte ich es so gut gehabt wie jetzt. Wäre meine Sehnsucht nach Otto nicht gewesen, meine Angst, ihn nie wiederzusehen, ich wäre wunschlos glücklich gewesen. Das gnädige Fräulein war eine Seele von Mensch. Sie wollte nicht zulassen, dass ich schwere Arbeit verrichtete, schlug mich nicht und schalt nie mit mir. Sie mochte es nur nicht, wenn ich sie allzu lange allein ließ.

Da ich ja nur das mitgebracht hatte, was ich am Leibe trug, überließ sie mir zuerst einen Teil ihrer eigenen Unterbekleidung. Chemisen aus feinem Batist, Unterröcke aus Leinen, in denen ich mir fremd und vornehm erschien. Später kam eine Schneiderin ins Haus, nahm Maß und fertigte zwei Nachmittagskleider, ein Morgenkleid und ein Teekleid für mich an. All meine Gegenwehr war vergebens. Fräulein Priester winkte nur ab und sagte: »Luise, lass mir doch meine Freude. Geld überlässt mir mein Schwager genug, und da ich nicht viel brauche, habe ich genügend Ersparnisse. Wenn es dir nur gefällt, dann ist alles gut. Und außerdem wird es Zeit, dass du mit dem ›gnädiges Fräulein‹ oder ›Fräulein Priester‹ aufhörst. Von jetzt an nenne mich bitte Hermine, so lautet nämlich mein Name.«

Die Nachmittage verbrachten wir mit Unterricht. Ich lernte Dinge, von denen ich nie gehört hatte. Sie lehrte mich eine bessere Aussprache und verbesserte unermüdlich, was ich falsch machte. Ich lernte schreiten anstelle von laufen, und alles, was eine Frau aus gutem Haus eben wissen musste. Und das war viel mehr, als ich geahnt hatte.

Sie nahm mich auch mit zu kurzen Ausfahrten in die Umgebung und stellte mich ihren wenigen Freundinnen als Tochter einer alten Schulfreundin vor. Niemand schien an dieser Version den geringsten Zweifel zu hegen, ich wurde freundlich, ja sogar herzlich begrüßt. Ich hielt, soweit es möglich war, den Mund, denn meine Sprache war noch sehr gewöhnlich und längst nicht so vornehm, wie Hermine es gern gehört hätte. Sie gab aber nicht nach, lehrte mich alles, was sie selber wusste. Welches Glas zu welchem Wein, welches Besteck wofür verwendet und wohin es gelegt wurde, nachdem die Mahlzeit beendet war. Wir spielten »vornehme Gesellschaft« und amüsierten uns wie die Kinder. Es war ein herrliches, unbeschwertes und sorgenfreies Leben. Wenn, ja wenn ich gewusst hätte, ob Otto in der Zwischenzeit erfahren hatte, wo ich war, ob er mich suchte oder einfach wieder abgereist war. Das konnte und wollte ich natürlich nicht glauben, aber je mehr Zeit ins Land ging, umso unsicherer wurde ich.

Hermine versuchte anfangs, mich zu beruhigen, aber mit der Zeit wurden auch ihre diesbezüglichen Versuche weniger.

»Nun ja«, sagte sie eines Tages, »das ist sicherlich sehr traurig, aber, glaube mir, mit der Zeit wirst du ihn vergessen. Und vielleicht ist es gut so, wie es jetzt ist. Ein Mann, der sich nicht bemüht, ist es nicht wert, dass man um ihn weint. Wenn er wirklich ernste Absichten gehabt hätte, dann hätte ihn nichts und niemand daran gehindert, zu kommen, glaub mir.«

»Aber wie denn«, verteidigte ich ihn, »wie soll er denn nur herausfinden, wohin ich so plötzlich verschwunden bin?«

»Das weiß ich auch nicht, aber er hätte es einfach herausfinden müssen, wäret ihr füreinander bestimmt gewesen. Das Schicksal lässt sich nicht verhindern.«

Ich weinte jetzt oft, wenn ich abends im Bett lag, und verlor auch sonst meine Fröhlichkeit und mein Lachen. Mit jedem Tag, der verging, starb ein Stück meiner Hoffnung.

Mittlerweile war es Mai geworden, die Sonne wärmte und alle Bäume strahlten in frischem Grün. Der Flieder im Garten verströmte seinen süßen Duft, die Bienen saugten sich mit Nektar voll und dicke Hummeln taumelten wie berauscht durch die Luft.

Die Schneiderin hatte zwei weitere leichte Sommerkleider für mich genäht und festgestellt, dass ich sehr dünn geworden war. Ich hatte keinen Appetit mehr, egal, was Hermine kochen ließ.

Der 20. Mai 1888 war ein Sonntag, wie man ihn sich nicht schöner denken konnte. Ein wolkenloser blauer Himmel, Vogelgezwitscher und eine fast schon unheimliche Ruhe.

Es war gegen 11 Uhr, als ein Einspänner vor dem Haus hielt und ein Mann heraussprang.

Ich saß mit einer Näharbeit im Esszimmer und konnte von meinem Platz aus das Gartentor sehen. Mein Herz setzte aus und meine Knie zitterten heftig, noch bevor der Fremde den Kopf hob, als hätte er mich hinter der Gardine erspäht. Es war Otto! Er drehte sich noch einmal zu seiner Kutsche um und holte einen riesigen Strauß weißen Flieder hervor, mit dem er sich nun mit schnellen Schritten zum Haus begab.

»Er kommt«, rief ich, »oh, er kommt! Ich habe es gewusst, und nun ist er tatsächlich gekommen.«

Hermine lächelte und sagte: »Du bleibst erst einmal hier, das mache ich!« Damit ging sie Richtung Haustür. Da erklang schon der Klopfer. Da sie die Türen geschlossen hatte, konnte ich nicht verstehen, was gesprochen wurde. Ich hörte nur die murmelnden Stimmen. Ich musste mich an der Fensterbank festhalten, um nicht einfach loszurennen und Otto in die Arme zu fallen.

Für mein Gefühl verging eine halbe Ewigkeit, bis endlich die Tür zum Speisezimmer geöffnet wurde und Hermine mit Otto eintrat.

»Schau, liebe Luise, schau nur, wen ich vor der Tür gefunden habe«, lächelte sie mit ihrem feinen Humor. »Ich glaube, dieser Gast möchte zu dir. Ich hoffe, du vergisst deine gute Erziehung nicht und lädst ihn auf das Herzlichste ein, unsere Mahlzeit mit uns einzunehmen. Ich muss jetzt zuerst diese Blumen versorgen.«

Damit drehte sie sich um, lächelte Otto noch einmal freundlich zu und schloss die Tür hinter sich, den Flieder wie einen Brautstrauß im Arm.

Ich hatte mich bis jetzt nicht gerührt, keinen Ton herausgebracht. Jetzt, als ich Ottos strahlende Augen sah, vergaß ich alle Scheu, vergaß die Angst der vergangenen Monate und alle meine Zweifel. Ich flog geradezu in seine Arme, hielt ihm meinen Mund entgegen, als wäre es das Selbstverständlichste auf der Welt. Er küsste mich mit großer Zärtlichkeit, zuerst auf beide Mundwinkel, dann auf die Lippen. »Ach, Luise«, seufzte er, dann gab er alle Zurückhaltung auf und küsste mich voller Leidenschaft. Ich hätte mir gewünscht, er würde nie enden, dieser erste Kuss meines Lebens. Ich spüre ihn nicht nur auf meinen Lippen, sondern überall in meinem Körper. Als Ziehen in meinem Unterleib und als Zittern in meinen Kniekehlen. Er weckte in mir den Wunsch nach etwas, von dem ich noch nicht wusste, was es war. Als er mich nach einer Weile losließ, tat mir das fast körperlich weh. Er hielt mich ein Stück von sich weg und flüsterte: »Du bist noch viel schöner, als ich dich in Erinnerung hatte. Oh, meine geliebte Luise. Ich bin heute der glücklichste Mann auf der ganzen Welt. Dass ich dich wiedergefunden habe, ist so wunderbar, das kann ich nicht in Worte fassen.«

Um mich herum drehte sich das Zimmer. Ich hielt mich an Ottos Arm fest, sonst wäre ich wohl gestürzt, und er fragte sofort besorgt: »Du bist doch nicht am Ende krank? Sag schnell, was ist mit dir, mein Herz?« »Nichts weiter, wirklich, gar nichts«, beruhigte ich ihn, »ich bin nur so glücklich.«

Jetzt stürzten mir auch noch die Tränen aus den Augen und ich schüttelte den Kopf über mich selber.

»Entschuldige, ich benehme mich albern, aber ich hatte solche Angst, dich vielleicht nie wiederzusehen.«

»Dann hast du mich also auch vermisst? Dann ist ja alles gut. Ganz hervorragend sogar, denn ich habe wunderbare Neuigkeiten, aber zuerst muss ich dich noch einmal küssen.« Damit beugte er sich über mich und unsere Lippen wurden wieder eins.

Was wir zu Mittag gegessen haben, ich hätte es nicht sagen können. Otto am gleichen Tisch mit mir und Hermine, entspannt und charmant plaudernd, so außergewöhnlich gut aussehend, ich hatte für nichts anderes Augen und Ohren. Ich weiß nicht einmal sicher, ob ich überhaupt etwas gegessen habe.

»So«, sagte Hermine, als schließlich der Kaffee serviert

wurde, »ich denke, das ist wohl ein Anlass für einen Likör für Luise und mich, und einen Cognac für Sie, mein lieber Herr von Wolffgramm.«

»Gnädiges Fräulein«, antwortete Otto, »Sie sind wirklich zu gütig, eine wunderbare Idee.«

Kurz darauf erhoben wir unsere Gläser und Hermine sagte bedeutungsvoll: »Auf eine glückliche, gemeinsame Zukunft!« Das »gemeinsame« betonte sie dabei überdeutlich.

Das war natürlich auch Otto nicht entgangen und er setzte mit ernster Miene sein Glas ab.

»Ich weiß nicht, wie viel Luise Ihnen in meiner langen Abwesenheit anvertraut hat. Ja, ich weiß nicht einmal viel von Luise selber.« Er stockte und schien diese Tatsache verwundert zur Kenntnis zu nehmen. »Na ja«, fuhr er fort, »genauer gesagt, weiß ich überhaupt nichts von ihr. Nicht, wer ihre Eltern waren, wo sie aufgewachsen ist, ob sie Geschwister hat, ich weiß nicht einmal, wie alt sie ist. Was ich aber ganz genau weiß, ist, dass ich sie liebe und dass ich nur ehrbare und absolut lautere Absichten hege.«

Das war die längste Rede, die ich bisher von Otto gehört hatte und ich musste wider Willen lachen. Hermine lachte nicht, ihre Züge waren ernst, fast skeptisch.

»Nun«, sagte sie jetzt, »das klingt alles schön und gut. Ich möchte auch in keiner Weise an Ihren besten Absichten zweifeln, aber ganz so einfach ist das eben nicht. Ich weiß von Luise, dass sie eine Waise ist, und für mich ist sie zwischenzeitlich wie eine Tochter. Eine Tochter, für die ich mich sehr verantwortlich fühle. Sie können also sicher davon ausgehen, dass ich mich auch wie eine zukünftige Schwiegermutter davon überzeugen werde, dass alles

seine Ordnung hat. Sie müssen schon ihre Pläne und Verhältnisse offenlegen, wenn Sie in mir eine Verbündete und keine Gegnerin haben wollen. Ich nehme an, Ihnen ist nicht entgangen, dass Luise im vergangenen Halbjahr eine Menge Dinge gelernt hat. Sie spricht und bewegt sich zwischenzeitlich wie eine junge Dame der gehobenen Gesellschaft. Sie weiß alles, was eine Dame wissen muss, um ihrem zukünftigen Mann Ehre zu machen, und den Haushalt mit Umsicht, Charme und Geschick zu führen.«

Ich knetete meine Hände unter dem Tisch, mir wurde ganz bange bei diesen deutlichen Worten. So hatte ich Hermine noch nie reden hören, kein einziges Mal.

Otto blieb aber ganz ruhig und nickte nur bestätigend mit dem Kopf.

»Das ist alles ganz selbstverständlich und völlig richtig. Ich bin dankbarer, als ich es ausdrücken kann, dass Luise in Ihnen einem Menschen gefunden hat, dem sie etwas bedeutet, dem ihr Wohl am Herzen liegt. An mir soll es nicht scheitern, sobald ich es einrichten kann, Schwiegermutter zu Ihnen sagen zu dürfen. Ich werde alles tun, Sie von meinen lauteren Absichten zu überzeugen. Lassen Sie mich damit anfangen, zu berichten, was sich in der Zwischenzeit ereignet hat.«

»Die Damen können sich vielleicht vorstellen, wie es mir zumute war, als ich am 3. Januar vor dem Haus der Familie Blancke stand, denen soeben ihr jüngstes Kind gestorben war. Eigentlich wollte ich nämlich, koste es, was es wolle, Luise aus eben diesem Hause fortholen. Das konnte ich unter den gegebenen Umständen natürlich nicht mehr, aber das Glück war mir mehr als hold.

Ich traf vor der Tür auf den Arzt. Der konnte nicht einmal ahnen, wie sehr er mich mit seiner Information, dass Luise und die drei anderen Kinder sich bei einem Fräulein Priester in Hiddesen aufhielten, beruhigte.«

Er lächelte Hermine zu und erhob sein Glas.

»Ja, ich war beruhigt, zumindest, was die Gesundheit Luises anbelangte, aber ich wusste noch nicht, wie für sie und mich eine gemeinsame Zukunft aussehen könnte.

Mein Amt als Polizeipräsident rief mich außerdem dringend nach Potsdam zurück. Ich beschloss daher schweren Herzens, alle Pläne einstweilen zu verschieben und zurückzufahren.

Mein Haus erschien mir plötzlich kalt und ungemütlich und auch in den Amtsstuben fühlte ich mich als Fremder. Über die wenigen Tage meiner Abwesenheit hatte sich einiges an Arbeit auf meinem Schreibtisch angesammelt. Das lenkte mich zumindest ein wenig ab. Die gleiche Genugtuung empfand ich allerdings auch hier nicht mehr. Ich stellte mit jedem Tag mehr fest, dass mir ein Leben ohne Luise überhaupt nicht mehr gefallen wollte. Meine Freiheit war schal geworden und ich hätte sie nur allzu bereitwillig aufgegeben. Hätte ich nur gewusst, wie ich das in die Tat umsetzen sollte.

Ich bin noch nie ein spontan, geschweige denn unüberlegt handelnder Mann gewesen. Alles Übereilte war mir fremd, ja suspekt. Als Jurist musste ich meine Handlungen genau überdenken, damit ich mich zu jeder Zeit in Einklang mit dem Gesetz befand.

Und ausgerechnet ich wollte jetzt aufspringen, alles liegen lassen, um Luise zu suchen. Wollte sie in eine kompromittierende Situation bringen, verwarf diesen Gedan-

ken aber glücklicherweise wieder, um ihn 10 Minuten später erneut zu erwägen. Sie sehen, ich war nicht mehr Herr meiner Sinne!«

Otto schmunzelte und auch Hermines strenger Gesichtsausdruck wurde etwas milder.

»So vergingen einige Wochen, in denen ich meinem Ziel noch keinen Schritt näher gekommen war. Ich muss das offen zugeben, auch wenn ich mich jetzt dafür schäme. Ich grübelte zwar unentwegt, aber ich handelte nicht. Ich vertiefte mich in Fälle und Akten, anstatt vielleicht um meine Versetzung nach Detmold zu ersuchen. Mir notfalls auf eigene Faust eine Anstellung dort zu verschaffen oder irgendetwas zu tun, anstatt nur abzuwarten.

Wieder verhalf mir das Schicksal zu einer Entscheidung. Von Fürst Woldemar kam eine Depesche mit einem Angebot für mich, wie es besser und passender nicht hätte sein können. Der Kabinettsminister von Richthofen würde sich, aus mir nicht bekannten Gründen, in absehbarer Zeit beruflich nach Köln verändern. Fürst Woldemar trug mir nun seine Nachfolge an. Ich las die Zeilen mehrfach, konnte es einfach nicht fassen. Das musste Schicksal sein, ein gütiger Gott hatte seine Hand im Spiel, wollte, dass Luise und ich zusammenfanden. Wie anders wäre das sonst zu erklären gewesen? Sicher, ich kannte Fürst Woldemar aus meiner Militärzeit, wir hatten einige kurze Gespräche geführt und waren uns wohl auch nicht unsympathisch gewesen.

Er war ein ernster Mann, der nicht so viel für die schönen Künste übrig hat wie sein Vorgänger, sich aber sehr für die Belange seines Staates einsetzt.

Wir hatten uns also einige Male unterhalten, nichts weiter. Vielleicht hatte das ausgereicht, dem Fürsten in Erin-

nerung zu bleiben? Ich erhielt nämlich ab und an Einladungen aus dem Schloss. So war ich auch zur Einweihung des Bahnhofes 1880 geladen worden und nun der Ruf in seine Regierung. Natürlich war das auch für meine Karriere, für meine ganze Zukunft ein Angebot, das ich nicht ausschlagen konnte. Von meinen privaten Wünschen einmal ganz abgesehen.«

Hermine und ich hatten beide den Atem angehalten, als Otto von der fürstlichen Depesche sprach und seufzten jetzt entzückt.

»Sie sind zu bescheiden, mein lieber von Wolffgramm«, beschied Hermine ihm, »ganz sicher hat dieser Ruf auch etwas mit Ihren ganz persönlichen Fähigkeiten und Ihrem Ruf zu tun. Nicht nur mit Ihrer alten Bekanntschaft zu seiner Durchlaucht.«

»Vielen Dank, mein liebes, gnädiges Fräulein, Sie sind zu gütig und überschätzen zudem meinen bescheidenen Einfluss auf die Beschlüsse des Fürsten.«

»Nun, wenn hier einer zu bescheiden ist, dann doch wohl eindeutig Sie. Aber, wie dem auch immer sei, ich gehe davon aus, dass Sie diese Einladung nicht ausgeschlagen haben.«

»Nein, natürlich nicht, ganz im Gegenteil. Ich konnte vor lauter Eile kaum ein Antwortschreiben formulieren, in dem ich für die unverdiente Ehre danken und natürlich zusagen konnte. Kurzum, ich reiste einige Zeit später erneut nach Detmold. Ich hatte eine Audienz bei seiner Durchlaucht, in der wir, in Anwesenheit des Kabinettsministers, alle anstehenden Fragen klären konnten.

Da zwischenzeitlich einige Wochen ins Land gegangen waren, durfte ich, ohne gegen die guten Sitten zu verstoßen, ein weiteres Mal beim Kohlenhändler Blancke vorsprechen. Natürlich unter dem Vorwand, noch einmal mein Beileid auszusprechen. Mich zu erkundigen, ob alle anderen Mitglieder des Haushaltes verschont geblieben wären.

Dieser Besuch war ein voller Erfolg, denn jetzt erfuhr ich in aller Ausführlichkeit, wo meine Luise war und warum! Es war ein sehr großer Stein, der mir vom Herzen fiel. Luise in Sicherheit vor diesem Mann, das war wunderbar. Ich wagte natürlich nicht, mich genauer zu erkundigen, um kein Misstrauen zu wecken, sondern verabschiedete mich bald darauf in aller Form. Bedauerlicherweise ließ mir mein Amt keine Zeit für einen Abstecher nach Hiddesen, so gern ich den natürlich gemacht hätte. Ich blieb standhaft und fuhr, ohne dich gesehen zu haben, zurück nach Potsdam.

Nun erschien mir nicht länger alles grau und aussichtslos zu sein. Auch wenn ich natürlich immer noch weit von dir entfernt bin, weiß ich doch, dass es nur noch eine Frage der Zeit ist. Ich werde in den nächsten Wochen immer öfter in Detmold weilen, um mich in viele Dinge einzuarbeiten, Zusammenhänge kennenzulernen et cetera. Ich werde unter allen Umständen versuchen, das jeweils mit einem Besuch hier zu verbinden.« Er wandte sich an Hermine: »Wenn es Ihnen recht ist, versteht sich.« Diese nickte lächelnd Zustimmung, ohne etwas zu sagen.

Leider war es schon sehr bald Zeit, sich voneinander zu verabschieden, und die gute Hermine verließ wieder unter einem Vorwand den Raum. So bekamen wir die ersehnte Gelegenheit, uns noch einmal voller Leidenschaft zu küssen und gegenseitig unserer Liebe zu ver-

sichern. Dann stieg Otto wieder in seinen Einspänner, winkte uns zu und war bald darauf außer Sicht.

Für mich schien plötzlich die Sonne nicht mehr genauso hell, andererseits frohlockte doch mein Herz bei der Aussicht auf ein baldiges Wiedersehen.

»Da hattest du aber verdammtes Glück mit dieser Hermine!

Was ich aus deiner Zeit so weiß, ist, dass Männlein und Weiblein ziemlich prüde waren. Außerdem legten Männer großen Wert darauf, dass ihre Auserwählte Jungfrau war. Schließlich bot das die größtmögliche Sicherheit, nicht mit einem anderen verglichen zu werden. Nicht qualitativ und auch nicht quantitativ. Wenn du verstehst, was ich meine?

Darum wundert es mich, dass sie euch auch nur für eine Sekunde aus den Augen gelassen hat.«

Granny lächelt und sieht ganz verklärt aus vor lauter Erinnerung an Otto.

»Ach, weißt du, wichtig ist vor allen Dingen, was die Leute glauben, nicht, was wirklich ist. Ich habe mit Hermine oftmals über meine Situation gesprochen. Über meine Sehnsucht, meine Wünsche, meine Liebe. Sie war nicht schockiert, aber auf ihren Ruf bedacht und auch auf meinen.

Auch in der Bibel heißt es: ›Ein guter Ruf ist köstlicher als großer Reichtum und anziehendes Wesen, besser als Silber und Gold.‹ Sie selber hatte in Liebesdingen ja gar keine Erfahrung und konnte mir da auch nicht weiterhelfen. Ich für meinen Teil hatte natürlich gesehen, was der Bock mit den Ziegen tat, der Hahn mit seinen Hennen, und ich hatte die Eltern im Schutze der Dunkelheit gehört. Trotzdem war meine Vorstellung von der körperlichen Vereinigung sehr diffus und eher beängstigend. Und selbst wenn Hermine mehr Erfahrung gehabt hätte, darüber sprach man nun wirklich nicht.«

»Okay, also, mittlerweile dürftest du ja wissen, dass der Mann nicht auf deinen Kopf einhackt, wie der Hahn bei der Henne«, lache ich und ernte wieder einen strafenden Blick.

»Schon gut, schon gut«, lenke ich ein, »verstehe, es war eher die romantische Liebe, so schnöde Dinge wie Sex auf dem Küchentisch kam für euch nicht infrage.«

»Kind«, keucht sie entsetzt, »wie redest du denn wieder? Wir konnten doch unmöglich im Haus von Hermine, in ihrer Anwesenheit, und was meinst du mit sechs?«

»Sechs? Wieso, was meinst du? Ach so, Sex! Das ist ein anderes Wort für hmm, wie nanntet ihr das denn damals nur? Ehelicher Beischlaf? Auch wenn er außerehelich stattfand. Und natürlich nicht in Anwesenheit von Hermine, aber war sie denn ständig da? Die ganze Zeit, über Jahre, sozusagen? Komm, jetzt mach hier nicht auf Blümchenrührmichnichtan, ich kenne schließlich die Männer und weiß, wie der Hase läuft. Irgendwann werdet ihr doch mal die Gelegenheit bekommen haben, miteinander in die Kiste zu steigen?«

»Wohin zu steigen? In welche Kiste denn?«

Mein Gott, der hätte Oswald Kolle auch nicht geschadet.

Ich sage aber nichts und mache nur eine abwehrende Handbewegung.

»Ja, es gab Gelegenheiten«, stimmt sie mir zögernd zu, »aber Hermine hatte mich gewarnt, ich solle Otto unter keinen Umständen Zudringlichkeiten gestatten. Männer verlören dann schnell das Interesse an einer Frau. Würden sie vielleicht gar für ein leichtfertiges Frauenzimmer halten, zumal, wenn noch keine offizielle Verlobung stattgefunden habe.«

»Aha«, ich gähne herzhaft, »da hast du dir ja die richtige Ratgeberin ausgesucht, keine Ahnung, aber mitreden. Die konnte ja aus dem reichen Schatz ihrer Erfahrungen schöpfen. Aber, egal, wie spannend es jetzt auch werden mag, ich muss ins Bett. Ich kann die Augen einfach nicht mehr aufhalten. Vergiss nicht, was du erzählen wolltest.«

Am nächsten Morgen bleibt Granny wieder einmal unsichtbar und Amun erscheint klagend an der Balkontür. Er schleicht misstrauisch witternd durch alle Räume, entspannt sich dann und startet mit seinem Terrorprogramm, Kapitel Frühstück.

Mein entzückender Nachwuchs ist dafür erstaunlich friedlich und zieht sich schon bei der 13. Aufforderung von alleine an. So schaffen wir es einen weiteren Tag, pünktlich an Schule und Kindergarten anzukommen. Kaum habe ich die Autotür hinter Luise geschlossen, sitzt Granny wieder neben mir, so, als wäre sie nie woanders gewesen.

»Hi«, grüße ich, »schön, dich wiederzusehen. Was hast du getrieben in der Zwischenzeit?«

Der »Wunderbaum«, den ich an der Tankstelle erworben habe, ist machtlos gegen sie.

»Liebes Kind, ich war zu Hause, schließlich muss ich dort auch einmal nach dem Rechten schauen und außerdem wollte ich in Ruhe darüber nachdenken, wie weit ich bereit bin, über meine intimsten Geheimnisse zu sprechen. Ich weiß noch nicht, ob ich das wirklich kann. Ich glaube, es ist mir einfach zu unangenehm. Und außerdem gehört es sich nicht für eine anständige Frau, über solche Dinge zu reden. Und um den Mörder von Otto zu finden, ist es ja wohl auch nicht notwendig.«

»Wie? Du warst zu Hause? Willst du mir erzählen, du pendelst einfach mal so zwischen den Jahrhunderten hin und her? Wie cool ist das denn? Aber beim Rest muss ich dir beipflichten. Dein aufregendes Liebesleben brauchen wir nicht wirklich. Erzähl einfach, was du erzählen willst, den Rest behalte für dich. Ich werd's überleben.«

In der Redaktion herrscht die Ruhe vor dem Sturm, immerhin arbeitet die Kaffeemaschine.

Ich fahre den PC hoch, rufe ein paar einschlägige Seiten auf und drehe den Monitor so, dass selbst Granny ohne Brille etwas sehen kann.

Ich bin mir sicher, unter ihrer Blässe läuft sie rot an und glaubt nicht, was sie auf dem Bildschirm sieht. *YouTube* mit einem Softporno, ganz harmlos, aber für sie reicht das aus. Sie kneift die Augen zusammen, zwinkert, atmet scharf ein und hält dann eine ganze Weile die Luft an, bevor sie den Kopf abwendet.

»Mach das sofort aus!«, sagt sie tonlos, »das ist schrecklich unanständig, so etwas will ich mir nicht ansehen. Schämst du dich denn gar nicht? Du als Frau kannst dir doch so etwas nicht angucken.« Dass sie ziemlich rote Bäckchen bekommen hat, ist aber nicht zu übersehen.

»Heißt das, dass du mehr davon nicht sehen möchtest?,« frage ich scheinheilig und sie schüttelt den Kopf und schließt die Augen.

»Nein, das ist nun wirklich nicht nötig, ich habe genug gesehen. Das ist skandalös, peinlich und abstoßend. Jetzt bleibe ich erst recht dabei: Ich werde dir nichts erzählen, was niemanden etwas angeht. Was zwei Menschen in ihrer Zweisamkeit tun, ist ihre Privatsache.«

»Okay, okay«, ich zucke mit den Schultern. »Keinen Stress, ich wollte dir ja nur zeigen, wie offen es heutzutage auf der Welt zugeht, damit du nicht glaubst, du könntest mich mit deinem Blümchensex schockieren.«

»Ich habe dir meine Meinung dazu gesagt, ich werde dir nichts erzählen, was du nicht wissen musst, um Ottos Mörder zu finden.«

»Hallo? Noch wissen wir überhaupt nicht, wie und woran Otto nun gestorben ist. Also halt mal den Ball schön flach und rede nicht von Mord.«

Schon bekommt sie wieder diesen eigenwilligen Zug um den Mund.

»So, und jetzt muss ich meine Brötchen verdienen«, damit drehe ich mich wieder zum Bildschirm um und beginne mein tägliches Routineprogramm.

Der Tag ist hektisch, ich habe kaum Zeit für eine Mittagspause, und so muss Granny wohl oder übel schweigen, bis wir wieder im Auto sitzen und auf der Heimfahrt sind. Jetzt beginnt sie schon in der Tiefgarage.

LUISE

Ich konnte es kaum erwarten, Hermine zu fragen, wie ihr mein Otto gefallen hatte. Sie lächelte mich an und strich mir über die Wange. »Ja, mein Kind, ich kann durchaus verstehen, dass er großen Eindruck auf dich gemacht hat. Er sieht gut aus, ist charmant und gebildet, ein kluger, besonnener Mann in einer hohen Position. Welches junge Mädchen würde sich da nicht geschmeichelt fühlen, wenn es die Aufmerksamkeit eines solchen Mannes auf sich ziehen könnte?

Aber, du darfst nicht vergessen, nicht nur er hat alle positiven Dinge auf seiner Seite, du hast davon auch eine ganze Menge zu bieten. Du bist jung, hübsch, unschuldig und unbescholten. Du bist gebildet, kannst lesen und schreiben und dich mittlerweile auch in den besseren Kreisen durchaus behaupten. Du hast also keinen Grund, dich ihm unterlegen zu fühlen. Los, Kopf hoch und die Schultern gerade!«

»Jetzt machst du mich aber wirklich verlegen. Meine liebe Freundin, wenn dein Loblied der Wahrheit entspräche, wem verdanke ich denn das alles? Doch nur dir.«

»Das ist ganz gleich, wem du das verdankst, jetzt hast du es, und dein Otto kann sich glücklich schätzen, dich zu besitzen. Du solltest ihm das keinesfalls zu leicht machen. Es darf nicht ausreichen, dass er einmal mit seiner Kutsche hier vorfährt, und du fällst ihm wie ein reifer Apfel in den Schoß. Männer wollen erobern, sonst langweilen sie sich schnell, das hat mir jedenfalls mein Vater so

erzählt. Und gib dich ihm nicht vor der Ehe hin, sonst verliert er das Interesse an dir. Hält dich vielleicht sogar für ein leichtfertiges Frauenzimmer. Meine Mutter hat mir gegenüber einmal angedeutet, dass eine anständige Frau diese geschlechtlichen Dinge überhaupt nur tut, um ihrem Mann eine Freude zu machen und um Kinder zu empfangen, natürlich. Nun ja, wie du weißt, kann ich da nicht wirklich mitreden, aber ich stelle mir das alles auch sehr peinlich und schrecklich vor.«

Als ich an diesem Abend in meinem Bett lag, grübelte ich darüber nach, wie ich es wohl finden würde, mit Otto das Bett zu teilen. Wäre es mir auch peinlich und schrecklich? Würde es wehtun? Musste ich mich gänzlich ausziehen oder konnte ich mein Nachtkleid anbehalten? Wurde man direkt schwanger oder musste man es mehrmals tun? Ich hatte so viele Fragen und niemanden, dem ich sie hätte stellen können. Kurz bevor mich der Schlaf übermannte, schreckte ich noch einmal hoch. Was, wenn ich unwohl war und Otto wollte gerade dann das Bett mit mir teilen? Wie sollte ich darüber je mit ihm reden können?

Antwort auf einige meiner Fragen bekam ich schon wenige Wochen später. Hermine war ausgefahren, ich wegen heftiger Kopfschmerzen allein zu Hause geblieben, als Otto vor dem Tor hielt. Er sprang aus der Kutsche und kam im Laufschritt auf das Haus zu, während ich schon die Tür weit geöffnet hatte. Wir fielen uns in die Arme und küssten uns mit all der Leidenschaft, die Sehnsucht auszulösen vermag. Unsere Zungen verschmolzen miteinander und unsere Hände begannen den anderen zu berühren. Ottos Küsse lösten ungeahnte, unbekannte, süße Gefühle in mir aus, ein Verlangen, das meine Knie zittern ließ. Als

Ottos Hände meine Brüste umfassten, war mir das daher kein bisschen unangenehm, im Gegenteil. Ich ließ mich gegen ihn sinken und wer weiß, was noch alles geschehen wäre, hätte er mich nicht sanft von sich geschoben. Ich löste mich nur widerwillig von ihm, aber ich wusste, es musste sein. Wir durften uns nicht vergessen, Hermines Vertrauen nicht so enttäuschen. Ich gebe es aber unumwunden zu, es fiel mir ungeheuer schwer.

Nur wegen Hermine zögerte ich daher, ihn überhaupt ins Haus zu lassen, denn das schickte sich nun wirklich nicht. Er schaute mich aber so liebevoll an, dass ich es nicht über mich brachte, ihn fortzuschicken. Also bat ich ihn herein und bot ihm eine Erfrischung an.

Als ich ihm das Glas reichte, berührten sich unsere Finger und wieder spürte ich den Wunsch, ihn zu küssen, in seinen Armen zu liegen. Wir konnten kaum die Blicke voneinander lösen, saßen aber, wie es sich gehörte, durch den Tisch getrennt, uns gegenüber.

Als Hermine nach Hause kam, reagierte sie trotzdem heftig auf Ottos Anwesenheit. Ich konnte sie zwar ein wenig beruhigen, indem ich ihr versicherte, dass nichts Unrechtes zwischen uns geschehen war, aber sie war nicht zu beruhigen. Otto entschuldigte sich vielmals, nahm alle Schuld für diesen Verstoß gegen die guten Sitten auf sich und verabschiedete sich bald darauf, weil die Stimmung nicht besser werden wollte.

Ich war verzweifelt. Was hatte ich nur getan? Hermine war noch nie so böse auf mich gewesen und ich ertrug es fast nicht.

»Hermine«, bat ich, »bitte sei doch wieder gut mit mir, ich habe mir nichts dabei gedacht und wir haben ja

auch nichts getan, was nicht jeder hätte sehen können.« Ich konnte aber wohl nicht verhindern, tief zu erröten, wenn ich an unsere leidenschaftlichen Küsse dachte, und Hermine sah das natürlich sofort.

Sie blickte mich an, seufzte und sagte dann: »Luise, schau, was ich hier tue, ist schon schwierig genug. Ich lebe als Frau allein, das gehört sich nicht. Ich habe mein eigenes Geld, auch das gehört sich nicht, Ich fahre ohne Begleitung aus, wer hätte je so etwas gehört? Dann lasse ich ein mir anvertrautes junges, unverheiratetes Mädchen allein im Haus. Schlimm genug, denn das verstößt nun wirklich gegen alle guten Sitten, und dann lässt dieses Mädchen in meiner Abwesenheit einen unverheirateten Mann ins Haus, der weder ihr Vater noch ihr Bruder ist. Weißt du eigentlich, was du getan hast? Wenn das jemand gesehen hat, ist dein Ruf ruiniert, glaub mir. Es steht zwar in der Bibel: ›Du sollst nicht falsch Zeugnis reden wider deinen Nächsten‹, aber das hat die Menschen noch nie gehindert, zu klatschen und zu tratschen und sich das Maul zu zerreißen.«

Ich war sehr erschrocken über ihre Worte und wusste nicht, was ich zu meiner Verteidigung hätte vorbringen können. Ich schwieg daher, bis sie schließlich sagte: »Nun gut, mein Kind, lassen wir es dabei bewenden. Mir ist klar, du hast es nicht besser gewusst, aber von Herrn von Wolffgramm war es einfach unverantwortlich und rücksichtslos.«

Damit war das anfänglich so gute Verhältnis zwischen Hermine und Otto schwer beschädigt, daran änderte auch seine offizielle Entschuldigung nichts, zu der er eigens am nächsten Tag wiederkam. Hermine blieb reser-

viert und ich bekam keine Gelegenheit, ihn auch nur für eine Minute allein zu sehen.

Der Sommer ging vorbei, der Herbst kam mit seinen flammenden Farben, dem hohen Himmel und dem Duft der gemähten Wiesen. Ich liebte den Herbst, mehr noch als den Frühling, das war schon immer so gewesen.

Ein windiger Tag, der mit Nebel und Feuchtigkeit begonnen hatte, erschien uns passend, den Kamin zum ersten Mal anzuzünden. Gegen Mittag kam unverhofft Otto, den ich seit fast drei Monaten nicht mehr gesehen hatte. Er war blass und erschien mir dünner geworden zu sein. Er blieb vor Hermine stehen und ließ die Schultern sinken.

»Gnädiges Fräulein, was kann ich nur tun, mein schändliches Verhalten wiedergutzumachen? Glauben Sie mir, ich habe es seither jede Minute bereut. Bitte, nehmen Sie doch meine aufrichtige Entschuldigung an und vergeben Sie mir.«

Hermine stand einen Augenblick regungslos da, dann reichte sie ihm die Hand und sagte: »Gut, ich nehme Ihre Entschuldigung an, Luise zu Liebe. Sollten Sie allerdings mein Vertrauen noch einmal missbrauchen, dann werden Sie dieses Haus nie wieder betreten!«

»Du lieber Himmel, die hat sich ja vielleicht angestellt. Ihr habt doch gar nichts getan und dann so eine Welle? Ich meine, hätte sie euch zusammen im Bett erwischt, dann könnte ich das ja vielleicht noch nachvollziehen, aber so?«

»Ich glaube, du verstehst noch immer nicht, dass es in meiner Zeit noch eine für alle gültige Moral gibt, anders als heutzutage. Wir leben in einer viel engeren Welt, man schaut genau, was der Nachbar treibt, und klatschen tun die Menschen nun einmal besonders gern. Ich nehme nicht an, dass sich daran etwas geändert hat.«

»Nee, das stimmt, da hat sich überhaupt nichts dran geändert. Aber heute bleibt das nicht in der Nachbarschaft, heute kannst du das am nächsten Tag auf Facebook lesen, mit Bild, wenn du Pech hast.«

»Na, siehst du. Ich weiß zwar nicht, was Feesbock ist, aber in meiner Zeit kann so ein Gerücht ein Leben zerstören, Heiratsaussichten zunichtemachen, Familien entzweien. Darum ist es einfach lebensnotwendig, zumindest nach außen, den Schein zu wahren. Respektabel zu bleiben. Hermine hatte mir schon so viel mehr Freiheiten gelassen, als üblich war, aber auch sie hatte natürlich ihre Grenzen. Ihr Ruf war ja davon abhängig, sie wäre als Kupplerin dagestanden und darauf standen Gefängnisstrafen.«

»Wie bitte? Nur weil du einen Mann ins Haus gelassen hast, ohne dass ein Anstandswauwau dabei war?«

»So ist es eben. Auch in meiner Zeit stürzen sich die Menschen mit großer Freude auf jeden noch so kleinen Skandal. Hermine gehörte nicht direkt zur gehobenen Gesellschaft, aber auch nicht zur Unterschicht. Sie musste sich daher besonders bemühen, nichts zu tun, was gegen die guten Sitten verstieß. Und ich glaube, sie hatte auch Angst, ihr Schwager würde versuchen, Vorteile daraus zu ziehen, falls sie in Verruf geraten wäre. Sei es auch nur durch mich und mein Fehlverhalten.«

»Kennst du nicht den Spruch: Allen Menschen recht getan, ist eine Kunst, die keiner kann? Goethe oder Schiller, einer von den beiden war das bestimmt.«

Granny lächelt: »Ich glaube, das stammt eher aus der Bibel.«

»Noch besser, damit hast du es doch ganz besonders, hättest du dich daran nicht halten können?«

»Hiddesen ist sehr klein, da kennt jeder jeden und es passiert nicht gerade viel. Da beobachtet man eben die Nachbarn, vielleicht um von seinem eigenen, eher eintönigen Leben ein bisschen Abwechslung zu haben …«

»Okay, das kann ja alles sein, aber ich hätte das nicht mit mir machen lassen.«

»Ach, liebes Kind, natürlich hättest du, ganz sicher. Wenn man von klein auf zu einem bestimmtem Verhalten angehalten wird, ja, wenn sich alle so verhalten, dann übernimmt man das. Schon um nicht aufzufallen, um dazuzugehören. Die Strafen für ein nicht übliches Verhalten sind außerdem sehr bitter.«

»Klar, kann ich mir vorstellen, und dabei allen voran natürlich die Sanktionen durch die Kirche. Daran hat sich auch bis heute nichts geändert.«

»Manchmal ja, aber es sind nicht einmal besonders selten die eigenen Eltern, die ihr in Schande gefallenes Kind verstoßen.«

»Ausnahmslos Mädchen, vermute ich mal?«

»Ja, Kind, häufig, aber es trifft manchmal auch Söhne. Die werden dann zum Militär geschickt oder, wenn sie dazu noch zu jung sind, auf weit entfernte Internate.«

»Klar, nobel, nobel. Die Mädchen dagegen wurden ins Kloster gesteckt, stimmt's?«

»Ach Kind, auch Klöster kosten Geld, und wenn ein Mädchen in Schande fällt und die Eltern kein Geld haben, bleibt ihm häufig nur die Straße.«

»Während diese Eltern, ganz gerechte Empörung, ruhig schlafen? Du lieber Himmel, wie furchtbar ist das denn?«

»Nun, Kind, vielleicht verstehst du jetzt besser, warum Hermine so reagierte und wie falsch es war, dass ich Otto ins Haus gelassen hatte. Außerdem, beinahe wäre ja auch tatsächlich noch viel Schlimmeres passiert.«

»Gelegenheit macht Liebe!«

»Nun ja, das will ich nicht leugnen. Wir waren sehr verliebt, da ist man schon mal unvernünftig.«

Granny lächelt versonnen vor sich hin und ihre Augen strahlen.

»Nun schön, ihr wart also brav, zumindest du, was dein Otto im fernen Potsdam getrieben hat, konntest du ja nicht wissen.«

»Mein Otto hat mich genauso geliebt wie ich ihn!«

»Na klar, das glaube ich dir doch auch, aber, der Mann, der jahrelang wie ein Mönch lebt, nur weil er an seine Liebste nicht randarf, der muss erst noch geboren werden.«

»Aber Kind, ich wünschte, du hättest Otto gekannt, dann würdest du nicht so schlecht von ihm denken.«

»Ich denke doch gar nicht schlecht über ihn. Ich kenne nur die Männer ein kleines bisschen besser. Sind alle letztendlich schwanzgesteuert, liebe Ururgroßmutter, mehr nicht. Aber ich gebe zu, die zu deinen Zeiten, die kenne ich überhaupt nicht. Trotzdem bezweifele ich, dass sie wirklich so anders gestrickt waren.«

Wir haben zwischenzeitlich fast den Hort ihrer kleinen Namensvetterin erreicht. Ich stelle den Motor aus und wende mich ihr zu.

»Reg dich wieder ab, ich bin ja schon still und mittlerweile echt gespannt darauf, wie es weitergeht. Irgendwie müsst ihr es ja mal geschafft haben, der gestrengen Hermine zu entkommen. Aber jetzt hab ich mich erst einmal um die nahenden Katastrophen zu kümmern.«

Meine reizende Tochter ist auch heute nicht in friedlicher Stimmung, das merke ich schon daran, mit welcher Vehemenz sie ihre Sachen in den Kofferraum schmeißt. Noch nicht ganz im Auto, murrt sie: »Boah, das stinkt hier ja vielleicht. Mama, warum stinkt das hier so?«

Ich werfe Granny auf dem Beifahrersitz einen strafenden Blick zu und sage, den Kopf leicht nach hinten gewandt: »Keine Ahnung, vielleicht war mal wieder ein Marder im Auto?«

»Wiesoooo?«

Das ist ihr augenblicklich bevorzugtes Lieblingswort, während Lasse noch bei »warum« stehen geblieben ist. Beide Wörter dienen ausschließlich als Beschäftigungstherapie für Mütter, eine Antwort erwartet niemand darauf.

Ausnahmen bestätigen die Regel. »Wiesoooooo denn? Wieso stinkt der denn so? Du musst die Garage zumachen, dann kann der nicht mehr in unser Auto.«

»Ja, mache ich, erinnere mich einfach dran, wenn ich es vergessen sollte.«

Ich beschließe, es mit Deo zu versuchen, so geht das nicht weiter!

Der Abend verläuft wie alle Abende. Ich koche, wasche, bespiele meinen Nachwuchs, wir essen zusammen und irgendwann, kurz bevor ich komplett erledigt bin, liegen sie endlich in ihren Betten.

Keiner, wirklich keiner, der nicht mindestens zwei Kinder allein großzieht, kann sich auch nur im Ansatz vorstellen, was eine alleinerziehende Mutter leistet. Okay, gilt auch für alleinerziehende Väter, von denen ich aber keinen kenne. Insgeheim habe ich sogar den Verdacht, dass sie eine reine Erfindung unserer Politiker sind.

Da Männer bekanntlich schon immer ganz arme Geschöpfe waren, die von Frauen ausgebeutet und unterdrückt werden, haben sie es vor einigen Jahren geschafft, davon auch die Gesetzgeber zu überzeugen. Um ihnen nach einer Scheidung irgendwie das Überleben zu ermöglichen, werden Frauen nunmehr gezwungen, Vollzeit arbeiten zu gehen, sobald ihr jüngstes Kind drei Jahre alt ist. Schließlich haben wir Frauen immer nur im Sinn, uns auf Kosten eines armen männlichen Wesens ein tolles Leben zu machen! Wieso weiß eigentlich kaum eine Menschenseele etwas davon, *wie* schwer es alleinerziehende Mütter heute tatsächlich haben?

Natürlich stimmt das nicht, zumindest, wenn man unsere Politiker/innen hört. Schließlich gibt es heute doch an jeder Ecke Kindergärten, die von 6 Uhr morgens, bis 19 Uhr abends geöffnet sind. Qualifiziertes Personal inklusive. Schulen, an denen niemals Unterrichtsstunden ausfallen. Außerdem ist ihnen immer ein Hort angeschlossen, dessen Öffnungszeiten sich nach der Arbeitszeit der jeweiligen Mütter oder Väter richten.

Einen Chef zu finden, der eine alleinerziehende Mutter mit zwei Kindern einstellt, ist ebenfalls ein Kinderspiel. Selbstverständlich gewährt er jederzeit großzügig Urlaub, wenn eines dieser Kinder erkrankt. Das ist schließlich vom Gesetz so vorgeschrieben, um Arbeitgebern einen Anreiz zu bieten, Frauen mit Kindern einzustellen.

Außerdem kommt Krankheit ja so gut wie nie mehr vor, dank umfangreicher Impfpflicht. Sollte es wider Erwarten doch einmal passieren, bleibe ich eben zu Hause. Kein Problem, die Kollegen und Kolleginnen übernehmen meine Arbeit ja gern und ohne zu murren. Etwas schade ist, dass gesetzlich für diese »freien Tage« dummerweise nur 60 Prozent des normalen Einkommens vorgesehen sind. Schade auch, dass sich Kinder gern mal bei Geschwistern anstecken und nicht einmal Mütter gegen alles immun sind. Wenn's schlecht läuft, muss ich schon einmal 14 Tage am Stück zu Hause bleiben und habe am Ende, selber krank, zwei putzmuntere, dafür unausgelastete, quengelnde Rekonvaleszenten am Bett stehen. Fiktion? Horrorszenario? Du bist entweder kinderlos oder ein Mann!

Es ist also schon wieder nach 21 Uhr, als ich endlich die Zimmertür hinter meinen Kindern schließen kann. Granny sitzt auf dem Sofa, aufrecht, die Füße parallel zueinander. Mussten die früher so sitzen?

»Sag mal, warum machst du es dir nicht etwas bequemer? Du sitzt ja da, als hättest du einen Stock verschluckt, und nimm doch endlich mal diesen blöden Hut ab!«

»Eine Dame lehnt sich nirgendwo an und schlägt schon gar nicht die Beine übereinander. Das ist vulgär. Wenn ich sehe, wie sich heute junge Frauen hinsetzen, das ist einfach empörend. Ich habe welche gesehen, die legten ihre Füße auf den Schreibtisch oder setzten sich auf ihr eigenes Bein. Nein, wirklich, das geht doch zu weit, auch, wenn sie ja meist diese schrecklichen Arbeiterhosen tragen. Frauen in Hosen, wer hat denn jemals so etwas gesehen? Und meinen Hut möchte ich sehr gern aufbehalten, wenn du nichts dagegen hast. Ich weiß schließlich nie, wann ich von hier in meine Zeit zurückgeschickt werde, und die Vorstellung, dort vielleicht ohne Kopfbedeckung angetroffen zu werden …«

»Behalte ihn auf, wenn's dich glücklich macht, und von mir aus kannst du auch so sitzen bleiben, sind ja nicht meine Rückenschmerzen. Aber, Granny, nimm es mir nicht übel, wir müssen etwas gegen den Geruch unternehmen.«

»Welchen Geruch meinst du?«

»Ich will wirklich nicht unhöflich sein, ich weiß, zu deiner Zeit gab es noch keine Waschmaschinen, keine Bäder und auch kein Deodorant, daher kannst du sicherlich nichts dafür. Trotzdem, Du riechst aber sehr streng nach Mottenpulver, jedenfalls für unsere heutigen Nasen.«

»Otto hatte sehr wohl ein Badezimmer in seinem Haus, das war wunderschön. Waschschüssel, Wasserkanne, alles aus feinstem Porzellan. Mit Goldrand. Ich habe das oft bewundert beim Saubermachen.«

»Was hat denn Ottos Badezimmer damit zu tun? Ach, und du hast also doch mit ihm gewohnt?«

»Ja und nein. Ich habe bei ihm gewohnt und auch ab und an sauber gemacht.«

Mir verschlägt es kurzfristig die Sprache, und ich verliere mein Ziel aus den Augen.

»Sauber gemacht? Willst du sagen, er hat dich als Putzfrau beschäftigt?«

»Ich war offiziell seine Aufwärterin und Hermine die Haushälterin, habe ich das noch nicht erwähnt?«

»Doch, aber zuletzt wohntet ihr noch in Hiddesen und du hast auf Ottos Heiratsantrag gewartet. Ist der etwa ausgeblieben? Aber, bevor du weitererzählst, komm doch mal mit mir ins Bad.«

Granny folgt mir zögernd und bleibt an der Tür stehen.

»Komm, es tut nicht weh, mach einfach mal deine Bluse auf.«

Sie schüttelt den Kopf, aber als sie meinen Blick sieht, beginnt sie, die zahlreichen Knöpfe zu öffnen. Das dauert eine geraume Weile, aber schließlich kann sie das Oberteil nach unten streifen. Zum Vorschein kommt ein elfenbeinfarbiges Unterhemd mit hübscher Spitze und tatsächlich ein wohl gerundeter Busen. Eingeschnürt im engen Kleid war der gar nicht zu sehen.

»Gut, und jetzt heb mal die Arme hoch!«

Sie tut es, in der einen Hand baumelt das bestickte Täschchen. Ich nehme mein kostbares Duftsprüh-Deo, das ich selten benutze, und drücke auf den Knopf. Zisch! Granny schließt erschrocken die Augen, bleibt aber stehen. Ich wandere einmal um sie herum und sprühe großzügig. Den dichten Busch schwarzer Haare in beiden Achselhöhlen sehe ich mit Grausen.

»So, fertig, du kannst die Arme wieder runternehmen. Warten wir mal ab, ob's was gebracht hat. Das Bad riecht schon mal gut.«

»Ja, wirklich, wunderbar. Das hätte ich in meiner Zeit auch gern gehabt. Otto mochte es so sehr, wenn ich gut geduftet habe.«

»Schön, dann komm, gehen wir wieder ins Wohnzimmer und du erzählst mir, wieso du sein Badezimmer nicht benutzt, dafür aber geputzt hast. Das wird ja immer mysteriöser.«

LUISE

Nach drei Wochen war Otto wieder da. Wie immer flog ihm mein Herz zu. Ich lebte nur noch für seine Besuche, so kurz sie auch sein mochten.

Er sah froh und gelöst aus, als er Hermine und mir in den kleinen Salon folgte. Er hatte gute Neuigkeiten. Schon im April sollte er sein neues Amt antreten, auch ein Haus war bereits gefunden. Das sogenannte Kanzlerhaus, imposant, aber viel zu groß für einen Mann allein, wie er lächelnd betonte.

Nun müssten nur noch der Umzug geplant und neue Möbel angeschafft werden, dann stünde einem neuen Leben nichts mehr im Wege.

Ich freute mich so sehr für Otto, dass ich den leisen Stich, den es mir trotz allem gab, beiseiteschob. Zu gern hätte ich doch das Haus mit ihm zusammen eingerichtet, schalt mich aber töricht und lächelte ihm zu.

Als er gegangen war, forderte Hermine mich auf, mich zu ihr zu setzen. Sie wirkte besorgt und auf Nachfragen stellte sich heraus, dass schlechte Nachrichten von ihrer

Schwester aus Detmold gekommen waren. Ich erschrak, denn die Familie hatte ich völlig vergessen, ebenso wie meinen Bruder.

»Nun, die Geschäfte gehen wohl nicht so gut, wie mein Schwager es gern hätte, seine Ausgaben sind jedenfalls höher als die Einnahmen. Ich weiß es nicht genau, feststeht, er kürzt mir ab sofort mein Haushaltsgeld. Ich muss die Köchin entlassen und vielleicht sogar die alte Marie. Das tut mir in der Seele weh, aber ich kann sie nicht länger bezahlen. Ich will nur hoffen, dass wir nicht noch drastischere Schritte unternehmen müssen, Karl ist alles zuzutrauen.«

»Darf er das denn?«, fragte ich erschrocken, kannte die Antwort aber schon. Frauen hatten rechtlich überhaupt kein Eigentum zu haben. Was sie besaßen, gehörte ihren Männern, Brüdern, in diesem Fall dem Schwager. Hermine hatte bisher Glück gehabt, dass es ihm wohl in der Hauptsache darum gegangen war, sie nicht in seinem Hause leben lassen zu müssen.

»Ja, er kann nach seinem Gutdünken beschließen, das Haus zu verkaufen oder es selber zu bewohnen, ganz wie es ihm beliebt. Er kann mich zwar nicht auf die Straße setzen, das wäre schlecht für seinen guten Ruf. Der ist ihm doch so wichtig, aber das ist auch alles. Was soll denn dann aus dir werden?«

Das wusste ich auch nicht. Darüber hatte ich bis zu diesem Augenblick auch noch nie nachgedacht. Nun, ich war jung, hatte zwei gesunde Hände, ich konnte mir mein Brot schon verdienen, außerdem war ja da noch Otto.

Ich beruhigte also Hermine, so gut es mir möglich war, und wir hofften darauf, dass es schon nicht ganz so schlimm kommen würde.

Unsere Hoffnung erfüllte sich leider nicht. Kohlenhändler Blancke fuhr wenige Tage später vor und teilte seiner Schwägerin den Verkauf des Hauses mit. Mich überging er, tat, als hätte er mich noch nie in seinem Leben gesehen. Hermine behielt ihren Stolz, bat nicht, klagte nicht, fragte nur nach, wann sie das Haus räumen solle. Mehr nicht.

Ihr Schwager hatte wohl Tränen und Jammern erwartet und war offensichtlich erleichtert, als nichts davon eintrat. Er sagte, noch im Hinausgehen, sie habe drei Monate Zeit und er würde dann einen Wagen schicken. Damit könne ihr Gepäck mit den persönlichen Sachen in sein Haus in Detmold geschafft werden. »Ihr« und »persönlich« betonte er auffällig.

Man kann wohl sagen, dass wir sehr betroffen waren. Wir schwiegen lange Zeit. Irgendwann straffte Hermine ihre Schultern und sagte: »Gut, wenn es denn so ist, dann müssen wir unser Los annehmen. Aber anders, als Karl sich das ausgedacht hat. Ich ziehe nicht in sein Haus und bin dann die unerwünschte Verwandte, die Almosen nehmen muss und als Dank dafür ein bisschen im Haushalt hilft. Wie das aussieht, kann ich mir gut vorstellen. Aber darum geht es mir nicht, arbeiten kann ich, wenn es sein muss, aber nicht für ihn. Lieber sterbe ich!«

Ich war sehr erschrocken, als ich das hörte, und bat sie inständig, doch solche Gedanken aufzugeben. Gott würde uns schon zur rechten Zeit Hilfe schicken. Daran glaubte ich einfach unbeirrbar.

Und diese Hilfe wurde uns gewährt. Sie kam natürlich in Gestalt von Otto, meinem geliebten Otto.

Als er kam, war er sehr erstaunt, das Haus voller Kisten und in Unordnung vorzufinden. Er hatte natürlich noch überhaupt nichts von den bevorstehenden Veränderungen gehört und war empört und erschrocken.

»Mein liebes, gnädiges Fräulein, meine liebste Luise, das sind ja betrübliche Neuigkeiten, aber seien Sie unbesorgt, ich werde einen Ausweg finden. Wie Sie wissen, wohne ich zwischenzeitlich im Haus eines meiner Vorgänger, des Freiherrn von Gevekot. Es ist jetzt so weit eingerichtet, dass es bewohnt werden kann, wenn es auch noch an vielem fehlt. Ich möchte hiermit gern zum Ausdruck bringen, dass es mir eine Ehre wäre, Sie …«

»Nein!« Hermine klang geradezu entsetzt, fuhr dann aber ruhiger fort. »Ich danke Ihnen von Herzen, lieber Herr von Wolffgramm, muss Ihr großherziges Anerbieten aber ablehnen. Es geht nicht, dass Sie zwei unverheiratete Damen in Ihrem Haus beherbergen. Was, glauben Sie wohl, würden die Leute dazu sagen und erst seine Durchlaucht? Nein, das kann ich unter keinen Umständen zulassen.«

»Gut, vielleicht haben Sie recht«, stimmte Otto ihr zu, »das habe ich nicht ausreichend bedacht. Es ändert aber nur meine Pläne ein wenig, macht sie nicht hinfällig. Sie wissen ja, ich bin kein armer Mann, ich habe schon von Haus aus Vermögen. Wie es der Zufall so will, gerade jetzt hatte ich vor, in einige Immobilien zu investieren. Für die suche ich dann natürlich geeignete Bewohner. Am liebsten wären mir zwei Damen, von untadeligem Ruf, versteht sich.«

Er lächelte und zwinkerte mir zu und ich liebte ihn mit einer Intensität, die ich nicht beschreiben kann.

Auch Hermine atmete jetzt auf und schien erleichtert. Bedenken hatte sie aber immer noch.

»Damit wäre uns natürlich mehr geholfen, als ich sagen

kann, aber, wovon sollen wir leben? Von meinem Schwager werde ich keinen Pfennig mehr zu sehen kriegen. Außerdem, zwei unverheiratete Frauen allein ohne männlichen Schutz in einem Haus. Nein, das geht auch nicht.«

»Sieht so aus, als gäbe es noch ein paar Kleinigkeiten zu klären, die aber in den nächsten Tagen zu erledigen sein sollten. Machen Sie sich bitte keine Sorgen, ich finde einen Weg, versprochen! Ich melde mich, sobald ich alles geklärt habe.«

Ich hatte nur ganz kurz Gelegenheit, mich von Otto zu verabschieden, weil Hermine in der Nähe blieb. Er konnte mich lediglich einmal an sich drücken und mir versichern, mich zu lieben.

Natürlich hielt mein Otto Wort. Er brachte meinen Bruder Hugo dazu, seine Arbeit beim Kohlenhändler, mit dem Hinweis auf seine schwache Gesundheit, zu verlassen. Er wurde Ottos offizieller Kutscher, Diener, Portier, alles in einem. In allererster Linie aber wurde er der Beschützer unseres guten Rufs. Mit einem Mann im Haus würde es viel weniger Gerede geben, als wenn wir zwei Frauenzimmer allein eingezogen wären. Hugos Verdienst sollte dann auch so großzügig bemessen sein, dass er für uns alle drei aufkommen konnte.

Hermine war damit natürlich ganz und gar nicht einverstanden. Sie wollte keine Almosen von Otto und war nicht davon zu überzeugen, dass es keine waren. Er selber versicherte ihr immer wieder, dass es nur eine Wiedergutmachung für all die Wohltaten war, die sie mir zuteil hatte werden lassen.

Es fiel ihr weiterhin schwer, aber sie hatte keine andere Wahl.

»Na super! Auf die Idee, dich einfach zu heiraten, ist dein Traumprinz wohl nicht gekommen? Lieber macht er die tollsten Klimmzüge, damit sein guter Ruf nicht angekratzt wird. Das war doch ein echter Warmduscher.«

»Kind, du versündigst dich, du redest von deinem Ururgroßvater. Ich habe keine Vorstellung davon, was ein Warmduscher ist, aber du verstehst gar nichts, das habe ich dir doch schon einmal gesagt. Otto war der Erste Beamte im Staat Lippe, nicht länger nur ein Polizeipräsident. Obwohl das ja auch schon ausgereicht hätte, den Abstand zwischen uns unüberwindlich zu machen. Außerdem war er neu im Kabinett und auch in der Stadt. Wie hätte es denn ausgesehen, wäre er gleich als Erstes mit einem Heiratsgesuch beim Regenten vorstellig geworden?«

»Was soll denn das jetzt wieder heißen? Im ›Staat‹ Lippe? Ich glaube, ich spinne. Es gibt keinen ›Staat Lippe‹, und was ist ein ›Heiratsgesuch‹? Ihr wart beide über 18, also konntet ihr das doch wohl allein entscheiden, oder etwa nicht?«

»Kind, deine Wissenslücken sind größer, als ich dachte! Natürlich gibt es den ›Staat Lippe‹! Ein Fürstentum, wenn auch ein kleines. Nun, und volljährig ist ein Mann mit 21 Jahren. Mädchen heiraten gewöhnlich sehr viel früher, das war auch nicht das Problem. Otto war 52 Jahre und ich wurde bald 22, daran wäre es nicht gescheitert. Nein, es lag an unserem Standesunterschied, an meiner Herkunft. Darum brauchte er die Einwilligung des Fürsten zu einer nicht-standesgemäßen Eheschließung.«

»Du großer Gott, ja, das nehme ich zurück, du liebe Güte, wie kompliziert ist das denn? So langsam wird mir dein Jahrhundert von Herzen unsympathisch. Dein

Otto war mit 52 doch schon ein alter Sack, der ein junges Mädchen von Anfang 20 heiraten wollte. Du lieber Himmel! Nee, mich würde wirklich brennend interessieren, was eigentlich der Typ selber zu all dem zu sagen wusste. Wir sollten uns unbedingt mal überlegen, wie wir dieses Tagebuch geknackt kriegen. Du hast keine Brille, warum vergisst du die eigentlich immer wieder? Ich kann die Schrift nicht lesen, was bleibt? Wir müssen jemanden auftreiben, der es kann. Ich denke mal, in jedem Museum oder Archiv gibt es einen Mitarbeiter, der sich mit alten Schriften beschäftigt. So einen müssen wir finden. Oder, nein, warte mal, ich habe noch eine andere Idee.«

Ich checke die Zeit. 22:05 Uhr. Lieber nicht anrufen, vielleicht schläft sie schon, also WhatsApp an Mam schicken. »Hey, noch wach?«

»Ja, wieso?«

»Du hast doch mal in der Schule deutsche Schrift gelernt?« »Was soll das denn? Lernt Isi das jetzt etwa?«

»Nein, aber ich habe da so ein altes Buch auf dem Flohmarkt gefunden und ich kann's nicht lesen. Ich dachte, du vielleicht. Nicht sofort, aber irgendwann mal?«

»Liebe Güte. Ja, ich habe Sütterlin gelernt, das ist aber ewig her. Habe dann mit 14 oder 15 mal Tagebuch damit geschrieben, für den Fall, dass meine Mutter schnüffeln wollte. Mit 20 konnte ich mein eigenes Geschreibsel dann nicht mehr lesen. War vermutlich auch besser so:)«

»lol! Das ist aber nicht Sütterlin, das scheint Kurrent zu sein, kennst du das auch?«

»Nee, kenne nur ›Konkurrent‹, als Schrift nie gehört, woher weißt du das denn?«

»Wikipedia macht's möglich. Ist ziemlich ähnlich. Na

egal, du kannst es dir ja mal ansehen, wenn du Lust hast. Gute Nacht.«

»Mach ich. Und sonst ist wirklich nichts?«

»Nein, absolut nichts, alles ok.«

»Na dann, gute Nacht, schlaf schön.«

»Nee, noch was, ganz kurz! Gibt es einen ›Staat Lippe‹?«

»Sag mal, hast du was genommen? Die Lippe ist ein Flüsschen in Lippe, das ist aber kein Staat, nur ein Teil von NRW. Ganz früher, als Deutschland noch Kaiserreich war, da könnte das mal ein Staat gewesen sein. Keine Ahnung, google doch einfach!«

»So, nun bin ich auch nicht klüger. Dafür deine Urenkelin beunruhigt. Ich glaube, die hat mir die Story mit dem Buch vom Flohmarkt nicht abgekauft. Sie hat wohl auch nur Sütterlin gelernt. Will es sich aber immerhin angucken, vielleicht klappt's ja doch. Und jetzt gehe ich schlafen, du weißt, morgen ist ein neuer Tag und der wird auch nicht weniger anstrengend als der heutige. Mach's gut, was immer du machst, bis morgen und wenn's geht, bring deine Brille mit!«

Die Nacht ist eine Qual: Lasse hat Halsschmerzen, Schnupfen, ist quengelig und will sich nicht beruhigen lassen. Ich sehe tiefschwarz für meinen kommenden Arbeitstag. Zu den absoluten Albträumen alleinerziehender Mütter gehören nicht etwa abgebrochene Fingernägel oder zu klein gekaufte Schuhe. Nein, damit werden wir fertig, aber ein Kind, das über Nacht krank wird, kann durchaus eine Kettenreaktion an Katastrophen auslösen. Keine Zeit mehr, irgendetwas zu organisieren, wenn nicht ein Wunder geschieht. Und, mal ehrlich, wie oft geschehen Wunder?

Immerhin, es geht ein bisschen in diese Richtung, denn am nächsten Morgen ist er munter und hat keinerlei Beschwerden mehr. Ich bin komplett gerädert und würde meinen rechten Arm für zwei Stunden Schlaf geben. Natürlich will den keiner, also muss ich arbeiten fahren und habe obendrein auch noch zwei ausgesprochen schwierige Recherchen vor mir. Natürlich hat Amun heute Morgen besonders schlechte Laune, aber so was von! Er maunzt und knurrt, starrt mich mit seinen unergründlichen Augen an und ist mit nichts zu beruhigen. Ich versuche ihm zu schmeicheln, darauf geht er nicht ein. Dann eben Bestechung! »Stängelchen«, irgendein in Stangen gepresster Müll für Katzen, wirken immer. Sie sind die ultimativ letzte Waffe vor der Kapitulation. Er stürzt sich auf die stinkenden Teile, als hätte er seit Wochen gehungert. Drei hintereinander frisst er, danach leckt er sich den Bart, streicht buckelnd um meine Beine und verschwindet dann in seiner Schlafhöhle. Dort, im deckenhohen Kratzbaum wird er nun bis zu meiner Rückkehr friedlich schlafen. Kann mir irgendein Mensch verraten, warum man sich so etwas freiwillig antut? Und nicht nur das: Ich komme auch noch fast um vor Angst, wenn dieser pelzige Terrorist sich mal einen Tag lang nicht zu Hause blicken lässt.

Granny taucht heute nicht auf, und ich habe auch um sie schon ernsthaft Sorge. Kann einem Geist etwas passiert sein? Wenn ja, was? Ich laufe schnell noch einmal durch die Wohnung, um sicherzugehen, aber sie ist nicht da.

Die meisten Leute würden sich wohl eher um das Auftauchen eines Geistes Sorgen machen, als um sein Verschwinden.

In der Redaktion ist sie auch nicht und jetzt bin ich richtig beunruhigt. Ich kann mich nur mühsam auf meinen Job konzentrieren. Schaffe es aber immerhin, bis kurz vor 14 Uhr zwei Artikel für die morgige Ausgabe fertigzustellen, und finde, dass es nicht mehr lohnt, noch etwas Neues anzufangen.

Ich beginne also mit meiner Recherche nach Granny und ihrem Otto, nach Hermine und dem Kohlenhändler. Die Ausbeute bleibt mager: s. E. Wolffgramm, von, Friedrich Otto Hermann, Minister des Fürsten zur Lippe, Luise Klewe, Aufwärterin. Dann bin ich elektrisiert, denn hier heißt es: »Zum Tode des Kabinettsministers Otto v. Wolffgramm, Sonderausgabe LZ vom 11.04.1895.« Leider kann man online nichts aufrufen. Also tippe ich schnell eine E-Mail an die angegebene Adresse und bitte um nähere Infos.

Das ist alles, ansonsten finde ich nichts, zumindest nicht bis um 15 Uhr, dann endet nämlich mein Arbeitstag und ich packe zusammen. Bevor ich meinen PC runterfahre, noch schnell ein Blick in die E-Mails, und da: Bingo, ich habe schon Antwort. Eine Frau Winkler von der Lippischen Zeitung verspricht, bei ihrem nächsten Besuch in ihrem Archiv nach dieser alten Ausgabe zu suchen. Na, das klingt doch schon mal vielversprechend.

Ich sammele meine Kinder ein und vermisse Luise, die alte, nicht die kleine …

Lasse ist gut drauf heute und erzählt aufgeregt, dass er unbedingt eine Schweinsteiger-Frisur haben will. Auf meine Frage, wie die denn aussieht, weiß er aber keine Antwort, außer: Schön! Aha, dann werde ich wohl mal googeln müssen. Ich hoffe, der Mann hat keine Glatze.

Isi teilt mir mit, dass sie nicht mehr ins Ballett gehen will, sondern lieber zum Fußball. Dieses Thema wiederholt sich in einer Endlosschleife, aber immer, wenn sie mich weichgekocht hat, und ich sie endgültig abmelden will, macht sie einen Rückzieher. Darum reagiere ich erst gar nicht auf diese erneute Eröffnung eines Zweikampfes.

Böser Fehler, denn sie legt nach, dass sie uuuuuuuunbedingt Stechohrringe haben will, weil die alle haben, nur sie nicht. Realistisch dürften 2 von 20 Kindern in ihrer Klasse die haben, aber für sie sind das eben alle. Wir haben auch dieses Thema schon gefühlte hundertmal verhandelt und waren uns eigentlich einig, es zurückzustellen, bis sie die Grundschule beendet hat. Mein Ex will überhaupt erst zustimmen, wenn sie 18 ist. Er ist da etwas weltfremd und nicht nur da. Heute scheint sie zu spüren, dass ich nicht richtig bei der Sache bin, und wittert ihre Chance. Sie quetscht ein paar Tränen hervor, um anzuzeigen, dass sie eigentlich ein Fall für den Kinderschutzbund ist. Mich nervt das nur, und als ich vor der Garage angekommen bin, sehe ich zu allem Überfluss auch noch Amun angerannt kommen. Da ist der Punkt erreicht, an dem ich am liebsten umkehren möchte, nachdem ich die Dame und die Herren allein nach oben geschickt habe, versteht sich. Den Kater können sie nämlich gleich mitnehmen!

Leider ist das ja keine Option und mir bleibt – außer einem genervten Augenverdrehen – nur das Schleppen aller Kindersachen. Habe ich an solche Situationen eigentlich jemals gedacht, als ich – verklärt lächelnd – auf meinen ersten positiven Schwangerschaftstest starrte? Denkt man da überhaupt an schlaflose Nächte, Stechohrringe und Schweinsteiger-Frisuren? Sollte man vielleicht mal tun.

»Mamaaaaaaaaa, was gibt's zu Essen und wann ist es fertig?«

Das ist keine einfache Frage, oh nein, das ist die Ouvertüre zu: »Wie schaffe ich es am schnellsten, dass sich meine Mutter als Versager auf der ganzen Linie fühlt?«

»Heute gibt es Milchreis mit Zucker und Zimt«.

»Ich will aber lieber Kirschen!« Das ist Isi.

»Ich nicht, ich will Zucker, ohne diesen Zimt.«

»Kirschen haben wir nicht, nur Pflaumen, geht das auch?«

»Bääähh, nee, die mag ich nicht, dann esse ich eben gar nichts!«

»Ich auch nicht! Ich will ein Brot mit Nutella!«

Wie schön, dass ich mich zumindest darauf verlassen kann, immer den Kürzeren zu ziehen. Nun taucht auch noch Amun auf und verlangt Futter. Zum Glück habe ich vier Putenherzen gekauft, die liebt er, heiß und strahlenförmig.

Allerdings nicht einfach so im Napf, oh nein. Er muss sie vorher erbeuten und töten, bevor er sie frisst. Real sieht das so aus, dass er die blutigen Dinger mit den Pfoten durch die Gegend kickt. So schnell, dass man ihm kaum mit den Augen folgen kann. Nur die Spuren durch die gesamte Wohnung zeugen von seinem Kampf mit dem Gegner. Nach der ersten Schlacht bin ich dazu übergegangen, Putenherzen nur noch in der Küche zuzulassen. Das ist schon schlimm genug, denn eigentlich müsste die anschließend renoviert werden. Ich serviere ihm also zwei und schließe dann schnell die Tür hinter mir. Zigarettenpause! Blöderweise habe ich meinen Kaffee auf der Küchenfensterbank vergessen.

Wo ist Granny? Die kann doch nicht einfach hier auftauchen, von Mord erzählen, mit Bibelzitaten um sich werfen, meine Erziehung kritisieren, nur um dann wieder zu verschwinden. Das macht man doch nicht, ihr muss etwas passiert sein. Aber was denn nur?

Ich drücke die Kippe aus und lausche an der Küchentür. Alles ruhig. Amuns Jagdeifer scheint befriedigt zu sein, und ich öffne vorsichtig die Tür.

Der Kater quetscht sich zwischen meinen Beinen hindurch. Den Schwanz aufgestellt, die Ohren angelegt fegt er durch das Wohnzimmer, auf den Balkon. Zum Glück habe ich die Tür zum Lüften aufgelassen. Er wäre sonst vermutlich durch die Scheibe gekracht. In der Küche herrscht das übliche Schlachtfeld aus Blut und Resten von Putenherzen. Mittendrin steht Granny!

»Verdammt, wo warst du denn bloß? Ich habe mir den ganzen Tag Sorgen um dich gemacht. Du wolltest doch morgens wiederkommen, oder etwa nicht? So einfach zu verschwinden, ohne ein einziges Wort, das macht man doch nicht.«

»Oh, es tut mir leid, wenn ich dich beunruhigt haben sollte. Ich sagte dir aber schon mehr als einmal, dass ich mir nicht aussuchen kann, ob und wann ich wiederkomme. Ich weiß nicht einmal, wie lange ich nicht mehr hier war.«

»Nun, erst seit gestern Abend, aber ich fand das schon sehr lange. Boah, ich bin echt froh, dich zu sehen.«

Granny lächelt wieder auf ihre ganz spezielle Art mit strahlenden Augen und geschlossenem Mund.

Ich setze Milch auf, spritze Süßstoff hinein und schließe den Topf, dann mache ich mich daran, die Spuren von Amuns Kampf mit den Herzen zu beseitigen. Ekelig, denke ich und greife mit einer Hand nach der Kaffeetasse auf der Fensterbank.

»Ich an deiner Stelle würde das jetzt nicht trinken, sonst wird dir am Ende noch übel«, kommt es von Granny.

»Du weißt doch, von Kaffee wird mir nie übel, höchstens ohne«, feixe ich und setze die Tasse an. Da stößt etwas gegen meine Zähne und ich spucke es zurück in die Tasse. Igitt, pfui Teufel, ein großes Stück von Amuns Putenherzen schwimmt obenauf und sieht absolut widerlich aus. Ich unterdrücke mit Mühe mein Würgen und fische das Teil aus der Tasse, bevor ich den Kaffee in den Ausguss schütte.

»Ich habe dich gewarnt.« Granny nickt ernsthaft mit Kopf und Hut, aber ich kann darüber momentan nicht lachen.

Natürlich hat sich die Milch genau diesen Augenblick ausgesucht, um überzukochen. Warum passiert mir das jedes Mal aufs Neue? Solange ich auf den Topf starre, tut sich nichts, aber wehe, ich drehe mich auch nur für eine Sekunde um. Schwupps ist sie oben über den Rand und landet auf dem Ceranfeld. Vielen Dank auch, das habe ich gerade noch gebraucht. Ich wische schnell über die glühende Platte, um zu verhindern, dass das Eiweiß noch weiter einbrennt und noch bestialischer stinkt als jetzt schon.

So, den Reis rein und in der Zwischenzeit Tisch decken, die Kinder vom Fernseher loseisen. Schnell in den Keller rennen, die Wäsche von der Maschine in den Trockner packen, wieder rauf. Wer braucht eigentlich Sport?

Isi mault über die Pflaumen, weil sie doch viel lieber Kirschen mag, und Lasse will Zucker und keinen Süßstoff, schon gar keinen Zimt, auch Pflaumen schmecken nach seiner Aussage scheußlich.

»Du hast doch noch gar nicht probiert«, versuche ich ihn zu überreden, was eigentlich noch nie geklappt hat. Heute auch nicht. Okay, dann nicht, dann soll er doch von mir aus trockenen Reis essen, ich habe doch keine Kantine.

Es ist Donnerstag, der Tag vor Freitag, der Tag der Erlösung für mich, denn heute holt mein Ex die Kinder ab und nimmt sie bis Sonntagnachmittag mit zu sich nach Hause. Normalerweise nur alle 14 Tage, aber diesmal hat er irgendetwas Besonderes vor, mir kommt das gerade sehr gelegen. Es kostet mich zwar Überwindung, aber ich bin ein ehrlicher Mensch und was recht ist, muss auch recht bleiben: Als Ehemann war er ein Totalausfall, und er geht mir bis heute mit seiner ständigen Besserwisserei tierisch auf den Wecker, aber er ist ein guter Vater, der seine Kinder regelmäßig alle 14 Tage abholt.

Später überlege ich mit Granny, ob wir nicht das freie Wochenende nutzen können, um zu meinen Eltern zu fahren. Das mache ich sonst ja nur mit den Kindern, aber diesmal treibt mich das Tagebuch. Ich will wissen, was drinsteht, auch wenn ich mir die Diskussion mit meiner Mutter lebhaft vorstellen kann.

Ich mache Granny den Vorschlag und sie nickt. »Gerne, wenn ich kommen kann, fahre ich natürlich mit. Ich bin ja auch gespannt auf meine Urenkelin.«

»Na, dann schau'n wir doch mal, aber jetzt könntest du schon noch ein bisschen deine Geschichte weitererzählen, ja?«

LUISE

Genau eine Woche vor Ablauf des Ultimatums bezogen wir unser neues Heim. Otto hatte uns ein Häuschen in der Bruchmauer Straße gekauft. Klein und sehr bescheiden, aber Hermine hatte darauf gedrungen. Es sollte nichts Auffälliges sein, um nicht den Argwohn ihres Schwagers zu wecken. Schließlich musste sie sich Miete und ihren Unterhalt nun weitgehend selbst verdienen können. Karl Blancke nahm es, wie alle kleinlichen Menschen, seiner Schwägerin recht übel, dass sie sein Angebot, in sein Haus zu ziehen, abgelehnt hatte. Natürlich ging es ihm nicht um Hermine, auch nicht um seine Gattin, es ging nur um die Leute. Was würden die dazu sagen? Die Schwägerin des reichen Kohlenhändlers lebte in der Bruchmauer Straße. Er hatte bis zuletzt gedroht. Ja, scheinheilig sogar gebeten, Hermine war nicht umzustimmen gewesen. Wir waren sehr verwundert, dass er nicht versuchte, sie zu zwingen. Das Gesetz wäre durchaus auf seiner Seite gewesen, aber nichts geschah. Im Gegenteil, er zahlte ihr sogar einen kleinen monatlichen Unterhalt, sodass sie nicht von Otto abhängig war. Erst viele Jahre später erfuhr ich, dass Otto ihm gedroht hatte, dafür zu sorgen, dass jeder Bürger Detmolds erfahren würde, wie er die Schwester seiner Frau behandele.

Otto gefiel es gar nicht, wie und wo wir wohnten. Er hätte es lieber gehabt, uns in einem ebenso schönen Haus zu sehen, wie wir es gerade verlassen mussten.

Unser neues war etwas schief und lehnte sich an seinen rechten Nachbarn an. Das Fachwerk war an vielen

Stellen abgeblättert und die ehemals schwarzen Eichenbalken waren grau und rissig. Direkt hinter der Eingangstür befanden sich ein kleiner Wohnraum und eine Küche. Dahinter ein Stall für das Vieh. Über eine sehr steile Treppe gelangte man zu zwei winzigen Zimmern, von denen eines Hugo bewohnen sollte. Hermine und ich teilten uns das andere.

Hinter dem Haus war ein großes Stück Land, das wir gemeinsam bewirtschaften wollten.

Für Hermine war dieses neue Leben eine große Umstellung. Derart bescheidene Verhältnisse kannte sie nicht, ertrug es aber tapfer und mit Würde. Ich freute mich, meinen Bruder wiederzusehen und natürlich in Ottos Nähe zu sein.

In den nächsten Wochen waren wir sehr damit beschäftigt, uns gemütlich und praktisch einzurichten. Wir gruben den Acker um und pflanzten etwas Gemüse, aber vor allen Dingen Kartoffeln an. Leider war es schon zu spät im Jahr und wir mussten weitergehende Pläne auf den nächsten Frühling verschieben. Dafür sah das Häuschen bald schon sehr adrett aus, und auch unsere Nachbarn, die sich anfangs eher skeptisch und zurückhaltend gegeben hatten, wurden zugänglicher. Ich kannte Menschen ihrer Art aus meiner Jugend und hatte keine Probleme, mich mit ihnen zu unterhalten. Ich fand sogar meine alte Sprache wieder, sprach manchmal platt und hatte Spaß daran. Die meisten Frauen waren Witwen mit Kindern, die sich mühsam durchs Leben schlugen. Die wenigen Männer waren entweder sehr alt oder sehr krank.

Wir erzählten nur wenig über uns und auch das nur in Andeutungen. Ein geiziger Bruder, ein verstorbener Ver-

lobter, das war nichts Ungewöhnliches. Viele der Frauen hier waren von betrunkenen Ehemännern geprügelt worden. Sie lebten allein fast besser, zumindest ruhiger. Wir waren also ganz zufrieden mit unserer neuen Situation.

Nur Otto, den bekamen wir nicht zu sehen. Wie auch? Er konnte unmöglich in seiner Position zu uns in die Bruchmauer Straße kommen. Das hätte man bestimmt am nächsten Tag in der Lippischen Zeitung gelesen. Und selbst wenn nicht, meine Nachbarn hätten ihn gesehen und das wäre nicht gut für mich gewesen. Man blieb unter sich und hatte mit »denen da oben, mit den feinen Herren« besser nichts zu schaffen.

Dafür kam eines Tages ein Bote, der Hugo zu ihm bringen sollte, und ich schöpfte Hoffnung auf ein Wiedersehen.

Als mein Bruder am Abend heimkam, hatte er aber nur eine kurze Nachricht für mich dabei. Sie enthielt nichts außer der Bitte um Geduld. Hugo sollte jetzt jeden Tag in Ottos Haus Dienst verrichten und so den Kontakt ermöglichen.

An einem der nächsten Abende brachte er einen Korb mit Hühnern mit, am Tag danach einen prächtigen Hahn. Wir bauten einen Verschlag, in dem das Federvieh abends vor den Ratten sicher war, und freuten uns täglich über frische Eier und konnten meist noch welche verkaufen. Im Laufe der nächsten Monate fügte Otto unserem Zoo noch zwei Ziegen und ein Schwein hinzu. Er hat mir später erzählt, dass er beinahe auch noch eine Kuh gekauft hätte, aber davon hatte ihn zum Glück Hugo abgehalten. Die Ziegen waren freundlich, aber vor dem Schwein fürchtete ich mich ein bisschen.

Die Zeit verging. Ich hatte Otto jetzt fast fünf Monate nicht mehr gesehen. Hermines Gesicht wurde immer verschlossener, wenn ich seinen Namen erwähnte. Auch wenn ich es natürlich nicht wahrhaben wollte, auch meine Angst, dass er nichts mehr von mir wissen wollte, nahm von Tag zu Tag zu.

Es war Dezember, die Abende kalt und feucht. Über allem lag dicker Qualm von nassem Holz. Wir gingen früh zu Bett, um der schlimmsten Kälte zu entgehen, aber selbst das Plumeau war klamm und wärmte nicht richtig. Hermine schlief schon, da hielt ich es nicht mehr aus. Ich stand leise auf, kleidete mich an und schlich aus dem Haus. Erst draußen zog ich meinen Umhang und die schweren Schuhe an. Mühsam kämpfte ich mich durch den Dreck der Straße, der an manchen Stellen knöcheltief war. Es dauerte daher lange, bis ich endlich am Ziel war. Die Lange Straße war zwar nicht weit entfernt, aber der Unterschied hätte kaum größer sein können. Hier verbreiteten Gaslaternen Licht und wenn es auch nicht gerade sauber war, so schmutzig wie in unserer Gegend war es nicht. Überall lagen zudem zusammengelegte Bretter, sodass man fast trockenen Fußes laufen konnte.

Es gab zwei schöne Hotels, Gasthäuser, Geschäfte und wunderschöne Fassaden und geschnitzte Giebel. All das kannte ich noch aus meiner Zeit bei Kohlenhändler Blancke, ebenso den wunderschönen Schlosspark, aber es kam mir sehr lange vor, dass ich das letzte Mal hier gewesen war. Als ich vor dem Kanzlerhaus, in dem Otto jetzt wohnte, ankam, verließ mich mein Mut. Ich stand auf der gegenüberliegenden Straßenseite und schaute hoch zu den Fenstern. Ob er wohl daheim war? Was würde er sagen, wenn ich einfach an seine Tür klopfte? Wäre er erschrocken, erfreut, peinlich überrascht? Ich wusste es nicht mehr, es war, als hätte mein Herz Otto vergessen. Das tat mir so weh, dass ich mich zusammenkrümmte. In diesem Moment hörte ich Schritte näher kommen, und ich schaute erschrocken hoch.

»Luise, meine Luise. Ist etwas geschehen? Was tust du hier? Rede doch, was ist mit dir?«

Otto, der wohl gerade erst aus dem Schloss nach Hause kam, fand mich wie ein Häuflein Elend vor. Seine besorgte Stimme tat mir unendlich gut. Er hob mein Gesicht an und schaute mir in die Augen. Dann nahm er meinen Arm und führte mich über die Straße in sein Haus.

Ich fühlte mich mit meinen dreckigen Schuhen und dem feuchten Umhang unbeholfen und unbehaglich. Ich blieb daher zaghaft an der Tür stehen. Otto schien von all dem nichts zu merken, nahm meine Hand und zog mich durch die Räume. Voller Begeisterung und Stolz zeigte er auf die verschiedenen Einrichtungsgegenstände. Erst als er bemerkte, dass ich vor Kälte zitterte, schlug er sich mit der Hand vor die Stirn und schalt sich selbst einen unhöflichen Klotz. Er nahm mich mit in den Raum mit den vielen Büchern, die Bibliothek, wie er es nannte. Hier brannte ein wärmendes Feuer und unter einer Haube stand sein Abendessen.

»Meine Köchin, die Else, ist ein Engel, schau, sie hat sogar eine Flasche Wein bereitgestellt. Jetzt zieh deine Schuhe aus und lege diesen nassen Umhang ab, dann setz dich ganz nah ans Feuer.«

Er nahm meine eisigen Hände und rieb sie zwischen seinen großen, warmen.

Wir teilten uns kaltes Huhn und Brot und tranken dunkelroten Wein dazu. Der schmeckte mir nicht wirklich, ich mochte süßere Sachen lieber. Er wärmte mich aber so wundervoll von innen, dass ich mein Glas austrank und danach sogar ein zweites. Otto beobachtete mich lächelnd.

Nach einer Weile begann ich mich sehr behaglich zu fühlen, fast schwerelos. Ich war glücklich, in Ottos Nähe zu sein, und als er sich zu mir herunterbeugte, hob ich ihm meinen Mund bereitwillig entgegen.

Ich weiß es nicht, vielleicht war es der Wein, vielleicht das prasselnde Feuer, Ottos so ersehnte Nähe? Vermutlich alles zusammen. Jedenfalls widersetzte ich mich nicht, als er aufstand, mir seine Hand reichte und mich mit in sein Schlafgemach nahm. Ich vertraute ihm und liebte ihn, mehr, als alles andere auf der Welt. Oh ja, ich wusste, dass in der Bibel steht: »Mein Kind, wenn dich die bösen Buben locken, so folge nicht«, aber heißt es nicht auch: »Der Geist ist willig, aber das Fleisch ist schwach«? Mein Fleisch war wirklich sehr schwach gewesen, und ich war Otto wie eine reife Frucht buchstäblich in den Schoß gefallen. Am Anfang war ich noch ein bisschen befangen gewesen, hatte überlegt, welche Unterkleider ich trug und ob ich sauber gewaschen war, aber der ungewohnte Wein und Ottos Küsse ließen genauere Überlegungen einfach nicht zu. Meine Knie zitterten so sehr, dass ich mich auf das Bett setzen musste, und kurze Zeit später lag ich auch schon darauf. Otto entkleidete mich Stück für Stück und erst, als ich schon fast gar nichts mehr anhatte, versuchte ich, mich unter der Bettdecke zu verstecken. Otto lachte: »Ach, Minchen, lass mich dich doch anschauen.

Ich habe so lange auf diesen Augenblick gewartet, da willst du dich doch wohl nicht vor mir verstecken?« Da schloss ich einfach die Augen, wie ein Kind, das glaubt, dann nicht gesehen zu werden. Als sich schließlich Ottos Hände um meinen nackten Busen schlossen, spreizten sich auf seltsame Weise meine Beine von ganz allein. Ich wusste nicht, ob das alles normal war, aber ich war auch nicht mehr in der Lage, einen klaren Gedanken zu fassen. Mein Gehirn schien zu Wasser geworden zu sein und mein Körper gehorchte mir auch nicht mehr. Nach einer Weile entledigte sich auch Otto seiner Kleidung und ich blinzelte ängstlich, schließlich würde ich gleich das erste Mal in meinem Leben einen nackten Mann sehen. Viel sah ich leider nicht, denn Otto war schnell zu mir unter die Decke gekommen und küsste nun meine Brüste. Oh, was für ein wundervolles Gefühl, süß und ziehend bis in den letzten Winkel meines Körpers, der ein Eigenleben zu führen schien. Mein Becken hob sich und als Otto schließlich in mich eindrang, spürte ich weder Angst noch Schmerz. Nur Begehren und Sehnsucht nach ihm. Zu meinem leichten Bedauern war es viel zu schnell vorbei und ließ mich mit einem seltsam aufgewühlten Gefühl zurück. Hatte ich etwas falsch gemacht, gefiel ich Otto doch nicht? Ich wollte ihn fragen, traute mich aber nicht, außerdem stellte ich fest, dass er bereits eingeschlafen war. Ich lag noch eine ganze Weile wach und grübelte, aber irgendwann übermannte auch mich die Müdigkeit. Nun wachte ich also neben Otto auf, weil er sich bewegte. Ich fühlte, wie mein Gesicht rot anlief, als ich an die vergangene Nacht dachte. Ich hatte mich mehr als unschicklich verhalten. Schamlos hatte ich seine Liebkosungen genossen, und nicht nur das, ich hatte sie sogar erwidert. Wie konnte ich ihm jetzt noch in die Augen schauen? Ich hob meine Bettdecke etwas an und sah mit großem Entsetzen, dass ich völlig nackt war. Ich erschrak heftig und wusste nicht, was ich jetzt tun sollte. Otto schien zu ahnen, was in mir vorging, denn er wendete sich mir zu und nahm mich in seine Arme. »Liebste, es ist nichts zwischen uns gewesen, was dem Herrn nicht wohlgefällig gewesen wäre. Wir sind nun vor Gott Mann und Frau, und so sei es uns auch gestattet, beieinander zu liegen. Obgleich ich schon sagen muss, dass du, meine liebe Luise, mich sehr überrascht hast.«

Ich war mir nicht sicher, ob Ottos Auslegung der Heiligen Schrift so ganz richtig war, aber seine Worte erleichterten mich doch sehr. Wenn ich allerdings an Hermine dachte, überkamen mich Unruhe und Scham. Otto beruhigte mich erneut: »Luise, lass sie reden. Wir haben nichts Unrechtes getan. Ich liebe dich und ich werde dich heiraten, darauf hast du mein Wort. Nur noch nicht gleich, du weißt, welche Probleme es da gibt. Mir wäre das alles egal, lieber heute als morgen würdest du die Meine, aber ich habe Rücksichten zu nehmen. Mein Amt, mein Fürst, das Reich, aber ich bin sicher, bald schon wird sich alles zum Guten wenden. Vertraust du mir?«

Wie sollte ich ihm nicht vertrauen? Daher nickte ich und er küsste mich zum Abschied.

Nun war ich also keine Jungfrau mehr. Ich hatte mich einem Mann hingegeben, ohne mit ihm verheiratet zu sein. Ich hätte nie gedacht, dass mir so etwas passieren könnte, geschweige denn, dass ich es genießen würde. Und doch war es so gekommen. Die körperliche Liebe, vor der ich mich so gefürchtet hatte, die ich mir so peinlich und schrecklich vorgestellt hatte, war nichts von dem allen gewesen. Im Gegenteil, mein Körper selber hatte alle Bedenken und moralischen Hemmungen über Bord geworfen und mich auf das schändlichste verraten. Ich dachte mit Entsetzen an meine Begierde, meine Leidenschaft, an all die Worte, die ich im Liebeswahn Otto zugeflüstert hatte. Was musste er nur von mir denken?

Wir hatten vereinbart, dass wir uns auf diese Weise so oft wie irgendwie möglich sehen wollten. Natürlich war ich jetzt von meinem schlechten Gewissen geplagt, aber nicht so sehr, dass ich auf Otto verzichtet hätte. Vor Hermine konnte ich es allerdings nicht geheim halten, sie sah mir sofort an, was passiert war. Aber ich wollte nicht, dass Hugo etwas davon mitbekam. Er war ein Mann und mein Bruder. Er hätte es nicht gutgeheißen, das fühlte ich.

Trotzdem fand ich später sogar Spaß an dieser Heimlichtuerei. Otto und ich malten uns lustige Dinge aus, wie wir uns Nachricht geben sollten, wenn einer durch irgendetwas verhindert sein sollte.

Wenn Otto dienstlich nicht in Detmold weilte, würde Hugo zum Beispiel ausrichten, dass in den nächsten Tagen »keine Eier« benötigt wurden oder dergleichen.

Dinge, wie sie offensichtlicher und alberner nicht sein konnten, und von denen nur Verliebte glauben, sie würden von niemandem bemerkt.

Als ich aber an diesem Morgen nach Hause kam, empfing mich eine eisig schweigende Hermine. Ich wusste auch nicht, was ich ihr sagen sollte, schämte ich mich doch, sie hintergangen zu haben. Gleichzeitig regte sich aber auch Trotz in mir. Schließlich trat ich heftig mit dem Fuß auf und stieß hervor. »Ja, es stimmt! Ich war bei ihm und ich habe dich enttäuscht, aber ich liebe ihn und er liebt mich. Wir werden heiraten, was also soll daran falsch sein?«

»Hat er dich offiziell um deine Hand gebeten? Hat er bei mir um sie angehalten? Stellt er dich seinen Freunden vor? Bist du zum Weihnachtsfest oder zum Silvesterball in sein Haus eingeladen? Ich? Nein? Aha, aber er liebt dich ja. Pah, er liebt dich so sehr, dass er dich wie eines dieser Frauenzimmer behandelt, die man bei Nacht und Nebel in sein Haus und in sein Bett holt. Ich sehe es dir an, dass du bei ihm gelegen hast.«

»Hör auf, hör sofort auf, so von Otto zu reden«, unterbrach ich sie. Auch meine Stimme war jetzt lauter geworden. Die Nachbarn, dachte ich noch, aber auch das war mir jetzt egal. »Du wirst es ja sehen, er wird mich heiraten, so schnell er es nur möglich machen kann. Er hat es mir in die Hand versprochen.«

»Möge sie ihm abfallen, wenn er sein Versprechen bricht, und er wird es brechen. Ach, Luise, du bist ein junges, dummes und verliebtes Ding. Dir kann ich nicht einmal einen Vorwurf machen, aber der Herr von Wolffgramm müsste es wahrlich besser wissen.«

Ich hörte sie, aber ich verstand ihren Ärger nicht. Für mich gab es keinen Zweifel daran, dass Otto mich genauso liebte wie ich ihn. Irgendwann würden wir ein Paar sein, allen Widerständen zum Trotz. Ich schlich mich also, so oft es nur möglich war, des Nachts in sein Haus. Ich genoss seine Nähe, seine Wärme und liebte ihn, so innig ich nur lieben konnte.

Auch die körperliche Liebe mit Otto gefiel mir immer besser. Es war alles so ganz anders, als ich es mir in mei-

ner Fantasie ausgemalt hatte. Es gab nichts Peinliches, nichts Schmerzhaftes, alles ergab sich wie selbstverständlich und ich wurde offener und mutiger mit der Zeit. Otto war wohl erstaunt, aber er schien es ebenso zu genießen wie ich.

»Aber Minchen«, sagte er eines Nachts zu mir, »ich habe immer geglaubt, diese körperlichen Gelüste von uns Männern wären den Frauen unangenehm. Ja, sogar zuwider bisweilen. Darum bemühe ich mich ja auch immer sehr, es nicht zu lange dauern zu lassen. Aber ich habe das Gefühl, dass ich trotzdem irgendetwas falsch mache. Magst du mir sagen, was es ist? Tue ich dir weh?«

»Nein, mein Minister, du tust mir überhaupt nicht weh, ganz im Gegenteil. Ich finde das Zusammensein mit dir ausgesprochen angenehm. Ja, ich gebe es frei heraus zu, dass ich mehr davon möchte. Mehr und es soll länger dauern, nicht so schnell zu Ende sein. Was wirst du nun mit mir tun?«, neckte ich ihn darauf.

»Oh, ich werde dich vorladen lassen und Anklage gegen dich erheben. Dann wirst du zu Einzelhaft verurteilt und ich werde dein Wächter sein«, lachte er.

»Und was wirst du dann mit mir tun?«, fragte ich, scheinbar sehr erschrocken.

»Nun, zuerst werde ich dir wohl die Bettdecke herunterreißen, damit ich dich betrachten kann, so, wie Gott dich geschaffen hat. Dann werde ich mir deine Brüste näher anschauen, so in etwa.« Er zeichnete mit dem Zeigefinger Kreise um meine Brustwarzen, die sich schon wieder voller Vorfreude aufrichteten. »Danach werde ich sicher einmal schauen müssen, was du da noch so vor mir verbirgst.«

Damit wanderte er mit der Hand an meinem Bauch hinab, öffnete meine Beine, die ihm kein bisschen Widerstand entgegensetzten, und begann, mein Allerheiligstes zu streicheln. Genau wie mein Kopfhaar war auch mein Schamhaar schwarz und sehr dicht und Otto liebte es, sich einen Weg hindurch zu bahnen. Mit seinen Fingern oder seiner Männlichkeit, ja, sogar mit ... Nein, darüber möchte ich doch lieber nicht reden.

Dieses Mal dauerte unsere Vereinigung länger und das süße Ziehen, das ich immer spürte, steigerte sich zu einem fast schon schmerzhaften Verlangen. Ich drängte meinen Unterleib gegen Otto, krallte meine Finger in seinen Rücken und dann erlebte ich endlich zum ersten Mal Erlösung von dieser süßen Pein. Ich lachte und weinte und küsste Otto voller Glückseligkeit.

So vergingen fast drei Wochen und Weihnachten stand vor der Tür. Ich dachte mit einiger Wehmut an das vergangene Fest in unserem schönen Haus in Hiddesen. Da hatte Otto mit uns am Tisch gesessen, alles war noch gut gewesen. Wie schnell sich doch die Dinge ändern können.

In diesem Jahr würden wir das Fest der Liebe getrennt verbringen. Otto folgte einer Einladung seines besten Freundes, die er nicht ausschlagen konnte. Nicht ausschlagen wollte, wie Hermine es nannte. Sie blieb bei ihrer Meinung, dass Otto nur seinen Spaß mit mir haben wollte.

»Er wird dich fallen lassen, wenn er eine gute Partie machen kann. Du wirst es erleben.«

Die Nacht vor dem Heiligen Abend ging ich deswegen in sehr gedrückter Stimmung in sein Haus. Otto merkte sofort, dass ich traurig und hoffnungslos war. Der Tisch war hübsch gedeckt, viele Leuchter brannten und auch

Geschenke hatte er bereitgelegt. Natürlich war auch ich nicht mit leeren Händen gekommen. Ich hatte lange an einer Weste genäht und war stolz auf mein Werk. Der Gedanke, dass Otto sie tragen würde und damit immer ein Stück von mir bei sich hatte, gefiel mir sehr. Er fragte mich besorgt, was ich auf dem Herzen hätte, und ich erzählte ihm von Hermine, ihrem Misstrauen gegen ihn und meiner eigenen Angst.

Er gab sich große Mühe, mich zu beruhigen. Versprach, im kommenden Jahr unseren Regenten um seine Einwilligung zu bitten und dann umgehend unsere Verlobung anzuzeigen. Ich wollte ihm nur zu gern glauben. Sog jedes seiner Worte auf, und es gelang ihm dann auch schnell, meine trübe Stimmung zu vertreiben. Ich öffnete voll kindlicher Begeisterung meine Geschenke und musste herzhaft über den »Struwwelpeter« lachen, ein Buch mit hübschen Bildern und lustigen Geschichten. Ich hatte noch nie davon gehört.

Außerdem beschenkte er mich mit einem wundervoll warmen Umhang und einem kleinen, sehr frivolen Hut. Otto gab zu, dass dieser von seiner Köchin ausgesucht worden war. Frauenhüte fielen nicht in seinen Aufgabenbereich. Über meine Weste freute er sich sehr und zog sie gleich an. Ich wusste, sie würde passen, denn meine Finger kannten ihn, auch ohne Maßband.

Wir aßen und tranken und gingen dann, wie immer, in sein Schlafzimmer. Ich fand immer weniger dabei, mich vor ihm zu entkleiden. Da der Kamin brannte, war es auch nicht unangenehm kalt, und keiner musste sich bis an die Nasenspitze zudecken. Die Kissen und Laken wurden mit einer Kruke angewärmt, die mit heißem Was-

ser gefüllt war. Ein Luxus, der ein krasser Gegensatz zu meiner eigenen Wohnung war. Dort wurde es nie wirklich warm und die Betten waren im Herbst und Winter unangenehm klamm. Wir legten zwar im Feuer erhitzte Ziegelsteine hinein, aber die kühlten leider viel zu schnell wieder aus. Ich rekelte mich wohlig unter dem dicken Plumeau und fühlte mich sehr verrucht. In dieser Nacht war unsere Liebe ganz besonders leidenschaftlich. Ich weiß nicht, wie es kam, aber ich wollte ihm so gern Vergnügen bereiten, ihn einfach verwöhnen. Er genoss alle meine Zärtlichkeiten, atmete manchmal heftig ein, aber er wies mich nie zurück. Im Gegenteil, er war bemüht, sich in gleicher Weise um mein Glück verdient zu machen.

Am nächsten Morgen wünschten wir uns in aller Frühe ein »Frohes Weihnachtsfest« und ich schlich mich wieder ungesehen aus dem Haus. Hermine war schon wach, und ihre Miene drückte wie immer Missbilligung aus. Ich zeigte ihr meine Geschenke, aber sie würdigte sie keines Blickes. Ihres legte sie ungeöffnet zur Seite. Offensichtlich fiel es ihr schwer, keinen Kommentar abzugeben, aber sie verschwand schweigend in der Küche. Wir bereiteten Heringssalat zu, den alle gerne aßen und der am Heiligen Abend besonders gut schmeckte. Das war eine Menge Arbeit, alle Zutaten mussten klein geschnitten, Heringe gewässert und ausgenommen, Mayonnaise gerührt werden. Es war schon fast Nachmittag, als er endlich fertig war.

Abends saßen wir alle zusammen beim Essen. Wir versuchten, ein Gespräch in Gang zu bekommen, aber es wollte uns nicht gelingen, wir hatten die Unbefangenheit der vergangenen Jahre verloren. Gegen Mitternacht *machten wir uns auf zur Kirche, gingen dann schweigend durch die Nacht zurück und ebenso schweigend zu Bett. An die Weihnachtstage habe ich überhaupt keine Erinnerung mehr, ebenso wenig an Silvester. Ich glaube nicht, dass ich das neue Jahr 1890 in irgendeiner besonderen Weise begrüßt habe. In Erinnerung geblieben ist mir nur meine große Sehnsucht nach Otto, den ich zwischen den Jahren überhaupt nicht gesehen hatte. Ihn hielten gesellschaftliche Verpflichtungen in Atem, denen er nachkommen musste, auch wenn er sie nicht liebte.*

Am Neujahrsmorgen ging es mir nicht gut, wahrscheinlich hatte ich mir am Heringssalat, der immer noch reichlich vorhanden war, den Magen verdorben. Ich bereitete mir einen Kamillentee, aber der Geruch verursachte mir heftige Übelkeit. Ich schaffte es nicht mehr aus dem Haus, sondern erbrach mich auf den Küchenboden. Hermine, die gerade hereinkam, warf mir einen prüfenden Blick zu und empfahl mir, mich noch einmal hinzulegen. Zum Glück ging es mir bereits nach einer halben Stunde besser, und ich erhob mich wieder. Als ich nach unten kam, war niemand mehr im Haus. Alles war aufgeräumt und die Tiere versorgt. Ich beschloss daher, einen Spaziergang zum Knochenbach zu machen und dann über das Horn'sche Tor den Wall hinaufzuschlendern. Es war kalt, aber die Sonne schien, und ich hatte meinen neuen Umhang, in den ich mich, wie in Ottos Arme, kuscheln konnte. Ich schlenderte den Bruchberg hoch und bog dann links zum Wall ab. Es war wohl gegen 11 Uhr, als ich sie sah.

Meinen Otto und ein junges Mädchen, das sich bei ihm eingehängt hatte.

Brennender Schmerz fuhr mir wie ein Messer ins Herz, ich konnte kaum atmen. Ich kannte die Frau nicht, hatte sie nie vorher gesehen, und doch empfand ich Hass auf sie. Allein schon der Zeit wegen, die mein Otto ihr widmete, ich neidete ihr jeden Blick von ihm. Es waren viele Menschen unterwegs, die den schönen, klaren Tag genossen. Daher war es für mich nicht sehr schwierig, ungesehen hinter ihnen herzugehen. Sie waren in eine angeregte Unterhaltung vertieft und lachten abwechselnd fröhlich. Sie gingen weit, bis zur oberen Mühle, dann kehrten sie um und kamen mir jetzt entgegen. Ich blieb einfach stehen und schaute Otto an. Er sah mich sofort, zögerte einen kurzen Augenblick, zog dann seinen Hut, grüßte kurz und ging einfach weiter. Er drehte sich nicht einmal um.

»Halt, mach mal eine Pause«, bitte ich und Grannys Blick kehrt in die Gegenwart zurück. Irgendwie wirkt ihr Gesicht düster, die Augen trüb, ich glaube nicht, dass diese Erinnerung schön für sie ist.

»Sag ich doch: Männer eben! Schwanzgesteuert! Ich muss jetzt trotzdem schlafen, sorry«, sage ich, »morgen haben wir die ganze Fahrt über Zeit zum Erzählen, einverstanden? Ist das übrigens der Hut, den du von Otto zu Weihnachten bekommen hast?«, frage ich und deute auf ihren Kopf.

Sie antwortet nicht, nickt aber leicht.

Überraschenderweise ist sie bei meinem Aufwachen am nächsten Morgen schon wieder da. Sie sieht auch nicht mehr ganz so geknickt aus wie am Abend zuvor.

Ich verspüre plötzlich das heftige Verlangen, sie mal in den Arm zu nehmen. Irgendetwas hält mich aber davon ab. Ich habe sie überhaupt noch nie berührt, keine Ahnung, ob sie überhaupt körperlich anwesend ist. Niemand außer mir kann sie schließlich sehen, wenn ich von Amun einmal absehe. Der nimmt ganz offensichtlich irgendwas wahr, was ihm panische Angst einflößt. Anders ist sein Verhalten ja kaum zu interpretieren.

Ich setze mich im Bett auf, schwinge die Beine nach draußen, übersehe absichtlich ihren missbilligenden Blick. Gerade als ich aufstehen will, fliegt die Tür auf, und zwei Kinder schmeißen sich mit Kriegsgeheul auf mich. An Aufstehen ist jetzt erst mal nicht zu denken. Wir legen also noch fünf Minuten, Kuschel-, Kitzel-, Lach- und Schmusepause ein. Was sein muss, muss sein.

Dann scheuche ich meinen Nachwuchs aus dem Zimmer, verschwinde selber im Bad und starte damit den allmorgendlichen Marathon.

Der Tag bringt keine besonderen Höhen, immerhin auch keine Tiefen. Ich bin bescheiden geworden im Laufe der Jahre. Wir starten also direkt unsere Fahrt in die ehemalige Bundeshauptstadt. Meinem Chef habe ich etwas von einer Recherche in Bonn erzählt, er hat nicht näher nachgefragt. Die Kids werden von meinem Ex übernommen, und so habe ich ein freies Wochenende vor mir. Meine Eltern wohnen etwas außerhalb im Grünen. Sagen sie. Ich sage: Am Arsch der Welt! Zwei Hunde und ein Kater, der auf Freigang besteht, fordern eben Kompromisse. Ich sehe das alles ohnehin nur als Übergangslösung an, denn glücklich sind sie hier nicht. Die Umgebung ist zwar idyllisch, aber die Menschen sind ihnen zu stur, zu unfreundlich und haben viel zu wenig vom »Kölsche Hätz«.

Im Moment liegen noch 250 Kilometer zwischen uns und das ist an einem Freitagnachmittag eine Menge Holz. Granny mag nicht von Otto weitererzählen, stattdessen fragt sie mich nach meiner Mam aus. Was fällt einem zu Müttern schon ein? Die waren immer schon da, immer schon alt und immer schon irgendwie seltsam. Na ja, mehr oder weniger. Wir haben eigentlich ein ganz gutes Verhältnis, fahren sogar zusammen in den Urlaub. Das heißt, wir fahren zusammen los, Dad mit den beiden Hunden vorneweg und wir mit den Kiddis hinterher. Wir verfahren uns dann, trotz drei Navis, regelmäßig und kommen Stunden nach meinem Dad am Ziel an.

Die Autobahn ist Granny nicht geheuer, die Geschwindigkeit, die vielen Lkws, die Landschaft, die an ihr vorbeizufliegen scheint. Sie krallt sich förmlich in ihren Sitz und kneift die Augen fest zu.

»Nun entspann dich doch einfach mal. Es wird nichts passieren, das verspreche ich dir. Wie lange hättet ihr denn zu deiner Zeit gebraucht, um von Heidelberg nach Bonn zu fahren? Eine Woche? Oder hättet ihr das doch schon in sechs Tagen geschafft? Schau mal, heute klappt das in drei Stunden, selbst an einem Freitagnachmittag.«

»Schon gut, mein Kind, schon gut. Ich werde mich daran gewöhnen. Das Reisen in der Postkutsche ist auch in meiner Zeit keineswegs vergnüglich. Nein, das ist es wirklich nicht. Es ist staubig, gefährlich oder öde, und man erreicht sein Ziel selten ohne sehr lange Verspätungen. Ich habe von Überfällen durch Straßenräuber gehört, gebrochenen Rädern, sodass die Kutsche umkippte und alle Fahrgäste im Straßenstaub landeten. Die Kutscher sind teilweise sehr grob und unhöflich. Sie fluchen die ganze Zeit über, spucken in Gottes schöne Natur und riechen fürchterlich. Nein, ein Vergnügen ist das nicht, und darum bin ich entschlossen, diese neue Art zu reisen angenehmer zu finden.«

»Wann bist du denn mit der Postkutsche gefahren und wohin?«, frage ich neugierig.

»Oh, ich bin einige Male mit Otto verreist. Einmal waren wir in Bad Oeynhausen, das war wirklich wunderschön. Fast eine ganze Woche war ich mit ihm allein dort. Dann waren wir noch in Hannover und in Bielefeld. Immer nur kurz, weil Otto nie lange aus dem Amt wegbleiben konnte, aber es war immer wunderschön.«

Noch während sie redet, löst sie entschlossen ihre verkrampften Finger aus dem Sitz und setzt sich bequem zurecht. Dazu nickt sie energisch mit Kopf und Hut und verschränkt die Arme vor der Brust.

Gegen 18 Uhr erreichen wir das Haus meiner Eltern und ich werde schon auf dem Parkplatz stürmisch von beiden Hunden begrüßt. Auch Kater Sunny kommt gemessenen Schrittes aus dem Wald und streicht am Auto vorbei. Während die Hunde schon wieder Richtung Haustür stürmen, bleibt der Kater mit gesträubtem Fell an der Beifahrertür stehen. Er schnuppert einen Augenblick und rast dann kreischend davon.

Meine Mutter, die zwischenzeitlich aus dem Haus gekommen ist, beobachtet kopfschüttelnd sein seltsames Benehmen.

»Was ist denn in den gefahren, hat der ein Gespenst gesehen?«

»Nein, einen Geist,« sage ich und finde meinen Witz echt genial, auch wenn außer mir keiner lacht.

Ich nehme meine Tasche und wir gehen ins Haus. Granny hält sich eng an mich, beobachtet aber jede Geste von Mam genau.

Auch mein Dad taucht auf und sagt »Hallo«, verschwindet aber direkt wieder in seinem Zimmer. Irgendein Fußballspiel wird übertragen, das ohne ihn unter keinen Umständen stattfinden kann.

Mam hat den Abendbrottisch gedeckt und ich brauche mich nur noch hinzusetzen. Es gibt Kartoffelauflauf aus dem Römertopf, eines meiner absoluten Lieblingsessen. Aufwändig und sehr kalorienhaltig. Grannys Nasenflügel beben und ich bin sicher, sie bedauert zutiefst, als Geist von Luft leben zu müssen.

Wir reden hauptsächlich über die Kinder, deren Abwesenheit meine Mam natürlich bedauert. Wenn sie wüsste, dass als Ersatz ihre Urgroßmutter am Tisch sitzt!

Nach dem Essen, einem Kaffee und einer gemeinsamen Zigarette, grabe ich Ottos Tagebuch aus meiner Reisetasche hervor. Meine Mutter nimmt es vorsichtig entgegen und schlägt es auf.

»Detmold! Das heißt eindeutig Detmold hier oben. Detmold im Januar 1888. Mensch, das ist ja richtig alt und stammt aus meiner Heimat. Ich glaub's ja nicht. Hast du es deswegen gekauft?« Sie erwartet keine Antwort, versucht nur fasziniert, das Geschriebene zu entziffern.

»Mmmm, also das heißt glaube ich ›Teufel‹ und das hier ›Name‹, schwierig, es ist so lange her. Vielleicht finde ich im Internet ein Schriftmuster, das man daneben legen kann, dann ist es sicher einfacher. So klappt das nicht.« Granny lässt die Schultern hängen, sie hat bestimmt gehofft, jetzt auf der Stelle Ottos Gedanken zu hören.

Ich lächele ihr beruhigend zu und meine Mutter guckt etwas irritiert in meine Richtung.

Ich muss aufpassen, sonst hält sie mich auch noch für gestört. Fehlt nur noch, dass sie glaubt, ich würde Selbstgespräche führen oder mich mit imaginären Personen streiten.

Wir fahren den Laptop hoch, rufen Seiten mit alten Schriften auf. Internet ist einfach was Feines, was hätten die Leute bloß vor 20 Jahren in so einer Situation gemacht?

»So, da haben wir, was wir suchen: Kurrentschrift in Groß- und Kleinbuchstaben. Du lieber Himmel, so viele Schnörkel, ich glaub's ja nicht.«

Mam fährt mit dem Finger eine Reihe entlang, ihre Augen wechseln zwischen Bildschirm und Buch.

»Also, hier, das heißt ›Polizeipräsident‹. Na, geht doch, ist einfacher, als ich befürchtet hatte, und so viel anders als Sütterlin ist es auch nicht. Was man einmal gelernt hat, kommt schnell wieder. Hoffe ich jedenfalls. Also, meine liebe Tochter, raus mit der Sprache! Du glaubst doch nicht im Ernst, du könntest mir was vormachen? Warum ist dieses Buch so wichtig für dich, dass du dafür 250 Kilometer fährst, noch dazu ohne die Kinder? Hat es etwas mit dieser mysteriösen Kollegin zu tun?«

Ich hätte es wissen müssen! Meine Mutter ist ein netter Mensch, aber wenn es um mich geht, ist Misstrauen ihr zweiter Vorname, keine Ahnung, warum. Was sage ich jetzt? Die Wahrheit nimmt sie mir nie und nimmer ab. Andererseits weiß ich nicht, was in diesem Buch steht, vielleicht etwas, was sie weiß, ich aber nicht. Ach Scheiße, das ist eine derart verfahrene Geschichte.

»Ich kann dir jetzt noch nicht sagen, um was es geht. Finde es selber raus, indem du dieses Buch entzifferst. Ich glaube, es ist ein Tagebuch, weiß es aber nicht genau. Und bitte, hör auf zu bohren, ich kann dir nicht mehr sagen.«

Sie guckt mich einen Augenblick lang an, zuckt wieder die Schultern und wendet sich erneut Bildschirm und Buch zu.

Ich kann die Augen nicht mehr offen halten. Die letzte Woche war nicht nur anstrengend, sie war oberstressig. Eine Ururgroßmutter taucht schließlich nicht alle Tage auf. Auch die Angst, übergeschnappt zu sein, sitzt mir noch in den Knochen und heute die lange Fahrt. Ich bin hundemüde und verabschiede mich daher ins Bett, Granny sitzt weiterhin neben Mam, die nicht einmal hochguckt. Sie hat Blut geleckt und ich bin sehr gespannt, was mich am nächsten Morgen erwartet.

Als ich aufwache, ist es gerade 6:15 Uhr. In der Wohnung sind schon Geräusche zu hören, daher beschließe ich, mich der Realität zu stellen, und stehe auf. Im Wohnzimmer ist der Frühstückstisch bereits gedeckt und mein Dad steht in der Küche und kocht Kaffee. Ja, er kocht Kaffee. So richtig, mit heißem Wasser, einem altmodischen Filter und frisch gemahlenen Bohnen. Wer das nicht kennt, der glaubt es nicht. Der Duft ist schon atemberaubend und wird nur vom Geschmack übertroffen. Diesen Spezialkaffee à la Dad gibt es aber nur am Wochenende, unter der Woche benutzt auch er eine handelsübliche Kaffeemaschine. Ich fühle mich so richtig heimisch. Als ich das Wohnzimmer betrete und das Gesicht meiner Mutter sehe, ändert sich das allerdings schlagartig. Sie ist offensichtlich übermüdet und sieht regelrecht grau aus. In der Hand hat sie das Tagebuch und etliche Seiten beschriebenes Papier. Als ich reinkomme, steht sie auf und hält es mir hin. Granny steht direkt neben ihr.

»So, mein Kind, weiter bin ich letzte Nacht nicht gekommen. Das reicht aber aus, um eine Erklärung erwarten zu können, meinst du nicht? Von wem ist dieses Tagebuch und woher hast du es? Erzähl mir aber bitte nichts mehr von Flohmarkt oder so. Einen solchen Zufall gibt es in 100 Jahren nicht. Ich hätte zur Abwechslung jetzt gern mal die Wahrheit gehört.«

»Ach, Mam, die Wahrheit, was heißt denn das? Ist es nicht egal, wo ich das Buch herhabe?«

»Sabrina!«

»Okay, schon gut, lass mich aber bitte erst mal lesen, was da überhaupt drinsteht.«

Wenn meine Mutter »Sabrina« zu mir sagt, noch dazu in diesem speziellen Ton, dann ist wirklich Vorsicht geboten. Ich nehme also die Blätter, setze mich auf die Lehne der Couch und beginne zu lesen.

Als ich Grannys Blick spüre und in ihre flehenden Augen sehe, fällt mir ein, dass sie ja immer noch keine Brille hat, und so lese ich eben laut.

AUS OTTOS TAGEBUCH

Was, in drei Teufels Namen, habe ich eigentlich vor? Ich bin vor wenigen Monaten 51 Jahre alt geworden, und zwar etliche Kilometer entfernt von dieser Kleinstadt hier. Und doch bin ich auf dem besten Weg, mich in eine junge Frau von höchstens 20 Jahren zu vergucken! Gänzlich unmöglich, zumal mir meine Position eine solche romantische Anwandlung einfach nicht gestattet.

Ich bin Polizeipräsident von Potsdam und schon als solcher zu einem untadeligen Lebensstil zwingend verpflichtet. Schlimm genug, dass ich – nach dem frühen Tod meiner Gattin vor mehr als sieben Jahren – noch nicht wieder eine der ledigen Damen der besten Gesellschaft um die Ehre gebeten habe, meine Frau zu werden.

Wenn ich mir selbst gegenüber ehrlich bin, sah ich bislang keine Notwendigkeit für einen solchen Schritt. Es ist nicht so, dass ich in meiner Ehe unglücklich gewesen wäre, aber auch nicht wirklich zufrieden. Ich fühlte mich meiner Gattin eher verpflichtet als verbunden, war ihr dankbar für ihre Fürsorge und Liebe, aber ich selber konnte kein wirklich tiefer gehendes Gefühl für sie in mir erwecken. Ich hoffe natürlich, dass sie bis zu ihrem Tod nichts davon geahnt hat, aber vielleicht hätte sie es nicht einmal sonderlich gestört. Für eine Ehe in meinen Kreisen sind schließlich andere Dinge wichtiger als große Gefühle.

Daher versteht es sich von selbst, dass ich alles in meinen Kräften Stehende tat, ein pflichtbewusster und liebender Gatte zu sein. Leider war es uns auch nicht ver-

gönnt, Eltern zu werden, auch wenn wir es uns sehnlichst gewünscht hätten. Martha starb an einer Fischvergiftung im Alter von nur 30 Jahren.

Ich war noch nicht alt und durchaus ansehnlich, mit den gesunden Bedürfnissen eines Mannes. Dafür gab es ausreichend Damen, die man in jeder Stadt diskret, in angenehmer, gepflegter Atmosphäre treffen konnte, und die keine Heiratsabsichten hatten. Dafür hatte jeder Verständnis, zumindest jeder Mann.

Für meine häuslichen Belange hatte ich Personal, meine Einkommensverhältnisse waren mehr als respektabel, meine berufliche Zukunft gesichert. Ich führte ein Leben, wie es mir gefiel. Jedenfalls hatte ich das – bis vor wenigen Stunden – noch nie infrage gestellt.

Als ich die kleine Gestalt vor mir durch das Schneetreiben taumeln sah, war mein Hilfsangebot spontan, wenn auch unüberlegt gewesen. Zumal ich ja annehmen musste, dass hier eine Mutter mit ihrem Kind auf dem Arm heim zu ihrem Gatten unterwegs war. Hintergedanken hatte ich daher ganz sicher nicht, ich wollte nur helfen, nichts weiter. Erst als sie dann so liebreizend, jung und unschuldig vor mir im Schnee stand, regte sich in mir ein Gefühl, das ich nicht beschreiben kann. Ich bin von jeher ein eher nüchterner Mensch, dem große Emotionen fremd sind. Mein Wunsch, dieses Mädchen zu beschützen, ihr die Angst zu nehmen, stritt sich daher mit aller Vernunft, zu der ich fähig war.

Nachdem ich meine Fahrgäste vor dem Haus abgesetzt hatte, fuhr ich sehr nachdenklich die wenigen Meter zu meinem Hotel. Pferd und Wagen überließ ich dem herbeieilenden Bediensteten. In der Halle flackerte ein wär-

mendes Feuer und ich ließ mir einen Cognac bringen, um die Unruhe in meinem Inneren zu besänftigen. Ich setzte mich in einen der tiefen Sessel und bat den Direktor um einige Auskünfte. Ich bekam sie mühelos, schließlich war ich Gast des Fürstenpaares und damit eine wichtige Persönlichkeit in dieser kleinen Stadt.

Eigentlich sollte ich gar nicht hier sein, sondern auf spezielle Einladung des Regenten mit der Eisenbahn durch das schöne Lipperland reisen. Der Grund, warum ich stattdessen im Sessel saß und mich nach einer Möglichkeit erkundigte, ein Mädchen wiederzusehen, das weder meinem Alter noch meiner gesellschaftlichen Stellung entsprach, war meine Liebe zu schöner Musik.

Ich liebe Mozart über alle Maßen und höre seine Werke in meinem Inneren Ton für Ton. Darüber war ich schließlich eingeschlafen und als ich erwachte, wurde mir klar, dass ich die Abfahrt des Zuges wohl verpassen würde. Obwohl ich mir alle Mühe gab und den Hoteldiener zur Eile antrieb, waren, als ich endlich den Bahnhof erreichte, alle geladenen Gäste bereits eingestiegen und die Türen wurden gerade geschlossen.

Ich entschied mich daher, wieder zurück in mein Hotel zu fahren, um mich dann, nach Rückkehr des Zuges, unauffällig erneut unter die Gäste zu mischen. Ich hoffte, auf diese Art eine Brüskierung des Fürstenpaares zu vermeiden. So, und was hatte ich stattdessen getan? Eine junge Frau von der Straße aufgelesen und suchte nun nach einer Möglichkeit, ins Haus ihrer Herrschaft eingeladen zu werden.

»Du bist ein Narr, Otto«, sagte ich zu mir selber, »ein alter noch dazu. Schlag dir doch das Ganze aus dem Kopf. Fahr schnellstens zum Bahnhof und sieh zu, dass der Fürst

nie erfährt, dass du seine Einladung förmlich verschlafen hast!«

Das Ehepaar Blancke weilte nicht einmal besonders weit von meinem Hotel entfernt zu Besuch bei einem Geschäftsfreund. Ich rechnete mir aus, dass sie sich wohl vor Einbruch der Dunkelheit auf den Heimweg begeben würden. Ich bezog also, wie ein Pennäler bei seiner Angebeteten, Posten vor besagtem Anwesen. Alle Götter müssen mit mir gewesen sein, denn noch vor Ablauf einer halben Stunde verließ die Familie das Haus.

Ich schlenderte unauffällig in ihre Nähe und zog meinen Hut. Beide musterten mich auf das Genaueste. Besonders der Mann versuchte wohl abzuschätzen, ob sich eine nähere Bekanntschaft mit mir für ihn lohnen könnte.

»Von Wolffgramm«, grüßte ich und zog meinen Hut. »Welch ein besonderer Tag, nicht wahr? Silvester empfinde ich immer als etwas Besonderes, man scheint es einfach zu spüren, dass etwas Neues beginnt. Na ja, das ist vielleicht auch nur Einbildung, entschuldigen Sie bitte mein Geschwätz. Es liegt einfach daran, dass ich gerade die Einladung des Fürsten zu einer Reise durch das Lipperland verpasst habe.

Stellen Sie sich nur vor, ich habe die Abfahrt des Zuges durch eigenes Verschulden versäumt und kann nun nur hoffen, dass Fürst Woldemar mir diesen Fauxpas verzeiht!«

Der Kohlenmann wandte mir nun seine volle Aufmerksamkeit zu, Gattin und Kinder schien er völlig vergessen zu haben. Ich gratulierte mir innerlich zu diesem geschickten Schachzug, auch wenn ich einen Anflug von schlechtem Gewissen verspürte. Es war sonst nicht meine Art, Menschen für meine Zwecke zu benutzen.

»Oh«, sagte die Kohlenhändlers Gattin zurückhaltend, »das ist ja wirklich besonders schade.«

»Ach was, schade, das ist eine richtige Tragödie«, wurde sie umgehend von ihrem Gatten unterbrochen.

»Ja«, antwortete ich und bemühte mich dabei, bedauernd zu klingen, »zumal ich ja fremd bin in dieser Stadt und nun gar nicht weiß, was ich ausgerechnet an Silvesterabend mit mir anfangen soll. Vielleicht können Sie mir behilflich sein und mir einen guten Rat geben, wo man heute …«

»Aber natürlich, aber ja«, der Mann überschlug sich fast vor lauter Entgegenkommen, »wir geben heute Abend zufällig ein kleines Fest. Nichts Besonderes, ein paar Gäste, ausgesuchte, versteht sich, ein kleines Essen, Champagner, es wäre mir eine ausgesprochene Ehre, Sie in meinem bescheidenen Heim willkommen heißen zu dürfen!«

Innerlich frohlockend gab ich mich zurückhaltend, tat, als könne ich das unmöglich annehmen, so von jetzt auf gleich, als Fremder. Und je mehr ich mich zierte, umso heftiger wurde sein Wunsch, mich in seinem Hause begrüßen zu dürfen.

Nach einigem Hin und Her willigte ich also ein, empfahl mich bald darauf und begab mich wieder in mein Quartier.

Dass ich mir mit dieser Zusage die zweite – schlimmere Verfehlung dieses Tages geleistet hatte, darüber verbot ich mir für den Augenblick auch nur nachzudenken. Ich hatte die Einladung fremder Menschen der des Regenten vorgezogen. Wie sollte ich mich diesbezüglich jemals erklären?

Ein Hausdiener wurde um eine schöne Bonboniere und einen erlesenen Cognac losgeschickt und ich überlegte doch tatsächlich, auch für Fräulein Luise eine Kleinigkeit besorgen zu lassen. Zum Glück erkannte ich gerade noch rechtzeitig, wie vollkommen unmöglich dieser Gedanke war. Einem Hausmädchen ein Geschenk zu überreichen, hätte vermutlich eine Ohnmacht der Gastgeberin zur Folge gehabt.

Ich träumte also noch eine Weile vor mich hin, kleidete mich dann dem Anlass entsprechend um und machte mich auf den Weg in die Krumme Straße. Vom Lippischen Hof waren es wirklich nur ein paar Hundert Meter, und ich verzichtete daher darauf, anspannen zu lassen, und ging zu Fuß.

Meine schwarzen Abendschuhe waren nun aber nicht dafür gemacht, mit ihnen durch die mit zehn Zentimeter hohem Schnee bedeckte Straße zu stapfen. Das war aber nicht mehr zu ändern, und ich konnte nur hoffen, dass der Schaden sich in Grenzen halten würde. Ich hatte nicht vor, unangenehm aufzufallen, indem ich die gewienerten Böden oder edlen Teppiche meiner Gastgeber verschmutzte.

Ich sah sie sofort, als ich das Haus betrat. Natürlich stand sie im Hintergrund, aber sie überstrahlte für mich selbst die unzähligen Kerzen und Petroleumlampen. Ich konnte erkennen, dass sie sich schon wieder einmal vor irgendetwas fürchtete, auch wenn ich keine Ahnung hatte, wovor. Ich lächelte ihr also, so herzlich es mir möglich war, zu und blinzelte wie ein Pennäler mit dem Auge.

Der Abend verlief, wie ich es geahnt hatte. Erlesene Köstlichkeiten aller Art, reichlich Alkohol, gute Zigarren und Gespräche, die sich um die Probleme und Ereignisse der Provinz drehten.

Gegen Mitternacht wurden die Gläser frisch mit Champagner gefüllt und ich stieß mit mir fremden Menschen auf ein gesundes und erfolgreiches neues Jahr an. Das Jahr 1888!

Als die ersten Gäste gegen 1 Uhr aufbrechen wollten, sah ich gerade noch den Hausherrn in einem Zimmer verschwinden, während seine Gattin einem Paar auf die Straße hinaus gefolgt war.

Da ich auch Luise in dieses Zimmer hineingehen gesehen hatte, wurde ich aufmerksam und trat näher an die geschlossene Tür. Jetzt bloß nicht ertappt werden und den Eindruck erwecken, als würde ich an fremden Türen lauschen. Da hörte ich schon die verzweifelte Stimme von Luise, die sich offensichtlich in einer Notlage befand.

Ich wartete noch einen Augenblick, aber dann war ich mir sicher. Hinter dieser Tür geschah etwas Unrechtes, und ich klopfte energisch und bat um meine Garderobe. Mein Ton muss ausgesprochen fordernd geklungen haben, denn der Kohlenhändler erschien fast umgehend. Er wirkte derangiert, seine Kleidung war in Unordnung, sein Gesicht gerötet und sein Atem ging ungewöhnlich hastig.

Im Zimmer selber stand Luise und strich sich Schürze und Häubchen glatt, dabei hatte sie eindeutig Tränen in den Augen. Was ging hier vor? Hatten die beiden ein ungebührliches Verhältnis zueinander? Nein, niemals! So sehr konnte ich mich nicht getäuscht haben. Luise war ein unschuldiges Mädchen und wurde von ihrem Dienstherrn bedrängt.

Ich war nicht weltfremd, wusste, wie oft derartige Dinge geschahen. Es war keineswegs selten, dass ein Dienstherr sein weibliches Personal verführte. Und nicht nur das, oftmals wurden junge Mädchen auch durch Drohungen gefügig gemacht.

Blieb dann ein solches Verhältnis nicht ohne Folgen, wurde das arme Ding mit Schimpf und Schande aus diesem ehrbaren Hause gejagt.

Das alles wusste ich, aber erst jetzt erschien es mir besonders verwerflich zu sein.

Die zarte Luise und dieser feiste, rotgesichtige Kohlenhändler – undenkbar!

Ich musste mich sehr auf meine gute Erziehung besinnen, um ihm nicht meine Faust ins Gesicht zu rammen, aber das hätte unweigerlich einen Skandal gegeben. Daher bat ich Luise mit freundlicher Stimme um meine Garderobe und warf dem Kohlenhändler einen eisigen Blick zu. Als Luise mir meinen Zylinder reichte, berührten sich unsere Hände und es durchfuhr mich wie ein Blitzschlag. Die Kopfbedeckung rollte unter das Bett, aber als Luise sich nach ihr bücken wollte, hielt ich sie zurück. Ich drehte mich zu Blancke um und forderte ihn auf, sie mir am nächsten Morgen von Luise ins Hotel bringen zu lassen. Er stimmte derart dienstbeflissen zu, dass sich mein Zorn ein bisschen legte. Ich würde Luise wiedersehen, schon bald.

Mit diesem Gedanken, und noch immer wütend, schritt ich auf mein Hotel zu. In der Eingangshalle brannten noch Kerzen und einige Gäste saßen in den zwanglos verteilten Sesseln. Der Direktor kam auf mich zu, fragte, ob ich einen schönen Abend verbracht habe. Ich bestä-

tigte das natürlich, wünschte ein Frohes neues Jahr in die Runde und begab mich auf mein Zimmer.

Ich wollte jetzt allein sein, nachdenken, wie das, was ja noch nicht einmal begonnen hatte, weitergehen könnte. Es war schon spät, beziehungsweise früh, als ich endlich Ruhe fand.

Ich lasse die Blätter sinken, sehe die Tränen in Luises Augen und den auffordernden Blick meiner Mam. Zum Glück kommt gerade mein Dad mit dem Kaffee herein und ich habe noch eine Galgenfrist, weil das Samstagsfrühstück eine heilige Handlung ist. Lesen, surfen, Handys generell sind unerwünscht, will man den Familienfrieden nicht gefährden. Daher besteht auch nicht die Gefahr, dass meine Mutter mich weiter ausfragen könnte.

Natürlich geht auch das gemütlichste Frühstück irgendwann zu Ende. Dad verzieht sich an die Börse, genauer gesagt an seinen Laptop in seinem Zimmer. Wir sind wieder unter uns und ich spüre die Spannung im Raum.

»Also«, beginne ich, »wenn ich dir die Wahrheit erzähle, hältst du mich für verrückt. Du lässt mich einweisen, da bin ich mir sicher. Genau das würde ich aber trotzdem gern verhindern.«

Mam schweigt eisern und hilft mir kein bisschen. Granny sitzt auch nur da, wie üblich mit geradem Rücken und schön nebeneinanderstehenden Füßen.

»Ach Scheiße, ich weiß einfach nicht, wie ich es dir erklären soll. Ich habe dieses blöde Tagebuch nicht vom Flohmarkt, bist du jetzt zufrieden? Ja, und *du* musst auch nicht gleich wieder mit Kernseife kommen, um mir den Mund auszuwaschen. Ich bin erwachsen, lebe im 21. Jahrhundert und sage ›Scheiße‹, so oft ich will. Hast du das verstanden, ja?«

»Wie bitte? Wann hätte ich dir jemals den Mund mit Kernseife ausgewaschen? Und von mir aus kannst du ›Scheiße‹ sagen, so oft du willst, also, was soll das Theater?«

Mam schüttelt mit dem Kopf und sieht noch geladener aus als vorher.

»Ich habe nicht mir dir gesprochen, sondern mir ihr«, ich deute auf Granny, die neben mir sitzt.

»Mit wem denn sonst, es ist doch kein anderer hier. Sabrina, was soll das? Hör sofort mit diesem Kaspertheater auf!« Auweia, jetzt gibt es gleich richtig Stunk, ich muss einfach Klartext reden, wenn ich das vermeiden will.

»Das ist kein Theater, aber du wirst genau das glauben, wenn ich dir erzähle, was wirklich passiert ist.«

»Lass es drauf ankommen, und jetzt mach endlich den Mund auf! Mir reicht es nämlich langsam. Ich habe kaum geschlafen, weil ich dieses Buch hier übersetzt habe. Ich bin hundemüde, das heißt, meine Geduld ist sehr begrenzt. Luise hieß meine Urgroßmutter, die kam aus Detmold, und sie hatte ein Verhältnis mit einem Otto. Das ist doch kein Zufall, oder?«

»Wir hatten kein Verhältnis, wir haben uns geliebt«, empört sich Granny, aber darauf kann ich jetzt nicht eingehen.

»Nein, das ist kein Zufall, natürlich nicht. Also, es war so. Am letzten Sonntag um 6 Uhr früh wurde ich wach …«

Sie schafft es tatsächlich, mich nicht ein einziges Mal zu unterbrechen und nur mittelmäßig besorgt auszusehen. Als ich die Geschichte, gestrafft und auf das Wesentliche beschränkt, zu Ende erzählt habe, verstumme ich und sehe sie an.

Eine ganze Weile sagt sie kein Wort, guckt mich an, guckt auf das Tagebuch, schüttelt den Kopf, seufzt, dann strafft sie sich und sagt: »Das ist doch einfach nur lächerlich! Deine Ururgroßmutter, die als Geist durch die Gegend schwebt, um einen 120 Jahre zurückliegenden eventuellen Mord aufzuklären? Was ist das für eine haarsträubende Geschichte?«

Ich registriere aber sehr wohl, dass ihr Blick verunsichert über das Sofa streift, und sage: »Was soll ich machen? Du wolltest die Wahrheit hören und das ist sie. Darf ich dir also jetzt mal deine Urgroßmutter vorstellen? Mam – Luise, Luise – Mam.« Ich muss so lachen, dass ich fast von der Lehne kippe, aber sie verzieht keine Miene.

»Sehr witzig! Bist du jetzt vollkommen übergeschnappt? Woher weißt du überhaupt von dieser alten Geschichte? Habe ich sie dir erzählt? Sicherlich! Schließlich ist sie ein ganz spezielles Kapitel in der Familienchronik. ›Minchen und ihr Minister‹, davon hat meine Oma sehr oft erzählt, als ich noch Kind war.«

»Na siehst du, dann lass doch mal hören.«

»Na ja, so genau erinnere ich mich nicht mehr, aber ich weiß jetzt wieder, dass Minchen tatsächlich Luise hieß. Sie hatte viele Jahre lang ein Verhältnis mit ihrem Otto, der war Minister beim Fürsten zur Lippe. Sie hatten einen Sohn, meinen Großvater. Der ist aber ganz früh gestorben. Ich glaube, mit 36. Hatte einen Hirntumor oder so was. Ich habe den gar nicht kennengelernt, ich glaube aber, er hieß Heinrich. Tja, was weiß ich noch? Minchen hatte von ihrem Minister ein Haus in der Bruchmauer Straße bekommen. Außerdem hat sie immer behauptet, man hätte ihn umgebracht. Das war aber wohl Quatsch. Keine Ahnung. Mehr weiß ich auch nicht. Ich war ja damals auch noch ein Kind. Ach ja, meine Oma hat noch erzählt, dass Minchen nie Unterhosen getragen hat und im Stehen pinkelte, auf den Acker! Das hat mich immer sehr fasziniert.« Mam lacht bei dieser Erinnerung.

Ich sehe zu Granny, die zusammengesunken ist und so unglücklich aussieht, dass es mir das Herz zusammenzieht. Auf diese Weise vom frühen Tod des eigenen Kindes zu erfahren, muss besonders furchtbar sein.

»Musst du so unsensibel sein?« fahre ich, ohne weiter nachzudenken, meine Mutter an.

»Was glaubst du denn, wie das für Granny ist, wenn sie das hört. Mit ihrem Sohn und so.«

Mam schließt für einen Moment die Augen und stößt einen genervten Seufzer aus. Bevor sie allerdings etwas sagen kann, marschiert Kater Sunny in den Raum. Läuft auf mich zu, bleibt wie angewurzelt stehen, faucht, dreht um und rast wieder raus.

»Siehst du! Amun kann sie auch sehen, der reagiert ganz ähnlich. Die Hunde offenbar nicht, keine Ahnung, warum.«

»Kind, jetzt mal ehrlich, es gibt keine Geister, das ist doch alles Unsinn, das bildest du dir ein. Du bist überarbeitet, das ist ja auch kein Wunder. Schlaf dich erst mal richtig aus. Ich habe dir ja schon immer gesagt …«

»Mein Sohn heißt Heinz, nicht Heinrich, und Unterwäsche habe ich sehr wohl getragen. Ich kann mir auch nicht vorstellen, dass sich daran etwas ändern wird. ›Du sollst nicht übel Zeugnis reden wider deinen Nächsten!‹ Wie kann sie nur so ungezogen über ihre Urgroßmutter reden? Ich werde sie darauf hinweisen, wenn ich sie kennenlerne.«

»Mam? Granny sagt, dass das mit der Unterwäsche nicht stimmt und dass ihr Sohn Heinz hieß, außerdem ist mir gerade etwas eingefallen, vergiss nicht, was du sagen wolltest.«

Ich wende mich an Granny und bitte sie um das Medaillon. Ist ja möglich, dass Mam darüber etwas weiß.

Granny zieht es aus ihrem Beutel und falls es für meine Mutter sichtbar ist, muss das jetzt ziemlich spektakulär aussehen. Eine schwebende Kette sozusagen. Bingo! Sie sieht es, ihre Augen weiten sich, sie wird blass, fasst sich an den Hals. Einen Moment lang befürchte ich, sie wird in Ohnmacht fallen, aber das passiert nicht.

Ich greife nach dem Schmuckstück und reiche es ihr rüber. Sie nimmt es mit leicht zitternden Händen, dreht es hin und her und öffnet es dann vorsichtig.

»Was ist das?«, fragt sie, »eine Haarsträhne von Otto? Willst du einen DNA-Abgleich machen lassen, oder was?«

Sie ist schon wieder ganz die alte.

»Quatsch, natürlich nicht, aber Granny glaubt halt immer noch, dass man ihren Otto umgebracht hat. Ich soll ihr helfen, den Täter zu finden.«

»Und wieso kannst du sie sehen, ich aber nicht?«

Sie klingt jetzt meiner Meinung nach direkt beleidigt und ich beruhige sie schnell.

»Weiß ich doch auch nicht, mir wäre ja selber viel wohler, du könntest das auch.«

»Wie sieht sie denn aus? Beschreib sie mir mal.«

»Sie ist sehr klein. Unter 1,50, sehr schlank. Ausgesprochen hübsch, mit tollen Augen, nicht grün, nicht braun, aber so eine Mischung von beiden Farben. Sie ist sehr blass, trägt einen kleinen Hut, eine Tasche, eine langärmelige, hochgeschlossene Bluse mit vielen, kleinen Knöpfen. Einen langen Rock und ziemlich klobige Schnürstiefel, alles schwarz.«

»Ich hätte sie mir größer vorgestellt«, sagt Mam und beginnt zu lachen. Sie kann sich gar nicht wieder beruhigen und ich will schon Granny um ihr Riechsalz bitten, da hört sie plötzlich wieder auf. »Nee, schnieft sie, »das glaubst du doch wohl selber alles nicht. Das gibt es nicht! Geister! Lächerlich! Aber woher hast du dieses Buch? Ach, egal, ich brauche jetzt ein Glas Sekt und eine Zigarette. Danach muss ich mir ernsthaft überlegen, zu welchem Facharzt ich dich fahren soll.«

Sie marschiert entschlossen in die Küche und entnimmt dem großen Kühlschrank eine Flasche ihrer bevorzugten Marke. Mam liebt alles, was prickelt, und hat daher immer einen gekühlten Vorrat zur Hand.

»An einem Samstag Sekt? Noch dazu direkt nach dem Frühstück? Da hört sich doch aber alles auf!«

Das ist Granny, die voller Entsetzen auf meine Mutter und das Sektglas guckt.

»Äh, Mam? Deine Urgroßmutter findet es ungehörig, dass du an einem frühen Samstagmorgen Sekt trinken möchtest. Sie ist geradezu empört.«

»Ist sie das? Warum? Ist doch nicht ihre Leber, außerdem kann sie gern auch ein Glas bekommen. Vielleicht sieht sie dann nicht alles so verbissen.«

»Sie kann weder essen noch trinken und mit deiner

Brille kann sie auch nichts sehen, sonst hätte sie das Tagebuch ja selber lesen können. Sie will auch ihren Hut nicht abnehmen, weil sie nicht ohne Kopfbedeckung in ihrer Zeit auftauchen möchte. So, das ist alles, was ich dir mitteilen kann.«

Mam schüttelt den Kopf und verdreht die Augen. Dann stellt sie die Flasche zurück in den Kühlschrank, nimmt ihr volles Glas und geht voraus auf die Terrasse. Sie trinkt genießerisch und greift nach einer meiner Zigaretten. Eigentlich raucht sie nicht, aber sobald ich komme, vergisst sie das regelmäßig. Ich habe offensichtlich einen äußerst schlechten Einfluss auf meine Mutter.

»Nun gut«, sagt sie nach einer Weile, »mittlerweile komme ich mit der Schrift klar. Mit allem anderen noch lange nicht.

Vielleicht trägt ja dieses Tagebuch etwas Erhellendes zur Situation bei. Ich bin daher dafür, dass wir es weiterlesen, was meinst du?« Ich werfe Granny einen fragenden Blick zu, sie nickt ungeduldig.

»Okay, lass uns reingehen, aber lies laut, damit deine Urgroßmutter es auch versteht.«

Sie gibt ein schnaubendes Geräusch von sich, tut mir aber den Gefallen.

AUS OTTOS TAGEBUCH

Ich hatte mir den ganzen Morgen Worte zurechtgelegt, die ich zu ihr sagen wollte. Meine Sorge war auch, dass sie vielleicht nicht kommen würde. Vielleicht schickte der Kohlenhändler jemand anders, vielleicht kam er gar selber?

Ich machte Pläne für alle Eventualitäten. Wurde in meinen vorauseilenden Gedanken schon bei der Fürstin vorstellig und ähnliche Unmöglichkeiten mehr. Das mag zeigen, wie verwirrt ich war. Als sie dann durch die Tür trat, waren alle meine Zweifel sofort verflogen. Mit ihnen leider auch alle so sorgsam vorbereiteten schönen Worte. Ich stand wie ein Narr vor ihr und wir schwiegen uns eine ganze Weile nur an. Immerhin fand ich zumindest mein Benehmen wieder und wünschte ihr einen guten Morgen.

Ich glaube, wenn sie nicht so tapfer schließlich die Initiative ergriffen hätte, wir wären bis zum nächsten Tag dort in der Halle gestanden. So liefen wir denn alsbald mit weitem Abstand nebeneinander her, in Richtung Krumme Straße. Ich fasste mir endlich ein Herz, ermutigt durch ihren vertrauensvollen Blick aus wunderschönen Augen. Ich stellte mich ihr vor und offenbarte ihr meine Gefühle. Ich war selber erschrocken über meine offenen Worte und meine völlig unangemessene Eile. Wie froh war ich, als sie nicht empört reagierte, sondern offen und ehrlich zustimmte, genauso zu empfinden wie ich. Diese Frau war einfach wundervoll und wir waren vom Schicksal füreinander bestimmt worden.

Vor der Tür ihrer Herrschaft angekommen, blieb mir dann gerade noch Zeit, ihr zuzuraunen, ich würde Wege finden, sie wiederzusehen. Dann war sie verschwunden und ich machte mich allein auf den Weg zurück ins Hotel. Es hätte wohl nicht viel gefehlt, und ich wäre wie ein Kind gehüpft.

Allerdings hatte ich zuversichtlicher geklungen, als ich es war, denn, und ich will jedenfalls mir selber gegenüber ehrlich bleiben, ich hatte keine Ahnung, wie ich das anstellen sollte.

Martha, meine verstorbene Gattin, war selbstverständlich aus meiner Gesellschaftsschicht gewesen. Wir hatten nie Schwierigkeiten gehabt, uns bei allen möglichen Festivitäten zu begegnen. Im Gegenteil, die Menschen gaben sich große Mühe, uns zusammen einzuladen. Mir blieb am Ende eigentlich nur, ihren Vater um ihre Hand zu bitten, dann vor ihr auf die Knie zu fallen und meinen Antrag zu machen. Ich hatte nicht eine Sekunde Zweifel, sie könnte vielleicht Nein sagen, was sie natürlich auch nicht tat. Sie stimmte lächelnd zu, war nicht viel aufgeregter als ich, und alles ging seinen vorbestimmten Gang.

Nach einer angemessenen Verlobungszeit, die Hochzeit im großen Stil. Das war's, so war es bei allen, die ich kannte.

Nichts Aufregendes, nichts Beunruhigendes, niemand machte davon ein Aufheben. Man heiratete möglichst in eine Familie mit gutem Namen oder gutem Geld, am besten beidem. Der Mann vermehrte den Besitz, die Frau kümmerte sich um den Haushalt und machte ihm Ehre. Außerdem erzog sie die Kinder, die später wiederum ihren Eltern Ehre machten et cetera. Niemand erwartete etwas anderes vom Leben. Ich auch nicht. Bis gestern! Da war mir Luise begegnet und seither erschien mir alles, an was ich einmal geglaubt hatte, unvorstellbar armselig zu sein.

Jetzt hatte ich aber zuerst einmal das Fürstenpaar vor mir, dessen Gast ich schließlich war. Es galt, gleich zwei Ungehörigkeiten wiedergutzumachen, die kaum wiedergutzumachen waren.

Ich hatte den Zug verpasst und den abendlichen Ball versäumt. Wie sollte ich das nur erklären? Mit einer Unpässlichkeit? Was, wenn einer der Gäste des Kohlenhändlers Kontakte zum Fürstenhaus hatte? Vielleicht war ein Hoflieferant unter ihnen gewesen? Nun gut, dass musste nicht heißen, dass der auch persönlichen Kontakt zum Fürsten oder der Fürstin hatte.

Möglicherweise aber zu jemandem vom Hof, der dann wiederum Kontakt zum … unmöglich! So ging das nicht! Die Gefahr, bei einer Lüge ertappt zu werden, war einfach zu groß. Außerdem war ich stolz auf meine Ehrlichkeit, ich hasste Lügen, schon von Berufs wegen. Damit würde ich nicht anfangen, so sehr erniedrigen würde ich mich nicht.

Fürst Woldemar war ein ernster Mann, Fürstin Sophie eine gottesfürchtige Frau. Keiner von beiden hätte mir eine Lüge verziehen, aber die Wahrheit wohl noch viel weniger. Ich musste trotz meiner misslichen Lage lachen, wenn ich mir die Gesichter der beiden vorstellte, sollte ich sagen: »Verzeihung, Euer Durchlauchten, aber ich habe gestern unseligerweise Ihre hochgeschätzte Einladung zu einer Eisenbahnfahrt verschlafen. Dafür habe ich mich aber in ein Dienstmädchen verliebt und musste es unbedingt wiedersehen. Aus diesem Grund habe ich mir eine Einladung ins Haus ihres Dienstherrn erschli-

chen. Später konnte ich mich dann nur mit Mühe beherrschen, ihm nicht das Nasenbein zu brechen.«

Undenkbar! So weit war ich gerade noch Herr meiner Sinne.

Während meines Weges über die Lange Straße und den Schlossplatz fiel mir nichts Gescheites ein und auch beim Eintreffen im Schloss wusste ich noch nicht, was ich als Erklärung für mein Verhalten anführen sollte. Ich hätte mir die Grübeleien sparen können, offensichtlich war ich nicht wichtig genug, als dass mein Fehlen überhaupt bemerkt worden wäre. Im großen Saal waren wohl an die 100 Menschen versammelt und die Stimmung war fröhlich. Fürst und Fürstin bekam ich erst nach einer geraumen Weile überhaupt zu Gesicht und ihnen war nichts anzumerken. Nichts, was auf Verärgerung oder auch nur Verwunderung hätte schließen lassen. Alles schien in bester Ordnung.

Ich atmete tief durch, nahm einem Diener einen schweren Cognacschwenker mit dem fürstlichen Wappen ab und steckte mir eine Zigarre an. Die nächsten Stunden vergingen mit angenehmen Plaudereien mit den Damen und geschäftlichen Gesprächen mit deren Gatten. Ich war nicht bei der Sache, was mir erst auffiel, als eine meiner Gesprächspartnerinnen etwas zu laut und offensichtlich pikiert sagte: »Ich glaube, Sie hören mir gar nicht zu!«

Ich versicherte, auf jedes ihrer Worte gelauscht zu haben, und überlegte dabei verzweifelt, worum es denn in dem Gespräch gegangen sein könnte.

Meine Gedanken drehten sich um Luise! Um Luise, meine Unabkömmlichkeit in Potsdam und die Berge von Problemen, die vor mir lagen.

Ich wanderte umher, beschaute mir die Gemälde vergangener Regenten, alte Wandbehänge und dergleichen schöne Dinge mehr. Ich stand gerade vor einem schönen Porträt der Fürstin Pauline, dieser klugen und sehr sozialen Regentin, als mir jemand die Hand auf die Schulter legte.

»Ich wusste doch, dass du es bist!« Lachend stieß ein Glas gegen das meine und ich fand mich meinem alten Kameraden Fritz Deppe gegenüber. »Was«, stotterte ich, »was tust du denn hier?«

»Cognac trinken, das siehst du doch«, antwortete er und stieß noch einmal gegen mein Glas.

»Entschuldige, auf dein Wohl, aber das meinte ich nicht. Ich will wissen, was du hier tust? Wieso bist du nicht in Königsberg?«

»Warum sollte ich? Du bist ja auch nicht in Potsdam, sondern hier«, ulkte er und amüsierte sich offenbar bestens auf meine Kosten. So war er schon gewesen, als wir beide noch ganz junge Kerle waren, die zusammen auf die Reifeprüfung hin büffelten.

Ja, man könnte sagen, wir waren einmal Freunde gewesen, die das Leben in verschiedene Richtungen geschickt hatte.

Es war lange her, seit wir uns das letzte Mal gesehen hatten. Sicher mehr als 20 Jahre. Unsere beruflichen Ziele trennten unsere Wege. Er ging ins Kaufmännische, während ich mich der Juristerei verschrieben hatte. Irgendwann verloren wir uns aus den Augen und ich hatte selten einmal an ihn gedacht. Seltsam, jetzt erkannte ich ihn ohne Probleme sofort wieder und empfand sogleich die alte Vertrautheit ihm gegenüber.

Ich klopfte ihm auf die Schulter, erhob erneut mein Glas und sagte: »Mensch, Fritz, alter Freund, darauf müssen wir gründlicher anstoßen, aber nicht hier. Lass uns verschwinden, irgendwohin, wo wir uns in Ruhe betrinken und unterhalten können.«

Fritz nickte lachend: »Ganz der Alte, wie schön! In Damen – oder nur in Flaschengesellschaft?«

Ich winkte ab und sagte: »Nein, keine Damen! Heute möchte ich dich ganz für mich haben, da kann ich keine Ablenkung gebrauchen.«

Das Fürstenpaar hatte sich schon zurückgezogen, sodass wir ohne Probleme das Fest verlassen konnten.

Wir beschlossen, in den Detmolder Hof zu gehen, und nahmen eine Droschke. Am Hotel angekommen, konnte ich es mir nicht verkneifen, zumindest einen Blick in die Krumme Straße zu werfen und wieder einmal sehnsüchtig an Luise zu denken.

»Du scheinst überhaupt nicht anwesend zu sein, Otto«, beklagte sich mein alter Freund gerade. Ich klopfte ihm auf die Schulter und bemühte mich, diesen Eindruck schleunigst zu entkräften.

»Na, und ob ich anwesend bin, jetzt wird gefeiert, dass es eine Freude ist«, lachte ich und bestellte Champagner beim herbeieilenden Oberkellner.

»Oh, bloß nicht dieses Prickelwasser, davon habe ich heute schon genug trinken müssen! Nein, ich möchte jetzt erst einmal einen großen Krug kaltes Bier. Danach sehen wir weiter, wenn es dir recht ist? Ich würde dir allerdings empfehlen, dich mir anzuschließen. Champagner kannst du zu jeder Zeit überall trinken, aber unser Bier, da findest du so schnell keines in gleicher Qualität.«

Ich war kein Biertrinker, aber ich wollte ihn auch nicht kränken, also stimmte ich zu und es dauerte nicht lange, da standen zwei schwere Krüge des schäumenden Gerstensaftes vor uns. Es war in der Tat ein Genuss, und ich nahm mir vor, das nicht wieder zu vergessen.

»So, Fritz, nun erzähl mal und lass ja nichts aus!«

»Nee, dann sitzen wir morgen um die gleiche Zeit noch hier. Ich gebe dir mal die Kurzform, alles andere können wir uns ein anderes Mal berichten.

Ich bin Kaufmann geworden, wie du dich ja noch erinnern wirst. Zuerst in Potsdam, dann eine Weile in Berlin und schließlich hier im beschaulichen Detmold. Ich bin Direktor einer großen Druckerei, Klingenberg, wenn dir das etwas sagt?« Tat es nicht, aber ich nickte zustimmend.

»Ich bin hier ganz zufrieden« fuhr Fritz fort, »ich habe eine Frau, die mich nicht allzu sehr ärgert, und zwei Töchter. Die ältere, Elfriede, ist verheiratet. Gut, sehr gut, das versteht sich. Unser Nesthäkchen ist erst 17 und denkt noch nicht an eine feste Bindung.« Er lachte zufrieden, nahm einen tiefen Zug aus seinem Krug und wischte sich den Schaum aus dem Bart. »Ja, man könnte sagen, ich bin ein glücklicher Mann! Zumindest ein zufriedener. Für das kurze Glück zwischendurch, na, da gibt es überall entsprechende Etablissements, wenn du verstehst, was ich sagen will.«

Ich glaube, dieser Satz war es, der meinen Plan reifen ließ. Fritz musste mir helfen, aber ich durfte da jetzt nichts überstürzen. Ihn unter keinen Umständen verprellen, bevor ich nicht ganz sicher war, ihn auf meiner Seite zu haben.

Ich erzählte ihm von meinem Beruf, meiner kinderlosen Ehe, dem Tod meiner Gattin und meinem Leben ohne

Höhen und Tiefen. Ich ließ es etwas trostloser klingen, in der Hoffnung, dass das Wirkung zeigen würde. Er hörte mir mit großer Anteilnahme zu, nickte hin und wieder oder schüttelte bedauernd mit dem Kopf.

»Ja, so ist das eben«, kam ich zum Ende, seufzte und sah ihn an, während ich meinen Krug erhob und ihm zuprostete.

»Nun«, sagte er nachdenklich, »das muss ja nicht immer so bleiben. Du bist schließlich ein Mann in den besten Jahren, in einer angesehenen Stellung, gut situiert, da wird sich doch eine brave Frau für dich finden.«

»Sicher! Brav und langweilig, eine, die bislang keiner wollte«, winkte ich etwas zynisch ab und Fritz schaute mich erstaunt an.

»Oho, was sind denn das für Töne? Ich dachte, du bist grundsolide und zufrieden, wenn dir jemand abends deine Pantoffeln zurechtstellt?«

Ich war irritiert und wusste nicht, was ich darauf erwidern sollte. Im Grunde genommen stimmte nämlich, was er sagte. Ich war noch nie ein Abenteurer gewesen und mein Leben verlief in der Tat ziemlich eintönig. Das sollte aber von heute an ganz anders werden, anders und aufregender, durch und mit Luise.

Ich beschloss daher, vielleicht auch durch einige Krüge Bier ermutigt, die wir mittlerweile geleert hatten, den Stier bei den Hörnern zu packen. Besser gesagt, den Fritz bei der Freundschaft.

»Hör zu«, sagte ich daher vertraulich und beugte mich etwas zu ihm hinüber. »Ich bin mehr als froh, dich hier wiedergetroffen zu haben. Ich bitte dich, mir zu helfen, als Freund.«

Fritz schaute mich erwartungsvoll an und sagte: »Gern, wenn ich kann, jederzeit.«

»Ja, du kannst, du musst nur wollen«, meine Stimme nahm einen drängenden Ton an. »Fritz, vielleicht klingt es ja merkwürdig in deinen Ohren, aber ich habe heute die Frau meines Lebens getroffen.«

»Was du nicht sagst«, schmunzelte Fritz, »das klingt nicht merkwürdig, das klingt total verrückt oder betrunken, eins von beiden.«

»Ist es aber nicht«, ich war nicht gewillt, mich so leicht abspeisen zu lassen. »Es ist die reine Wahrheit, ich muss sie wiedersehen, um jeden Preis.«

»Aha«, nun war auch Fritz etwas näher gerückt und schien interessiert. »Wer ist denn dieses Wunderwesen?«

»Sie heißt Luise und ist beim Kohlenhändler Blancke in Stellung«, sagte ich schnell.

Ich hätte auch sagen können: »Sie heißt Helena und wohnt auf dem Olymp«, seine Miene hätte nicht überraschter sein können.

»In Stellung«, ächzte er, »beim Kohlenhändler? Willst du damit andeuten, dass die Frau deiner Träume ein Dienstmädchen ist?«

»Ich will gar nichts andeuten, ich sage es, wie es ist. Ja, sie ist ein Dienstmädchen. Höchstens 20 Jahre alt und einfach vollkommen! Ein wahrer Engel!«

»Otto, du bist verrückt!«, sagte mein alter Freund und rückte ein Stück von mir ab. »Du kannst dich doch nicht allen Ernstes in ein Dienstmädchen verguckt haben. Oder meinetwegen verguckt schon, aber doch nicht mehr. Du müsstest eigentlich gut genug wissen, wohin so etwas führt. Wie schnell ein Ruf ruiniert ist.«

»Ich werde sie heiraten«, sagte ich mit aller Entschlossenheit, zu der ich fähig war. »Niemand wird mich davon abhalten.«

Fritz schüttelte ungläubig den Kopf, kratzte sich den Bart und bestellte zwei Cognac.

»Jetzt brauche ich was Stärkeres als Bier. Das muss ich erst einmal verdauen. Kannst du mir vielleicht verraten, wie du das anstellen willst? Entführen, entehren, schwängern? Du weißt, dass das alles nicht ausreicht, egal, was du auch tust, sie wird immer deine Liaison bleiben. Nimm um Himmels willen Vernunft an, bevor etwas passiert ist. Du in deiner Position! Du riskierst wirklich, alles zu verlieren, deinen Namen, deinen Ruf und deine Stellung.«

»Ach, nun sieh doch nicht alles so schwarz«, unterbrach ich ihn. »Sie ist ein anständiges, junges Mädchen.«

»Ja, ein anständiges, junges Mädchen vielleicht, aber keines aus deiner gesellschaftlichen Schicht. Du weißt nichts von ihr, nehme ich mal an. Nicht, wo sie herkommt, wer ihre Eltern sind, nichts.«

»Das alles interessiert mich auch gar nicht. Mich interessiert nur, ob sie mich heiraten will!«

»Großer Gott«, Fritz stöhnte jetzt nur noch. »Dich hat es aber wirklich erwischt. Blattschuss, sozusagen, bin ich froh, dass mir so etwas nie passiert ist. Ich sehe den Skandal schon vor mir. Otto, ich flehe dich an, lass es bleiben! Verführe sie, amüsiere dich mit ihr, gib ihr Geld und dann schick sie weit weg. Aber keine Heirat, das ist einfach völlig unmöglich.«

»Meinst du wirklich?«, gab ich scheinbar nach, während ich innerlich frohlockend erkannte, dass Fritz den Köder geschluckt hatte.

»Ja, natürlich meine ich das«, nickte er eifrig, ohne zu bemerken, dass die Falle gerade hinter ihm zugeschnappt war.

»Schön, vielleicht hast du recht«, zauderte ich scheinbar, »vielleicht sollte ich erst einmal überprüfen, wie beständig meine Gefühle für sie sind.«

»Genau das«, Fritz legte mir die Hand auf den Arm. »Otto, du bist ein Mann, du weißt doch genau, nach was uns wirklich gelüstet! Doch nicht nach der Ehe, sondern nach den Freuden, die pralle Brüste und weiche Schenkel versprechen, zwischen denen man schon mal den Verstand verlieren darf.«

Ich spürte erneut den innigen Wunsch, jemandem meine Faust auf die Nase zu hauen, diesmal Fritz! Ich musste aber einsehen, dass das für mein Vorhaben ausgesprochen kontraproduktiv gewesen wäre. Ich nickte also, wie überlegend, langsam mit dem Kopf, machte einige Male »hmmm, na ja, hmmmm«, um dann auf den Kern der ganzen Komödie zu kommen.

»Schön und gut, aber das wird nicht gehen, nein, ich muss sie heiraten, da führt kein Weg daran vorbei!«

»Ja, aber wieso denn nur?« Fritz sah sich um seine schöne Überzeugungsarbeit betrogen und verstand wohl wirklich nicht, was mich nun schon wieder auf diese unsägliche Heiratsidee brachte.

»Na, kannst du mir vielleicht sagen, wie das anders gehen soll? Im Haus des Kohlenhändlers, der sie allzu gern für seine eigenen Zwecke gebrauchen würde? Unmöglich, und mit einem gelegentlichen Spaziergang im Schlosspark kann ich mich nicht zufriedengeben. Ich wohne nicht in Detmold, ich habe hier kein Haus, keine Arbeit, keine Freunde.«

»Moment«, Fritz verpasste seinen Einsatz zum Glück nicht um eine Sekunde. »Moment, du hast mich!«

»Sicher, aber wie kannst du mir helfen, wenn ich sie nicht heiraten soll? Eigentlich wollte ich dich bitten, mein Trauzeuge zu sein.«

»Nee, dein Trauzeuge werde ich nicht, aber helfen werde ich dir trotzdem. Ich verlange aber absolute Diskretion, in jeder Hinsicht. Ich habe schließlich auch einen Ruf zu verlieren und möchte nicht irgendwann als Kuppler gelten.«

»Was meinst du denn nur«, tat ich verständnislos, »ich verstehe nicht!«

»Nun, ich habe ein Haus, eine Frau, einen Haushalt und einen makellosen Ruf. Deine Traumfrau ist ein Dienstmädchen, aber auch im Alter meiner Tochter. Was liegt also näher, als dass ich sie zu ihrer Gesellschaft in meinem Hause einstelle? Eine Art Zofe oder so.«

»Du meinst? Fritz, das würdest du wirklich für mich tun? Ich bin gerührt, wirklich, aber meinst du, deine Frau ist damit einverstanden? Ich möchte dich nicht in Schwierigkeiten bringen.«

»Tust du schon nicht, und meine Frau lass meine Sorge sein, mir wird schon etwas einfallen. Du versprichst mir aber, auch dieses junge Mädchen nicht in Schwierigkeiten zu bringen, und auch von deinen Heiratsplänen vorläufig Abstand zu nehmen, einverstanden?«

Ich nickte zustimmend.

»Nun, dann werden wir das so machen. Ich werde sie dem Kohlenhändler mit einem besseren Lohnangebot abwerben und sie wird in mein Haus einziehen. Da könnt ihr euch zumindest hin und wieder sehen. Sicher-

lich lässt es sich dann auch mal einrichten, dass ich mit der Familie ins Theater gehe oder zu einem Ball. Während du dann, rein zufällig natürlich, gerade eintriffst, wenn wir das Haus verlassen haben.

Du verstehst?«

Oh ja, ich verstand genau und war mehr als nur zufrieden mit dem Verlauf dieses Abends.

Wir tranken noch unseren Cognac aus, reichten uns die Hand, klopften uns nach Männerart auf die Schulter und verabredeten für den nächsten Tag einen Besuch in seinem Haus.

Ich schämte mich! Ich schämte mich sogar fürchterlich. Es war nicht meine Art, einem Freund etwas vorzuspielen, ihn für meine Zwecke auszunutzen. Fritz war ein anständiger Mensch, der es nicht verdient hatte, dass seine Gutmütigkeit derart ausgenutzt wurde. Ich war ihm aber aufrichtig dankbar für seine Hilfe und hatte wirklich nicht vor, ihm Probleme zu bereiten. Trotzdem musste ich mir eingestehen, dass ich in den letzten Tagen wiederholt gegen meine eigenen Prinzipien von Anstand verstoßen hatte.

Jetzt galt es erst einmal, einen Weg zu finden, Luise von meinen Neuigkeiten zu berichten und den dicken Kohlenhändler darauf vorzubereiten, dass er auf ihre Dienste künftig zu verzichten hatte.

Es war schon wieder fast Morgen, als ich mein Hotel erreichte, und so langsam fehlte mir der Schlaf. Ich fiel auf mein Bett und schlief traumlos, bis ich durch Lärm und Unruhe geweckt wurde.

Verärgert zog ich meinen Schlafrock über und ging hinaus auf den Flur, um zu erkunden, wer in drei Teufels Namen solch einen Radau veranstaltete.

Überall standen Menschen zusammen und diskutierten aufgeregt. Ich sprach den mir am nächsten stehenden an und erfuhr, dass ein Brand in der größten Druckerei am Orte ausgebrochen war. Ich erschrak bis ins Mark, wusste ich doch, dass Fritz dort beschäftigt war. Beruhigte mich aber mit der frühen Stunde und der Tatsache, dass er wohl nach unserem gestrigen Abend kaum noch in sein Büro gegangen war, noch dazu an einem Sonntagmorgen.

An Schlaf war jetzt für mich nicht mehr zu denken und so kleidete ich mich an und begab mich in den Speiseraum zu einem ausgiebigen Frühstück. Ich verspürte geradezu einen Bärenhunger. Als ich mich darüber wunderte, fiel mir ein, dass ich seit fast 24 Stunden nichts mehr zu mir genommen hatte. Außer alkoholischen Getränken in großer Menge. Junge, sagte ich mir, was für ein unsolider Lebenswandel ist das denn? Das sollte nicht zur Gewohnheit werden.

Ich ließ mir also Eier mit Speck und frisches Brot schmecken und trank gleich drei Tassen Kaffee dazu. Danach fühlte ich mich bereit, allem entgegenzutreten, was mir der heutige Tag bringen mochte.

»Das war ja ein ganz ausgeschlafenes Kerlchen, hätte ich gar nicht von ihm gedacht.«

Mam macht eine Pause und legt das Tagebuch zur Seite. Ich schaue Granny an, die neben mir sitzt.

»Ich kenne Fritz sehr gut, er ist der einzige Mensch außer Hermine und Emilie, der etwas von unserer Verbindung wusste. Er hat es nie verurteilt, er ist ein durch und durch gütiger Mann. Er hat so viel für mich getan, ich bin ihm unendlich dankbar.«

»Hat er dabei nicht vielleicht auch mal Hintergedanken gehabt? Ich meine, wollte er vielleicht auch etwas von dir?«

»Wie kannst du nur so etwas denken? Natürlich nicht, er war schließlich Ottos bester Freund!«

»Könntet ihr bitte mit eurem Zwiegespräch aufhören, ich bin schließlich auch noch hier!«

Meine Mutter klingt jetzt ausgesprochen angefressen.

»Ich kann also diese angebliche Urgroßmutter weder sehen noch hören. Soll aber auf sie Rücksicht nehmen und ihr das Tagebuch ihres ermordeten Geliebten vorlesen? Geht's eigentlich noch? Kann mir jemand mal verraten, wer genau hier eigentlich verrückt ist?«

Sie hat sich in Rage geredet und sofort springt Teddy auf, ihr Hund. Er gräbt seine dicke Nase unter ihren Arm und wedelt wie besessen mit der Rute. Sie wendet sich ihm zu und beginnt ihn zu kraulen. Teddy darf alles, was sonst niemand darf. Sie beim Lesen stören, morgens in aller Herrgottsfrühe wecken, mit Dreckpfoten über die Teppiche laufen und vieles mehr. Teddy hat bei meiner Mutter Narrenfreiheit. Ihm gelingt es auch jetzt mühelos, sie wieder friedlich zu stimmen. Ich hätte dazu sicher länger gebraucht.

»Gut«, sie richtet sich entschlossen auf. »Nehmen wir einmal an, du und ich, wir haben unsere fünf Sinne noch beisammen. Trotzdem bilden wir uns ein, unsere gemeinsame Vorfahrin spuke durch die Gegend. Auf der Suche nach einem Mörder, von dem sie nicht einmal weiß, ob es ihn je gegeben hat. Hast du die leiseste Vorstellung davon, wie das klingt? Wenn ich das deinem Vater erzähle, lässt der uns beide einweisen.«

»Dann erzähl es ihm eben nicht. Männer können so etwas ohnehin nicht begreifen, oder vielleicht wollen sie es auch nicht. Egal, wir halten einfach den Mund und es bleibt unter uns dreien.«

»Ich weiß ganz genau, dass es einen Mörder gegeben hat. Deine Mutter ist eine äußerst misstrauische Person, die es auch am nötigen Respekt mir gegenüber fehlen lässt.«

Das gebe ich jetzt mal besser nicht weiter, wer weiß, was meiner Mam dann einfällt.

Ich werfe Granny daher nur einen strengen Blick zu, räuspere mich und sage: »Also, ich weiß genau, sie ist hier, ich kann sie schließlich sehen. Ich weiß auch, dass du im Moment an meinem Geisteszustand zweifelst, aber das kann ich nicht ändern. Ich bitte dich nur, mir ausnahmsweise einmal zu vertrauen. Vielleicht bringt uns doch dieses Tagebuch Klarheit.«

»Ja, glaubst du, da steht drin, dass er irgendwann sicherlich umgebracht wird und dass dann seine Geliebte nach 120 Jahren zu spuken anfängt?«

»Ach, Mam, das ist jetzt wirklich nicht fair. Granny spukt nicht. Sie versucht nur verzweifelt, den Mörder zu entlarven, weil ihr in ihrer Zeit keiner glauben will.«

»Ach was? Na, damit hat sie aber ganz schön lange gewartet. Was hat sie denn in all den Jahren gemacht, die seitdem vergangen sind?«

»Gute Frage, nächste Frage. Keinen Plan. Soll ich sie fragen?«

»Nur zu, ich bin gespannt, womit Geister sich die Zeit so vertreiben.«

Ich schaue Granny auffordernd an und sie nickt.

»Es lag nicht an mir! Ich wäre gern früher gekommen, aber bedauerlicherweise ging das nicht. Ich war ja im Gefängnis und so durcheinander, dass ich gar keinen klaren Gedanken fassen konnte. Außerdem wusste ich nicht, dass so viel Zeit vergangen ist – in eurer Zeit, in meiner sind es ja nur wenige Monate. Es musste vielleicht erst wieder ein Mädchen meiner Familie auf den Namen Luise getauft werden, bis ich kommen konnte. Ich habe es auch schon einige Male vorher versucht, aber leider warst du nie allein. Entweder es waren deine Kinder in deinem Bett, du warst nicht zu Hause, hattest eine Freundin zu Besuch oder einen Mann! Also, darüber wollte ich ohnehin noch einmal mit dir reden. Jetzt, wo deine Mutter anwesend ist, am besten. Es geht doch einfach nicht an, dass du unverheiratet mit …«

»Hör auf! Hör sofort auf, mich mit deinen antiquierten Moralvorstellungen zu nerven. Du hast überhaupt kein Recht, dich ständig in mein Leben einzumischen. Merk dir das! Und meine Mutter wirst du da schon gar nicht mit reinziehen. Die geht das nämlich genauso wenig etwas an, wer wann und wie oft in meinem Bett schläft. Verstanden?«

»Wie bitte?« Mam guckt mich ernsthaft besorgt an.

Ich habe natürlich laut geredet und dabei völlig vergessen, dass sie mich schließlich auch hören kann.

»Ja, ist doch wahr. Die mischt sich wirklich in alles ein. In meine Erziehung, mein Liebesleben und was weiß ich noch alles. Das geht mir so was von auf die Nerven, da passiert es mir schon mal, dass ich etwas deutlicher werde.«

»Du hast ein Liebesleben? Seit wann? Aber gut, sie hat also offensichtlich etwas gegen Männer in deinem Bett, ich nicht! Mir ist das egal. Schlaf, mit wem du willst, solange die Kinder das nicht mitbekommen.«

Jetzt fängt die auch noch an! Ich werde langsam, aber sicher richtig sauer. Zumal ein Liebesleben in der letzten Zeit ungefähr so häufig stattgefunden hat wie Schneefall in der Sahara.

»Hast du das je erlebt? Nein! Also, was soll jetzt diese Bemerkung. Das ist doch alles gequirlte Scheiße, verdammt noch mal. Ich bin 34 Jahre alt, kann ich nicht einmal tun, was ich gern möchte? Muss sich da ständig jemand berufen fühlen, es besser zu wissen?«

»Jetzt mach aber mal einen Punkt, ja! Wann habe ich mich jemals in dein Leben eingemischt? Wenn du mich fragst, kriegst du Antwort. Wenn die dir dann nicht passt, ist das dein Problem. Frag beim nächsten Mal eben nicht mehr.«

Prima, jetzt haben wir es geschafft. Familienkrach! Drei Frauen, das kann ja nicht gut gehen. Noch dazu, wenn eine aus 1895 dazukommt. Ich fahre einen Gang runter und sage: »Können wir uns jetzt alle mal wieder beruhigen, ja? Also, Granny hat erzählt, dass es mit dem Namen Luise und meinem freien Bett zu tun hat, dass sie erst jetzt gekommen ist. Gleichzeitig hat sie sich mal wieder moralisch empört, dass ich, unverheiratet, wie ich nun mal bin, trotzdem nicht wie eine Nonne lebe. Nicht immer jedenfalls und nicht grundsätzlich.«

»Liebes Kind, das habe ich gar nicht von dir verlangt. Aber in meiner Zeit ist es eben so, dass sich eine Frau keinem Mann hingibt, mit dem sie nicht verheiratet ist oder den sie nicht zumindest zu heiraten gedenkt.«

»Natürlich, Granny, natürlich. Und die Kinder brachte in eurer Zeit auch noch der Klapperstorch, oder wie?«

»Nein, das natürlich nicht, aber es gab eben Dinge, die für eine anständige Frau nicht zumutbar waren.«

Ich finde diese Art Unterhaltung äußerst anstrengend. Dieses moralische Getue! Sie waren alle völlig asexuelle Wesen, Geschlechtsverkehr gab es eigentlich gar nicht, und wenn doch, dann nur Quickies zum Kinderzeugen, er oben, sie unten. Ohne Anfassen, bitte schön, schnell und politisch korrekt. Das ist doch wirklich Blödsinn, schließlich hat sie mir von sich und Otto ja schon ganz andere Dinge erzählt. Ob sie das vergessen hat? Ich verzichte darauf, ihr das unter die Nase zu reiben,und bitte Mam darum, doch das Tagebuch weiterzulesen. Kann ja sein, dass wir etwas Brauchbares erfahren. Je schneller wir den Mörder finden, umso schneller habe ich wieder meine Ruhe.

AUS OTTOS TAGEBUCH

Zuerst ließ ich anspannen und fuhr zu Fritz' Haus. Auch wenn ich in Anbetracht der Situation davon ausgehen musste, ihn nicht anzutreffen. Ich wollte auch nicht taktoder rücksichtslos erscheinen, und saß daher nachdenklich und abwartend in der Kutsche, als ich ihn den Weg entlangkommen sah. Er wirkte sehr müde und ließ die Schultern hängen.

Ich sprang aus dem Wagen, lief auf ihn zu und umarmte ihn herzlich. »Ich habe gehört, was passiert ist«, setzte ich *ihn in Kenntnis, »ein furchtbares Unglück! Weiß man schon, wie es dazu kommen konnte und vor allen Dingen wie es jetzt weitergeht?«*

»Nein, es ist noch zu früh, man wird zuerst einmal die Untersuchungen abwarten müssen und dann weitere Beschlüsse fassen. Auf alle Fälle wird es lange dauern, bis wir die Folgen überhaupt absehen können.«

»Otto«, hob er dann an, »Otto, es tut mir leid, ich weiß, ich habe dir ein Versprechen gegeben, aber unter diesen Umständen, die ich wirklich nicht voraussehen konnte, muss ich dich bitten, mich davon zu entbinden!«

Ich schluckte schwer, musste aber natürlich zustimmen, um meinen Freund nicht in weitere Schwierigkeiten zu bringen. Ich beruhigte ihn daher und sicherte ihm zu, ihm auf keinen Fall etwas nachzutragen.

Wir verabschiedeten uns und versicherten unter gegenseitigem Schulterklopfen, uns nicht mehr aus den Augen zu verlieren und baldigst wiederzusehen.

Damit stieg ich niedergeschlagen erneut in die Kutsche und lenkte das Pferd in Richtung Lippischer Hof. Unterwegs überlegte ich es mir dann anders, bog in die Krumme Straße ein und hielt vor dem Haus des Kohlenhändlers. Ich wusste nicht, wie ich es anfangen sollte, Luise überhaupt zu sehen, geschweige denn, für einen Augenblick allein sprechen zu können.

Und selbst wenn, was sollte ich ihr sagen? Wie ihr Mut machen, wenn ich selber keinen hatte. Meine Euphorie vom Vorabend hatte sich buchstäblich in Luft aufgelöst.

Unsicher betätigte ich den feuerspeienden Drachen, der als Türklopfer diente, bereit, den Kohlenhändler notfalls unter Druck zu setzen. Sein Verhalten vom Silves-

terabend als Grund anzuführen, Luise aus diesem Haus zu holen. Nur wohin sollte ich mit ihr gehen? Ins Hotel konnte ich sie unter gar keinen Umständen mitnehmen, Fritz fiel aus, eine andere Möglichkeit sah ich nicht. Ich war noch mit dem Gedanken beschäftigt, sie notfalls einfach mit in mein Haus in Potsdam zu nehmen, da wurde die Tür geöffnet. Blancke sah erschreckend aus, schwere Tränensäcke unter den geröteten Augen, unvollständig bekleidet. Ein Bild des Jammers! Mir blieb bei seinem Anblick jedes Wort buchstäblich im Hals stecken und ich konnte nur fragend die Augenbrauen hochziehen. Er trat einen Schritt ins Freie und sagte: »Ich kann Sie nicht hineinbitten, sosehr ich es bedaure! Wir haben Diphtherie im Haus, mein jüngster Sohn ist heute Nacht verstorben. Verstehen Sie bitte!«

Ich stotterte etwas wie: »Tiefempfundenes Beileid, hatte ja keine Ahnung, natürlich und verzeihen Sie bitte meine Unhöflichkeit« oder Ähnliches, aber ich glaube, er hörte mich gar nicht.

Er drehte sich wortlos wieder um und ging zurück ins Haus. Die Tür fiel mit einem dumpfen Geräusch ins Schloss und da stand ich nun, absolut handlungsunfähig. Wollte ich mich nicht wie ein Schweinehund benehmen, und das wollte ich definitiv nicht, musste ich unverrichteter Dinge wieder gehen.

Meine Hoffnung war auf den absoluten Nullpunkt gesunken. Meine Luise in einem Diphtheriehaus, dieser Gefahr ausgesetzt und ich konnte nichts dagegen tun!

Ich wandte mich meiner Kutsche zu und wollte gerade einsteigen, als die Tür erneut geöffnet wurde und ein mir unbekannter Mann mit Arzttasche und dem typischen

Zylinder heraustrat. Er blinzelte im hellen Licht, holte tief Luft und wollte dann offensichtlich in Richtung Lange Straße davongehen.

Ich zögerte keine Sekunde und verstellte ihm den Weg.

»Guten Morgen, bitte entschuldigen Sie diesen Überfall, mein Name ist von Wolffgramm, ich bin mit der Familie Blancke bekannt und hörte gerade von der Tragödie. Das ist ja wirklich furchtbar, ganz furchtbar! Ich würde gern meine Hilfe anbieten, wenn Sie vielleicht eine Idee hätten, was ich tun könnte?«

»Guten Morgen«, antwortete er hörbar müde, »danke für das Angebot, das ist äußerst freundlich von Ihnen, aber für den Moment ist alles getan, was für das arme Kind getan werden konnte. Die trauernden Eltern brauchen jetzt erst einmal Ruhe. Gut, dass die anderen Kinder beizeiten in Sicherheit gebracht wurden, sonst hätte alles noch viel schlimmer werden können.«

»In Sicherheit?« Ich wagte kaum zu atmen! »Ja, das ist natürlich immer das Beste in solchen Situationen, ich hoffe, sie können eine Weile dort bleiben, wo sie sind?«

»Sie werden bleiben, bis jede Gefahr einer Ansteckung sicher gebannt ist, so lange wird Fräulein Priester das schon schaffen, auch wenn sie natürlich nicht mehr die Jüngste ist. Sie hat aber das Dienstmädchen der Familie als Unterstützung.«

»Ah, sie sind bei Fräulein Priester, das ist gut«, stimmte ich ihm zu, ohne die geringste Ahnung zu haben, wer das war. »Sind sie denn dort weit genug entfernt, um vor jeder Ansteckung gefeit zu sein?«

»Nun, mit der Diphtherie ist natürlich nicht zu spaßen. Solange hier keine weiteren Fälle auftreten, muss

man aber nicht von einer Epidemie ausgehen und dann sind sie in Hiddesen wohl sicher genug.«

Er nickte mir erschöpft zu und wünschte mir noch einmal einen guten Tag, bevor er sich mit langsamen Schritten entfernte.

Nun war ich, zumindest was Luises Sicherheit anging, beruhigt, aber ihr selber war ich damit noch keinen Schritt näher gekommen.

Für den Augenblick waren damit meine Pläne, sie aus dem Haus der Blanckes zu holen, hinfällig. Wenn ich ganz ehrlich bin, passte mir das ganz gut, schließlich musste ich schnellstens wieder nach Hause. War mir aber sicher, dass meine Anwesenheit dort nicht von langer Dauer sein würde.

Meine Mutter hört auf zu lesen und schaut erst mich an, dann das für sie leere Sofa.

»Also, wenn du, also, wenn ihr meine Meinung hören wollt: Dieser Otto war ein Weichei. Der hatte einfach keinen Arsch in der Hose.«

»Mam! Sie kann dich hören, also mäßige dich doch bitte!«

»Sie kann das ruhig hören! Ist doch wahr. Der schwafelt da was von großer Liebe und Sorge und was macht er? Er fährt zur Arbeit. Ich glaub's ja nicht.«

»Würdest du deiner Mutter bitte erklären, was ich auch dir schon versucht habe zu vermitteln? Es waren andere Zeiten, das könnt ihr nicht mit heute vergleichen. Zum Glück, kann ich nur sagen, und sie täte wirklich gut daran, nicht derart überheblich zu reden. Sie echauffiert sich über Dinge, von denen sie rein gar nichts versteht.

Das ist wirklich äußerst ungezogen.« Sie straffte energisch ihre Schultern.

»Mein Otto hat getan, was richtig war, alles andere hätte ihn und mich nur in Schwierigkeiten gebracht.«

»Jetzt ist sie aber echt angefressen, das hast du nun davon. Sie hält uns beide für unwissende Ignoranten, die sich über Zeiten mokieren, von denen sie keine Ahnung haben. Und anstatt diese Bildungslücken mal aufzufüllen, machen wir uns über sie und ihren Otto auch noch lustig.«

»Ignoranten? Kann die das buchstabieren? Aber, okay, so ganz unrecht hat sie natürlich nicht. Oder weißt du so genau, wie das Leben zu ihrer Zeit war, wie die Männer tickten?«

»Ich habe genau so viel Ahnung wie du, nämlich gar keine. Vielleicht sollten wir mal den Googlefisch geben?«

»Den was? Was ist denn ein Googlefisch, das habe ich ja noch nie gehört?« Diesmal ist es meine Mutter, die ich aufklären muss.

»Tja, du bist ja auch schon ne Schrumpelrose«, grinse ich. »Ein ›Googlefisch‹ ist jemand, der nichts mehr in Büchern nachschlägt, sondern nur noch das Internet bemüht, und bevor du fragst, eine ›Schrumpelrose‹ ist eine ältere Frau. Wobei ›älter‹ für Jugendliche ungefähr mit 20 beginnt«, zitiere ich aus einem Artikel, den ich vor Kurzem über die Jugendsprache recherchiert habe.

»Du warst auch schon mal komischer, echt! Und wieso eigentlich Internet? Wir haben doch angeblich eine Zeitzeugin live hier? Was Besseres kann uns doch gar nicht passieren, oder? Sie soll uns doch einfach an ihrer Weisheit teilhaben lassen und damit aus dem Sumpf der Unwissenheit befreien.«

Granny hat unserem Gespräch schweigend zugehört. Jetzt hebt sie den Kopf.

»Es gibt Dinge, die bleiben wohl zu allen Zeiten gleich. Dazu gehören Anstand, Moral und Ehrlichkeit, das gehört zu einem guten Charakter. Natürlich bleibt auch das Gefühl der Liebe gleich, wenn es wirkliche Liebe ist und nicht das, was ihr darunter zu verstehen scheint. Wenn jemand liebt, dann soll das für immer gelten. Was Gott zusammengefügt hat, das soll der Mensch nicht trennen. Ich habe Otto geliebt und er mich. Da könnt ihr über ihn schimpfen, ihn lächerlich machen und sogar beleidigen, mich ficht das nicht an.

Er hat nie etwas getan, mich willentlich zu kränken oder zu verletzen. Was immer er unternommen oder unterlassen hat, es hatte seinen Sinn und war gut und richtig. Dabei bleibe ich. Was ist eigentlich ein ›Weichei‹?«

»Mam, Granny versucht uns davon zu überzeugen, dass Otto ein Heiliger war. Den Rest ihrer Rede möchtest du gar nicht kennen. Ach, doch, sie möchte wissen, was ein ›Weichei‹ ist.«

»Ach so, ja, na gut. Dann verstehe ich allerdings umso weniger, warum es dieser Ehrenmann zugelassen hat, dass sie ein uneheliches Kind zur Welt gebracht hat? Warum hat er sie in diesen furchtbaren Wohnverhältnissen sitzen lassen, während er selber in seinem Prachthaus residierte? Da kommt mir doch der erste eingeweichte Kinderkeks wieder hoch, wenn ich so was höre.«

»Mein liebes Kind, auf die Worte deiner Mutter möchte ich antworten: ›Wer zu Grunde gehen soll, der wird zuvor stolz; und Hochmut kommt vor dem Fall.‹ Sie redet, ohne etwas zu verstehen und ist auch nicht bereit, zu lernen. Das ist sehr schade. Aber weder ihre Worte noch ihre Meinung können mich beirren.

Ich will trotzdem versuchen, euch beiden meine Gefühle und meine Zeit etwas näherzubringen.«

Davon übersetze ich jetzt besser mal nichts mehr. Reden ist Silber und Schweigen ist manchmal sinnvoller, oder so ähnlich jedenfalls.

LUISE

Ich hätte niemals gedacht, dass Eifersucht so schrecklich wehtut. Sie floss in dicken Tropfen ungehindert in mein liebendes Herz. Mir liefen die Tränen über das Gesicht, ich merkte es kaum. Dann wurde mir wieder übel und ich konnte es nur mit Mühe vermeiden, mich unter den Augen der vielen Spaziergänger zu erbrechen. Ich lief nach Hause, ohne mich zu erinnern, welchen Weg ich nahm oder wie lange ich brauchte, um anzukommen.

Ich setzte mich in die Küche an den Tisch und weinte, bis ich keine Tränen mehr hatte. Gegen 17 Uhr kam Hugo und brachte mir eine Nachricht von Otto. Ich war versucht, sie ungelesen ins Feuer zu werfen, aber die Neugier und die Hoffnung waren stärker als dieser Wunsch. Auf dem Zettel stand nur, er benötige dringend frische Eier, unbedingt noch heute. Ich glaube nicht, dass Hugo ahnte, was zwischen mir und seinem Dienst-

herrn war, er war ein Mann und in dieser Hinsicht eher etwas schlicht. Er sah nur, was unmittelbar unter seinen Augen geschah.

Hermine kam nach Hause und fragte mich, ob etwas vorgefallen sei, was ich zuerst verneinte. Als sie sich dann aber zu mir setzte und mich ansah, kamen mir wieder die Tränen und ich vertraute mich ihr an. Sie schüttelte den Kopf und verzog verächtlich den Mund. Da hätte ich gern meine Worte wieder zurückgenommen, aber ausgesprochene Worte sind wie vergossene Milch. Man kann sie nicht zurückholen.

»Kind«, sagte sie, »du weißt, dass ich schon lange meine Zweifel an der Aufrichtigkeit des Herrn von Wolffgramm habe. Er hält dich schon viel zu lange hin, erfindet immer wieder neue Ausreden. Du glaubst jedes seiner Worte, das macht es ihm ja auch sehr leicht. Nun hast du ihn aber gesehen, und nicht einmal du wirst so dumm sein, zu glauben, es habe sich bei der Frau um seine Tochter gehandelt. Soweit ich weiß, hat er nämlich keine Kinder. Also, wer soll es schon gewesen sein? Mit wem kann sich ein Mann in seiner Position in aller Öffentlichkeit, an einem Neujahrsmorgen, per Arm schon zeigen? Nur mit seiner Zukünftigen. Das weißt du selber sehr genau. Nimm meinen Rat an und zieh dich zurück, bevor er dich in Schande bringt, der feine Herr.«

Ich hätte mir am liebsten die Ohren zugehalten, ich wollte das nicht hören, aber die Eifersucht schwelte weiter in mir. Mein Otto und eine andere Frau. All seine Schwüre, die schönen Worte, unser Traum von einem gemeinsamen Leben, alles nur Lügen? Nein! Das konnte und das wollte ich nicht glauben. Und wenn es doch so sein sollte, dann musste er mir das ins Gesicht sagen. Ich wollte seine Augen dabei sehen.

Ich nahm wieder meinen Umhang, zog die dicken Stiefel an und machte mich auf den Weg zu seinem Haus. Hermines Warnungen schlug ich in den Wind. Es war schon längst dunkel, aber die Lange Straße einigermaßen erhellt durch die Gaslaternen. Es war wie immer mühsam, sich durch Schneeberge und Unrat zu kämpfen, und ich war erschöpft, als ich ankam. Die untere Etage seines Hauses war erleuchtet und ich betätigte den Türklopfer. Otto selber öffnete mir. Er wollte mich in die Arme schließen, aber ich wich zurück, schaute ihn nicht an.

»Minchen«, sage er zärtlich, »mein dummes, kleines, eifersüchtiges Minchen. Was hast du dir denn in deinem Kopf seit heute Morgen so alles zurechtgelegt?«

»Was soll ich mir schon zurechtgelegt haben? Was ich gesehen habe, habe ich gesehen. Da gibt es ja nichts zurechtzulegen. Das war sehr eindeutig.«

»Natürlich, und das, was dir Hermine dann eingeredet hat, noch eindeutiger, ja? Wo ist denn dein Vertrauen in uns geblieben?«

»Ich habe dir immer vertraut, aber …«

»Oho, reden wir jetzt schon in der Vergangenheit? Na ja! Gut, dann gib mir jetzt erst einmal deinen Umhang und zieh deine nassen Stiefel aus. Los, hör auf, dich wie ein bockiges Kind zu benehmen. Du holst dir den Tod in den nassen Sachen.«

Jetzt hatte er seinen »Ministerton«, den kannte ich schon und konnte ihm wenig entgegensetzen. Ich zog also die Stiefel aus und Otto gab mir ein paar dicke, warme Hausschuhe. Dann nahm er mich bei beiden Schultern und schob mich in den kleinen Salon. Wie erschrocken war ich, hier zwei weitere Personen vorzufinden. Einen Mann, etwa im gleichen Alter wie Otto, und ein junges Mädchen. Das gleiche Mädchen, das ich heute Morgen an Ottos Arm gesehen hatte. Der Tisch war gedeckt, Kerzen brannten, Wein funkelte in den Gläsern.

»So«, sagte Otto jetzt und nahm meine Hand, »dann darf ich vielleicht einmal bekannt machen. Das hier ist mein alter Freund Fritz Deppe und das ist Emilie.«

Ich will Granny den Arm um die Schulter legen, der fällt aber ins Leere. Ich vergesse immer, dass ich sie nicht berühren kann.

»Mach mal kurz Pause, ich muss das alles jetzt erst meiner Mutter erzählen, sonst weiß die ja gar nicht, was passiert ist.«

Granny nickt und löst sich, sozusagen unter meinen Augen in Luft auf.

»Mach den Mund zu, es zieht.« Mam guckt mich schon wieder einmal kopfschüttelnd an und will wissen, was los ist.

Ich erkläre ihr, dass Granny gerade einen bühnenreifen Abgang hingelegt hat und berichte dann, was ich die letzte Stunde erfahren habe.

»Wie jetzt? Warum hört sie denn gerade dann auf, wenn's spannend wird?«

»Weil ich sie unterbrochen habe? Weil ich dir das schließlich alles nacherzählen muss? Außerdem habe ich den Verdacht, dass sie immer dann verschwindet, wenn starke Emotionen ins Spiel kommen oder sie sehr angestrengt ist. Beides war ja gerade wieder der Fall.«

»Was hältst du denn davon? Spielt der feine Herr Minister Spielchen mit Minchen? Hört sich doch danach an, oder nicht?«

Ich bin mir zwar auch nicht sicher, schüttele dann aber den Kopf. »Nein, ich glaube nicht. Sie ist so überzeugt, dass er sie genauso sehr geliebt hat wie sie ihn. Ich weiß es natürlich auch nicht genau, aber es beeindruckt mich schon ganz schön, wie unerschütterlich sie zu ihm gehalten hat und es ja offensichtlich bis heute tut.«

»Na ja, eigentlich wollte sie uns ja was über den Zeitgeist ihrer Epoche erzählen und nicht schon wieder von Otto schwärmen. Da hat sie sich aber eindeutig im Thema verhauen.«

»Ja, das stimmt allerdings. Sobald sie anfängt, von ihrem Otto zu reden, vergisst sie alles andere.«

»Na, das ist ja heutzutage auch nicht anders, stimmt's? Wenn du verliebt bist, redest du auch nur über den auserwählten Typen.«

»Oder du über deinen Hund. Fällt dir ja auch nicht mehr auf.«

So, das musste jetzt aber mal gesagt werden. Meine Mutter kann nämlich drei Tage am Stück über ihren Teddy erzählen. Wenn ich sie höre, wundere ich mich immer, dass dieser Wunderhund noch nicht selber reden kann.

»Was meinst du? Sollen wir ein bisschen weiterlesen im Tagebuch, damit wir vorankommen, meine ich? Noch habe ich nämlich nicht die geringste Ahnung, wo ich nach dem Mörder suchen soll.«

»Okay, dann musst du aber morgen diesem merkwürdigen Wesen erzählen, was sie versäumt hat. Vorausgesetzt, sie begnügt sich mit einer Nacherzählung, ich habe da so meine Zweifel. Aber egal, dann lese ich es eben noch mal.«

AUS OTTOS TAGEBUCH

Ich hatte durch mein unverzeihliches Verhalten meiner Sache sehr geschadet und damit natürlich auch Luise. Das tat mir besonders weh. Ich konnte nur versuchen, es irgendwie wieder gutzumachen, aber Hermine erwies sich als äußerst hartnäckig.

Sie hatte Luise offensichtlich in ihr Herz geschlossen und mütterliche Gefühle für sie entwickelt. Vielleicht spielte auch eine gewisse Eifersucht mit, die Angst, Luise an mich zu verlieren und wieder allein zurückzubleiben. Ich weiß es nicht, konnte nur Vermutungen anstellen und mich selber rügen, so eine Dummheit begangen zu haben.

Dabei war doch eigentlich alles ganz wunderbar gewesen. Mein erster Besuch bei Fräulein Priester hätte nicht besser verlaufen können. Die gute Seele schien nicht gegen eine Verbindung zwischen Luise und mir zu sein. Es waren keinerlei Schwierigkeiten zu erwarten, im Gegenteil, unser Verhältnis war geradezu herzlich. Und nun hatte ich mir das mit diesem unbedachten Verhalten alles selber zerstört.

Wenn ich aber zurückdachte, an Luises Küsse, ihre leidenschaftliche Hingabe, das Gefühl, sie in den Armen zu halten, dann verfluchte ich eher die gesellschaftlichen Zwänge, die es uns unmöglich machten, mehr als nur Blicke zu wechseln. Und selbst das war jetzt sehr schwierig geworden, denn trotz aller Entschuldigungen und Versicherungen, das Fräulein blieb misstrauisch und ließ uns nicht aus den Augen.

Bei einem meiner jetzt recht häufigen Besuche in Detmold traf ich mich mit Fritz und erzählte ihm von meinem Dilemma. Er lachte und sagte: »Na, da hat deine Luise ja einen echten Drachen als Bewacher, daran beißt du dir bestimmt die Zähne aus. Willst du in der Zwischenzeit denn nun wie ein Mönch leben oder hast du Lust auf einen entspannten Abend in charmanter Gesellschaft?«

Ich hatte keine, ließ mich aber überreden, mitzugehen.

»Nur auf einen Cognac«, beschwichtigte ich mein Gewissen, wohl ahnend, dass es dabei nicht bleiben würde.

Es kam natürlich, wie es kommen musste. Das neue Etablissement gab sich gediegen. Die Einrichtung war geschmackvoll, wenn auch etwas überladen. Viele Lüster, dunkles Holz und schwere Brokatvorhänge vor den Fenstern. Es lag nicht weit vom Bahnhof entfernt und konnte mit einigen ansehnlichen »Damen« aufwarten, die sich sehr um mich bemühten. Na ja, vermutlich bemühten sie sich in erster Linie um meine Geldbörse, denn der Champagner floss schon bald reichlich.

Eine üppige Brünette, die sich Emma nannte, schaffte es schließlich, dass ich alle meine guten Vorsätze vergaß. Ich versank in ihren blauen Augen und an ihrem großen, weichen Busen.

Fritz lachte später über meinen moralischen Kater nur und wischte alles mit einer Handbewegung fort.

»Unsinn, Otto, Luise wird es nie erfahren und außerdem, was soll's? Du bist ein Mann und Männer brauchen das nun mal ab und an zur Entspannung. Das hat doch gar nichts weiter zu bedeuten.«

Es gelang mir mit der Zeit, es genauso zu sehen, und so trafen wir uns, wenn ich in Detmold weilte, immer »auf einen Cognac« in erwähntem Etablissement.

Erst wenn ich Luise wieder gegenüberstand, regte sich mein schlechtes Gewissen und ich schwor mir, nie mehr eine andere Frau auch nur anzusehen. Leider waren das alles Meineide, denn ich wurde immer wieder schwach. Daher war ich sehr froh darüber, dass Frauen so ganz anders waren als wir Männer. Sie fanden ihr Glück in ihrer Familie, ihrem Mann, ihren Kindern. Das Geschlechtliche spielte für sie keine große Rolle und da Luise ein hochanständiges Mädchen war, musste ich mir um sie keine Sorgen machen.

Dafür umso mehr um die Zukunft. Wie sollte es weitergehen? Hermine als Verbündete hatte ich durch eigenes Verschulden verloren. Und ich war sicher, sie würde auch in Zukunft mir gegenüber misstrauisch bleiben.

Noch war meine berufliche Zukunft nicht gesichert, der Platz als Kabinettsminister noch immer nicht frei. Ich konnte und wollte natürlich Fürst Woldemar nicht drängen, also blieb mir nur, ungeduldig abzuwarten.

Als das Weihnachtsfest vor der Tür stand, konnte ich daher von Glück sagen, eine eher höfliche als herzliche Einladung von Hermine zu erhalten, auf die ich zwar gehofft, aber die ich nicht erwartet hatte.

Umgehend machte ich mich auf die Suche nach passenden Weihnachtsgeschenken, die nicht zu aufdringlich, nicht zu bescheiden und vor allen Dingen nicht zu persönlich sein durften. Das war nicht ganz einfach und ich zog wieder einmal Fritz zu Rate. Der zuckte denn auch die Schultern und wusste nichts zu empfehlen, außer, einen weiteren Abend in der bekannten Damengesellschaft zu verbringen. Ich erzählte Emma, von der ich nicht wusste, ob sie wirklich so hieß oder ob sie sich nur so nannte, von meinem Problem, und sie brauchte kaum eine Minute zum Nachdenken, dann hatte sie die Lösung parat.

»Dem Fräulein schenkst' am besten eine Spieldose, daran hat sie Freude. Das ist nicht zu persönlich, aber doch schön. Und für Eure Angebetete finde ich einen Muff oder Kragen aus einem schönen Pelz, nicht zu kostbar, vielleicht Kaninchen, vortrefflich. Dazu etwas Schokolade oder Likör, da macht Ihr sicher nichts falsch.«

Ich war so erleichtert, dass ich auch ihr einen Wunsch freistellte und sie zierte sich nicht lange. Ein seidener Morgenmantel sollte es sein. Nicht gerade bescheiden, aber nun ja, es war Weihnachten. Sie hatte mir auch wirklich geholfen, in mehr als einer Hinsicht. Ich ließ also beim Abschied deutlich mehr als den üblichen Obolus zurück.

Beschwingt machte ich mich auf die Suche nach Muff und Spieldose und wurde wider Erwarten schnell fündig. Eine große Bonboniere und eine fein geschliffene Karaffe mit edlem Likör rundeten meine Geschenke ab. Ich war zufrieden und machte mich am nächsten Tag auf nach Hiddesen.

Luise sah bezaubernd aus und auch Hermine hatte sich weihnachtlich herausgeputzt. In der Mitte des Zimmers gab es eine schön geschmückte Tanne und der Tisch prunkte mit dem besten Geschirr und den prächtigsten

Gläsern. Ein köstlicher Duft nach Gewürzen zog durch das Haus, der Kamin knisterte, ich fühlte mich wunderbar und hatte Emma und das Etablissement vollkommen vergessen. Das ist wohl eine Gabe, die wir Männer zum Glück haben. Aus den Augen, aus dem Sinn.

Meine Geschenke wurden mit vielen »Achs« und »Ohs« bedacht und kamen bei beiden Damen gleichermaßen gut an. Luise dankte mir mit leuchtenden Augen und drückte unauffällig meine Hand. Ich erhielt schweinslederne Handschuhe von Hermine und eine wunderschön bestickte Krawatte von Luise. Das Weihnachtsessen verlief dann besinnlich und in allerbester Stimmung.

Dadurch ermutigt, erzählte ich von meiner Hoffnung, im kommenden Jahr meinen Dienst beim Fürsten antreten zu können, und dann sicherlich baldigst um die Hand der »schönen Frau an meiner Seite« bitten zu dürfen.

Hermine beeindruckte das nicht. Sie fragte sogar etwas spitz: »Und wenn das nicht so klappt, wie Sie sich das wünschen? Was dann? Soll Luise alle Chancen auf eine gute Partie versäumen und ihr Leben vergeuden mit dem Warten auf Sie? Das empfinde ich nicht als angemessen ihr gegenüber. Sie, mein lieber von Wolffgramm wissen doch genau so gut wie ich, dass nur eine offizielle Verlobung eine gewisse Sicherheit darstellt, oder etwa nicht?«

Ich erschrak bis ins Mark! So deutliche Worte hatte ich am heutigen Abend nicht erwartet. Leider wusste ich denen auch nichts entgegenzuhalten. Sie hatte recht mit dem, was sie sagte. Ich hatte zwar unbedingt vor, Luise zu ehelichen, nichts wollte ich sehnlicher, aber es lag nicht nur an mir. Ich musste erst mein neues Amt antreten, mich dort einarbeiten, alle Abläufe kennen und wo wei-

ter. Ja und dann musste natürlich Fürst Woldemar seine Zustimmung zu dieser Heirat geben. Das konnte alles noch eine Weile dauern und Luise war ja schon über 20, das übliche Alter für eine Eheschließung hatte sie damit bereits überschritten.

Ich versicherte aber erneut, dass wirklich nichts mich von meinem Vorhaben würde abbringen können. Ich gab dem Fräulein mein Wort als Ehrenmann, sofort nach meiner Ernennung zum Kabinettsminister umgehend um die Hand von Luise anzuhalten.

Diese strahlte denn auch, aber das Fräulein schaute weiterhin skeptisch.

Fritz hatte mich bei unserem letzten Treffen für Silvester in sein Haus eingeladen und ich ahnte natürlich, dass sich dort auch einige ledige, heiratswillige junge Damen mit ihren Eltern einfinden würden. Er war noch immer der Meinung, dass meine unerschütterliche Liebe zu Luise eine vorübergehende Verwirrtheit war, der man am besten mit guten Gelegenheiten begegnete.

Ich wäre tausendmal lieber mit Luise in das neue Jahr getanzt, aber da ich keine Einladung von Hermine erhalten hatte, Luise natürlich auch nicht mit in Fritz' Haus nehmen konnte, konnten wir nur getrennt voneinander auf 1889 anstoßen.

Der Abend verlief wie erwartet. Fritz hatte eine nette Frau, die unauffällig, aber mit großer Umsicht darauf achtete, dass sich alle ihre Gäste wohlfühlten. Die 17 Jahre alte Tochter war hübsch, lustig, gut erzogen, wenn auch ein bisschen naseweis. Der Mann, dem sie einmal anvertraut werden würde, konnte sich glücklich schätzen, würde aber auch zu tun haben, dieses kecke junge Ding zu bändigen.

Eine junge Dame, die ansehnlich war, aber eine sehr schrille Stimme besaß, gab sich große Mühe, mich zu unterhalten. Ich blieb höflich, aber einsilbig und war sicher kein angenehmer Gesellschafter. Ein Wunder, dass sie sich so lange um mich bemühte, und auch um Mitternacht nicht von meiner Seite wich. Wir begrüßten das neue Jahr mit Champagner und bald darauf verabschiedete ich mich von meinen Gastgebern und meiner enttäuschten Verehrerin mit der Entschuldigung, unter heftigen Kopfschmerzen zu leiden.

Ich wanderte wenig später durch die klare, sehr kalte Nacht zum Lippischen Hof, in dem ich immer, wenn ich in Detmold weilte, Quartier nahm. Meine Gedanken waren bei Luise und bei der bohrenden Frage, wie ich es anstellen sollte, sie so bald wie möglich zu meiner Gemahlin zu machen.

»Also, so ein Vollhorst. Ich habe es doch gewusst! Männer sind und waren zu allen Zeiten schwanzgesteuert.«

Ich bin rechtschaffen empört. Ich habe Mitgefühl mit Luise und ich bin sehr froh, dass sie diesen Teil des Tagebuches nicht mit angehört hat. »Da sitzt Luise ihre ganze Jugend brav zu Hause und wartet darauf, dass ihr Otto endlich aus dem Quark kommt, und was macht der? Hat nichts Besseres zu tun, als sich mit einer Prostituierten zu amüsieren. Der Gipfel an Dreistigkeit ist ja dann, dass dieser Sack sein Verhalten auch noch damit rechtfertigt, dass Frauen keinen Spaß am Sex haben. Auch wenn er es anders ausdrückt, gemeint hat er das ja wohl.«

»Reg dich wieder ab, Kind, sie hat's nicht gehört, also tut es ihr auch nicht weh. Außerdem glaube ich wirklich, dass er so gedacht hat. Männer waren zu seiner Zeit offenbar der Meinung, Frauen wären alle so eine Art Jungfrau Maria. Unbefleckte Empfängnis oder so. Die durfte man mit etwas so Unreinem wie Sex gar nicht belästigen. Ich weiß von meiner Großmutter, dass das Thema Sexualität, zumindest in ihrer Ehe, keine große Rolle gespielt hat. Wenigstens hat sie das so behauptet. Aber wer zwei Kinder hat, fünf Jahre verheiratet ist und den eigenen Mann nie nackt gesehen hat, kann wirklich kein sehr ausschweifendes Liebesleben geführt haben.«

»Eher nicht! Aber, woran lag das denn?«

»Woran wohl? An der Kirche natürlich. Dieser Verein war doch zu allen Zeiten darauf aus, die Männer so weit wie möglich von den Frauen fernzuhalten. Wer die körperlichen Freuden zu sehr genießt, wird vom Beten abgehalten. Und für diesen Männergesangsverein waren Frauen schließlich vom ersten Tage an hinterhältige Verführerinnen, die nichts anderes im Sinn hatten, als rechtschaffene Dreibeine vom Pfad der Tugend, sprich von Gott, abzulenken. Das fing mit dem Apfel an und hat bis heute nicht aufgehört. Frauenfeindlich, bigott und kleine Jungs missbrauchen. Na ja, kein Wunder, das elende Zölibat, da müssen die Kerle doch verrückt werden. So was ist einfach gegen die menschliche Natur. Und überhaupt, wenn doch angeblich Gott den Menschen geschaffen hat, warum dann mit Sexualtrieb? Da hätte er doch auch ein paar ohne den auf die Welt bringen lassen können, oder? Ja, sicher, ich weiß. Das hat er extra gemacht, damit man ihn unter Schmerzen und Gebeten überwinden kann.

Ha, ha, dass ich nicht lache. Die Kinder von Mönchen und Nonnen würden ganze Landstriche bevölkern oder Friedhöfe füllen. Alles nur verlogenes Getue!«

»Hallo? Könntest du jetzt mal wieder runterkommen?«

Über die Kirche als solche kann man mit meiner Mutter nicht diskutieren. Da gerät sie sofort in Rage. Sie ist dann sehr schnell bei Adam und Eva, den Kreuzzügen, der Hexenverbrennung und dem Missbrauchsskandal in Internaten und Schulen heutzutage. Kein Wunder, dass es für sie auch an der Kirche liegt, dass Otto regelmäßig zu einer »Dame« ging. Na ja!

Der Tag vergeht, ohne dass Granny wieder auftaucht. Es ist ein solches Mistwetter, dass wir uns nicht weit aus dem Haus trauen. Selbst Teddy weigert sich, mehr als 100 Meter zu laufen. Unsere alte Hündin geht ohnehin nie weiter, heute ist sie noch bemühter, ihre dringendsten Geschäfte ganz schnell zu erledigen. Kater Sunny liegt in seiner Schlafhöhle, von ihm ist nur ein Ohr zu sehen.

»Was machen wir denn jetzt?«

Es ist Abend geworden, Dad guckt Sportschau und Mam und ich sitzen wieder allein im Wohnzimmer. Das Tagebuch liegt geschlossen auf dem Tisch.

»Keine Ahnung. Wir müssen es aber zu Ende lesen, damit wir anfangen können zu recherchieren. Aber ohne Granny finde ich das auch schwierig, sie will kein Wort von Ottos Gedanken verpassen.«

»Na ja, bis auf die Passagen von seinen Besuchen im Nobelpuff vom Sündenbabel Detmold.«

»Nee, klar, davon sagen wir ihr nichts. Die musst du dann eben gekonnt beim Lesen überspringen.«

»Wovon sagt ihr mir nichts?«

»Oh, hallo Granny, da bist du ja wieder. Wovon wir dir nichts sagen wollen? Ach, das ist nicht weiter wichtig gewesen.«

»Ich mag ja aus dem vorletzten Jahrhundert stammen, aber ich möchte nicht, dass du mich wie ein Kind behandelst. Ich habe genau gehört, dass ihr mir etwas verschweigen wollt, was Otto geschrieben hat. Also, raus mit der Sprache, was ist es?«

Ich gucke meine Mutter an, die zuckt die Schultern und beginnt damit, noch einmal das besagte Kapitel laut vorzulesen. Ich halte die Luft an und richte mich auf tiefe Verzweiflung ein. Da habe ich mal wieder Mam unterschätzt, die liest zwar locker die Passage mit besagtem Etablissement, erfindet dann aber kurz entschlossen einen völlig neuen Text. In dem sitzt Otto an der Bar und unterhält sich angeregt mit einigen der Damen. Natürlich nur über seine Liebe zu Luise, während Fritz seinen männlichen Bedürfnissen huldigt.

Als sie fertig ist, schaue ich Granny an, die wie üblich steif und gerade auf dem Sofa sitzt.

»Ach so«, sagt sie, »ich verstehe. Na ja, das ist natürlich nicht schön, aber Otto hatte ja keine Wahl. Wenn Fritz nun mal da hingehen wollte, konnte er wohl kaum vor der Tür warten. Und ›wer frei von Schuld ist, der werfe den ersten Stein‹, steht es geschrieben.«

»Wie schön, dass du es so siehst. Wir hatten einfach Sorge, du könntest es als Verrat an eurer Liebe betrachten.«

»Was denkst du denn von mir? Nein, so kleingläubig bin ich nicht. Ich bin aber doch sehr froh, dass er diese

Besuche mir gegenüber nie erwähnt hat. Vielleicht hätte ich mir dann doch Sorgen gemacht. Man weiß ja, wie diese Frauen sind.«

»Ach ja? Weiß man das? Da konnte der beste Mann mal wieder nicht in Frieden seinen Cognac trinken, ohne sich der bösen Frauen erwehren zu müssen, oder wie ist das gemeint?«

Meine Güte, wie kann denn eine erwachsene Frau derart naiv sein? Hat die wirklich nie etwas geahnt, oder wollte sie ganz einfach nichts ahnen?

Wie auch immer, wir haben diese Klippe heile umschifft und können uns nun wieder dem Tagebuch widmen.

AUS OTTOS TAGEBUCH

Natürlich war mir bewusst, dass das Fräulein Priester und auch Luise zu Recht entschlossenes Handeln von mir erwarten durften, leider wusste ich nicht, womit ich anfangen sollte. Es war schon Mitte Januar, da wurde mir die erfreuliche Botschaft überbracht, dass ich umgehend am fürstlichen Hof in Detmold erwartet würde, da meine Ernennung zum Kabinettsminister nunmehr unmittelbar bevorstünde.

Welch eine Ehre! Kabinettsminister, höchster Beamter im Staate Lippe, nur Fürst Woldemar selber Rechenschaft schuldig. Unantastbar und frei in allen meinen

Entscheidungen. Wie stolz wären wohl meine Eltern auf ihren Sohn gewesen? Die waren aber schon lange tot und andere, nahe Verwandte hatte ich nicht.

Ich erledigte alles, was noch zu erledigen war, und veranlasste meinen Umzug in das schöne Detmold.

Die Zeremonie meiner Ernennung verlief ohne Zwischenfälle, der Fürst selber stellte mir die wichtigsten Mitarbeiter vor, wobei mir ein dünner Kerl mit spitzer Nase unangenehm auffiel. Er hatte etwas Verschlagenes und einen feuchten, laschen Händedruck. Ich spürte das Bedürfnis, sie mir, nachdem ich ihm die Hand gereicht hatte, an meinem Rock abzuwischen. Natürlich widerstand ich diesem Wunsch und wandte mich dem nächsten Mann zu. Auch einer der höheren Beamten, Regierungsrat Reichelt erschien mir merkwürdig verkrampft und er wich eindeutig meinem Blick aus. Gegen solche Menschen habe ich von jeher Argwohn gehegt. Nun ja, über derartige Befindlichkeiten musste ich mir keine Gedanken machen, ich hatte mit diesen Menschen ja nicht so viele Berührungspunkte.

Ich nutzte die erstbeste Gelegenheit zu einem Ausflug nach Hiddesen, um meine Neuigkeiten zu verkünden. Wie erschrocken war ich, als ich das Haus in Unordnung und die Damen in aufgelöster Stimmung antraf. Fräulein Priester erzählte mir, wie schäbig sie von ihrem Schwager behandelt worden war. Sie selber müsse nun in sein Haus ziehen, das wäre schlimm, aber viel schlimmer träfe es ja Luise, die nun überhaupt nicht wisse, wohin.

Da gab es ja nun kein Zaudern mehr, zumal mich der flehende Blick von Luise bis ins Herz traf. Ich forderte sie daher umgehend auf, zu mir ins sogenannte Kanz-

lerhaus auf der Langen Straße zu ziehen. In den nächsten Minuten musste ich mich aber von Fräulein Priester davon überzeugen lassen, dass das von mir zwar großmütig, aber unüberlegt war. Natürlich hätte das Gerede gegeben und dass wollten wir ja alle unbedingt vermeiden. Ich teilte den beiden Damen daher meinen Entschluss mit, umgehend ein geeignetes Haus käuflich zu erwerben. Auch dagegen hatte das kluge Fräulein Bedenken, willigte aber schließlich unter der Bedingung ein, dass es ein kleines Häuschen in einer der kleinen Gassen sein müsse, da, wo die ärmere Bevölkerung wohnte.

Mir war das ganz und gar nicht lieb. Ich kannte zwar nur die Meier Straße, weil die direkt von der Langen Straße abbog, konnte mir aber gut vorstellen, dass die anderen Straßen ähnlich heruntergekommen waren und von allerlei Gesindel bewohnt wurden. Mir wurde angst und bange bei dem Gedanken, meine Luise in einer solchen Umgebung wohnen zu lassen. Zu meiner Beruhigung wurde dann beschlossen, ihren Bruder Hugo vom Kohlenhändler wegzuholen und ihn – sozusagen als Aufpasser und Beschützer der beiden Frauen ebenfalls dort einziehen zu lassen. Tagsüber mochte er dann für mich arbeiten und dafür ein Gehalt beziehen. Über die Höhe musste niemand etwas erfahren.

Nun gut, sobald das geklärt war und die Damen wieder ein bisschen hoffnungsfroher in die Zukunft schauen konnten, verkündete ich meine großen Neuigkeiten. Luise freute sich wie ein Kind und gratulierte mir auf das Herzlichste.

Fräulein Priester schloss sich diesen Glückwünschen zwar an, aber ich merkte schon, dass sie mehr erwartete.

Wieder einmal musste ich erklären, dass ich jetzt, so ganz am Anfang in meiner neuen Stellung, noch nicht daran denken konnte, den Fürsten mit meinen privaten Belangen zu behelligen. Ich konnte nur hoffen, sie überzeugt zu haben.

Ich regelte in den nächsten Tagen den Hauskauf, ohne es mir überhaupt selber anzuschauen. Ließ mir von Fritz helfen, der mir einen alten Freund, einen Anwalt, empfahl, und schließlich gelang es auch, Hugo sozusagen abzuwerben. Wozu war ich ein wichtiger und mächtiger Mann in dieser Stadt? Luises Bruder war ein brauchbarer junger Mensch, der nicht allzu viel fragte, aber einen gesunden, wenn auch nicht eben kräftigen Eindruck machte. Er war bereit, mein Kutscher, Knecht und Kammerdiener in einem zu werden. In verschwörerischem Ton unterbreitete ich ihm meinen Plan, dem Fräulein Priester und Luise zu helfen, ohne dabei meine persönliche Beziehung zu seiner Schwester zu erwähnen. Ich erzählte nur knapp von der Hinterhältigkeit, mit der Kohlenhändler Blancke seine eigene Schwägerin behandelt hatte, und Hugo stimmte dem Handel sofort zu. Von diesem Moment an betete er mich förmlich an, so wie ein Hund seinen Herrn. Er tat alles, um was ich ihn bat, und war mir immer eine zuverlässige und vertrauenswürdige Stütze. Ich fragte mich manchmal, wie er wohl die Nachricht aufnehmen würde, in Kürze mein Schwager zu sein. Ich gebe unumwunden zu, dass auch mir dieser Gedanke Unwohlsein bereitete. Luise zu heiraten, war das eine, aber ihren Bruder dann als nahen Verwandten betrachten zu müssen, schien mir doch etwas anderes zu sein. Ich schalt mich aber einen eingebildeten, dünkelhaften Kerl und schob den Gedanken beiseite.

Ich war mit mir zufrieden, in jeder Hinsicht. Ich war endlich in Detmold angekommen, hatte helfen können, und damit war ich wohl ein gutes Stück auf dem richtigen Weg.

Die nächste Zeit verging relativ ereignislos. Ich musste mich in meine neue Verantwortung einarbeiten, lernte viele Menschen kennen, Zusammenhänge und anstehende Probleme verlangten nach Lösungen. Unerfreulicherweise brachte das auch mit sich, dass ich Luise überhaupt nicht mehr zu sehen bekam. Ich konnte natürlich nicht so einfach in die Bruchmauer Straße gehen, zu groß war die Gefahr, dort aufzufallen. Natürlich war ich in Detmold noch nicht wirklich bekannt, aber allein durch meine Kleidung hätte ich sicherlich wie ein Fremdkörper gewirkt. Ich sorgte aber dafür, dass sie, ihr Bruder und Hermine keine Not leiden mussten, und dabei war mir Hugo erneut eine unentbehrliche Hilfe.

Wie erstaunt war ich, als ich eines Tages spät nach Hause kam und Luise vor meiner Tür vorfand. Ich zog sie schnell mit mir in mein Haus und sorgte dafür, dass sie etwas zu sich nahm, zeigte ihr voller Stolz mein neues Domizil und wir tranken ein paar Gläser Wein zusammen. Vielleicht lag es daran, dass sie mir keinerlei Widerstand leistete, als ich sie später in mein Schlafzimmer führte? Ich zögerte selber, aber letztendlich konnte ich der Versuchung nicht widerstehen. Ich liebte sie und meine Sehnsucht nach ihr war grenzenlos. Ich schob also alle Bedenken beiseite und dann ergab sich alles von allein. Luise war voller Vertrauen in mich und gab sich mir ohne Bedenken und ohne Zögern hin. Selbstverständlich war sie Jungfrau, daran hatte ich überhaupt keine

Zweifel gehabt, ich war nur verwundert, dass ihr unser Zusammensein so offensichtlich gar nicht peinlich oder unangenehm war. Natürlich zeigte sie nicht die Freizügigkeit, wie ich sie von Emma gewohnt war, aber auch nicht die Zurückhaltung meiner verstorbenen Gattin. Sie schmiegte sich an mich und küsste mit einer Leidenschaft, die mich verblüffte, aber auch ein bisschen irritierte. War ich doch der felsenfesten Überzeugung, dass anständige Frauen an derartigen Dingen keine besondere Freude hatten. Ich wusste dann auch nichts zu sagen und schlief ziemlich rasch ein. Trotzdem war es ein wundervolles Erlebnis, das ich nicht einen Moment lang bereute, im Gegenteil, es bestärkte mich in meiner Überzeugung, in ihr die richtige Frau gefunden zu haben.

Leider musste sie sehr früh am Morgen wieder das Haus verlassen, um von niemandem gesehen zu werden.

Nachdenklich ging ich an diesem Tag meinen Geschäften nach, in Gedanken noch bei der vergangenen Nacht.

Ich schrak daher heftig zusammen, als plötzlich Regierungsrat Reichelt vor meinem Schreibtisch stand. Ich hatte ihn weder klopfen hören noch hatte er einen Termin bei mir.

Ich schaute ihn unmutig an und fragte nach seinem Begehr. Er gab einige Belanglosigkeiten von sich, fragte, ob ich mich denn gut eingelebt hätte, und biederte sich mir auf alle erdenklichen Arten an. Mir war dieser Mensch nicht nur suspekt, er war mir unangenehm und ich traute ihm nicht. Ich hatte aber keine konkreten Gründe, also verwies ich auf meinen übervollen Schreibtisch und verabschiedete ihn schnellstens wieder. Als ich später einmal meine Räume verließ, sah ich ihn ausgerechnet mit dem dürren Kanzleisekretär zusammenstehen. Als ich näher kam, verstummten beide abrupt und starrten mich an. Ich hatte tatsächlich das Gefühl, als würden sich ihre Blicke in meinen Rücken bohren. Ich schalt mich selber albern und vergaß den Vorfall alsbald.

Daher war ich sehr überrascht, als mich schon am nächsten Tag Fürst Woldemar zu einer Unterredung zu sich bestellte.

Nach einigen freundlichen Floskeln wurde er sehr ernst und fragte mich nach meiner familiären Situation. Ich erklärte ihm, dass ich Witwer sei und allein leben würde. Der Regent nickte mit dem Kopf und sagte dann langsam und bedächtig: »Sie sind noch sehr neu in unserer Stadt und kennen die Leute nicht. Ein Mann in ihrer Position, der allein, also ohne Familie lebt, macht die Menschen neugierig und regt zu Vermutungen und Spekulationen an.«

Ich erschrak und dachte an meine Besuche in besagtem Etablissement, aber offensichtlich wollte mein Fürst auf etwas anderes hinaus. Er fragte nämlich ganz konkret, ob es zutreffend sei, dass ich für zwei Frauen und einen Mann ein Haus in der Bruchmauer Straße gekauft hätte. Ich war völlig konsterniert und konnte kaum glauben, was ich hörte. Ich bat seine Durchlaucht, mir zu sagen, woher er diese Information habe, aber er antwortete mir nicht. Also beeilte ich mich, zu erklären, dass ich zwar ein Haus gekauft hätte, es sich bei den beiden Damen aber um Mieterinnen handeln würde, und außerdem der junge Mann der Bruder einer Bewohnerin sei.

Fürst Woldemar schien erleichtert und entließ mich mit dem Hinweis darauf, dass ein Mann in meiner Position immer mit Anfeindungen rechnen und ich mich mög-

lichst entsprechend unangreifbar verhalten müsse. Am besten sei, ich würde mir alsbald eine Frau suchen und eine Familie gründen.

Ich bedankte mich, verbeugte mich ehrerbietig und verließ das Schloss, ohne noch einmal in meine Räume zurückzukehren.

Tief in Gedanken machte ich mich auf den Heimweg. Wer hatte dem Fürsten den Kauf des Hauses zugetragen? Wer steckte hinter diesen Informationen und was bezweckte derjenige damit? Mir fielen der seltsame Besuch von Regierungsrat Reichelt ein und der unangenehme Kanzleisekretär, dessen Namen ich nicht einmal in Erinnerung behalten hatte. Sollten die beiden Männer dahinterstecken und wenn ja, was bezweckten sie damit?

Am nächsten Morgen zog ich vorsichtig Erkundigungen ein und erfuhr, dass Regierungsrat Reichelt wohl einen Verwandten für das Amt des Kabinettsministers vorgeschlagen hatte. Der unangenehme Sekretär hieß Werner Köhler und war ein Cousin seiner Gattin. Gut, das erklärte mir natürlich, dass die beiden nicht meine erklärten Freunde waren, aber warum sie Intrigen gegen mich schmieden sollten, verstand ich nicht. Es war doch nicht so ungewöhnlich, dass jemand in ein Amt berufen wurde, während man selber jemand anders dort lieber gesehen hätte. Nun, ich würde die zwei im Auge behalten und mir ihnen gegenüber auf keinen Fall eine Schwäche erlauben.

Am Abend traf ich mich wieder einmal mit Fritz, allerdings in meinem Haus, ich fürchtete nämlich, beobachtet zu werden. Ich erzählte meinem Freund von meinen Recherchen, meinem Gespräch mit dem Fürsten und später, nachdem wir bereits mehr als eine Flasche Wein *geleert hatten, von meinem Treffen mit Luise. Fritz zog scharf die Luft ein und sagte: »Na, das war doch schon überfällig, mein Freund. Nun hast du sie also endgültig erobert, aber was nun? Du weißt genau, dass du sie nicht heiraten kannst.«*

»Nein, das weiß ich nicht, zum Teufel! Ich werde mit dem Fürsten sprechen und ich bin davon überzeugt, er wird mich verstehen und mir seine Einwilligung nicht verweigern.«

»Sicher! Und die Erde ist und bleibt eine Scheibe. Du träumst, mein Bester, wach mal wieder auf. Dein Fürst kann dir diese Einwilligung gar nicht geben, jedenfalls nicht als Souverän. Er würde damit ein Exempel statuieren und das kann und wird er nicht tun.«

»Warten wir es ab. Du wirst es erleben.«

Ich gab mich sicherer, als ich im Inneren war, denn natürlich wusste ich, dass unser Regent nicht nur an meine persönlichen Wünsche zu denken hatte, sondern in größeren Dimensionen. Und Ausnahmen zogen nun einmal unweigerlich ihre Kreise, schlimmstenfalls bis zu Seiner Majestät, dem Kaiser. Nein, Fürst Woldemar hatte eigentlich keine Möglichkeit, mir seinen Segen zu dieser Heirat zu geben. Und selbst wenn ich darauf verzichten würde, alle Ämter und Würden niederlegte, es fiele doch auf meinen Fürsten zurück, denn er hatte mich für dieses hohe Amt vorgeschlagen. Konnte ich ihm das antun? Seine Güte so vergelten? Aber, konnte ich es meiner Luise antun? Ihre Liebe so enttäuschen? Ich wusste mir keinen Rat mehr, sprach aber zu keinem Menschen davon.

Die Wochen und Monate vergingen. Luise kam manche Woche jeden Abend zu mir und wir verbrachten viel

Zeit damit, uns unsere gemeinsame Zukunft auszumalen. So, wie das wohl viele verliebte Paare tun. Ich erzählte ihr ein bisschen aus meiner Arbeitswelt, aber nie etwas von Schwierigkeiten oder Problemen. Und die hatte ich durchaus, aber ich wollte sie nicht beunruhigen. Mittlerweile gab es noch zwei weitere Personen in meinem Amt, die mir offensichtlich nicht wohlgesonnen waren. Ich spürte es an der Art, wie sie Befehle entgegennahmen und ausführten. Zum Glück standen aber die meisten Mitarbeiter auf meiner Seite und so machte ich mir nicht allzu viele Sorgen.

Es ging schon wieder gegen Weihnachten, das ich dieses Jahr mit Fritz und seiner Familie verbringen würde, als der Fürst mich erneut zu einer privaten Unterredung kommen ließ.

Diesmal kam er direkt zur Sache, einer äußerst unangenehmen.

Es sei ihm zugetragen worden, dass des Abends eine unbekannte männliche Person in mein Haus gekommen wäre, und dieses erst am frühen Morgen wieder verlassen habe.

Ich stotterte förmlich, weil mir nichts einfiel, was ich darauf hätte sagen sollen. Ich wurde also beobachtet! Von wem, darüber musste ich ja wohl nicht lange grübeln, aber, wie viel wussten sie? Kannten sie Hugo? Zogen sie ihre Schlüsse aus dem Kauf des Hauses in der Bruchmauer Straße? Ich schwieg erst einmal betroffen und Fürst Woldemar sagte: »Mein Freund, Sie wissen doch so gut wie ich, wozu Neider in der Lage sind. Sie scheuen sich nicht davor, wie die Schweine in jedem Dreck zu wühlen. Sie sind ein Mann in den besten Jahren, dem eine Frau fehlt.

Ich habe durchaus Verständnis dafür, wenn Sie ab und an eine Dame in ihrem Haus empfangen, aber einen Mann, der wie ein Dieb im Dunkeln zu Ihnen schleicht?« Ich begriff zuerst nicht, was mein Fürst damit andeuten wollte, dann lief es mir heiß und kalt über den Rücken. Konnte es sein, dass …? Ich spürte, wie mir das Blut in die Wangen stieg und mein Atem stockte vor Abscheu. »Euer Durchlaucht, mein Fürst, es gibt nichts, wessen ich mich schämen müsste, nichts, was das Licht der Sonne fürchten müsste. Ich versichere Euch, es handelt sich um bösartige Verleumdung. Der Mann, den man gesehen haben mag, war sicherlich mein Diener Hugo und der schleicht nicht nächtens in mein Haus, um es erst am Morgen wieder zu verlassen. Das ist einfach impertinent.«

»Aber, mein Lieber, nun echauffieren Sie sich nicht so sehr darüber. Ich kann Ihnen versichern, dass ich kein Wort von diesem Schmutz geglaubt habe. Selbstverständlich nicht, Sie sind über jeden Zweifel erhaben, aber Gerüchte sind wie ein Lauffeuer. Jeder muss sie beizeiten austreten, bevor sie alles vernichten. Ich denke, wir haben uns verstanden! Ich möchte Ihnen einfach einen guten Rat mit auf den Weg geben: Heiraten Sie! Heiraten Sie eine Frau von untadeligem Ruf und verhalten Sie sich eine Weile unauffällig. Dann wird dem Gerede die Grundlage entzogen, bevor aus diesem Feuerchen tatsächlich ein Brand entsteht.

Und nun wünsche ich Ihnen ein frohes Weihnachtsfest.«

Damit war ich entlassen. Noch war mein Regent freundlich und wohlwollend gewesen, aber es war abzusehen, dass er das nicht mehr lange bleiben würde. Ich ließ mir das Gespräch noch einige Male durch den Kopf gehen und kam zu dem Schluss, dass der Spion niemanden gesehen hatte und seine Anwürfe schlicht erfunden waren. Nur, warum? Merkwürdig, sehr merkwürdig.

Luise kam am Tag vor dem Heiligen Abend. Ich hatte von meiner Köchin alles auf das Beste herrichten lassen. Ein Feuer brannte, der Wein schimmerte in seiner Karaffe, ein Festmahl war vorbereitet und meine Geschenke lagen ebenfalls parat.

Ich stand am Fenster und beobachtete die Straße, sah aber niemanden. Das musste nichts heißen, denn ein Spion hätte sich sehr wohl in einem Hauseingang oder hinter einem Baum verstecken können.

Luise kam langsam die Straße herunter. Sie hielt etwas in den Händen, vermutlich ein Geschenk für mich.

Ich lief zur Haustür und öffnete diese schon, bevor noch der Klopfer erklang. Schnell zog ich sie ins Innere und schloss die Tür hinter ihr wieder. Luises fragenden Blick beantwortete ich nur mit »Kalt, brrrr.«

Wir aßen und tranken, genossen den Wein, packten unsere gegenseitigen Geschenke aus und es gelang uns, keinen einzigen Wermutstropfen in diesen schönen Abend fallen zu lassen. Ich verschwieg ihr meine Sorgen und sie mir die ihren. Ich konnte mir ein Leben ohne sie immer weniger vorstellen. Natürlich trug dazu auch unser Tun im Schlafzimmer bei, denn Luise entwickelte sich zu einer Geliebten, wie man sie sich nur wünschen konnte. Sie schützte nie Unwohlsein vor, wie das meine Gattin sehr häufig getan hatte, sie war jederzeit hingebungsvoll bemüht, mir Vergnügen zu bereiten. Und nicht nur das, sie selber genoss ebenfalls in den höchsten Zügen unsere Vereinigung.

Die Zeit zwischen den Jahren hatte ich keine Gelegenheit, Luise zu sehen, ich hatte reichlich zu tun und kam oftmals sehr spät heim.

An einem Abend traf ich mich wieder einmal mit Fritz in »unserem Etablissement« und erzählte ihm von meiner Unterredung mit seiner Durchlaucht. Er war erschrocken und bat mich inständig, keine unüberlegten Schritte zu tun.

»Du weißt, du hast nicht nur Freunde im Schloss, Otto. Da gibt es genug, die dir deinen Posten neiden und die über deinen Sturz sehr erfreut wären. Eine Peinlichkeit, ein Skandal! Darauf muss Fürst Woldemar doch einfach reagieren, egal, wie sympathisch du ihm persönlich vielleicht auch sein magst.«

»Ich weiß das doch alles, Fritz, ich habe ja auch gar nichts gesagt. Offensichtlich haben diese Menschen, die mir nachspionieren, nicht gesehen, wie Luise in mein Haus gekommen ist. Zum Glück, denn sonst säße ich jetzt schon ganz schön in der Patsche.«

»Ja, aber es wird nicht ewig dauern, dann bekommen sie es heraus und was dann?«

»Ich weiß es nicht«, antwortete ich resigniert.

Silvester verbrachte ich im Schloss. Das Regentenpaar hatte zu einem Ball geladen, zu dem auch Fritz mit Familie gebeten worden war.

Wir standen gerade am Rande der Tanzfläche zusammen und unterhielten uns, da wurden wir von Emilie gestört, dem entzückenden Töchterchen von Fritz. Sie glühte vor lauter Aufregung, schnappte meinen Arm und zog mich auf die Tanzfläche. Hier eröffnete sie mir, dass sie über meine Romanze informiert sei und viele gute Ideen habe, mir und Luise zu helfen.

Ich erschrak zutiefst. Wie konnte Fritz mir das antun? Er wusste doch, wie heikel meine Situation war. Emilie schien mir mein Entsetzen anzusehen, denn sie lachte hellauf und sagte: »Nur keine Sorge, bei mir ist ein Geheimnis gut aufgehoben, während Papa vor mir absolut nichts geheim halten kann.«

Nach dem Tanz führte ich sie zurück zu diesem geschwätzigen Herrn Papa, der denn auch recht schuldbewusst aussah. Mir wurde aber noch einmal versichert, dass ich mich wirklich nicht sorgen müsse, niemand würde etwas erfahren.

Wir verabredeten uns für den späten Neujahrsmorgen zu einem Spaziergang. Da sollte ich dann nähere Einzelheiten zu Emilies Plänen erhalten.

LUISE

Ihr könnt mir glauben, ich stand da und wusste nicht, ob ich bleiben oder lieber fortlaufen sollte. Zum Glück sprach Otto schnell weiter.

»Das ist Emilie, seine Tochter. Mit ihr bin ich heute Morgen spazieren gegangen und wir haben uns überlegt, welche Möglichkeiten es für dich und mich geben könnte.«

Ich hatte noch immer keinen Ton hervorgebracht, als Fritz auf mich zukam, um mich zu begrüßen.

»Ich habe schon sehr viel von Ihnen gehört. Otto kommt ja immer sofort ins Schwärmen, wenn er Ihren Namen ausspricht, und meine Tochter ist ganz wild auf romantische Liebesgeschichten. Nehmen Sie es bitte nicht übel, es ist keine Neugierde, wir möchten Ihnen wirklich helfen.«

Auch Emilie begrüßte mich herzlich, sie war kein bisschen verlegen, für sie schien das ein besonderes Abenteuer zu sein.

Ich hörte, was sie sagten, aber ich glaubte es nicht wirklich. Wenn das doch alles ganz harmlos war, warum hatte Otto dann so getan, als wäre ich nur eine flüchtige Bekannte? Warum war er nicht stehen geblieben, hatte Emilie und mich miteinander bekannt gemacht? Otto beobachtete mich genau und lächelte leicht. Er konnte in meinem Gesicht lesen wie in einem offenen Buch.

»Ach, Minchen, stell dir das doch vor. Unter den Augen all dieser Leute hätte ich dich küssen und herzen mögen, aber vielleicht hätte ich dann den Plan, den wir noch nicht einmal haben, zum Scheitern verurteilt. Nein, ich wollte keinerlei Aufsehen erregen. Darum, und bitte glaube mir das, nur darum bin ich an dir vorbeigegangen. Es tut mir von Herzen leid, wenn ich dir damit wehgetan haben sollte. Das ist wirklich das Letzte, was ich wollte. Bist du mir wieder gut? Verzeihst du mir?«

Wie hätte ich ihm nicht verzeihen können? Ich sog jedes seiner Worte auf und mein Herz hüpfte wieder vor Glück.

Wir verbrachten einen sehr schönen Abend. Die Dep-

pes fragten mich viele Dinge. Nach meinen Eltern, den Geschwistern, woher ich meine gepflegte Sprache hatte, wer genau Hermine war und viele Dinge mehr. Ich gab Auskunft, so gut ich es vermochte, und entspannte mich ein bisschen. Nur Hunger hatte ich keinen, ich traute meinem Magen noch nicht. Von meinem Unwohlsein am Morgen war aber nichts mehr zu spüren.

Ich trank etwas Wein und auf Ottos Drängen hin aß ich ein paar Bissen eines köstlichen Kompotts. Er schaute mich besorgt an und fragte, ob ich vielleicht krank würde. Ich beruhigte ihn und lächelte ihm zu.

Als sich die Gäste verabschiedet hatten, waren wir mit einem Plan nicht wirklich weitergekommen. Emilie sprudelte vor lauter Ideen schier über, aber die waren allesamt nicht durchführbar. Sie schien eine Menge Abenteuergeschichten gelesen zu haben, in denen Prinzen ihre Auserwählte entführten. Otto war aber kein Prinz und ich keine verzauberte Prinzessin. Fritz war sachlicher, hatte auch eindringlich darauf hingewiesen, dass Otto sich die Gunst des Fürsten nicht verscherzen dürfe. Er war fest davon überzeugt, dass sich mit der Zeit alles regeln würde.

Als wir später im Bett lagen und uns im Arm hielten, erzählte ich Otto, wie schlimm es für mich gewesen war, ihn mit einer anderen Frau am Arm zu sehen. Er tröstete mich liebevoll, aber ich glaube, so ganz konnte er meinen Schmerz nicht nachvollziehen.

Er sprach von seinen Problemen, seiner Sorge, den Fürsten zu verärgern, würde er allzu sehr auf dieser Einwilligung bestehen. Besonders ein anderer Beamter hätte sich bestimmt sehr abfällig über Otto und seinen Wunsch geäußert. Regierungsrat Reichelt stammte aus einer sehr angesehenen Detmolder Familie und wäre sicherlich niemals in eine solche Lage geraten. Er war von Anfang an gegen Ottos Ernennung zum Kabinettsminister gewesen. Er hätte gern einen guten Freund von sich in diesem hohen Amt gesehen. Auch ein Sekretär war Otto gegenüber nicht loyal. Otto vermutete, dass er ihn ausspionieren sollte, um eventuelle Fehler oder Versäumnisse umgehend dem Fürsten zuzutragen.

Ja, und der Fürst selber? Der stand noch hinter ihm, aber seinen Wunsch nach einer nicht-standesgemäßen Eheschließung billigte er nicht. Er konnte sie ihm nicht wirklich verbieten, aber gegen den ausdrücklichen Wunsch des Fürsten konnte Otto nicht verstoßen. Das zu verstehen, fiel mir auch nicht schwer.

Als ich am nächsten Morgen in unser Haus in der Bruchmauer Straße zurückkehrte, war noch niemand aufgestanden. Ich fachte das Feuer an und setzte einen Kessel mit Wasser auf den Herd. Als ich die Teller auf den Tisch stellen wollte, überkam mich wieder diese plötzliche Übelkeit. Ich schaffte es gerade noch nach draußen, als ich mich erneut übergeben musste. »Glaubst du immer noch an einen verdorbenen Magen?«

Hermine war unbemerkt die Treppen heruntergekommen und stand im Türrahmen. Ich schaute sie verständnislos an und wollte gerade nachfragen, was sie damit meinte, da erkannte ich die Wahrheit. Ich weiß nicht, wieso mir dieser Verdacht nicht längst gekommen war, schließlich war ich schon seit geraumer Zeit nicht mehr unwohl gewesen. Ich hatte wohl einfach nicht darüber nachgedacht und Otto hatte ja auch immer aufgepasst.

Nun musste ich wohl oder übel der Tatsache ins Gesicht sehen: Ich war guter Hoffnung!

Hermine schüttelte resigniert den Kopf, drehte sich um und ging mir voran in die Küche.

»Du bekommst ein Kind, das steht wohl fest. Weiß dein Otto es schon?«

»Nein, ich wusste es ja bis gerade eben selber nicht. Was mache ich denn nur, wie soll das gehen? Wir haben gerade noch darüber gesprochen, dass Otto unmöglich den Fürsten verärgern kann, und wenn er jetzt …«

»Luise! Könntest du einmal aufhören damit, deinen Otto ständig und immer zu entschuldigen? Du bist in Umständen und dafür bist nicht du allein verantwortlich, sondern ihr beide. Und wenn er wirklich der Ehrenmann ist, der zu sein er immer vorgibt, dann wird er jetzt sehr schnell handeln. Mit oder ohne Einwilligung des Fürsten. Wenn es sein muss, werde ich eine Audienz erbitten und Fürst Woldemar die Wahrheit sagen.«

»Hermine, bitte, das darfst du nicht. Bitte, bitte, das würde ich nicht überleben. Ich will nicht diejenige sein, die Otto die Zukunft verdirbt. Bitte, Hermine, bitte, tu das nicht! Ich rede mit ihm, versprochen. Wenn ich ihn das nächste Mal sehe, ganz bestimmt.«

»Nun gut, du musst ja wissen, was du tust. Ich nehme mal an, du hast eine Vorstellung davon, was auf dich zukommt, wenn dein Otto dich auch jetzt nicht heiratet?«

Nein, davon hatte ich überhaupt keine Vorstellung. Sicher, es gab einige ledige Mütter in unserer Straße, aber die hatten alle Männer, die mit und bei ihnen lebten. Sie hatten eben nur nicht genug Geld für eine Eheschließung und einen eigenen Hausstand. Das war nicht wei-

ter schlimm, keiner wurde deswegen schief angesehen. Ich hatte aber keinen Mann. Jedenfalls keinen, den die Nachbarn jemals gesehen hätten. Da würde es Gerüchte geben, davon war ich überzeugt.

Es dauerte noch eine Woche, bis ich endlich mit Otto reden konnte. Er war nicht in Detmold gewesen und hatte mich das über Hugo wissen lassen. Ich verging vor Ungeduld und die Angst fraß mich fast auf. Dazu war mir ständig übel, ich übergab mich regelmäßig jeden Morgen und bildete mir ein, jeder würde mir meinen Zustand ansehen.

Otto sah es jedenfalls sofort, als er die Haustür hinter mir schloss, dass etwas mit mir nicht stimmte.

»Was ist mit dir, mein Herz?«, fragte er besorgt und erschrak heftig, als ich daraufhin in Tränen ausbrach.

»Ich bekomme ein Kind, das ist mit mir«, schluchzte ich und krümmte mich vor lauter Verzweiflung. Otto sagte lange Zeit nichts, während ich mit angehaltenem Atem auf seine Reaktion wartete.

»So«, sagte er schließlich, »du bekommst ein Kind. Wie konnte das passieren, ich war doch stets sehr vorsichtig?«

Das war es nicht, was ich mir erhofft hatte. Was wollte er damit sagen? Mir wurde so bang ums Herz, vielleicht gab er ja mir die Schuld daran. Vielleicht liebte er mich nun nicht mehr, weil ich ihn in diese Situation gebracht hatte?

»Ich kotz gleich, weißt du das? So blöd können Frauen doch auch zu deiner Zeit nicht gewesen sein!«, unterbreche ich Grannys Erinnerungen.

»Ich kann mir das nicht länger schweigend anhören! Der Typ schwängert dich, tut nichts, weil er Angst vor diesem Operettenfürsten hat, und du hältst dich für schuldig? Wie strange ist das denn?«

»Ach Kind, du verstehst es einfach nicht. Wirklich nicht. Ich habe ja schon mehrfach versucht, es dir zu erklären. Otto war nicht verantwortungslos, und schon gar nicht feige. Er war ein Mann in einer hohen Position und daher nicht frei in seinen Entscheidungen.«

»Geschenkt! Auch heute gibt es Männer in hohen Positionen und die …«

»Die ziehen immer die Konsequenzen aus ihrem Tun?«, Granny kann direkt süffisant sein, stelle ich fest.

»Nein, nicht immer, es sei denn, sie werden in flagranti erwischt, dann bleibt ihnen oft nichts anderes übrig«, räume ich ein.

»Siehst du! Otto hätte ja sofort die Konsequenzen gezogen und mich geheiratet. Aber für ihn hätte das den Verlust von Arbeit, Ansehen, Karriere und seinem guten Namen bedeutet. Ist das heute auch noch so?«

»Eher nicht. Die meisten schreiben später ein Buch und verdienen noch daran. Da muss jemand schon ein ganz schlimmer Finger sein, bevor ihm eine Frauengeschichte das Genick bricht.«

»Da siehst du, was der Verfall von Anstand und Moral für schreckliche Auswirkungen hat.«

»Du lieber Himmel, Granny, jetzt halt aber mal den Ball flach. Ihr hattet Anstand und Moral bis zum Abwinken, und was hat euch das gebracht? Die Abhängigkeit vom good will eines Fürsten, den heute kein Mensch mehr kennt. Diese ganzen Klimmzüge, die ihr machen musstet, dieses heimliche Getue. Na ja, die Hauptsache ist natürlich, ihr hattet Anstand und Moral. Was mir aber noch aufgefallen ist, dein so super ehrlicher, wundervoller Otto, hat dir eine ganze Menge Müll aufgetischt. Von wegen, der Fürst hat seinen Antrag auf Heirat oder wie immer das hieß, abgelehnt. Er hat ja gar nicht erst gefragt, dein Superheld. Und dieser Regierungsfuzzi hat auch nicht deswegen gegen ihn intrigiert. Das muss andere Gründe gehabt haben. *Du* musst einfach mal den Tatsachen ins Auge sehen, wenn du die Wahrheit rausfinden willst. Hallo? Granny? Typisch, sie ist mal wieder weg und ich halte Monologe.«

»Sie ist weg?«, fragt meine Mutter und ich nicke und zucke mit den Schultern: »Scheint ihr nicht gefallen zu haben, was ich ihr zu ihrem tollen Otto gesagt habe.«

»Würde es dir denn gefallen, wenn man deinen Geliebten als feigen Loser hinstellen würde?«

»Hör auf, persönlich zu werden, das ist doch etwas ganz anderes!«

»Ist es nicht, und das weißt du auch. Luise hat diesen Mann geliebt, ihm vertraut, geglaubt, was er gesagt hat. Nun ist er tot und was sie am Leben hält, willst du ihr nehmen. Das erträgt kein Mensch.«

»Wie meinst du das denn? Was sie am Leben hält, will ich ihr nehmen?«

»Ihre Erinnerung an Otto, so wie sie ihn gesehen hat, nicht, wie er vielleicht wirklich war. Das Gefühl, von diesem Mann aufrichtig geliebt worden zu sein, das ist es, was sie am Leben hält. Also lass ihr das und hör auf, dich als Super-Emanze aufzuführen. Damit tust du ihr nur weh und hilfst keinem.«

»Mmmm, na ja, okay, vielleicht hast du recht …«

»Nicht vielleicht, ich *habe* recht, wie immer«, grinst Mam und legt fürs Erste das Tagebuch mal wieder zur Seite.

Granny taucht nach dem Mittagessen wieder auf, als mein Dad sich zu einem Schläfchen in sein Zimmer zurückgezogen hat. Woher weiß sie bloß immer so genau, wann die »Luft rein« ist?«

»Granny«, beginne ich zögerlich, »es tut mir echt leid, wenn ich dich gekränkt haben sollte, das wollte ich nicht. Ich sehe das Ganze eben mit meinen Augen, mit meinen Ansichten aus der heutigen Zeit, und auch da liegt ja noch so manches im Argen. Es fällt mir einfach schwer, zu verstehen, dass für deine Zeit Ottos Verhalten nicht ungewöhnlich war.«

»Schon gut, mein Kind, ich weiß, dass du es nicht böse meinst. Deswegen bin ich auch nicht gegangen, sondern weil ich einfach sehr müde war. Ich glaube, immer, wenn ich Schlaf brauche, muss ich von hier in meine Zeit zurück, zumindest wache ich dort immer in meinem Bett auf. Sehr seltsam, das alles. Kann deine Mutter vielleicht jetzt weiterlesen?«

AUS OTTOS TAGEBUCH

Als es dann am nächsten Morgen an der Haustür klopfte, öffnete ich, bereit für einen Spaziergang. Wie erstaunt war ich, Emilie allein dort stehen zu sehen. Sie verkündete mir völlig unbefangen, ihr Vater läge mit einem Brummschädel zu Bett und ich müsse nun wohl oder übel mit ihr allein Vorlieb nehmen.

Was blieb mir anderes übrig? Sie hängte sich lachend bei mir ein und plauderte munter drauflos. Natürlich waren ihre Ideen und Vorschläge allesamt zwar unterhaltsam, aber auf keinen Fall in die Tat umzusetzen. Gipfelten sie doch in dem Ansinnen, mit Luise nach Schottland zu reisen. Da gäbe es einen Ort namens Gretna Green. Dort könne jeder ohne Genehmigung sofort die Ehe schließen. Lediglich zwei Zeugen wären vonnöten und sie kämen dann einfach mit, ihren Herrn Papa würde sie sicherlich auch überreden können. Ich hörte ihr, amüsiert über ihre kindliche Begeisterung, zu und als ich dann plötzlich, völlig unverhofft Luise sah, konnte ich weder denken noch reagieren. Ich zog mechanisch meinen Hut und nickte grüßend. Auf die Idee, stehen zu bleiben, um die Damen miteinander bekannt zu machen, kam ich überhaupt nicht.

Fritz schalt mich dann auch einen unhöflichen Stiesel, als ich ihm später davon berichtete. Sein Brummschädel war eine reine Erfindung von Emilie gewesen, worüber er auch gelinde erbost war. Ihre Idee war es dann auch, ein Zusammentreffen zu arrangieren, um Luise zu erklären, was es mit dem gemeinsamen Spaziergang für eine Bewandtnis hatte.

Ich gebe es zu, ich wäre auch darauf nicht gekommen, vielleicht aus Feigheit, vielleicht aber auch, weil ich mich nur schlecht in die weibliche Gefühlswelt hineinversetzen konnte. Emilie konnte das zum Glück umso besser, und sie malte mir wortreich aus, wie es um Luises seelischen Zustand bestellt sein müsse.

Als diese dann abends vor der Tür stand, schmolz aber auch mein Herz sogleich. Sie sah derart bekümmert aus, dass ich mich sehr beeilte, die Sachlage aufzuklären. Sie hörte zu, aber schien nicht wirklich erleichtert, ja, mehr noch, sie schien sogar misstrauisch mir gegenüber. Schließlich schaffte es aber die natürliche Art von Emilie, Luises Bedenken nach und nach zu zerstreuen. Trotzdem wollte sie mir nicht gefallen an diesem Abend. Sie war blass und, wenn sie auch nie geschwätzig war, heute war sie ungewöhnlich still.

Als ich meine Gäste dann verabschiedet hatte und sie mit mir gemeinsam unter der Bettdecke lag, fragte ich besorgt nach dem Grund für ihr seltsames Verhalten. Sie erzählte mir von ihrer Eifersucht und der Angst, mich an eine andere Frau verloren zu haben. Natürlich war mir klar, dass auch Hermine einen großen Anteil daran hatte, dass Luise diesem Zweifel Raum gegeben hatte. Ich nahm sie in den Arm und tröstete sie, versicherte wiederholt, dass sie meine einzige Liebe sei und immer bleiben würde, da beruhigte sie sich langsam und als sich nach einer Weile unsere Körper vereinigten, schien alles wieder gut zu sein. Hätte ich zu diesem Zeitpunkt auch nur geahnt, wie falsch ich mit dieser Annahme lag, mein Schlaf wäre wohl nicht so ruhig gewesen.

Schon eine Woche später, ich war gerade von einer längeren Dienstreise zurückgekehrt, klopfte Luise abends an meine Tür. Sie war leichenblass und ich erschrak heftig. Auf meine Frage nach ihrem Befinden brach sie denn auch gleich in Tränen aus und gestand mir, in anderen Umständen zu sein.

Nun wusste ich aber nicht, wie ich mit dieser unerwarteten – und ich gebe es zu – unerwünschten Nachricht umgehen sollte, und verhielt mich entsprechend ungeschickt. Ich glaube, ich habe sie gefragt, wie denn so was möglich wäre oder ähnlich dumme Dinge. Auf alle Fälle schien meine Reaktion sie sehr zu verstören, denn die Tränen strömten jetzt heftiger und ich beeilte mich, sie zu beruhigen und in die Arme zu schließen.

Natürlich war mir klar, dass Luise von mir berechtigterweise jetzt entschlossenes Handeln erwarten durfte, nur wie das aussehen könnte, das wusste ich nicht.

Konnte ich zu seiner Durchlaucht gehen und gestehen, ein junges Mädchen verführt und in Schwierigkeiten gebracht zu haben? Mit den besten Absichten, natürlich? Was würde er daraufhin antworten? Wäre er dann vielleicht mit einer Heirat einverstanden oder erst recht nicht? Ich wusste es nicht. Ich konnte meine Überlegungen nicht laut werden lassen, denn ich hatte Luise gegenüber ja bereits behauptet, den Fürsten um seine Einwilligung gebeten, und eine Abfuhr erteilt bekommen zu haben. Über all diesen Gedanken hatte ich meine arme Luise völlig vergessen. Sie schluchzte noch immer und ich beeilte mich, tröstend auf sie einzureden und ihr zu versichern, dass alles gut werden würde, sie sich überhaupt keine Sorgen mache müsse, nur an sich und ihr Baby denken solle.

»Der könnte auch in *Verbotene Liebe* auftreten, so schwülstig, wie der daherschwafelt.«

Meine Mutter hat das Tagebuch sinken lassen und starrt auf das leere Sofa.

»Ich würde ja fast darauf wetten, dass er auch jetzt nicht in die Puschen kommt. Soweit ich mich nämlich erinnere, wurde mein Großvater unehelich geboren. Jetzt verstehe ich endlich, warum. Was ich allerdings überhaupt nicht mehr verstehe, ist, was Luise an dieser Schlaftablette gefunden hat. Der hat sich ständig wie ein Aal gewunden, vor dem Fürsten gekniffen und nur warme Worte von sich gegeben. Er hat immer »Vorsicht walten« lassen. Aus welchem Ei war der denn gekrochen? Hatte der schon mal was davon gehört, dass Coitus interruptus nicht eben zu den sichersten Verhütungsmethoden gehört? Nee, sicher nicht, aber zuerst mal denken: Ich war das nicht! Typisch!«

Granny sitzt nicht mehr ganz so gerade auf dem Sofa, sie ist in sich zusammengesunken und sieht echt traurig aus.

»Granny«, versuche ich, sie aufzumuntern, »mach dir nichts draus. Männer sind nun mal keine Helden, wenn es um solche Dinge geht. Da gibt es selten welche, die einen Arsch in der Hose haben, die meisten kneifen.«

Sie reagiert nicht und das macht mir nun ernsthaft Sorgen. So deftige Ausdrücke ohne ihr »Kind, das sagt man doch nicht«? Es muss ihr wirklich schlecht gehen. Immerhin, jetzt macht sie doch noch den Mund auf: »Ja, es stimmt. Ich hatte mir von Otto mehr Freude erhofft, vielleicht sogar einen Antrag. Egal, was der Fürst dazu sagen würde. Aber später sah ich dann natürlich ein, wie kindisch das von mir war.«

»Natürlich, na klar«, höhne ich, »nur nichts auf den Herrn Saubermann kommen lassen, alle Schuld bei sich selber suchen, so ist das brav, so kommt man in den Himmel.«

»Ach, Kind, warum musst du nur immer so über Otto reden? Du weißt doch noch gar nicht, was er alles getan hat, nachdem er erfahren hatte, dass ich guter Hoffnung war.«

»Du warst was? Guter Hoffnung? Bin ich vorhin schon drüber gestolpert, sagte man das früher so?«

»Ja, natürlich, was soll man denn zu meinem Zustand sonst sagen?«

»Na: Ich war schwanger, kriegte ein Kind, hatte einen Braten in der Röhre, Kugelgrippe, alles besser als ›guter Hoffnung‹ das klingt ja echt schräg.«

»Jetzt mach mal einen Punkt«, mischt sich Mam ein, »ich denke, das beruht auf der Tatsache, dass früher viele Schwangerschaften nicht so problemlos verliefen wie heutzutage. Außerdem war ›guter Hoffnung sein‹ doch eine sehr diplomatische Umschreibung eines nicht platonischen Zustands, findest du nicht? Da man über körperliche Vorgänge überhaupt nicht sprach, über sexuelle schon dreimal nicht, wusste jeder, was gemeint war, ohne dass man es explizit aussprechen musste.«

»Okay, lassen wir es gut sein. Du warst also schwanger und Otto beließ es ein weiteres Mal bei warmen Worten, richtig?«

Granny schaut in ihren schwarz berockten Schoß und sieht nachdenklich aus. Kann ich verstehen, der Typ hätte mich auch ins Grübeln gebracht.

»Magst du weitererzählen oder möchtest du für heute Schluss machen, es ist ja schon ziemlich spät?«

Eine Antwort bekomme ich nicht, sie verschwindet, mal wieder stillschweigend.

Auch meine Mutter verkündet, schlafen zu wollen, und ich bleibe allein vor dem Fernseher zurück, bis ich irgendwann dann auch ins Bett gehe.

Am nächsten Morgen ist das Wetter immer noch trübe und nach einer kurzen Runde mit dem Hunde, ha, ich werde poetisch, sind wir froh, wieder zu Hause zu sein. So lange mein Dad anwesend ist, lässt Granny sich nicht blicken, aber kaum ist er aus der Tür, um ins Fitness-Studio zu fahren, erscheint sie prompt.

Sie sieht nicht viel fröhlicher aus als gestern, ist aber nun bereit, ihre Geschichte weiterzuerzählen.

LUISE

Nun ja, ich gebe es gern zu, das war nicht die Reaktion, die ich mir erhofft hatte. Otto wirkte eindeutig eher erschrocken als erfreut, verärgert wirkte er aber auch nicht. Es dauerte eine ganze Weile, bis er mich in die Arme nahm und meine Tränen trocknete. Er gestand, dass ihn mein Geständnis, guter Hoffnung zu sein, unvorbereitet getroffen hatte.

»Ich habe darüber eigentlich nie nachgedacht. Das war sicherlich sehr naiv von mir. Ich dachte, wenn ich nur gut aufpasse, dann wird schon nichts passieren. Nun, das

war wohl etwas leichtsinnig von mir, du bist guter Hoffnung und wir müssen schauen, was wir jetzt tun können. Eines steht aber jetzt schon fest, du kannst unter keinen Umständen in der Bruchmauer Straße bleiben. Das dulde ich nicht! Mein Kind kommt nicht in einer derartigen Umgebung zur Welt. Schlimm genug, dass ich mich von euch habe überreden lassen, dort ein Haus zu kaufen und dich dort wohnen zu lassen. Das hört jetzt auf, und zwar sofort. Richte Fräulein Priester aus, ich bitte sie zu einer umgehenden Unterredung. Am besten gleich morgen in der Früh gegen 9 Uhr.«

Ich versuchte, Argumente zu finden, die dagegensprachen, aber Otto ließ mich gar nicht zu Wort kommen. Er hatte sich etwas vorgenommen, und das würde er auch umsetzen. So weit kannte ich ihn. Worüber er mit Hermine so dringend zu sprechen wünschte, verriet er mir auch nicht. Er wurde richtig ungehalten, als ich in ihn drang. Ich gab es schließlich auf und das allererste Mal schliefen wir in angespannter Stimmung ein. Ich erwachte sehr früh am nächsten Morgen und verließ leise das Haus, noch bevor Otto aufwachte.

Hermine war schon in der Küche und ich berichtete ihr von meinem Gespräch und Ottos Wunsch, sie umgehend zu sprechen.

Ihr Mund wurde zu einem Strich und ich befürchtete schon, sie würde ablehnen, aber schließlich nickte sie und willigte ein.

»Vielleicht will er um deine Hand anhalten, auch wenn ich nicht daran glaube. Dann müsste ich nicht zu ihm gehen, sondern er würde zu mir kommen. Oder hat schon jemals ein Mensch davon gehört, dass ein Mann die

zukünftige Schwiegermutter zu sich bestellt, weil er um die Hand der Tochter anhalten will? Nun, bei Herrn von Wolffgramm will ich aber auch diese Möglichkeit nicht ausschließen. Schließlich bekommst du ein Kind von diesem Mann. Er muss dich jetzt einfach heiraten, er muss!«

Kurz vor halb neun machte sich Hermine auf den Weg zu Ottos Haus und ich verbrachte die Zeit bis zu ihrer Rückkehr in banger Ungeduld. Sie kam gegen 10:30 Uhr zurück, und wenn ich sage, sie war wütend, dann trifft es das nicht. Sie war außer sich! So hatte ich sie noch nie erlebt. Als sie schließlich zu reden anfing, klang es, als würde sie die Worte ausspucken.

»Der werte Herr von Wolffgramm hat nicht um deine Hand angehalten, das mal gleich vorweg. Er wünscht allerdings auch nicht, dass sein Kind in dieser Umgebung aufwächst.« Sie machte eine ausladende Handbewegung, die halb Detmold mit einschloss.

»Was er wünscht, ist, dass wir umgehend in sein Haus übersiedeln. Ich bin ab sofort seine Haushälterin und du, ja, was bist du? Keine Ahnung, so eine Art Aufwärterin. Ich weiß nicht, wie er sich das auf Dauer vorstellt. Ich habe alles versucht, ihm die Folgen aufgezeigt, ihn gebeten, ja, angefleht, es nicht zuzulassen, dass du in Schande fällst. Er sagt, er wird tun, was ihm möglich ist, aber versprechen kann er im Augenblick nichts.

Hugo kann hier wohnen bleiben und seinen Dienst verrichten wie bisher. Ich habe ihn gewarnt, dass es Gerede geben wird, er war von dieser unsäglichen Idee nicht abzubringen. Also, pack deine Sachen zusammen, Hugo kommt gleich mit dem Wagen und fährt uns zu deinem Minister.«

Mein Herz war schwer wie Blei und die Zukunft schien wie ein Berg vor mir aufzuragen. Ich sollte nun zwar in Ottos Haus wohnen, aber nicht, wie ich mir das erträumt hatte, als seine Gemahlin, nein, eher wie ein Dienstbote.

Als Hugo mit dem Wagen kam, luden wir gemeinsam unsere wenigen Habseligkeiten auf und kletterten dann hinterher. Otto erwartete uns mit ausdrucksloser Miene und zeigte uns unsere Kammern im ersten Stock des Hauses. Unsere Aufgaben teilte er uns auch gleich mit. Hermine gab die Anweisungen für die Köchin, meinen Bruder Hugo, ein Dienstmädchen und für mich. Sie teilte das Haushaltsgeld ein und kümmerte sich darum, dass alles reibungslos funktionierte. Ich selber hatte so gut wie nichts zu tun.

»Ich will nicht, dass du arbeitest. Du sollst dich schonen und dich nur um mich kümmern. Alles andere soll Hermine erledigen. Sie kann sich jederzeit noch eine Hilfe nehmen, wenn es ihr zu viel wird.«

»Otto, so geht das doch nicht. Was sollen denn die Leute denken? Ich wohne hier in deinem Haus, und schon bald wird man mir meinen Zustand ansehen. Denk an deinen Ruf, denk an den Fürsten, es wird schon bald Gerede geben. Nein, so geht das einfach nicht.«

»Gut, vielleicht hast du recht! Dann müssen wir für dich eben schnell einen Mann finden!«

»Bitte?« Mir wurde vor lauter Angst ganz übel, und ich starrte Otto ungläubig an. Wir saßen am Tisch im kleinen Salon, saßen uns gegenüber wie zwei Fremde.

»Nun, natürlich nicht wirklich, wir werden einfach einen Mann erfinden, damit die Leute nicht spekulieren und tratschen.«

»Einen Mann erfinden? Woher willst du einen solchen Mann nehmen?«

»Das lass nur meine Sorge sein. Ich werde schon an der richtigen Stelle verlauten lassen, dass du einen Verlobten hast, der in der Fremde arbeitet, um Geld für den gemeinsamen Hausstand zu verdienen. Das ist ja nichts Ungewöhnliches, die Leute werden es glauben.«

»Oh, natürlich werden sie es glauben, du glaubst es ja auch schon fast.«

Ich muss wohl sehr verbittert geklungen haben, denn Otto verstummte abrupt.

»Was meinst du?«, sagte er schließlich. »Du hast doch selber gesagt, wir müssten uns etwas überlegen, damit die Leute nicht zu klatschen anfangen?«

»Ja, das habe ich gesagt, das stimmt wohl. Ich bin allerdings nicht auf die Idee gekommen, mir einen nicht existierenden Bräutigam in der Ferne auszudenken. Wie hast du dir das denn weiter vorgestellt? Wolltest du mich nicht gestern noch heiraten, sobald du die Einwilligung vom Fürsten erhältst? Hast du das denn ganz vergessen?«

Ich war verzweifelt. Otto schien mir fern und fremd. Er erfand für mich ein Leben, in dem er selber überhaupt keine Rolle mehr spielte, schon gar nicht als mein zukünftiger Ehemann und Vater unseres gemeinsamen Kindes.

»Luise, so habe ich das doch nicht gemeint. Natürlich will ich dich heiraten. Nur, du selber kennst die Umstände doch auch, weißt, dass das nicht von heute auf morgen gehen wird. Bis dahin müssen wir aber den Schein wahren, um nicht in Verruf zu geraten. Du weißt, wie schnell so etwas geht, und dann haben wir erst recht keine Chance mehr.«

Ich nickte müde, erhob mich und bat ihn, mich zurückziehen zu dürfen.

Ich hörte Hermine in ihrer Kammer auf und ab gehen und klopfte leise an die Tür. Ich setzte mich auf ihr Bett und konnte die Tränen nicht länger zurückhalten. Auch wenn es mir wie ein Verrat an Otto erschien, erzählte ich Hermine von seinen Plänen, dem erfundenen, fernen Verlobten und meinem Gefühl, mich immer weiter von ihm zu entfernen.

Hermine nickte mehrmals, sagte aber nichts. Sie nahm mich in den Arm, trocknete meine Tränen und irgendwann schlief ich, angezogen, wie ich war, auf ihrem Bett ein.

Als ich erwachte, war ich allein. Ich fror, war völlig verkrampft und fühlte mich zerschlagen. Es war noch dunkel, daher zog ich meine Sachen aus und schlüpfte unter die Bettdecke. Ich konnte nicht mehr schlafen, aber zumindest wurde mir einigermaßen warm.

Ich bekam Otto einige Tage nicht zu Gesicht, weil er in Minden zu tun hatte. Er hatte sich nicht verabschiedet und ich wusste auch nicht, wann er wiederkommen würde.

Als er dann kam, wirkte er immer noch düster und verschlossen. Er begrüßte mich kaum, raunte mir aber zu, dass er mich später erwarten würde.

Als ich dann in sein Schlafzimmer trat, kam er auf mich zu und nahm mich in die Arme.

»Minchen«, seufzte er, »ach, Minchen, ich bin ein dummer Kerl, ein richtiger Klotz. Ich mache dich für mein eigenes Unvermögen verantwortlich. Das war sehr dumm von mir und ich bitte dich herzlich um Verzeihung. Ich will wirklich nicht, dass du traurig und unglücklich bist, aber es ist alles sehr viel schwieriger, als du ahnen kannst. Ich

habe großen Ärger und viele Probleme mit einer innerpolitischen Angelegenheit. Damit will ich dich nicht ermüden, aber du musst wissen, das beschäftigt mich im Augenblick sehr. Ich muss eine Lösung finden, wo es eigentlich keine gibt. Unser Fürst hat, wie du ja weißt, keine Nachkommen, also macht er sich große Sorgen darüber, was seinen Nachfolger angeht, wenn er stirbt. Daher hat er sicher keinen freien Gedanken für irgendetwas anderes. Ich kann ihn einfach nicht auch noch mit meinen privaten Schwierigkeiten behelligen. Kannst du das verstehen? Bitte, Minchen, sag, dass du das verstehen kannst?«

Ich wollte eigentlich sagen, dass ich es natürlich verstehen könnte, aber ich brachte es nicht heraus. Im Augenblick wollte ich einmal nicht an unseren Fürsten, ja nicht einmal an Otto denken, sondern an mich und mein ungeborenes Kind. Ich schwieg daher und schaute Otto auch nicht an.

»Minchen! Sag etwas, mach es mir doch nicht so schwer. Die augenblickliche Lage wird ja nicht ewig dauern, vielleicht ist es morgen oder nächste Woche schon wieder ganz anders. Dann wird es meine erste Handlung sein, von unserem Fürsten die Erlaubnis zu unserer Eheschließung zu erbitten.«

Das gab mir wieder ein kleines bisschen Hoffnung zurück, dass doch noch alles gut werden würde.

»Na ja, dein Ansatz war ja schon mal ganz gut, aber du hättest ihm vielleicht doch deutlich sagen sollen, dass dir seine Schwierigkeiten momentan am Arsch vorbeigehen, weil du nämlich genug eigene hast. Und ob er das vielleicht verstehen könnte? Mensch, war das ein Egoist! Du stehst da mit seinem Kind, und der jammert dir von seinen Schwierigkeiten vor. Unglaublich! Und so was war nun mein Ururgroßvater. Ja, ja, du kannst dir alle Erklärungen echt sparen, ich will es einfach nicht mehr hören. Die anderen Zeiten und der Fürst und das ganze Blabla.

Erzähl mir nix, der war einfach nur zu feige, zu dir zu stehen, Ende der Durchsage! Ein echter Warmduscher! Wie siehst du das, Mam?«

»Na ja, vielleicht ein kleines bisschen differenzierter, aber ich finde auch, er übertreibt es mit seiner Rücksichtnahme auf den Fürsten. Und dass er Luise mit der Situation restlos überfordert hat, steht außer Frage. Er lädt die ganze Last auf ihre Schultern und zieht sich aus allem raus. Nicht gerade die feine englische Art, wenn du mich fragst. Auf alle Fälle sollten wir endlich mal das Internet bemühen und schauen, was wir von hier aus herausfinden können. Vielleicht verstehen wir ihn und seine Haltung ja dann besser. Was haltet ihr davon?«

»Gute Idee, dann mal los.«

Ich klappe den Laptop auf und gebe noch einmal »von Wolffgramm« ein. Es erscheint das schon bekannte Fenster des Lippischen Landesarchivs.

»Hey, guck mal. Da gibt es noch Kisten mit nicht archivierten bzw. nicht gesichteten Dingen. Tagebücher, Stammbücher, Briefe, Reiseunterlagen et cetera. Boah, spannend, damit lässt sich doch bestimmt etwas anfangen. Und guck mal hier! Da gibt es etwas ›zum Tode des Cabinetsministers Otto v. Wolffgramm‹. Super! Da hilft aber alles nichts, wir müssen nach Detmold fahren.«

»Ja genau, und die Betonung liegt auf ›wir‹, denn alles, was es da gibt, dürfte ebenfalls in Kurrentschrift sein und die kannst du ja nicht lesen.«

»Ach so, das stimmt natürlich. Ich finde es ohnehin lustiger, wenn wir zusammen fahren. Also, wann geht's los? Ich kann erst in 14 Tagen, wenn die Kids wieder beim Vater sind und auch nur freitags. Ob man da einfach so reinkommt? Warte mal, hier steht's, man kann sich die Dinge online bereitstellen lassen. Wie praktisch ist das denn? Das mache ich und melde uns dann für übernächsten Freitag da an, okay?«

Mam nicht zustimmend.

»Oh, hier gibt es noch ein Buch über Detmold zu eurer Zeit, Granny. Warte mal, ich ruf's auf, dann kannst du es dir angucken.« Ich klicke auf »Amazon« und dann auf »Detmold zwischen 1871 und 1918« von Matthias Schafmeister.

Da ist es! Auf dem Cover viele Menschen, Männer, Frauen und Kinder. Altmodisch gekleidet, aber offensichtlich fröhlich. Komischer Gedanke, dass die alle mal gelebt haben, sich genauso gefühlt haben wie ich und nun alle tot sind. Upps, vielleicht erscheine ich in 100 Jahren auch einmal auf irgendeinem Foto und meine Nachkommen können sich nicht vorstellen, dass ich mal gelebt habe. Igitt, was für ein Scheißgedanke!

Okay, schnell zu was anderem. Blick ins Buch anklicken und schon geht es los. »Granny? Kennst du die *Arminiushalle*?«

»Ja, natürlich, die kennt doch jedes Kind in Detmold. Ein Lokal.«

»Och, guck mal hier. Euer Rathaus und die Erlöserkirche. Das war ja richtig nett bei euch. Hey, und hier ist auch das Schloss! Da wohnte bestimmt dieser wichtige Fürst und dein Otto hatte dort seinen Schreibtisch stehen, oder?

Und guck doch mal hier, der *Lippische Hof*, da hat er doch mal gewohnt, richtig?«

Granny starrt gebannt auf den Bildschirm und kann wohl nicht wirklich fassen, was sie sieht. Sie streckt eine Hand aus, als wolle sie die Bilder berühren, zieht sie aber gleich wieder zurück.

»Wo hat er noch gleich gewohnt? Lange Straße 73? Hoppla, na, das war ja mal ein richtig tolles Haus! Das sogenannte Kanzlerhaus nämlich. Wo hattest du denn da deine Bleibe?«

Granny kann das alles kaum verarbeiten. Plötzlich hat sie wieder all die Dinge vor Augen, die es längst nicht mehr gibt. Sie zeigt vorsichtig auf ein Fenster an der Seite des dreistöckigen Gebäudes und schüttelt Kopf mit Hut.

Ich klicke mich zu einem anderen Online-Buchhandel. Hier ist der »Blick ins Buch« etwas anders und dann atme ich tief ein und halte die Luft an.

Ich drehe mich zu Granny um, die mit riesengroßen Augen auf ein Bild starrt.

Da ist er, live, nur nicht in Farbe: Freiherr Otto von Wolffgramm, Minchens Minister.

»Mam, komm her, das musst du dir ansehen!«

»Was?«

»Hier ist er in voller Lebensgröße, mit allem Lametta behängt: Grannys Herzallerliebster. Ui, er war tatsächlich der höchste Regierungsbeamte in Lippe. Eine Exzellenz, was sagst du jetzt? Ich finde, da kann man schon verstehen, dass er nicht so ganz frei in seinen Entscheidungen war.«

»Dann hätte er vielleicht seine Hose zu lassen sollen. Entschuldigung, aber ist doch wahr. Erst große Töne spucken, die tollsten Versprechungen abgeben und sich dann auf sein Ansehen berufen. Das geht doch mal gar nicht.«

Granny hat unser Geplänkel mit Sicherheit nicht gehört, sie starrt noch immer andächtig auf das Foto. Den Kopf weit in den Nacken gelegt, damit sie etwas erkennen kann. Dabei ist darauf nur ein relativ unscheinbar wirkender Mann mit sauber gescheiteltem Haar und Krausbart zu sehen. Er trägt eine Art Trachtenjacke und ein weißes Hemd. An jedem freien Stück Stoff hängt ein Orden und er guckt entschlossen in die Kamera. Er sieht freundlich aus, umgänglich und irgendwie blauäugig, kein bisschen so, wie ich ihn mir vorgestellt habe. Mit Rhet Butler aus *Vom Winde verweht* hat er nicht die allergeringste Ähnlichkeit, eher mit Frank Kennedy. Na ja, vielleicht liegt es ja auch daran, dass die Fotografie noch nicht so ganz weit fortgeschritten war und daher so eine Fotosession sicherlich eine anstrengende Angelegenheit. Familienähnlichkeiten kann ich allerdings auch keine entdecken, zum Glück!

»Na, Granny, erkennst du ihn noch wieder nach all den Jahren?«, feixe ich und ein Lächeln verklärt ihr Gesicht. Dabei sehe ich zum ersten Mal, dass sie eine Zahnlücke hat. Ihr fehlt der linke Eckzahn im Oberkiefer.

»Ach ja, so sah mein Otto aus. Genau so. Ich weiß noch, wie aufgeregt er war, als er zu dem Fotografen gegangen ist. Er hat vor dem Spiegel geübt, wollte allerdings nicht, dass ich das sehe. Ich habe ihn aber doch beobachtet und er hat mein Kichern gehört. Ich weiß das noch, als wäre es gestern gewesen.«

»Nicht ganz, ist schlappe, lass mich rechnen, 119 Jahre her, für mich jedenfalls. Sag mal, wie lange liegt das Ganze denn für dich eigentlich zurück? Ich meine, wann ist dein

Otto gestorben und wie viel Zeit ist in deiner Zeit seitdem vergangen?«

»Otto ist jetzt seit einem Jahr tot und ich kann es immer noch nicht richtig fassen. Wie kommt er denn in dieses Buch?«

»Oh, da hat ein Herr Schafmeister ein Buch über das alte Detmold geschrieben und sich aus den Archiven Bildmaterial zusammengestellt. Allzu viele Fotos wird es wohl aus der Zeit nicht geben, denn ein Porträt konnten sich damals sicherlich nicht viele Leute leisten. So hat eben dein Otto den Sprung ins Buch geschafft und bleibt damit der Nachwelt erhalten.

In genau dieses Archiv müssen wir übrigens auch. Also, zurück zur wichtigsten Frage: Wann?«

»Mir ist das ja egal, aber du wirst dir Urlaub nehmen müssen, richtig?«, fragt Mam und sie hat recht. Wenn wir an einem Freitag fahren wollen, muss ich meinen Chef um Urlaub bitten, oder ich mache ihn ein bisschen heiß auf eine richtig geile Geschichte und fahre auf Spesen. Genau! So mache ich das, schließlich fahre ich ja nicht zu meinem Vergnügen, und ein Tag im Archiv ist auch kein Urlaub. Recherche heißt das Zauberwort.

»Okay, dann also in 14 Tagen. Ich fülle jetzt hier das Online-Formular aus und bitte um Bereitstellung für den, was haben wir dann für ein Datum? Für den 25.4. Alle einverstanden?«

Beide nicken.

»Gut, also dann ist das abgemacht. Wir kommen am 24.4. gegen Abend und fahren dann am 25. früh morgens los. Bis dahin wäre ich aber gern mit der Geschichte auf dem Laufenden, mit deiner, Granny, und besonders mit der von Otto. Was hältst du daher davon, wenn du uns noch ein bisschen erzählst, wie es mit euch weitergegangen ist?«

LUISE

Sicher, so ein bisschen konnte ich Ottos Sorgen verstehen, auch seine Rücksichtnahme auf den Fürsten, aber davon wurde meine eigene Situation auch nicht viel einfacher. Ich lebte jetzt zwar in seinem Haus und hatte somit keinerlei Sorgen um meine Zukunft, aber glücklich war ich dennoch nicht. Ich erwartete ein Kind von einem Mann, der mich nicht heiraten konnte. Ich hatte Hermine bitter enttäuscht und ich bildete mir ein, auch mein Bruder würde mich jetzt oft merkwürdig anschauen. Die Nachbarschaft war eine ganz andere, als ich es aus der Bruchmauer Straße gewöhnt war. Wenn überhaupt, wechselte ich hier und da ein paar Worte mit den Dienstmädchen oder einer Köchin. Die Herrschaften bekam ich eigentlich nie zu Gesicht. Ich war für sie ebenfalls ein Dienstmädchen und ich glaube nicht, dass sie auch nur einen Gedanken an mich verschwendet haben. Es gab in Detmold sehr viele Mädchen, die in Stellung waren, weil es eben auch viele Menschen gab, die in der fürstlichen Verwaltung beschäftigt waren und ein gutes Einkommen hatten.

Mit der Zeit sah man mir meinen Zustand an, und am Abend hatte ich oft geschwollene Beine und Füße. Otto war darüber besorgt, aber das Thema war ihm auch unangenehm und er riet mir, das alles lieber mit Hermine zu besprechen.

Es war an einem Sonntag in der Früh, als ich davon erwachte, dass ich im Nassen lag. Ich war zutiefst erschrocken, bis mir einfiel, dass ich ein Kind erwartete und vermutlich meine Fruchtblase geplatzt war. Ich erhob mich und weckte Hermine auf. Die geriet geradezu in Panik, flatterte im Morgenmantel durch das Haus und rief nach Hugo, der noch gar nicht da war. Der Lärm weckte Otto auf und er wurde sofort mit der Botschaft konfrontiert, dass meine Zeit gekommen sei. Nun wäre es aber unschicklich gewesen, ihn um die Hebamme für sein Dienstmädchen zu schicken, also musste Hermine sich auf den Weg machen.

Ich lag auf meinem Bett und Otto lief im Raum auf und ab, soweit das auf den drei Metern, die er zur Verfügung hatte, möglich war. Ab und an warf er mir einen angstvollen Blick zu, zu mehr war er offenbar nicht in der Lage. Dann setzten Wehen ein und nahmen mir den Atem. Hermine kam zurück, ohne die Hebamme, die noch bei einer anderen Niederkunft gebraucht wurde. Otto fluchte, wie ich ihn noch nie hatte fluchen hören, und wurde daraufhin von Hermine mit der Aufgabe, bei der Köchin heißes Wasser zu bestellen, aus dem Raum geschickt. Meine Wehen wurden heftiger und ich bekam es mit der Angst zu tun. Was, wenn die Hebamme nicht rechtzeitig kam, wenn das Kind falsch lag? Hermine hatte schließlich ebenfalls keine Ahnung vom Gebären. Quälend langsam verrann die Zeit. Ich lag immer noch in meinem feuchten Bett und hatte keine Ahnung, was mich erwartete. Da wurde die Tür aufgestoßen und die Köchin erschien mit einem damp-

fenden Topf. Sie stellte ihn auf der Erde ab, weil woanders kein Platz dafür war, warf einen Blick auf mich und einen auf Hermine. Dann schnaufte sie tief, stemmte die Hände in die Hüften, drehte sich um und verschwand. Zwei Minuten später war sie mit einem Stapel Handtücher und frischem Bettzeug zurück. Sie herrschte Hermine an, mit anzufassen, und so lag ich zumindest bald darauf in einem trockenen Bett. Ich konnte mich kaum bedanken, denn die Wehen kamen zwischenzeitlich in immer schneller werdender Folge. Mein ganzer Leib krümmte sich zusammen, und ich konnte mein Stöhnen kaum noch zurückhalten.

Unsere Köchin schaute auf mich runter, schüttelte mit dem Kopf und sagte: »Da brauchste dir man nich so anstrengen, Mädchen, man schreit, wenn's einem gemacht wird und man schreit, wenn's rauskommt. Also, schrei halt, wennde musst. Man schade, dass dein Galan dir nich hören kann. Sollte er ruhig auch ein bisschen mitleiden.«

»Oh Else, halt den Schnabel und deine Weisheiten für dich.« Die Hebamme war gerade in den Raum gekommen und hatte wohl die letzten Sätze mitgehört. Sie stellte ihre Tasche auf das Bett, sah den Eimer mit heißem Wasser und nickte zufrieden. Sie hatte ein rundes, rotes Gesicht, und unter der Haube schauten ein paar graue Locken hervor. Sie war ungefähr so breit wie hoch und hatte riesige, rissige Hände. Wäre es noch möglich gewesen, hätte sich meine Angst bei ihrem Anblick wohl eher gesteigert als verringert. Umso erstaunter war ich, als sie dann begann, meinen Bauch abzutasten, ein Ohr daraufzulegen, und ihn dann mit einem hölzernen Instrument abzuhören. Das alles tat sie geschickt, ohne mir Schmerzen zuzufügen. Auch die

anschließende, sehr intime Untersuchung war weniger schlimm, als ich befürchtet hatte. Ich begann mich etwas zu entspannen, zumindest in den Pausen zwischen den Wehen. Hermine war aus dem Raum geflüchtet und auch die Köchin hatte sich wieder in ihr Reich zurückgezogen.

Berta Sandmann, so hieß die Hebamme, hatte ich vorher noch nie gesehen, aber sie brachte es mühelos fertig, ein Verhältnis von Vertrauen zwischen uns zu schaffen. Sie fragte nach meinem Namen, meinem Alter, durchgemachten Erkrankungen und nach dem Vater des Kindes. Ich war müde, mein Körper wurde in zwei Teile gerissen und ich sehnte mich so sehr nach Sicherheit und Geborgenheit, dass ich ihr von meiner Beziehung zu Otto erzählte. Ich weiß, dass ich das nicht hätte tun dürfen, doch Worte kann man nun einmal nicht mehr zurücknehmen. Ich glaube, damit fing alles an, das ganze Unglück danach, meine ich. Aber zu meiner Verteidigung muss ich sagen, ich hatte es einfach vergessen, dass ich mich in meiner Not der Hebamme anvertraut hatte.

Die Qualen dauerten an und ich musste an die Bibel denken und was sie sagt: »Und zum Weibe sprach er: Ich will dir viel Schmerzen schaffen, wenn du schwanger wirst; du sollst mit Schmerzen Kinder gebären; und dein Verlangen soll nach deinem Manne sein, und er soll dein Herr sein.« Ich hatte im Augenblick wirklich überhaupt kein Verlangen nach meinem Manne. Ich hatte das Gefühl, sterben zu müssen, und irgendwann konnte ich nicht mehr anders: Ich schrie mir die Seele aus dem Leib und es war mir egal, wer mich hören konnte. Berta blieb ruhig, gab mir Anweisungen, wie ich atmen sollte, dann forderte sie mich auf, zu pressen, und irgendwann war es vorbei. Mein Kind war geboren und ich so erschöpft wie noch nie in meinem Leben. Mein neugeborener Sohn schrie aus voller Kehle seinen Unmut in diese Welt.

»Na, der kleine Kerl hat ja ein kräftiges Organ, kann später bestimmt gut Befehle erteilen«, amüsierte sich Berta, während sie die Nabelschnur durchtrennte, das Kind wusch und dann in ein paar Handtücher wickelte. »Wo sind eigentlich die Kindersachen? Er braucht anständige Windeln und keine Handtücher«, maulte sie, riss die Tür auf und rief nach Hermine. Dann drehte sie sich wieder um und legte mir meinen Sohn mit den Worten: »Alles dran, was dran gehört«, in den Arm.

Hermine kam umgehend, bepackt mit allem, was ein Neugeborenes braucht, und legte die Sachen auf das Bett. Das Baby wurde in einen Waschkorb gelegt, den Else schon vor Wochen vorbereitet hatte. Berta wartete noch die Nachgeburt ab, wusch mich dann und wechselte mit Hermine die Bettwäsche erneut aus. Ich musste daran denken, wie viel Arbeit diese viele Wäsche machen würde, war aber zu müde, um mich länger damit zu beschäftigen. Hermine gratulierte mir zu meinem Kind, aber ihre Stimme klang eher resigniert als begeistert. Otto kam nicht, er habe das Haus schon lange verlassen, hörte ich von der Köchin, die kam, um sich das Baby anzuschauen.

»Dat ist nix für so 'n Mann, sich dat Gekreische vonne Frau anzuhören«, erklärte sie schlicht und traf es damit wohl ziemlich genau.

Kurze Zeit später bestimmte Berta, dass ich nun schlafen müsse, nahm den Waschkorb mit meinem Kind und verließ den Raum. Ich war so müde, dass ich widerspruchslos gehorchte.

Otto kam erst am frühen Morgen und ich bemerkte sofort, dass er betrunken war. Das hatte ich noch nie erlebt, nicht in all der Zeit, die ich ihn kannte.

»Minchen«, lallte er, »ach, Minchen, was bin ich nur für ein Schuft. Ich bin es ja gar nicht wert, alles nicht, weißt du das? Was ist es denn eigentlich geworden?«

»Ein Junge ist es, Otto, ein hübscher, kräftiger Junge.«

»Ein Junge? Na, das ist ja mal eine Überraschung, wer hätte das gedacht? Und ich bin ein Schuft, Minchen, aber das darf er natürlich nicht wissen, das darfst du ihm nicht erzählen, hörst du das?«

Er war eindeutig sehr betrunken und hatte seine Zunge kaum unter Kontrolle. Er hatte sich seinen Sohn wohl noch nicht einmal angesehen. Er schien eher traurig als erfreut, auch wenn ich nicht verstand, warum. Meine Sorge war eher, dass er auf meinem Bett einschlafen würde. Ich bat ihn daher dringend, sich jetzt in seine Räume zurückzuziehen, was er zum Glück dann auch schließlich tat. Jetzt war ich wach und plötzlich liefen mir wieder die Tränen über das Gesicht. Ich wusste selber nicht, warum, aber alles in mir war ausgefüllt von einer grenzenlosen Traurigkeit. Ich weinte und schniefte, bis ich schließlich vor Erschöpfung wieder einschlief.

»Für eine Wochenbettdepression zu früh, aber so wünscht man sich doch die Geburt seines ersten Kindes, oder? Vor allen Dingen die Reaktion des Vaters war ja echt ganz weit vorne, kaum noch zu übertreffen an Charme. Was sind schon Rosensträuße und Freudentränen gegen seinen Auftritt? Nee, was für ein Arsch. Erst haut er ab, anstatt ihr beizustehen und dann kommt er besoffen nach Hause. Keine Blumen, kein Geschenk, kein gar nichts, außer Selbstmitleid. Mich würde es ja gar nicht wundern, wenn er …«

»Ach, nun reg dich doch nicht so auf«, unterbricht mich Mam schnell, bevor ich noch etwas Unbedachtes von mir gebe.

»Er hat sich für einen Mann der damaligen Zeit durchaus nicht so ungewöhnlich verhalten. Dass Väter bei der Geburt anwesend sind, hatte man noch nicht erfunden. Kinderkriegen war reine Frauensache, Hauptsache, am Ende kam ein Sohn dabei heraus. Wenn nicht, war das natürlich auch wieder Frauensache.«

Mam lacht etwas unfroh auf und schüttelt nachdenklich mit dem Kopf.

»Man wusste einfach noch nichts von XY-Chromosomen, und da Männer grundsätzlich, von Haus aus an nichts schuld sind, schob man es eben auf die Frau. Sie kriegte keine Kinder? Lag an der Frau! Sie kriegte nur Mädchen? Lag an der Frau! Sie kriegte ständig Kinder? Lag auch an der Frau! So war das eben, guck dich mal in der Geschichte um. Also, Otto war halt ein Sohn seiner Zeit, nicht besser, aber auch nicht schlimmer als alle anderen auch.«

»Was meint deine Mutter damit, dass Väter bei der Geburt anwesend sein sollten?« Granny sieht mich fragend an.

»Na, heute ist Kinderkriegen keine reine Frauensache mehr, jedenfalls nicht in unserem Land. Da gehen die Männer mit zum Geburtsvorbereitungskurs und sind natürlich während der Geburt dabei.«

»Sie sind bei der Geburt dabei? Wie schrecklich! Nein,

das hätte ich niemals gewollt, das wäre mir so furchtbar peinlich gewesen. Das ist doch nichts für Männer, Kind.«

»Wieso denn nicht? Das ist ein völlig natürlicher Vorgang. Aber okay, darüber lass uns besser nicht diskutieren, wir kriegen unsere Meinungen ohnehin nicht unter einen Hut. Ihr hattet wohl immer nur im Sinn, die Männer vor der rauen Wirklichkeit des Lebens zu bewahren. Es waren ja so sensible Pflänzchen, denen durfte einfach nichts zugemutet werden. Die Frauen, das angeblich so schwache Geschlecht, schafften das aber alles ganz gut. Oh, Mann, da kriege ich doch schon wieder die Krise. Vermutlich steht das so auch alles in der Bibel?«

»Ja, wie ich schon gesagt habe, da steht drin, dass die Frau unter Schmerzen Kinder gebären soll, weil sie doch …«

»Hör auf, will ich gar nicht wissen. Sie soll unter Schmerzen Kinder gebären, schön, aber von allein, also ohne ihren Mann, davon steht da mal nichts.«

»Ach Kind, du willst mich einfach nicht verstehen, darum lass uns aufhören, darüber zu streiten. Mein Otto war ein guter Mensch, egal, was du darüber denkst. Er hat sich betrunken, das stimmt, aber doch nur, weil er Angst um mich hatte.«

»Aha, na ja, lassen wir es gut sein. Ich will dir ja auch deinen kindlichen Glauben an die Bibel und an Otto nicht nehmen. Lass uns einfach ein weiteres Kapitel aus dem Leben deines Helden lesen.«

AUS OTTOS TAGEBUCH

Die Situation begann mir über den Kopf zu wachsen. Eine schwangere Geliebte, die Schwierigkeiten in der Kanzlei, mein Fürst, der eine baldige Heirat von mir erwartete.

Natürlich mit einer Frau aus meiner Gesellschaftsschicht, nicht mit meiner Aufwärterin. Mir tat das Herz weh, wenn ich in die verweinten Augen von Luise schaute, aber ich konnte mich einfach nicht entschließen, alle Folgen in Kauf zu nehmen, die eine Heirat mit ihr unweigerlich bedeutet hätten. Nicht nur, weil ich die Folgen nicht gern getragen hätte, auch, weil ich es als Verrat an Fürst Woldemar empfunden hätte.

Daher zog ich mich auf Anordnungen zurück, deren Befolgung ich einfach erwartete. Sanft wie Luise nun einmal war, erwartete ich von ihr keinen Widerspruch. Von Fräulein Priester schon eher und mit ihr musste ich denn auch tatsächlich ein paar sehr deutliche Worte wechseln, bis sie dem Umzug in mein Haus zustimmte. Sie wusste schließlich, dass sie ohne mich und meine Unterstützung letztendlich auf ihren ungeliebten Schwager angewiesen gewesen wäre. Ich gebe zu, das war nicht wirklich über jeden Zweifel erhaben, aber manchmal heiligt doch der Zweck die Mittel.

Hugo bewunderte mich ohnehin grenzenlos und zweifelte niemals daran, dass alles, was ich tat, aus reiner Großherzigkeit geschah. So bezogen die beiden Damen dann mein Haus, während Hugo in der Bruchmauer Straße wohnen blieb. Die Köchin und ein Dienstmäd-

chen bekamen ebenfalls die Version vom bösen Verwandten und dem fernen Verlobten zu hören und gaben sich damit natürlich zufrieden. Offiziell war Hermine jetzt meine Haushälterin, eine solche stand mir ohne Zweifel bei meinem Rang zu und Luise fungierte als Aufwärterin. Natürlich erwartete ich von ihr keinerlei Arbeit, außer vielleicht etwas Näharbeit oder Ähnliches. Ich hatte wenig Ahnung davon, was in einem Haushalt zu tun war, wollte aber nicht, dass sich Luise in ihrem Zustand anstrengen musste.

Wir behielten unsere abendlichen Besuche bei mir bei, auch wenn ich sie natürlich körperlich nicht mehr berühren konnte. Schließlich erwartete sie ein Kind, da hatte ich mich als Mann zurückzuhalten.

Natürlich war Fritz über meine Entscheidung entsetzt, während Emilie sie wunderbar romantisch fand. Wenn Fritz allein oder auch mit seiner Tochter bei mir zu Gast war, kam Luise dazu und wir hatten auf diese Art viele schöne gemeinsame Stunden. Die beiden jungen Frauen waren sich offenbar sympathisch und auch Fritz gab bald seine Reserve gegenüber meiner Liebsten auf und erlag ihrem angenehmen und freundlichen Wesen. Seine Frau hatten wir zwar in unsere Situation eingeweiht, aber sie weigerte sich, diese anzuerkennen, und blieb meinem Hause fern. Dafür konnten wir es einrichten, einige Male kurze Reisen zu unternehmen. Da bekam ich wieder meine fröhliche Luise zurück, aber leider währten die Glückstage nur kurz.

Vielleicht irrte ich mich, aber die Stimmung während meiner Arbeit war angenehmer geworden, niemand machte mir das Leben schwer. Einige Male ertappte ich

Regierungsrat Reichelt zwar an meinem Schreibtisch, aber er hatte jedes Mal eine überzeugende Erklärung dafür, sodass ich nicht weiter misstrauisch blieb. Seine Durchlaucht war wohlwollend und sprach das Thema standesgemäße Ehe ebenfalls nicht mehr an.

Ich entspannte mich und war mit der Situation jetzt ganz zufrieden.

Bis zu diesem Tag im Juli. Es war schwül und heiß, man mochte sich kaum bewegen. Ich hatte unter Kopfschmerzen gelitten und auch Luise, die nun täglich auf ihre Niederkunft wartete, litt unter dem Wetter. Mitten in der Nacht war es dann so weit: Hermine schrie das ganze Haus um Hilfe zusammen und verlangte allen Ernstes von mir, die Hebamme zu holen. Das ging natürlich nicht an und so befahl ich ihr, sich sofort selber um diese zu bemühen. Ich blieb derweilen bei Luise, die angstvoll und leidend auf ihrem Bett lag. Ich gebe es unumwunden zu, ich wäre jetzt sehr gern sehr weit von diesem Ort fort gewesen, brachte es aber doch nicht über mich, sie allein zu lassen. Als Hermine zurückkam und versicherte, die Hebamme würde kommen, sobald es ihr möglich sei, verschwand ich allerdings, so schnell es nur ging.

Ich ging zu Fritz und der fackelte nicht lange, packte mich unter dem Arm und wir machten uns auf zu unseren »Damen«.

Wer immer nach meinem Ableben dieses Büchlein finden mag, er denke nicht zu schlecht von mir. Ich war in meinem Innersten ängstlich um meine Luise besorgt, aber ich wäre ihr bestimmt keine Hilfe gewesen. Ich setzte mich sogleich an die Bar und bestellte Alkohol, viel Alkohol und trank sehr schnell. Zu intimen Kontakten kam es diesmal nicht das war ich Luise einfach schuldig. Es war schon lange hell und die ersten Fuhrwerke bereits unterwegs, als Fritz mich vor meinem Haus ablud. Alles war ruhig, also schlich ich mich zu Luises Zimmer und trat ein. Sie lag im Bett und sah sehr erschöpft aus, bemerkte aber natürlich sofort meinen Zustand. Nachsichtig, wie sie nun einmal war, schalt sie nicht weiter mit mir, sondern teilte mir zärtlich mit, dass ich nunmehr Vater eines gesunden Sohnes geworden sei. Ich war überwältigt, fühlte mich wie ein Schuft und wusste nichts zu sagen, außer genau das. Ja, ich war ein Schuft, ein mieser Heuchler war ich. Ich, seine Exzellenz, der Kabinettsminister, hatte von der wunderbarsten Frau, die man sich nur wünschen kann, einen Sohn geschenkt bekommen und was tat ich? Versteckte sie seit Jahren vor fast aller Welt und hatte nicht den Mut, mich zu ihr zu bekennen und die Folgen zu tragen.

Ich war in diesem Moment so angeekelt von mir selber, dass ich völlig vergaß, mir meinen Sohn auch nur anzusehen. Luise schickte mich schließlich entschlossen aus dem Zimmer, damit ich schlafen gehen konnte. Viel Zeit dazu blieb mir ja nicht mehr.

Als ich dann erwachte, war es schon später Vormittag und meine alkoholgetränkten moralischen Anwandlungen hatte ich weitgehend überwunden. Ich kleidete mich an und machte mich wie gewohnt auf den Weg ins Schloss.

Im Laufe des Tages musste ich aber doch immer öfter an meinen neugeborenen Sohn denken und mich durchfuhren Stolz und Freude. Auch wenn ich mit seiner Mutter nicht ehelich verbunden war, so war er doch mein Fleisch und Blut, mein Sohn! Dann fiel mir zum Glück ein, dass Luise wohl zu Recht ein Geburtsgeschenk erwarten konnte. Ich verabschiedete mich also um einiges früher, als man das von mir gewohnt war, und machte mich auf zum Juwelier. Ich erstand ein schönes Medaillon aus Gold, ein Herz, das ich mit einer Gravur versehen ließ. Dazu noch ein hübsches Samtband, sodass man es um den Hals tragen konnte. Der Juwelier tat es in ein kleines Kästchen, ich bezahlte eine gehörige Summe, um die es mir aber nicht leid war, und dann machte ich mich auf den Heimweg.

Erst am Abend, als ich sicher sein konnte, dass alles im Haus schlief, ging ich zu Luise und dem Neugeborenen. Ich klopfte leise an ihre Kammertür und sie rief mich herein. Sie strahlte über das ganze Gesicht, als sie mich sah, und streckte beide Arme nach mir aus. Ich beugte mich zu ihr herunter und küsste sie auf die Stirn.

»Ich gratuliere dir zu deinem Sohn, Minchen. Ich Schuft hatte gestern viel zu viel getrunken und habe das daher sicher vergessen, nicht?«

»Es ist auch dein Sohn, Otto, wenn du das nur nicht vergisst« antwortete sie und ich hörte schon wieder Tränen in ihrer Stimme. Schnell zog ich daher mein Päckchen aus der Rocktasche und überreichte es ihr.

»Nein, mein Herz, das vergesse ich ganz sicher nicht. Und damit du auch mich nie vergisst, habe ich hier ein Geschenk für dich.«

Sie errötete vor Freude und öffnete es mit zitternden Fingern. Dann bekam sie kugelrunde Augen, als sie das hübsche Schmuckstück sah.

»Ach Otto«, flüsterte sie, »wie wunderwunderschön.« Dann las sie die Gravur. »Für mein geliebtes Minchen.

Bald für immer dein, OvW! Juli 1890«, und nun liefen ihr wirklich die Tränen über das Gesicht. Ich legte ihr die Kette um und schloss sie sorgfältig.

»Nimm es nie wieder ab, Minchen, trage es und glaube an die Inschrift, dann kann uns nichts passieren.«

Nun endlich ergriff ich die Gelegenheit, mir meinen Sohn anzusehen, der in seinem Korb friedlich schlief.

Was soll ich sagen? Ich bin ein Mann und ein Baby sieht für mich so aus wie ein anderes, aber das verschwieg ich klug.

Der kleine Mann hatte einen Schopf schwarzer Haare und eine winzige Nase. Zwei Händchen, die zu Fäusten geballt waren, mehr sah ich von ihm nicht. Zu gern hätte ich einmal nachgeschaut, ob es wirklich ein Junge war, aber ich traute mich nicht, Luise gegenüber diesen Wunsch zu äußern. Ich musste mich darauf verlassen, was sie gesagt hatte, sie würde sich da wohl nicht irren.

Ich blieb nicht sehr lange, denn die junge Mutter sollte sich ausruhen und erholen. Sie wollte protestieren, aber ich versprach ihr, am nächsten Abend wiederzukommen.

»Na ja, immerhin hat er ihr ein Geschenk zur Geburt gemacht, das ist mehr, als meiner getan hat.«

Ich gebe es zu, das ärgert mich noch immer. Da liegt man stundenlang in den Wehen, und der werte Herr Ehemann gratuliert einem noch nicht mal anständig. Von Blumen und Geschenken wollen wir hier gar nicht erst reden.

»Ja, du bist schon ein armes Hascherl.«

Klar, meine Mutter nimmt mich mal wieder nicht ernst, kenne ich schon.

»Bin ich auch, wenn du's nur endlich einsiehst. Wie fandest du denn nun Ottos Reaktion auf die Geburt seines Kindes?«

»Nicht so ungewöhnlich. Auch heute besaufen sich Männer noch, weil sie so gestresst sind. Kennst du nicht den Spruch: ›Mutter und Kind wohlauf, Vater noch bettlägerig‹?

Na ja, immerhin hat er ihr das schöne Medaillon gekauft und ihr gratuliert.«

»Was sollte das heißen: Diesmal kam es zu keinen intimen Kontakten?«

Au Scheiße, da ist Granny. Da haben wir ja einen kapitalen Fehler gemacht. Mam hat einfach gelesen, was da stand, ohne etwas zu schönen, und eine neue Variante zu erfinden. Da bin ich mal gespannt, wie sie sich jetzt aus der Affäre ziehen will. »Granny möchte gern wissen, was das mit den ›intimen Kontakten‹ auf sich hat«, sage ich süffisant grinsend.

»Intime Kontakte? Welche intimen Kontakte denn?« Ihr Gesicht ist ein einziges Fragezeichen, ganz unschuldig schaut sie mich an.

»Du hast da eben so was vorgelesen. Otto war mit Fritz in irgendeinem Etablissement, na, du weißt schon.«

»Ach so, das meint sie. Warte, ich schaue noch mal nach.«

Sie beginnt die Seiten des Tagebuches zurückzublättern und liest dann leise einen Abschnitt.

»Also, ich finde hier nichts Besonderes, nur, dass er viel, sehr viel getrunken hat, Zigarren geraucht und sich über intime Dinge mit Fritz unterhalten hat. Meint ihr diese Stelle?«

»Nein, deine Mutter hat vorhin einen anderen Satz gelesen, da war von intimen Kontakten die Rede.«

»Mam, bist du ganz sicher? Granny meint nämlich immer noch, etwas von intimen Kontakten gehört zu haben.«

»Ja? Da muss sie sich verhört haben, oder nein, hier steht es ja: ›Ich setzte mich an die Bar … bla, bla, bla, aber niemals kam es zu intimen Kontakten!‹ Was ist daran jetzt so schlimm? Sie wusste doch schon, dass Otto ab und an mit Fritz in dieses Etablissement ging.«

»Ich bitte deine Mutter um Entschuldigung«, Granny stößt sichtlich erleichtert den angehaltenen Atem aus, »ich muss mich verhört haben.«

Mann, Mann, das war knapp!

LUISE

Nun war ich also eine ledige Mutter, ein »gefallenes Mädchen«, obwohl ich für ein Mädchen schon zu alt war. Ich war immerhin bereits 22. Mein kleiner Sohn war ein »Bastard«, ein Kind ohne Vater und ohne gesicherte Zukunft. Auch wenn Otto mir ernsthaft versicherte, sich immer für den Jungen verantwortlich fühlen zu wollen und ihm alle Wege zu ermöglichen, ich wusste, wie schwer mein Kind es einmal haben würde. Das tat mir so weh, dass ich sehr viele Tränen vergoss. Otto war anfangs dar-

über untröstlich, aber mit der Zeit schien es ihn zu ärgern und er kam an manchen Abenden nicht einmal mehr in mein Zimmer. Hermine schimpfte mich aus und schalt mich eine Heulsuse.

»Was heulst du die ganze Zeit? Dazu ist es jetzt zu spät, Tränen ändern nichts mehr an dem, was geschehen ist. Ich verstehe dich nicht, Luise, wirklich nicht. All die Zeit, die ich dich gewarnt habe, wolltest du nicht auf mich hören, und jetzt bist du nur noch traurig und unglücklich. Wo ist denn dein festes Zutrauen in deinen Otto geblieben? Du hast ihn doch immer verteidigt, immer hast du geglaubt, ich hätte etwas gegen ihn. Er war doch für dich immer über jeden Zweifel erhaben, ein absoluter Ehrenmann. Und nun? Bist du jetzt schlauer? Begreifst du jetzt, wer dein Otto wirklich ist?«

»Hör auf, Hermine«, sagte ich dann wohl, »ich liebe Otto genau so sehr wie immer und ich vertraue ihm wie immer. Ich weiß nicht, was mit mir los ist. Ich will ja gar nicht weinen, aber dann denke ich an die Zukunft meines Kindes und die Tränen kommen von ganz allein.«

»Auch das hättest du dir vielleicht vorher überlegen sollen. Jetzt ist dein Kind auf der Welt und man muss daraus machen, was eben möglich ist. Dass es nicht einfach werden wird, für keinen von uns, das dürfte dir ja klar sein. Wie sieht es eigentlich mit einem Namen aus? Und getauft werden muss der Kleine schließlich auch. Was sagen wir dem Pfarrer? Willst du ihm den Vater benennen oder ist es wieder dein ferner Verlobter, den niemand je gesehen hat?«

»Ich weiß es nicht, ich muss das mit Otto besprechen«, antwortete ich verzagt und gab vor, schlafen zu wollen.

»Gut, dann ruh dich jetzt ein bisschen aus, aber du kannst nicht den Rest deines Lebens verschlafen. Ob du willst oder nicht, irgendwann wirst du dich der Realität wieder stellen müssen.«

Damit ging sie und schloss die Tür hinter sich. Ich wusste, sie hatte recht, aber ich konnte mich zu nichts wirklich aufraffen, selbst der Kleine, der wirklich ein braves Kind war, riss mich nicht aus diesem Dunkel heraus, in dem ich immer tiefer versank.

Eines Abends kam Otto, früher als üblich, in mein Zimmer. Er setzte sich zu mir auf das Bett, nachdem er zuerst seinen Sohn begrüßt hatte.

»Luise«, sagte er ernst, »Luise, so geht es nicht weiter. Du bist jetzt fast zwei Monate nicht aus dem Haus gegangen, ja nicht einmal aus dem Bett aufgestanden. Ich weiß natürlich nicht, was so üblich ist, aber ich empfinde das als zu lange. Ich halte das nicht mehr für gesund und darum denke ich darüber nach, dich in eine Erholung zu schicken. Dich und unseren Sohn, Hermine wird dich begleiten. Ich habe ein ganz vertrauliches Gespräch mit Dr. Pohlmann geführt, der mir zugestimmt und mir ein Haus in Bad Salzuflen empfohlen hat. Da bleibt ihr so lange, bis du wieder zu Kräften gekommen bist. Keine Widerrede, das ist beschlossene Sache und ist nur zu deinem Besten.«

Ich hatte gar nicht widersprochen. Ich war viel zu überrascht, ja, entsetzt, um überhaupt etwas zu sagen. Otto schickte mich weg, mich und seinen Sohn. Er hatte genug von mir, genug von meinen Tränen und meiner düsteren Stimmung. Schon liefen sie mir wieder über das Gesicht, diese Tränen, die ich schon kaum noch spürte, und ich wischte sie ungeduldig mit dem Ärmel meines Nachthemdes ab.

»Bitte«, bat ich dann, »bitte, Otto, tu mir das nicht an. Das überlebe ich nicht. Ich kann nicht von dir getrennt sein, da werde ich noch kränker, das weiß ich.«

»Minchen, du bist albern und weißt nicht, was du sagst. Ich tue dir auch nichts an, im Gegenteil, ich sorge mich sehr um dich und tue dir darum nur Gutes. Dr. Pohlmann hat gesagt, dein Zustand wäre nicht so ungewöhnlich für Frauen im …, also für Frauen, die … na, du weißt schon. Für Frauen, die ein Kind bekommen haben. Nicht alle, aber manche würden dann in eine Schwermut fallen, aus der sie allein nicht wieder rausfinden könnten. Das sei auch gar nicht gut für den … äh, den Milchfluss. So, und darum fahrt ihr nach Bad Salzuflen. Übermorgen!«

»Otto, sag mir die Wahrheit, bitte. Liebst du mich nicht mehr? Wirst du mich verlassen, schickst du mich deshalb weg von hier?«

»Ach, Luise, wie kannst du so etwas auch nur denken? Nie im Leben würde ich dich von mir fortschicken, das könnte ich doch gar nicht. Nein, ich möchte nur, dass es dir bald wieder besser geht und du dein Lachen wiederfindest. Glaube mir, es wird dir schon gefallen, und dem Jungen wird es auch guttun. Er soll doch nicht einen solchen Trauerkloß zur Mutter haben, was meinst du? Ich habe auch mit Pfarrer Nikrenz gesprochen. Er kommt morgen ins Haus und tauft unseren Sohn auf den Namen Heinz. So hieß mein Vater und ich wäre sehr glücklich, wenn du damit einverstanden wärst. Natürlich habe ich dem Pfarrer das nicht so erzählt, für ihn ist der Kleine dein Sohn und der deines Verlobten. Du weißt, wie vor-

sichtig ich sein muss. So und nun weine bitte nicht länger, zeig mir dein hübsches, lachendes Gesicht, ja?«

Ich war noch nicht wirklich beruhigt, wollte aber Otto nicht durch weitere Einwände und Zweifel verstimmen. Also versuchte ich zu lächeln und wurde dafür mit einem Kuss belohnt.

Am nächsten Tag gegen 11 Uhr klopfte der Pfarrer an die Haustür und wurde von Else, der Köchin und Hermine hereingeführt. Ich war aufgestanden und angekleidet und auch meinen Sohn hatten wir hübsch herausgeputzt. Pfarrer Nikrenz war ein noch recht junger Mann, der mir gütig und freundlich erschien. Er stellte zwei, drei Fragen zu mir und meiner Herkunft und zu der meines »Verlobten«. Auch wenn wir genau abgesprochen hatten, was ich zu sagen hatte, fiel es mir sehr schwer, einen Pfarrer so anzulügen, und ich konnte ihm nicht in die Augen schauen. Ihm schien aber nichts aufzufallen und die Taufe nahm ihren ganz normalen Gang. Mein Sohn wurde wunschgemäß auf den Namen Heinz August Emil Klewe getauft und mit Wasser benetzt. Er verschlief die Prozedur, wie er überhaupt ein Kind war, das viel und gern schlief.

Ich bedankte mich artig und Hermine führte den Geistlichen wieder zur Haustür.

Danach halfen uns Else und ein Dienstmädchen beim Packen und für diesen Tag vergaß ich meine Traurigkeit und auch die Tränen.

Otto kam nicht, um sich zu verabschieden, auch wenn ich bis nach Mitternacht auf ihn wartete.

Er war auch am frühen Morgen nicht da, als die Kutsche kam, die uns zum Bahnhof bringen sollte. Otto hatte

Karten für die Eisenbahn reserviert und ich war sehr aufgeregt. War ich doch, genau wie Hermine, noch nie mit einer gefahren.

Wie erstaunt und auch erfreut war ich, als ich Otto neben der Kutsche stehen sah. Er streckte die Arme nach Heinz aus und als ich ihm in die Augen sah, wusste ich, dass er auch daran dachte. An die Situation, in der unsere Liebe begonnen hatte. Ich lächelte ihn liebevoll an und reichte ihm das Kind.

»Otto«, flüsterte ich dann, »was tust du denn hier? Wenn dich jemand sieht, dich erkennt, was dann?«

»Das ist mir egal, soll mich doch jeder erkennen. Ich bin es müde, mich oder dich immer zu verstecken. Wir tun doch nichts Böses, wir sind eine Familie, ein Mann, eine Frau und ein Kind. Und niemand wird mir das Recht darauf absprechen, dich jetzt mit meinem Kind in den Zug zu setzen.«

Ich war unglaublich stolz auf ihn, auch wenn ich mich vor den eventuellen Folgen schon wieder fürchtete. Er wies den Kutscher an, unser Gepäck an den Waggon zu bringen, und entlohnte ihn mit einem großzügigen Trinkgeld.

Er nahm meinen Ellbogen, reichte Hermine unseren Sohn und dann setzten wir uns in Bewegung hinein in den Bahnhof. Otto hielt sich sehr gerade und schaute nicht rechts und nicht links. Als wir vor dem Fürstenzimmer standen, hielt ich buchstäblich die Luft an, aber Otto öffnete wie selbstverständlich die Tür und ließ uns alle eintreten. Ein Diener in Livree kam herbeigeeilt und geleitete uns zu einem Tisch am Fenster. Ich schaute staunend auf all die Pracht umher und auch Hermine machte große Augen. Viel Zeit blieb allerdings nicht, denn unser

Zug fuhr kurze Zeit später in den Bahnhof ein. Otto half mir beim Einsteigen und reichte mir dann Heinz hinauf, während Hermine bereits vom Schaffner zu unseren Plätzen geführt wurde. Otto lüftete seinen Hut, was er sagte, ging im schrillen Pfeifen der Lokomotive unter.

Wir hatten ein Coupé für uns allein und ich fühlte mich sehr vornehm und besonders. Der Schaffner behandelte uns mit ausgesuchter Höflichkeit, hinter der ich ein Extratrinkgeld von Otto vermutete. Heinz verschlief die meiste Zeit unserer kleinen Reise und wurde auch bei unserem Zwischenhalt in Lage nicht wach. In Bad Salzuflen angekommen, stand schon der Kutscher bereit, unser Gepäck in Empfang zu nehmen und uns zu unserem Kurhotel zu fahren. Die Fahrt wurde uns lang, denn Heinz war hungrig und durchnässt, sodass er am Ende durchdringend schrie. Wir wurden wieder mit großer Höflichkeit empfangen und zu unserer Suite geführt. Es war alles sehr hübsch und wohnlich, und ein kleines Bettchen stand für meinen Sohn schon bereit. Ich wechselte geschwind seine Windeln und stillte ihn. Vom ungewohnten Schreien war er wohl sehr erschöpft, er schlief nämlich schon fast, während ich ihn in sein Bettchen legte. Hermine und ich machten uns frisch und entledigten uns unserer Reisekleidung. Wir waren zu müde, noch irgendwo hinzugehen, ließen uns daher unser Abendessen aufs Zimmer bringen und gingen ebenfalls früh schlafen.

Die nächsten Wochen vergingen mit süßem Nichtstun, gutem Essen, viel Bewegung an der frischen Luft und ausgesuchter Leibesertüchtigung. Anfangs kam ich mir sehr merkwürdig vor, wenn ich frühmorgens auf bloßen Füßen durch den feuchten Rasen laufen sollte. Dabei wurden die Knie unnatürlich hochgezogen und die Arme vor- und zurückgeschwenkt. Es gab auch große hölzerne Reifen, die wir auf verschiedene Weise in die Luft warfen und entweder selber auffingen oder von einem Gegenüber auffangen ließen.

Hermine fand an dieser Art Unterhaltung so gar keinen Gefallen, sie beschäftigte sich währenddessen lieber mit einer Handarbeit oder mit Heinz.

Ich weiß nicht, was von all diesen Dingen meine Genesung bewirkte, vielleicht war es ihre Gesamtheit, auf alle Fälle kam mein Lebensmut langsam zurück und meine fröhliche Natur begann sich wieder zu zeigen.

Nach etwa vier Wochen kam an einem Sonnabend Otto zu Besuch. Ich freute mich unglaublich, ihn zu sehen, und auch er nahm mich fest in die Arme und drückte mich lange an sich.

»Ich habe dich so sehr vermisst, wie ich es selber nicht für möglich gehalten hätte«, flüsterte er mir ins Ohr.

»Ich dich kein bisschen«, neckte ich ihn und lachte ihn dann aus, als ich sein erschrockenes Gesicht sah.

Wir spielten eine Weile mit Heinz, soweit man mit einem so kleinen Kind spielen konnte, und baten dann Hermine, ihn für den Rest des Tages zu übernehmen. Vier Stunden hatten wir jetzt ganz für uns, danach musste ich zum Stillen zurück sein. Wir mieteten eine Droschke und fuhren durch den Kurpark, hielten uns an den Händen und genossen jeder die Gegenwart des anderen. Ich hatte aber den Eindruck, als wäre Otto bedrückt und ich fragte ihn, ob er Sorgen habe.

»Nun«, sagte er, »wenn du schon fragst, ja, in der Tat, ich habe wirklich Sorgen. In der Stadt machen sich die

Sozialisten breit und wir haben alle Hände voll zu tun, ihren immer neuen Forderungen mit guten Argumenten zu begegnen.«

Ich wusste nicht so genau, was Sozialisten waren, fragte aber auch nicht, sondern hörte ihm einfach nur zu.

»Sie wollen Versammlungen abhalten, Redner engagieren, die dann die Menschen aufhetzen. Sie stellen unsinnige Forderungen aller Art, wie bezahlten Urlaub, einen freien Tag jede Woche, ja sogar bei Krankheit wollen sie bezahlt werden und derartige Dinge mehr. Natürlich durchschaut jeder Mensch, der seine Sinne beisammenhat, dass das unmöglich ist, aber viele junge Hitzköpfe glauben, ihnen beitreten zu müssen. Man muss so einen Funken austreten, bevor er sich zu einem Flächenbrand auswächst. Aber das ist nicht meine einzige Sorge. Wie du ja weißt, ist unser Regent ohne leibliche Erben und nicht mehr so jung, dass man noch hoffen könnte. Was wird aus Lippe, wenn er stirbt? Wer wird regieren und wie? Nun, damit wollen wir uns aber diesen Tag nicht verderben. Lass uns in eines dieser hübschen Kaffees gehen und du bestellst dir ein großes Stück Torte, oder auch zwei. Du bist so dünn geworden, das müssen wir ändern.«

Leider gehen die schönen Stunden immer viel schneller vorbei als die trüben, und so war auch dieser Tag mit Otto schneller vorüber, als ich überhaupt begreifen konnte, dass er da war. Er nahm mich noch einmal in die Arme und versicherte mir, alles würde gut, ich solle mich nur tüchtig erholen.

Über unsere Zukunft hatten wir kein Wort verloren. Er hatte sie nicht angesprochen und ich mich nicht getraut, zu fragen.

Weitere vier Wochen verbrachten wir in Bad Salzuflen, auch wenn ich mich längst wieder gesund und wohlfühlte. Dann war es endlich so weit, ein Hausmädchen packte unsere Sachen zusammen, der Kutscher kam, trug die Koffer hinaus und am Bahnhof in den Zug. Wir stiegen ein und als wir endlich in Detmold ankamen, stand zwar ein Kutscher bereit, aber zu meiner Enttäuschung kein Otto. Er war auch nicht im Haus, als wir es erreichten, und ich erfuhr von der Köchin, dass er noch weitere zwei Tage nicht erwartet wurde.

Ich machte mir natürlich Sorgen, konnte aber nicht zu viel nachfragen, ohne Verdacht zu erregen. Ich beschäftigte mich mit Heinz, besserte Sachen aus, ging spazieren und langweilte mich schrecklich.

»Du hattest eine ausgewachsene Wochenbettdepression, das wäre von allein bestimmt nicht weggegangen. Gut, dass dein Otto darauf bestanden hat, dich zur Kur zu schicken. Obwohl, Tautreten und Reifenspiele sind eigentlich nicht die allererste Wahl dagegen. War eigentlich die Psychotherapie schon erfunden? Wie nanntet ihr solche Zustände noch mal?«

»›Schwermut‹, meinst du wohl? Ja, ich war wirklich schwermütig geworden, obwohl ich doch ansonsten ein fröhlicher Mensch war. Ich weiß auch nicht, was dann eine Besserung bewirkt hat, vielleicht Brigitte.«

»Wer ist denn jetzt um Himmels willen Brigitte? Die hast du ja noch nie erwähnt.«

»Sie ist mir auch gerade eben erst wieder eingefallen. Brigitte wohnte im gleichen Hotel wie wir und war seit einem Jahr verwitwet, viel älter als ich, aber von sehr angenehmem Wesen. Sie war wohlhabend, hatte aber niemanden auf der Welt, der ihr nahestand. Mit ihr konnte ich reden, sie hat mir nie Vorhaltungen gemacht, nie gesagt, wie falsch das alles ist, wie Hermine oft. Sie hat eigentlich sehr wenig geredet, nur zugehört und manchmal meine Hand gehalten.«

»Na, das war ja schon fast eine Gesprächstherapie«, lache ich und stehe steifbeinig auf. »Ich gehe schlafen, macht ihr, was ihr wollt. Morgen ist auch noch ein Tag und ich kann mich jetzt einfach nicht mehr konzentrieren.«

Auch Mam steht auf und legt das Tagebuch beiseite. Granny ist schon verschwunden, die weiß, wie man sich einen wirkungsvollen Abgang verschafft. Am nächsten Morgen ist sie noch nicht wieder da und so kommen wir weder zum Erzählen noch zum Lesen. Ich verabschiede mich von meinen Eltern und rolle Richtung Autobahn. Kurz hinter der Auffahrt erscheint Granny mit einem fröhlichen »Guten Morgen, mein Kind.«

Während der Fahrt unterhalten wir uns über die Landschaft, meine Mutter, ihren Hund und ihren Ehemann – in genau dieser Reihenfolge. Schließlich setze ich den Blinker, um endlich, nach fast drei Stunden die Autobahn zu verlassen. Wir fahren durch Heidelberg, den schönen Neckar entlang. Die Strecke ist manchmal wirklich nervig, besonders nach langen Fahrten, aber schön ist sie trotzdem immer. Ich kann verstehen, dass ganze Heerscharen von Japanern die alte Brücke belagern, um von hier aus das berühmte Heidelberger Schloss zu fotografieren. Auch Granny betrachtet verzückt die Umgebung und scheint mittlerweile die Autofahrten regelrecht zu genießen. Sie klammert sich jedenfalls nirgendwo mehr fest.

Ich halte an einer Tankstelle, um ein paar Brötchen und eine Schachtel Kippen zu kaufen, genehmige mir noch eine große Cola light und freue mich darauf, noch eine Stunde auf der Couch chillen zu können, bevor die Kids nach Hause kommen. Nee, war klar! Mein Ex steht schon wartend vor der Tür. Während er beim Abholen der Kinder immer, wirklich immer zu spät kommt, passiert ihm das beim Zurückbringen nie, ganz im Gegenteil. Es ist jetzt noch keine halb zwei und er sollte erst um drei kommen. Eine Frechheit ist das, aber was soll ich machen? Die Kinder klettern schon aus seinem Auto und kommen unter lauten Mama-Rufen auf mich zugerannt. Klar, das weiß er natürlich auch, dass ich jetzt nicht sage: Hey, was soll das? Ich habe noch über eine Stunde frei! Ich würdige ihn daher nur eines knappen Grußes, umarme meine Zwerge, die wie immer, wenn sie von ihrem Vater zurückkommen, wie die Wasserfälle reden. Beide! Nur dass jeder eine andere Geschichte erzählen möchte. In kürzester Zeit schwirrt mir der Kopf, und ich nehme schnell, aber ungern Abschied von meiner Cola, meinem Brötchen und meiner Couch.

Granny ist auch nicht mehr da, die weiß, wann es Zeit ist, sich dünnzumachen.

Kater Amun begrüßt unser Heimkommen mit vielen »Grrrr's« und »Maunz'«. Er kann sich vor Begeisterung kaum lassen, rollt über den Boden, reibt sich abwechselnd an allen Beinen und ist die Liebenswürdigkeit in Pelz. Jedenfalls einige Minuten lang, dann fordert er Belohnung fürs lange Alleingewesensein. Sein Ton verändert sich und sein Verhalten auch. Aus den Samtpfoten fahren Krallen heraus, und das Schnurren wird durch forderndes Knurren ersetzt. Er kann einfach den Tiger in sich nicht lange verleugnen. Zum Glück habe ich »Stängelchen« gekauft und schmeiße ihm zwei Stück entgegen, das besänftigt ihn fürs Erste.

Im Briefkasten klemmt ein dicker, brauner Umschlag und ich kriege Beklemmungen, weil mir solche Dinger immer irgendwie Unangenehmes zu enthalten scheinen. Zum Öffnen bleibt mir keine Zeit, denn die Kinder haben noch nicht zehn Sekunden aufgehört zu reden, auch wenn ich noch nicht wirklich verstanden habe, um was es geht. Lasse erzählt von einem Traktor und Luise von einem Pferd. Vermutlich haben sie auf einem Spaziergang beides gesehen. Da sie weder beim Vater noch bei dessen Eltern viel fernsehen dürfen, müssen sie das jetzt unbedingt nachholen und schmeißen sich nebeneinander auf die Couch, auf die eigentlich ich wollte. Na ja, gebe ich mich eben mit dem Sessel zufrieden und reiße den Umschlag auf. Du meine Güte, das ist doch tatsächlich schon von der netten Frau Winkler aus Detmold. Sie muss nach unserem Mailkontakt umgehend ins Archiv gegangen sein und mir einen ganzen Packen alter Zeitungen kopiert haben. Anders ist dieses Affentempo kaum zu erklären. Das finde ich echt klasse von ihr. Lesen kann ich davon allerdings kaum etwas, weil auch diese gedruckten Buchstaben irgendwie komisch aussehen. Aber dann, groß und gerahmt: Die Todesanzeige von Otto. »Verstarb nach kurzem Leiden an einer Lungenentzündung der Kabinettsminister Otto v. Wolffgramm – möge ihm die Erde leicht werden.«

Wie jetzt? Das ist alles? Das kann doch wohl nicht wahr sein, oder? Da stirbt der Erste Minister im Staat und dann so was? Keine Fotos, keine Aufmacher in zehn Zentimeter headline? Nichts? Nicht einmal ein bisschen Spekulation, ob das denn nicht merkwürdig ist, so plötzlich und nur drei Wochen nach seinem Fürsten? Komische Zeitung das!

Darunter dann ein Einspalter, dass er bereits auf der letzten Sitzung angeschlagen war, später dann eine Lungenentzündung auftrat, an der er schließlich nach kurzem, schweren Leiden verstarb. Hallo? Dann schreiben die doch tatsächlich, dass sein Tod es für bestimmte Kreise leichter machen wird, sich in der Frage der Erbfolge zu einigen. Waren die denn alle blind und taub? Das stinkt doch geradezu zum Himmel. Auf einer der nächsten Seiten dann so ein bisschen Menschliches über ihn: »Immer und jederzeit ein offenes Ohr für jeden, der an seine Tür klopfte, immer hilfsbereit, sehr beliebt, wenn auch nicht in bestimmten Kreisen! In welchen Kreisen denn nicht? Mensch, dem hätten die doch mal nachgehen müssen und sich nicht mit dem darüber Schreiben zufrieden geben dürfen. Ja, dann erfahre ich noch, dass Prinz Adolf zu Schaumburg-Lippe mit dem Zug angereist ist, um an der Beerdigung teilzunehmen, und man Ottos Orden, darunter das EK, auf einem Kissen hinter dem Sarg hergetragen hat. That's it! Kein Wort von Luise, kein Wort von Sohn Heinz, nichts. Doch, hier steht noch, dass man am Tag seines Todes eine Sonderausgabe veröffentlicht hat, aber die ist leider in diesem Umschlag nicht zu finden. Da muss ich wohl Frau Winkler fragen, ob sie bei ihrem nächsten Besuch im Archiv danach noch einmal suchen kann.

Der restliche Tag verläuft tatsächlich einigermaßen friedlich und ich habe schon um 21 Uhr Feierabend.

Kurze Zeit später taucht auch Granny wieder auf und setzt sich auf die frei gewordene Couch.

»Na du, auch wieder da? Alles fit?«

»Weißt du, ich habe über vieles nachdenken müssen. Über meine Zeit, über die deiner Mutter und die heutige. Wie wird es wohl drei Generationen weiter auf der Welt aussehen?«

»Keine Ahnung, aber ich werde es ja erfahren, wenn ich dann auch als Geist bei meinen Ururenkeln erscheine. Vermutlich bin ich dann über den völligen Verlust von Moral und Anstand genauso entsetzt, wie du«, lache ich. Auch Granny verzieht den Mund zu einem Lächeln, verzichtet aber auf eine Antwort.

Sie wirkt irgendwie abwesend und ich frage, was sie denn so beschäftigt.

»Ach, weißt du, je mehr ich aus Ottos Tagebuch höre, umso klarer wird mir, dass er wirklich nicht anders handeln konnte, als er es getan hat. Ich glaube auch, dass er mir sehr viele von seinen Problemen verschwiegen hat, um mich nicht zu beunruhigen. Ich verstand ja auch nichts von Politik, wusste nicht, was die Sozialisten eigentlich wollten und so.«

»Ja, geht mir ähnlich. Ich blicke da auch nie wirklich durch, jeder erzählt etwas anderes und wem man wirklich glauben kann, weiß man nie.«

»Ich habe Otto geglaubt. Er war ein ehrlicher und anständiger Mann, der seinem Dienstherrn, dem Fürsten absolut treu ergeben war. Er hätte ihn nie verraten, niemals! Er war aber auch für seine Untergebenen ein anständiger Chef, der immer ein offenes Ohr für alle Probleme und Sorgen hatte. Ich weiß, dass er oftmals Urlaubstage bewilligt hat, wenn einer eine kranke Frau oder ein krankes Kind hatte. Wenn jemand selber erkrankt war, hat er Genesungswünsche geschickt und solche Sachen. So war er, er hatte ein gutes Herz, leider ist ihm das wohl nicht mit Dank vergolten worden.«

»Das hätte mich auch schwer gewundert, echt. Auch heutzutage sind die Guten oft die Dummen, da hat sich nicht viel daran geändert. Aber lass uns nicht jammern, erzähl lieber noch ein bisschen weiter. Schade, dass wir mit Ottos Tagebuch nicht fertig geworden sind, aber viel war es ja nicht mehr.

Nee, warte mal, du bist doch gerade erst gekommen, wirst also wohl kaum in der nächsten halben Stunde schon wieder verschwinden müssen. Könntest du da nicht mal deinen Hut abnehmen? Ich habe dich noch nie ohne gesehen.«

»Nun, Kind, warum nicht, wenn ich dir damit eine Freude machen kann.«

Sie hebt die Arme und zieht eine furchterregend lange Nadel aus dem Stoff, die sie vorsichtig auf den Tisch legt, den Hut dann daneben. Sie hat tiefschwarze Haare, die zu einer merkwürdigen Hochsteckfrisur arrangiert sind.

»Kannst du die auch mal aufmachen, deine Haare sind doch bestimmt wunderbar lang, oder?«

Granny seufzt und verdreht die Augen, macht sich aber daran, diverse Klammern und Teile aus dem Gebilde zu ziehen. Dann schüttelt sie den Kopf und eine wahre Flut von dichten, wunderschönen Haaren ergießt sich über ihren Rücken. Sie reichen mit den Spitzen bis in ihre Kniekehlen. Mir bleibt buchstäblich der Mund offen stehen, so etwas habe ich noch nie gesehen.

»Du meine Güte«, ächze ich, »das ist ja eine Pracht! Und so was Tolles versteckst du die ganze Zeit unter einem Hut?« Ich strecke die Hand aus, um eine dieser dicken Strähnen zu berühren. Leider klappt das nicht. Geister kann auch ich nicht berühren.

»Nur kleine Mädchen dürfen die Haare offen tragen oder in Zöpfen, erwachsene Frauen nicht, jedenfalls keine, die als anständig gelten wollen«, lächelt sie und macht sich dran, ihre Frisur wieder zu richten. Das geht ihr beneidenswert flott von der Hand, und schon fünf Minuten später hat sie alles wieder ordentlich auf ihrem Kopf untergebracht. Sie braucht dazu nicht einmal einen Spiegel.

»Sag mal, wie habt ihr das eigentlich mit dem Waschen gemacht? Das muss doch eine elende Plackerei jeden Morgen gewesen sein?«

»Jeden Morgen? Glaubst du wirklich, ich würde mir jeden Morgen meine Haare waschen?« Der Gedanke scheint sie zu belustigen, jedenfalls lächelt sie.

»Nein, meine Haare wasche ich etwa einmal im Monat und das dauert dann wirklich einen ganzen Tag, bis sie getrocknet sind. Im Sommer geht es etwas schneller, zumindest, wenn die Sonne scheint. Im Winter dauert es immer sehr lange. Ich bürste sie aber jeden Abend, da bin ich sehr konsequent. 100 Bürstenstriche, egal, wie müde ich manchmal sein mag, das muss einfach sein. Danach flechte ich sie zu einem Zopf und setze meine Schlafhaube auf.«

»Ja, das hat meine Oma auch immer erzählt, ich habe das eher für ein Märchen gehalten. 100 Bürstenstriche und dann auch noch eine Schlafhaube.

Aber dass ein Mensch mit einer Haarwäsche im Monat auskommen kann, unvorstellbar. Vermutlich war eure Luft doch deutlich sauberer als unsere heute. Oder woran kann das sonst gelegen haben?«

»Das weiß ich wirklich nicht, aber mir ist schon aufgefallen, dass es in deiner Zeit ziemlich schlecht riecht, ich atme immer erst einmal tief durch, wenn ich zurückkomme.«

»Aha, tja, das ist dann wohl der Preis für Industrie und Co, kann man nichts machen. Okay, wo waren wir? Ach ja, erzähl weiter, damit wir zum Ende kommen, bevor wir nach Detmold aufbrechen. Den letzten Rest von Ottos Tagebuch lesen wir dann eben auf der Fahrt.«

LUISE

Er kam erst sehr spät am dritten Abend meiner Heimkehr in mein Zimmer. Er begrüßte mich mit einer innigen Umarmung und schaute eine Weile liebevoll auf seinen Sohn. Er sah sehr müde aus, hatte tiefe Ränder unter den Augen und seine Weste schien viel zu weit zu sein.

»Otto«, sagte ich, »du arbeitest zu viel. Du musst dich einfach mehr schonen, schläfst zu wenig, isst zu wenig und überhaupt, du denkst zu wenig an dich selbst.«

»Ach, Minchen«, lächelte er, »dafür denkst du doch an mich und wirst schon aufpassen, dass ich nicht verhungere.

Komm mit nach unten, dann kannst du mir beim Essen zusehen, falls du nicht selber auch noch eine Kleinigkeit zu dir nehmen möchtest.«

Wir nahmen unsere alte Gewohnheit wieder auf, dass ich bei ihm saß, wenn er aß, und bei ihm blieb, bis er schlief. Diese Nacht schliefen wir das erste Mal nach langer, langer Zeit wieder miteinander. Ich war unsicher und verlegen, schließlich war mein Körper noch nicht wieder so schlank wie vor der Schwangerschaft und ich stillte ja auch noch. Otto schien das aber nicht wahrzunehmen, im Gegenteil, er war geradezu enthusiastisch. Küsste mich, drückte mich immer wieder an sich und war dann leider sehr schnell, zu schnell, als dass ich auch Befriedigung gefunden hätte. Ich nahm ihm das nicht übel, es war sicherlich die lange Enthaltsamkeit wegen meiner Schwangerschaft, dem Wochenbett und dann der langen Abwesenheit. Außerdem verband uns ja so viel mehr als nur das Körperliche, obwohl ich zugeben muss, dass ich gerade das besonders vermisst habe. Aber darüber hinaus waren wir einander verbunden, im wahrsten Sinne des Wortes. Einer war ohne den anderen einfach kein Ganzes, davon war ich absolut überzeugt. Ich hätte mir jetzt vielleicht Sorgen darüber machen sollen, was passieren würde, sollte ich erneut schwanger werden. Ich tat es aber nicht, schließlich stillte ich ja und daher sollte das nicht passieren. Nur, irgendwann würde Heinz ja alt genug sein und abgestillt werden. Ich schob diesen Gedanken weit von mir und genoss Ottos Wärme und seine Nähe. Der Gedanke, dass dieser Mann mich liebte, nahm mir noch immer den Atem.

Vielleicht ist das für junge Frauen heute kaum noch vorstellbar, aber Otto und ich sprachen nie viel über körperliche

Dinge. Nicht über das Stillen, nicht über die Gefahr einer Schwangerschaft, und schon gar nicht über die Verhütung einer solchen. Vielleicht war ich ja tatsächlich eine merkwürdige Frau, weil mir körperliche Liebe so sehr gefiel. Ich weiß es nicht und konnte auch niemanden danach befragen. Aber es war vom ersten bis zum letzten Mal so, ich genoss jedes Zusammensein mit Otto bis in den hintersten Winkel meines Körpers und meiner Seele. Manchmal schaute er mich danach seltsam an und ich schämte mich ein bisschen, mich so gehen gelassen zu haben. Ich konnte aber wirklich nichts dafür, mein Körper verriet mich immer. Otto sagte nie etwas, lächelte nur, drehte sich dann um und schlief. Ich lag noch eine Weile neben ihm, bevor ich mich erhob und eine Treppe höher in meinem Zimmer wieder zu Bett ging. Ich bin nie, niemals in all den Jahren, eine Nacht bis zum Morgen bei ihm geblieben.

So vergingen die Jahre und ich kann nicht sagen, dass es schlechte Jahre waren. Sicher, es wäre alles viel einfacher gewesen, wäre ich mit Otto verheiratet gewesen, aber das war eigentlich schon lange kein Thema mehr zwischen uns. Einmal, es war an einem kalten Novembertag, hatten wir uns darüber gestritten, sehr gestritten, waren beide laut und böse zueinander gewesen. Ich hatte Otto vorgeworfen, mich nicht wirklich zu lieben, seinen Fürsten immer an die erste Stelle zu setzen, sein Versprechen mir gegenüber gebrochen zu haben und derart schreckliche Dinge mehr. Er hatte zuerst noch schweigend meinem Ausbruch gelauscht, später dann versucht, mir etwas zu erklären, aber ich wollte nichts mehr hören. Ich war es müde, immer wieder erklärt zu bekommen, dass der Fürst eben momentan anderes zu tun habe, und dass er ihm da nicht mit sei-

nen persönlichen Wünschen kommen könne. Ich verstand es nicht! Es war doch nur eine einzige Bitte, eine Frage, nicht mehr. Was war denn daran so schwierig?

Ich war so böse auf Otto gewesen, dass ich weinend auf mein Zimmer lief und drei Tage nicht mehr nach unten kam. Dann hielt ich es nicht mehr aus und ging zu ihm. Er sah abgespannt und müde aus und blickte mir schweigend entgegen. Als ich mich zu ihm auf das Bett setzte, nahm er meine Hand und begann: »Minchen, es tut mir leid. Wirklich, glaube mir bitte, es tut mir von ganzem Herzen leid. Du hast mit allem recht. Ich habe mein Eheversprechen, das ich dir schon vor vielen Jahren gegeben habe, nicht eingelöst, aber auch nicht gebrochen. Ich will dich immer noch heiraten, keine andere, nur dich. Trotzdem stimmt es, ich bin ein Feigling. Ich schiebe den Fürsten und seine Belange vor, weil ich nicht den Mut aufbringe, ihm zu sagen, was ich will. Ich weiß, dass es so aussieht, als würde ich mich deiner schämen, aber das ist es nicht. Ganz bestimmt nicht. Es ist nur so, dass ich immer, wenn ich den Mund aufmachen will, das Gefühl bekomme, furchtbar undankbar zu sein. Ich weiß nicht, warum das so ist, ich weiß nur, dass es so ist.

Ich gehe ganz entschlossen zu seiner Durchlaucht hinein, er schaut mich an und sagt freundlich: ›Na, Kabinettsminister, was für Probleme soll ich wieder lösen?‹, und dann erzähle ich irgendetwas vom Magistrat oder sonst etwas, aber nichts von dir und mir. Ich verstehe mich selber nicht, aber es ist die Wahrheit. Bis zu unserem Streit vor drei Tagen war es jedenfalls so, aber nun ist es anders. Diesmal habe ich keine Ausflüchte gesucht, sondern ich habe dem Fürsten alles erzählt, was mir auf der Seele liegt.

Von dir und mir, unserem Sohn, unserer unterschiedlichen Herkunft und meinem innigen und ehrlichen Wunsch, seine Einwilligung zu dieser Eheschließung zu erhalten. Er hat mir lange zugehört, mich nicht einmal unterbrochen und als ich geendet hatte, lange geschwiegen. Dann hat er tief Luft geholt und gesagt: ›Mein lieber Freund, als Mensch verstehe ich Sie und Ihren durchaus ehrenhaften Wunsch sehr gut, aber als ihr Fürst und Dienstherr kann ich Ihnen diese Einwilligung nicht geben und das wissen Sie wohl auch sehr gut. Es würde einen nicht unerheblichen Skandal auslösen in unserer kleinen Stadt. Mein Erster Staatsbeamter lebt seit Jahren mit seinem Dienstmädchen unter einem Dach, hat sogar ein Kind mit ihm und will es nun sogar heiraten. Mag sein, dass die Sozialisten das bewundern würden, aber die Konservativen sicher nicht, und meine politischen Gegner würden sich ins Fäustchen lachen. Nein, mein Freund, es geht nicht, so sehr ich es auch bedaure. Bitte haben Sie Verständnis für meine Situation. Wie Sie wissen, ist meine Ehe nicht mit Kindern gesegnet, meine Nachfolge ungeklärt. Ich habe lediglich einen Bruder, der wegen einer Geisteskrankheit entmündigt ist. Die zu Lippe-Biesterfeld, zu Schaumburg-Lippe und Lippe-Weißenfeld warten nicht nur auf meinen Tod, nein, sie streiten sich schon jetzt darum, wer meine Nachfolge antreten soll. Dabei scheuen sie auch nicht davor zurück, eine angeblich nicht standesgemäße Verbindung, die bereits 100 Jahre zurückliegt, ins Feld zu führen. Sie sehen also, welche Auswirkungen so eine Eheschließung haben kann. Nun sind Sie zwar nicht der Regent, aber sein Erster Minister. Wenn Sie jetzt durch Ihr Handeln einen Skandal verursachen, dann trifft mich das mit. Also, ich bitte Sie daher als Ihr Freund, nicht als Ihr Souverän, von unüberlegten Handlungen Abstand zu nehmen. Sie wissen, ich brauche Sie jetzt und hier mehr denn je. Sollten Sie also auf die Idee kommen, Ihre Ämter niederzulegen und Detmold zu verlassen, um irgendwo in der Provinz Ihre Geliebte zu heiraten, dann lassen Sie mich damit persönlich im Stich. Das können Sie nicht wollen, das weiß ich sicher.‹

Otto hatte leise gesprochen, tonlos und resigniert und ich verstand. Dagegen konnte er nichts tun, dazu wäre er niemals in der Lage gewesen, das ließ seine Treue zum Fürsten einfach nicht zu. Dieser Mann hatte ihm wirklich nur Gutes getan, er konnte ihn nicht enttäuschen. Das wussten in diesem Moment wir beide und wir akzeptierten es. Wir liebten uns schweigend, als wäre es ein Abschiednehmen.

Das war es zum Glück nicht, aber wir wussten nun, dass wir zu Lebzeiten des Fürsten das Thema Eheschließung nicht mehr ansprechen würden. Vier Jahre lang hielten wir uns daran, verheimlichten vor der ganzen Welt unsere Liebe und unsere Beziehung zueinander. Heinz kannte Otto nur als meinen Dienstherrn, nicht als seinen Vater, so schwer uns das auch war. Im Haus wurde getuschelt und gemunkelt, obwohl wir uns nie verrieten. Begegneten wir uns in Anwesenheit der Dienstboten, knickste ich, grüßte und sprach Otto mit »Gnädiger Herr« an, so, wie es auch die anderen taten. Um dem Gerede ein Ende zu machen, verbreitete Hermine, ich sei von meinem Verlobten »sitzen gelassen worden«, und hätte von Männern genug. Ich trug es mit Fassung und hielt meinen Kopf oben, aber um meinen Heinz machte ich mir Sorgen. Er war zwar erst fünf Jahre alt, aber er sollte schließlich einmal zur Schule gehen und etwas lernen. Wie sollte ich ihm das ermöglichen, welche Angaben zu seinem Vater machen? Otto beruhigte mich und versprach, einen Weg zu finden.

»Tja, man kann wirklich fast Mitleid mit deinem Otto bekommen. So, wie es aussieht, wollte er zwar, konnte aber nicht. Dich heiraten, meine ich. Die Ansprache des Fürsten war ja sehr deutlich und aus dessen Sicht auch verständlich. Für dich und deinen Sohn muss das alles aber besonders schwer gewesen sein. Du hast dein ganzes Leben den Bedürfnissen deines Ministers angepasst, hast immer verzichtet, immer Verständnis gehabt, bist eigentlich immer zu kurz gekommen. Schrecklich, Granny, das tut mir so leid.«

»Aber nein, mein Kind, das muss es doch nicht. Ich hatte ja ein gutes Leben mit Otto. Wir haben uns geliebt und wussten beide, dass es nur die Umstände waren, nichts sonst. Wir haben manchmal davon gesprochen, was wir tun würden, später, wenn Fürst Woldemar gestorben war oder abgedankt hatte. Unser Erstes war immer: Wir heiraten! Das stand für uns so fest wie das Hermanns-Denkmal, und das gab mir einfach Zuversicht und Mut. Und darum muss ich herausfinden, wer uns diesen Traum durch eine feige Tat zerstört hat. Wer mir meinen Otto und Heinz den Vater genommen hat.«

»Ja, so langsam kann ich das sogar verstehen. Ich habe deinen Otto ja nun nicht kennengelernt, deinen Heinz auch nicht, aber ich glaube, ich hätte beide gern gekannt. Und ich verspreche dir feierlich, alles zu tun, was mir möglich ist, diese Geschichte aufzuklären. Wäre doch gelacht, wenn wir das nicht herausfinden würden. Vorher gehe ich jetzt aber mal in mein Bett und schlafe ein Ründchen. Bis denne.«

Ich überlege noch, ob ich ihr die Todesanzeige vorlesen soll und den spärlichen Rest, beschließe aber, vorerst mal zu schweigen, wer weiß, ob es sie nicht kränkt, dass man ihn so schnöde »abgehandelt« hat. Vielleicht hat sie es ja auch in ihrer Zeit selber gelesen, da hatte sie ja ihre Brille noch. Wozu also alte Wunden aufreißen? Dann fällt mir aber doch noch etwas ein, das ich unbedingt loswerden will. »Granny, eine Sache noch: Stillen schützt nicht vor Schwangerschaft. Du hast vermutlich einfach Glück gehabt, dass du nicht gleich wieder ein Kind erwartet hast.«

»Aber jeder weiß doch, dass man nicht schwanger wird, solange man stillt. Warum stillen denn sonst so viele Frauen etliche Jahre lang?«

»Wen kennst du denn, der erfolgreich auf diese Art verhütet hat? Niemanden? Na siehst du. Glaub mir, die Methode taugt nichts.« Damit gehe ich endgültig schlafen.

Montagmorgen! Gibt es etwas Schlimmeres, als an einem Montagmorgen um 6 Uhr aufstehen zu müssen? Ja, gibt es! An einem Montagmorgen um 6 Uhr über einen schlecht gelaunten Kater zu fallen und zwei Kinder wecken zu müssen, die einfach nicht wach werden wollen. Das ist der Horror schlechthin. Zum Glück ist Granny noch nicht da und hört daher meine üblen Flüche nicht. Erst nach einer Dusche und einem Kaffee kann ich dem Tag einigermaßen ins Auge sehen. Natürlich werde ich auch mit Amun fertig und kriege beide Kinder rechtzeitig für Kindergarten und Schule gerichtet. Ich weiß gar nicht, warum ich mich immer so aufrege.

Mein Chef ist auch noch nicht da, dafür haben die Kolleginnen interessante Wochenendbekanntschaften gemacht und erzählen kichernd davon. Ich bin diesmal nur sehr gemäßigt neidisch. Wenn die wüssten, was ich erlebt habe …

Granny taucht bis zum Mittwochabend nicht auf, aber ich behalte die Nerven. Ich weiß ja jetzt, dass sie auch in ihrer Zeit einiges zu tun hat und sie nicht immer so kommen kann, wie sie vielleicht gern möchte.

Am Mittwoch sitzt sie dann plötzlich wieder neben mir auf dem Sofa.

»Hallo, Granny, wie geht es dir? Was hast du die ganze Zeit gemacht? Du warst seit Sonntag nicht mehr hier, und heute ist schon Mittwoch.«

»Ich weiß, Kind. Ich hatte zu tun, schließlich muss ja das Haus auch mal gereinigt werden und um mich selber musste ich mich auch wieder einmal kümmern. Ich habe mir zum Beispiel meine Haare gewaschen.«

Sie neigt ihren Kopf zu mir und ich schnuppere.

»Lavendel?«

»Ja, aber auch noch Kamille und ein bisschen Essig.«

»Essig? Du wäschst deine Haare mit Essig? Warum das denn?«

»Dann kann man sie nach dem Waschen sehr viel leichter auskämmen, musst du mal versuchen.«

»Aha, na ja, ich glaube, da haben wir heute doch bessere Möglichkeiten.«

»Vielleicht, billigere aber wohl kaum.«

Die muss einfach immer das letzte Wort haben.

»Sag mal, Granny, wie war das eigentlich genau, warum hat man dich eingesperrt? Damals, als Otto gestorben war?«

»Ach Kind, daran denke ich nicht gern, aber, na gut, es gehört ja zu meiner Geschichte.«

LUISE

Ich glaube, ich erinnere mich an keinen einzigen Tag nach Ottos Tod. Ich war in mir selber gefangen, atmete, trank, aß wohl auch, aber ich lebte nicht. Erst nach einer geraumen Weile tauchte ich aus dieser Finsternis auf und empfand nichts als Zorn. Zorn auf die im Schloss, die meinen Otto ermordet hatten. Ich war mir ganz sicher, dass die gemeinen Mörder dort zu suchen und zu finden waren. Zuerst schlich ich nur im Schlosspark umher, schaute mir jeden, der aus der Pforte trat, genau an. Ich wusste ja nicht, wie die Männer aussahen, die Otto nicht wohlgesonnen gewesen waren. Ich hätte Hugo fragen können, aber das wollte ich nicht. Ich wollte allein handeln, wusste, dass er mich an meinen Plänen gehindert hätte. An Plänen, die ich gar nicht hatte. Meine Wut überdeckte jetzt die tiefe Trauer, die ich empfand, und ich wollte einfach etwas tun, um diese Wut zu lindern. Ich versuchte, in das

Schloss hineinzukommen, wurde aber schon am Tor von zwei Wachen daran gehindert. Ich schrie wie wild, schrie meine Angst, meine Verzweiflung und meine Trauer gegen die dicken Mauern. Tagelang stand ich vor Sonnenaufgang auf und lief zum Schloss, in dem ich die Mörder meines Geliebten vermutete. Ich weiß nicht, welche Anschuldigungen ich im Einzelnen erhob, aber am dritten Tag wurde ich verhaftet und auf die Wache gebracht. Man befragte mich, wollte wissen, in welchem Verhältnis ich denn überhaupt zu Otto gestanden hätte und ob ich für meine Beschuldigungen Beweise hätte. Die Sorge, Otto im Nachhinein zu schaden, ließ mich wieder ein bisschen klarer denken und ich verneinte alle Fragen. Der Kommissar befand mich dann für »geistig verwirrt durch den plötzlichen Tod des Dienstherrn« und ich kam mit einem milden Urteil davon. Nur zwei Monate musste ich im Frauengefängnis einsitzen. Ich hatte also Glück im Unglück, denn gerade Anschuldigungen gegen die fürstliche Familie wurden oft viel härter geahndet. Vielleicht verdankte ich dieses Urteil auch Fritz und seiner Intervention oder dem von ihm geschickten Anwalt. Ich wusste es nicht, es war mir ohnehin egal. Fritz versprach mir aber in die Hand, sich um Heinz zu kümmern und um Hermine. Ich hörte es, nickte und war mit meinen Gedanken weit weg. Die zwei Monate vergingen mit viel Arbeit. Ich lebte mit Diebinnen, Dirnen, Streunerinnen und Gattenmörderinnen zusammen, es focht mich nicht an. Ich sprach wenig und blieb für mich. Ich grübelte Tag und Nacht, wer für Ottos Tod verantwortlich war und auf welche Art man seinen Tod herbeigeführt hatte. Ich fand aber keine Antworten auf meine Fragen, bis meine Zeit auch schon um war.

Ich wurde entlassen, ermahnt, nicht wieder vor dem Schloss aufzutauchen, und dann stand ich vor der Ausgangspforte, die mir von irgendjemandem aufgeschlossen wurde. Fritz wartete auf mich und hielt mir ein Büchlein hin.

»Luise, das ist Ottos Tagebuch. Ich habe ihm in die Hand versprochen, dass es nie in falsche Hände geraten wird, darum gebe ich es dir. Ich nehme mal an, du möchtest zuerst zum Friedhof und Ottos Grab besuchen? Mach das und wenn du zurückkommst, müssen wir miteinander reden, es ist viel passiert in der Zwischenzeit.« Ich steckte das Büchlein in meine Tasche und machte mich auf die Suche nach Ottos Grab, das ich schnell fand. Ich fiel auf die Knie und betete zu Gott, mir doch bei der Suche nach dem Mörder zu helfen. Als ich aufstand, bemerkte ich das Tagebuch in meinem Beutel und ich nahm es heraus, um es mir anzuschauen. Ich glaube, das war der Moment, in dem ich wieder Hoffnung schöpfte.

Als ich in das kleine Häuschen in der Bruchmauer Straße kam, war es leer. Hermine oder Hugo waren nicht da, aber später kam Fritz. Wir setzten uns in die Küche und er erzählte mir von Hermines plötzlichem Tod. Ich war sehr betroffen und konnte es nicht glauben. Hermine auch tot und begraben, alle Menschen, die mir wichtig waren, verließen mich. Fritz ließ mich weinen und schwieg. Einige Male dachte ich, er wollte mir noch etwas sagen, aber ich schien mich geirrt zu haben. Er verabschiedete sich nach einer Weile und versicherte mir, sich wie ein Vater um Heinz zu kümmern.

Ich packte das Tagebuch unter meine Bettwäsche, weil ich noch nicht in der Lage war, es zu lesen. Ich konnte es einfach nicht, zu tief war der Schmerz über den Verlust meines geliebten Ottos.

Die nächsten Wochen und Monate verbrachte ich mit dumpfem Grübeln und meiner Trauer. Ich ging kaum aus dem Haus, auch wenn Hugo und Fritz sich große Sorgen um mich machten. Eines schönen Tages dann holte ich das Tagebuch aus seinem Versteck und verbarg es in meiner Tasche. Warum und wozu, das wusste ich selber nicht. So lange nicht, bis ich in deinem Sessel saß.

»Arme Granny, ich kann mir gut vorstellen, wie schrecklich das alles für dich gewesen sein muss.«

Sie lächelt ein bisschen und zuckt mit den Schultern.

»Ja, es war eine schlimme Zeit. Ist es immer noch, aber das Leben musste ja weitergehen. Jetzt bin ich wohl so weit, dass ich Fritz' Angebot annehmen kann, zu ihm zu ziehen. Seine Frau ist einverstanden und Emilie ist ganz begeistert von diesem Gedanken. Darum werde ich jetzt auch ein paar Tage nicht kommen können, ich muss den Umzug vorbereiten und mich bei Fritz einleben. Ich hoffe sehr, dass das auch klappt. Ach, es ist nicht einfach, nie zu wissen, in welchem Jahrhundert man gerade lebt.«

»Gut, dann zieh in Ruhe um. Aber nächsten Freitag solltest du hier sein, da wollen wir schließlich ins Archiv nach Detmold fahren.«

»Ich werde mein Bestes tut«, lächelt sie und löst sich wieder einmal in Luft auf.

Die Woche fliegt nur so vorbei. Mittlerweile habe ich meinem Chef eine etwas geschönte Version von einem »alten Mord« verkauft, in der keine Geisteromas oder so was vorkommen. Nur alte Familienstammbücher, Zeitungsausschnitte et cetera und die Hoffnung auf eine spektakuläre Story. Er war nicht ganz so angetan, wie ich gehofft hatte, aber doch bereit, es mich mal versuchen zu lassen, wie viel das Landesarchiv dazu zu sagen hatte.

Nachdem mein Ex am Donnerstag gegen 17 Uhr die Kinder abgeholt hat, mache ich mich also wieder auf den Weg Richtung Muttern. Ich bin sehr unruhig, weil Granny sich noch nicht gezeigt hat, aber sie taucht auf, als ich aus Heidelberg raus und auf der Autobahn bin.

»Ach, Gott sei Dank, dass du da bist, ich habe schon gedacht, du kommst nicht mehr.«

»Natürlich komme ich, aber ich bin wirklich gerade erst mit allem fertig geworden. Nun wohne ich also bei Fritz und seiner Familie, habe meinen Heinz wieder täglich um mich und könnte ganz zufrieden sein mit meinem Leben. Die Trauer um Otto ist aber immer noch allgegenwärtig und ich glaube, solange ich nicht weiß, wer ihn umgebracht hat, wird sich daran auch nichts ändern.«

»Nun, darum sind wir ja jetzt unterwegs und ich bin ganz sicher, wir werden etwas finden.«

Nach unserer Ankunft informiere ich Mam über die letzten Details aus Grannys Erzählungen und sie verspricht, am Abend noch ein Kapitel aus Ottos Tagebuch zu lesen. Sie schwört heilige Eide, nicht allein heimlich weitergelesen zu haben. Ich glaube ihr kein Wort, dazu ist sie doch viel zu neugierig.

»Hey, wenn du mir nicht glaubst, dann lüge ich dir nie wieder etwas vor«, grinst sie, versichert dann aber glaubwürdig, sich an die Abmachung gehalten zu haben, das Buch nicht anzufassen.

AUS OTTOS TAGEBUCH

Ich war gefangen! Gefangen zwischen meiner Liebe zu Luise und meiner Treue zu meinem Fürsten. Das war sicherer als Ketten oder Mauern, ich konnte und ich würde nicht ausbrechen.

Niemals könnte ich Fürst Woldemar derart enttäuschen, egal, wie sehr ich mir wünschte, Luise endlich ehelichen zu können, meinen Sohn auch in der Öffentlichkeit so nennen zu dürfen.

Es durfte nicht sein! Ich war und musste unantastbar bleiben. Über meinen Schreibtisch gingen Gesuche, Urteile, Anträge und Beschwerden, ich unterschrieb, verweigerte auch mal die eine oder andere Unterschrift, aber immer handelte ich, wie es mir mein Gewissen vorgab.

Die Stimmung im Staat war gespannter denn je. Fürst Woldemar war mittlerweile 70 Jahre alt, und um seine Gesundheit stand es nicht mehr zum Besten. Schon erhoben sich die Stimmen der anderen Fürstenhäuser, um Anspruch auf sein Erbe anzumelden. Nun war es aber eine nicht ganz unbekannte Tatsache, dass mein Fürst die zu Lippe-Biesterfeld ablehnte. Daher hatte Fürst Woldemar vorgesorgt und bereits im Oktober 1890 in meinem

Beisein einen Erlass diktiert, in dem er verfügte, dass nach seinem Ableben sein behinderter Bruder Alexander, vertreten durch Prinz Adolf zu Schaumburg-Lippe, sein Erbe antreten sollte. Dieses Dekret unterlag der höchsten Geheimhaltungsstufe und nur sehr wenige Menschen wussten, dass es existierte. Unter ihnen Fürst Adolf und ich. Ich erhielt darin den schriftlichen Befehl, unmittelbar nach dem Ableben des Regenten dafür zu sorgen, dass diese seine Willensbekundung öffentlich gemacht wurde.

Bis zum heutigen Tag war es auch gelungen, den Inhalt geheim zu halten. Wäre ein Wort davon vor dem Ableben des Fürsten bekannt geworden, die Folgen wären nicht absehbar gewesen. Ich kann guten Gewissens sagen, dass ich mein Schweigen niemals, niemandem gegenüber gebrochen habe.

Trotzdem versuchten die verschiedenen Fürstenhäuser immer wieder, den Regenten zu manipulieren. Allerlei Versprechungen, Anbiederungen bis hin zu klaren Bestechungsversuchen – alles, wozu Menschen in der Lage sind, war dabei. Ich versuchte, meinem Fürsten so viel wie möglich abzunehmen, gar nicht erst an ihn herankommen zu lassen, aber immer gelang mir das natürlich nicht. Zu groß war sein Interesse an den Tagesgeschäften. Das Nichtstun lag ihm nicht, und außer seiner Begeisterung für die Jagd hatte er keine Leidenschaften. Sein fehlender Sinn für Vergnügen aller Art trug sicherlich auch dazu bei, dass er beim Volk nicht wirklich beliebt war. Sein Vorgänger, Fürst Leopold war da von anderer Art gewesen. Fröhlich, offen, den schönen Künsten zugetan, hatte er insbesondere das Landestheater mit großzügigen Subventionen unterstützt. Kurz nach seiner Amtseinfüh-

rung hatte Fürst Woldemar die dann gänzlich gestrichen, weil er das Geld für seine Armee brauchte. Es hatte ihm keine Sympathien eingebracht, obwohl er ansonsten ein redlicher, ehrlicher Mann war.

Neben diesen unschönen Erbstreitigkeiten waren da auch noch die wieder aufflammenden Aktivitäten der Sozialisten, die uns Sorgen machten. Nach zwei Attentaten auf Kaiser Wilhelm I., die man – allerdings ohne Beweise – den Sozialisten angelastet hatte, waren diese schließlich 1878 per Gesetz verboten worden.

Das betraf nicht nur die Sozialisten, sondern auch die Kommunisten und Sozialdemokraten. Sie alle einte schließlich der Wunsch, die bestehende Ordnung abzulehnen und zu zerstören. Erfreulicherweise hatten wir die Presseorgane auf unserer Seite und jeder Patriot, der diesen Namen verdiente, hielt sich fern von diesem Gesindel. Leider hatten sich in Detmold – gegen alle Widerstände – besonders die Sozialdemokraten wieder aus ihren Löchern gewagt. Angeführt von einem Schneiderlein, das sich ständig berufen fühlte, Versammlungen abzuhalten. Es gelang uns zum Glück, ihm dazu jeweils die Genehmigung zu verweigern. Doch nicht für lange, schon lag der nächste Antrag auf Abhalten einer Versammlung auf meinem Schreibtisch. Man konnte gar nicht so viele Köpfe abschlagen, wie sich neue erhoben. Ob es nun die Schneider, die Ziegler oder die Schuster waren, alle fühlten sich plötzlich aufgerufen, gegen die bestehende, gesellschaftliche und göttliche Ordnung zu protestieren, und die seltsamsten Forderungen zu stellen. Diese gipfelten in der Ansicht, dass alle Menschen gleich seien und die Vorrechte des Adels und des gebildeten Bürgertums abgeschafft werden sollten.

Besonders perfide ein Schreiben vom November des Jahres 1894, worin den »Wohllöblichen Polizeibehörden« die Gründung eines »Bildungsvereins« mitgeteilt wurde. Auch ein Vereinslokal hatte man bereits gefunden. Im Zum letzten Heller *sollten ab sofort alle 14 Tage Versammlungen abgehalten werden, zu denen jeder Arbeiter eingeladen war. Einzige Forderung war, man musste im Besitz der bürgerlichen Ehrenrechte sein.*

Dagegen konnten wir nicht einschreiten, auch wenn uns die Ironie und vor allem die Gefahr, die von diesen Menschen ausging, nicht unbesorgt ließ.

Ja, ich kann wohl sagen, dass diese Jahre alles von mir forderten. Mein privates Glück war immerhin weitestgehend vollkommen. Ich lebte mit meiner geliebten Luise unter einem Dach, wenn auch in aller Heimlichkeit, konnte meinen Sohn zumindest sehen, wenn schon nicht anerkennen. Wir hatten keinerlei finanzielle Sorgen, und Fürst Woldemar erkannte meine Arbeit auf das Trefflichste an.

Ich glaube, meine Luise hatte verstanden und akzeptiert, dass ich nicht anders handeln konnte, als ich es tat, und mir verziehen, dass ich das ihr gegebene Eheversprechen noch immer nicht eingelöst hatte.

Zu Weihnachten saßen wir alle, die zu meinem Haushalt gehörten, um den großen Tisch im Speisezimmer und genossen die Köstlichkeiten, die Else und eine Beiköchin gezaubert hatten. Heinz hatte leuchtende Augen, als ich ihm ein ganzes Heer an Zinnsoldaten samt Kanonen unter den Christbaum legte. Er spielte damit selbstvergessen, ohne uns zu stören. An diesem besonderen Tag erlaubte ich es mir aber, mich eher wie ein Vater als wie ein Dienstherr zu geben. Ich ließ mich also neben meinem Sohn auf dem Teppich nieder und schon bald waren wir in eine wilde Schlacht vertieft. Bei den Dienstboten erhöhte dieses Verhalten meine Beliebtheit und man pries mich als wirklich gütigen Herrn.

Silvester konnte ich in diesem Jahr 1894/95 ebenfalls im Kreise meiner Lieben verbringen. Der Karpfen löste lange vergangene Erinnerungen aus, und Luise und ich gerieten in eine sentimentale Stimmung, die sich erst gegen Mitternacht wieder in Fröhlichkeit verwandelte. Wir stießen mit Hermine zusammen auf ein glückliches und gesundes 1895 an, auch wenn ein Gefühl von kommendem Unheil nicht ganz von mir weichen wollte.

Hermine war bereits seit der Geburt von Heinz sehr verhalten mir gegenüber. Ich denke, sie hatte es mir nicht verziehen, dass ich mein gegebenes Eheversprechen nicht eingelöst hatte. Im Gegensatz zu Luise verstand sie meine Handlungsweise nicht, zum Glück blieb ihre Zuneigung zu Luise davon aber unberührt. Im Gegenteil, sie hatte diese auch noch auf Minchens Bruder Hugo ausgeweitet, der mir all die Jahre treu ergeben war.

Daher war ich nicht wenig erstaunt, als ich am Abend des 3. Januar vor dem Letzten Heller *eine kleine Menschenmenge stehen sah. Im Vorbeifahren erkannte ich unter ihnen Hugo, Hermine und den unsympathischen dürren Kanzleisekretär. Sie waren offensichtlich in eine lebhafte Diskussion vertieft, denn keiner schaute nach meiner Kutsche. Was hatten sie mit diesem Menschen zu tun? Ich nahm mir vor, Hugo bei nächster Gelegenheit danach zu befragen.*

Gut, dass ich es nicht vergaß, denn was er mir dann, einige Tage später, berichtete, übertraf meine allerschlimmsten Befürchtungen um ein Vielfaches!

Nach seinem Verhältnis zu besagtem Sekretär befragt, bekannte er, von diesem schon vor einiger Zeit angeworben worden zu sein. Er hege nun gewisse Sympathien für die Sozialdemokraten, deren Forderungen ihm zum Teil gerechtfertigt erschienen. Hermine sei eher zufällig bei ihm gewesen. Zum Glück gelang es mir, diesen anständigen, aber doch schlichten jungen Menschen davon zu überzeugen, wie schädlich der Einfluss dieses sozialdemokratischen Sumpfes auf seinen Charakter war. Als ich ihm dann schließlich eine Zigarre offerierte, gestand er mir mit hochrotem Kopf, Kenntnis von einem Komplott erlangt zu haben, in dessen Mittelpunkt seine Durchlaucht Fürst Woldemar sowie sein Erster Minister stehen sollten. Ich war wie vor den Kopf geschlagen, mit so etwas hatte ich nun doch nicht gerechnet. Das war Hochverrat! Als ich das Hugo auf den Kopf zu sagte, brach er in Tränen aus. Ich überließ ihn eine Weile seinem schlechten Gewissen und schwieg. Nach einiger Zeit versicherte er mir aber glaubwürdig, dass er diese Sache niemals vor mir hätte verbergen können. Weiterhin war er jetzt bereit, so zu tun, als wäre er mit den Verrätern im Bunde, und würde im Notfall auch gemeinsame Sache mit ihnen machen.

Es war wichtig, so viele Namen wie nur möglich zu erhalten und vor allen Dingen über die Art und Weise sowie den genauen Zeitpunkt des geplanten Attentates Kenntnis zu erlangen. Ich erfuhr noch, dass Berta Sandmann, die Hebamme, die meinen Sohn auf die Welt gebracht hatte, eine entfernte Verwandte des Dürren war, maß dem aber weiter keine Bedeutung bei.

Ich schwieg über das, was ich gehört hatte, eisern. Weder meinem Fürsten noch Luise gegenüber erwähnte ich meine Sorgen mit einem Wort. Nur Fritz wollte und musste ich einweihen, könnte es doch geschehen, dass diese hinterhältigen Heuchler, trotz aller Vorsorgemaßnahmen, erfolgreich waren.

Im Februar kannte ich immerhin die Namen der vier Hauptakteure. Da war einmal das besagte Schneiderlein, dann der Dürre, natürlich mein alter Feind Reichelt, mittlerweile Ober-Regierungsrat, und ein Anwalt namens Lütke, den ich nicht kannte. Über die Beweggründe der vier Mordbuben war nichts zu erfahren gewesen, außer, dass sie die gesamte Gesellschaft revolutionieren wollten. Wären es junge Heißsporne gewesen, gerade eben den Kinderschuhen entwachsen, hätte ich gelacht, aber so war es bedauerlicherweise nicht, und ich musste die Bedrohung sehr ernst nehmen.

Am Abend des 19. März 1895 war Fritz mein Gast. Ich hatte Luise gebeten, uns allein zu lassen, da wir dringende geschäftliche Dinge zu besprechen hätten. Ich berichtete ihm also alles, was ich wusste und befürchtete

Er hörte mir schweigend, mit sehr ernstem Gesicht zu. Dann rieb er sich über die Nase und sagte: »Otto, ich weiß, du hörst das nicht gerne, aber du bist nicht nur Zielscheibe des Mobs, weil du der Erste Minister seiner Durchlaucht bist. Man verbreitet Gerüchte über dich. Gerüchte, die dir sehr schnell das Genick brechen können. Die auch deinen Fürsten zwingen könnten, sich gegen dich zu stellen. Verstehst du, was ich meine?«

»Nein, ich verstehe nicht. Wovon sprichst du?«

»Nun, du bist ein Mann, bekleidest ein hohes Amt, bist noch keine 60 Jahre alt und niemand hat dich je mit einer Frau gesehen. Da liegt es doch nahe, dass Menschen,

die dir schaden wollen, aber keinen konkreten Grund dafür finden, einen ersinnen. Und was könnte deinen Ruf wohl schneller ruinieren als der Verdacht, vom ›anderen Ufer‹ zu sein?«

»Vom anderen … Fritz! Ich bitte dich, du willst mir doch nicht wirklich weismachen, dass man mich für homosexuell hält?«

»Oh nein, diejenigen, die dieses Gerücht in die Welt gesetzt haben, wissen ganz genau, dass du es nicht bist. Sie wissen nämlich, dass du seit Jahren ein Verhältnis mit deinem Dienstmädchen hast und der Vater ihres Sohnes bist. Das wäre juristisch nicht strafbar, Homosexualität dagegen sehr wohl. Letztendlich ist es daher vollkommen egal, wer welches Gerücht glaubt und es weitererzählt. Und genau das ist dein Problem. Man muss dich gar nicht töten, um dich mundtot zu machen. Verstehst du das denn nicht? Irgendjemand wird sich schon finden, der eine Anzeige gegen dich aufgibt, zwangsläufig muss es zu einer Gerichtsverhandlung kommen. Der Homosexualität angeklagt, musst du zugeben, seit vielen Jahren ein Verhältnis mit Luise zu haben und tatsächlich der Vater ihres Kindes zu sein. Sie wird in den Zeugenstand gerufen, Hermine, ich, die Hebamme Berta Sandmann, die Urheberin dieser Behauptung. Der Skandal wäre perfekt. Egal, wie es am Ende ausgeht, dein Wort hätte keinerlei Wert mehr, du könntest anklagen, wen du wolltest, man würde dir nicht mehr glauben. Und darum, mein Bester, musst du heiraten. Sofort! Heirate Emilie, sie mag dich und Luise sehr und würde es sicherlich für eine besonders romantische Idee halten. Noch dementiert dein Fürst, dem die Gerüchte natürlich auch zu Ohren gekommen

sind, energisch. Er wäre aber sicher sehr glücklich, wenn er dem mit deiner Eheschließung Nachdruck verleihen könnte. Schließlich wäre damit allen Anwürfen erst einmal der Boden entzogen.«

In diesem Moment fasste ich einen Entschluss, weil mir plötzlich alles ganz klar und einfach erschien. Wenn Menschen mit Lügen, mit böswilligen, aus der Luft gegriffenen Verleumdungen einen ehrlichen Menschen ruinieren konnten, dann musste man dem mit Offenheit und Anstand begegnen. Ich würde heiraten, jawohl, und zwar umgehend. Nicht Emilie, aber Luise, so wie ich es seit Jahren wollte und aus Loyalität nicht getan hatte. Damit sollte jetzt Schluss sein, ein für alle Mal.

Ich richtete mich auf und schaute meinen Freund an. »Du hast recht, ich muss und ich werde heiraten. Morgen, wenn der Pfarrer es einrichten kann.«

In diesem Augenblick hörte ich ein Geräusch. Ich legte meinen Finger auf den Mund, erhob mich leise und ging rasch zur Tür. Ich riss sie auf und sah gerade noch Hermines Röcke um die Ecke wehen. Sie hatte offensichtlich gelauscht und lief nun nach oben, Luise die große Neuigkeit zu überbringen. Sollte sie, schließlich ging ja auch ihr größter Wunsch damit in Erfüllung und ich gönnte ihr die Freude.

»Fritz, mein alter Freund, ich werde heiraten. Und du wirst mein Trauzeuge sein. Aber nicht deine Emilie ist die Braut, sondern meine Luise. Auch wenn ich deiner Tochter für dieses noble Angebot dankbar bin. Ich will mich endlich vor aller Welt zu Luise bekennen, zu ihr und zu unserem Sohn. Mein Fürst wird mich verstehen.«

Fritz schaute mich lange an, schließlich stand er auf,

umarmte mich herzlich und sagte: »Ich weiß, dass es nun keinen Sinn mehr macht, dir etwas ausreden zu wollen. Du hast dich entschieden, was immer das für Konsequenzen nach sich ziehen mag. Ich wünsche dir und Luise alles Glück dieser Welt. Ich werde immer euer Freund sein.«

Mam lässt das Tagebuch sinken und schaut mich an. Ich drehe mich zu Granny, die auf dem Sofa sitzt und so elend aussieht, dass mir das Herz wehtut.

»Granny, sei doch nicht traurig. Jetzt hast du es doch von ihm selber gehört, er wollte dich tatsächlich heiraten.«

»*Ich* wusste das schon immer, ihr wart es doch, die immer an ihm und seinen lauteren Absichten gezweifelt haben. Er hatte einfach keine Wahl, wollte er noch in den Spiegel schauen können. Nein, das ist es nicht, was mich so schmerzt. Dass er mir überhaupt nichts von seinen Ängsten und Sorgen erzählt hat, alles allein getragen hat, das zerreißt mir fast das Herz. Warum hatte er so wenig Vertrauen zu mir?«

»Ich glaube nicht, dass das etwas mit mangelndem Vertrauen zu tun hatte. So wie ich deinen Otto einschätze, wollte er dich einfach nicht ängstigen, nicht mit seinen Sorgen belasten. Kurzum, er wollte dich schützen. Das war doch wirklich ein nobler Zug von ihm.«

Ich wende mich meiner Mutter zu und »übersetze« ihr unsere Unterhaltung.

Sie nickt zustimmend und sagt: »Na, der Gute hatte es aber auch wirklich nicht leicht. Ich habe mir darüber noch nie Gedanken gemacht. Ich kannte ihn ja auch nur als »Minchens Minister« und wenn ich darüber nachdenke, bin ich immer davon ausgegangen, dass er zu

Hause eine Gattin und viele Kinder sitzen hatte. Ab und an besuchte er dann eben Minchen, die an seine große Liebe glaubte. So in etwa. Mittlerweile sieht das aber ganz anders aus. Dass sich hinter dieser Familienanekdote eine so tragische Geschichte versteckt, hätte ich mir wirklich nie träumen lassen. Ich finde es sehr schade, dass ich Otto nicht kennengelernt habe. Na ja, und seine Luise kenne ich ja auch nicht wirklich.«

»Sag ihr, ich bin ganz sicher, sie hätte meinen Otto gemocht und mich auch. Ich mag sie jedenfalls mittlerweile ganz gern leiden.«

»Ich soll dir ausrichten, dass du ihren Otto bestimmt klasse gefunden hättest und sie selber auch. Dich findet sie mittlerweile auch ganz erträglich.«

»Okay, dann haben wir uns jetzt alle lieb und gehen zu Bett. Wir müssen morgen in aller Herrgottsfrühe aufstehen und haben eine weite Fahrt vor uns.«

Am nächsten Morgen gibt es nur ein schnelles Frühstück, der Kaffee kommt in die Thermoskanne für unterwegs. An der ersten Tanke holen wir uns ein belegtes Brötchen und schweigen dann, bis wir die Autobahn erreicht haben. Granny hat sich noch nicht blicken lassen, was mich einigermaßen wundert. In der letzten Zeit war sie zwar öfter mal länger nicht da, aber ausgerechnet jetzt nicht aufzutauchen?

»Wenn ich mir überlege, wie es dieser Frau jetzt gehen muss, wird mir ganz übel«, Mam schaut mich von der Seite an.

»Geht mir ähnlich, aber mir wird auch übel, wenn ich daran denke, dass ich vielleicht auch einmal als Geist durch die Gegend laufen muss.«

»Ja, darüber habe ich auch schon nachgedacht, aber ich will hoffen, dass das nicht die Regel, sondern die Ausnahme ist. Also, nur, wenn man noch dringende Dinge wie ungeklärte Morde oder so zurückgelassen hat, dann vielleicht.«

»Dein Wort in Gottes Gehörgang.«

»Du sollst den Namen des Herrn, Deines Gottes nicht …«

»Oh, hallo, Granny, auch schon anwesend? Wie schön, dann sind wir ja komplett. Wir haben uns gerade darüber unterhalten, ob wir alle mal nach unserem Tod als Geist wieder erscheinen müssen. Kannst du uns darüber Näheres sagen? Ich meine, wenn es einer wissen muss, dann doch wohl du, oder?«

»Darüber kann ich euch gar nichts sagen. Schließlich bin ich noch nicht tot, sondern lebe mein Leben nur in einer anderen Zeit. Ich saß einfach eines Tages in deinem Sessel, wusste aber genau, warum. Manchmal verschwinde ich ohne mein Zutun, wache in meinem Bett auf und fühle mich ausgeruht und erholt. Das ist alles sehr geheimnisvoll und merkwürdig.«

Mit einer kurzen Zigarettenpause, die Granny missbilligend im Auto verbringt, während wir draußen stehen, erreichen wir bald die Ausläufer von Detmold. Es ist ein Frühlingsmorgen wie aus dem Bilderbuch. Wolkenloser, tiefblauer Himmel, die Apfelbäume blühen, der Flieder duftet, alles wirkt ungeheuer friedlich.

Mam schaut unsicher aus dem Fenster und zuckt die Schultern.

»Keine Ahnung, von wo wir überhaupt in die Stadt kommen, das hat sich hier alles ganz schön verändert in den letzten Jahren. Ah, doch, jetzt weiß ich, wo wir sind, das ist die Freiligrathstraße, ja, genau und rechts kommen wir zum *Lippischen Hof*. Vorher rechts müssten wir dann Richtung Palaisgarten fahren. Ja, genau, jetzt links in den Alten Postweg, da war früher mal ein Zahnarzt.«

»Heute nicht, heute ist da eine Baustelle und eine Einbahnstraße.«

»Ups, na ja, das kann ich schließlich nicht wissen. Dann musst du drehen, denn hier kommen wir raus aus Detmold. Oh, guck mal, der *Falkenkrug*, da war früher eine Rollschuhbahn und dort habe ich meinen ersten Film geguckt. *Wenn die Conny mit dem Peter*.«

»Auf der Rollschuhbahn?«

»Quatsch, da war auch ein Kino. Und das da ist der Büchenberg, den bin ich mal auf meiner linken Gesichtshälfte runtergerutscht, nachdem ich mich vorher von meinem nagelneuen Tretroller getrennt hatte. Und im Palaisgarten sind wir rodeln gegangen …«

»Hol mal zwischendurch Luft, bitte Granny? Erkennst du etwas wieder?«

»Ja, natürlich! Die Allee mit dem Knochenbach. Dort hinten habe ich an Neujahr meinen Otto mit Emilie gesehen. Das *Hornsche Tor* ist nicht mehr da und eine Ampel gibt es in meiner Zeit natürlich auch nicht. Die Straßen sehen alle anders aus, aber manches ist noch ähnlich. Der *Lippische Hof*, aber der sieht jetzt auch ganz anders aus.«

Witzig, die beiden Frauen, zwischen denen ja auch ein paar Jahrzehnte liegen, sind in der gleichen Stadt aufgewachsen, erkennen Dinge wieder, von denen ich nicht einmal wusste, dass es sie gibt. Wenn ich ehrlich bin, ich wusste nicht einmal, wo Detmold eigentlich liegt.

Mittlerweile hat es das Navi geschafft, uns in die Willi-Hofmann-Straße zu bringen. In der befindet sich unser Ziel, das Lippische Landesarchiv. Hübsch sieht es aus, Fachwerk und Glas. Ziemlich groß, hoffentlich finden wir da, was wir suchen.

Wir stellen unser Auto auf dem Besucherparkplatz ab und machen uns auf den Weg zum Haupteingang. Es gibt eine Information und dort begrüßt uns eine nette Dame, die uns einweist: Antrag auf Ausstellung eines Besucherausweises am PC ausfüllen, Taschen in die dafür vorgesehenen Schließfächer packen und dann den Schlüssel bei ihr abgeben.

Okay, was befürchten die, das man hier klauen könnte? Wir tun, was getan werden muss, und dürfen dann durch die Glastür in den Lesesaal eintreten. Wieder eine Frau, diesmal eine jüngere, nimmt uns in Empfang und hilft uns bei der Herstellung der Besucherausweise. Dann kommt sie mit einem Wägelchen, auf dem einige Akten liegen. Von Kartons keine Spur. Ich frage nach, sie fragt nach, schaut nach und lässt mich dann wissen, dass die erst gegen Mittag eintreffen werden. Gut, das läuft ja alles wie am Schnürchen. Mam und ich nehmen an einem freien Tisch Platz, Granny setzt sich neben meine Mutter. Es ist zum Glück ziemlich leer, lediglich drei Leutchen sitzen etwas entfernt von uns vor Bildschirmen.

Die hellgrünen Aktendeckel sind staubig und offensichtlich schon lange nicht mehr geöffnet worden. Ich nehme mir den ersten und blättere ihn durch, während Mam sich mit einem zweiten beschäftigt. Vorgänge aus sechs Amtsjahren vom Kabinettsministerium. Urlaubsbewilligungen, Krankmeldungen, Reisekostenabrechnungen, ja, sogar seine gesamte Umzugskostenrechnung ist vorhanden. Ottos Umzug von Potsdam nach Detmold kostete den Lippischen Staat schlappe 400 Mark!

Damit Granny überhaupt etwas von dem mitbekommt, was wir tun, rede ich leise mit Mam: »Das ist ja alles ziemlich uninteressant. Da geht es doch nur um seine beruflichen Dinge. Akten, nichts als Akten.«

Dann finden wir seine »Einstellungsurkunde« und einige Schreiben von ihm selber an »Seine allergnädigste Durchlaucht« oder »Meinen sehr verehrten Herrn und Fürsten«.

Hilft uns nicht wirklich weiter, ist aber doch spannend. Die Handschrift kennen wir ja schon, sie ist immer gleich: Korrekt, gerade und nach rechts geneigt. Auf viele Seiten hat er an den Rand »viel Vergnügen«, »gute Besserung«, oder »meine allerherzlichsten Wünsche zur Genesung« geschrieben. Er erhielt ein jährliches Gehalt von 9.000 Mark, das vierteljährlich gezahlt wurde. Er war Leutnant im Brandenburgischen Ulanenregiment und nahm an den Kriegen 1866 und 1870/71 teil. Er wurde nicht verwundet.

»Mein Gott, der Ärmste, gleich zwei Kriege, in denen er sein Leben riskieren musste. Nun gut, aber das ist alles nicht wirklich von Interesse für uns. Wir brauchen nicht seine Akten, wir brauchen seine privaten Sachen. Der Mörder wird ja kaum eine Aktennotiz gegenzeichnen lassen haben. Und eine Quittung über Arsen oder so was werden wir wohl auch nicht finden.« Es hilft alles nichts, wir müssen warten, bis die Kartons kommen. »Los, gehen wir eine rauchen!«

Als wir wieder in den Lesesaal zurückkommen, steht ein Wagen vollbeladen mit Kartons an unserem Tisch, bedeckt mit dem Staub der Jahrhunderte. Meine Hände sind in Sekunden schwarz. Egal, wir nehmen uns den ersten vor und finden nichts. Nur uninteressantes Zeug aus den Kriegen, seinen Anstellungen als Landrat oder Polizeipräsident. Was wir suchen, ist nicht drinnen.

Der nächste Karton enthält sein Testament. Ein großes, ellenlanges Testament, mit einer akribischen Aufzählung aller Löffel, Gabeln, Teller und Tassen. Jeder Raum seines Hauses, jeder Schrank und jede Schublade ist hier exakt aufgeführt. Du liebe Güte, da hat sich aber jemand wirklich Mühe gemacht. Da erbt einer sechs kleine Löffel und sechs kleine Gabeln, ein anderer dafür sechs große Löffel und sechs große Gabeln. Sehr merkwürdig das alles.

Sein eigentliches, von ihm unterschriebenes Testament ist aber durchaus informativ für uns.

Er hat es nämlich erst aufsetzen lassen, als er bereits schwer erkrankt war.

In Anwesenheit seines Arztes, der bestätigte, dass er zwar schwach und krank sei und unter starken Schmerzen leide, aber ohne Zweifel geistig klar und Herr seiner Sinne.

Sein Anwalt dokumentierte seinen letzten Willen und hier heißt es nun wörtlich: »Wünsche ich, dass mein letzter Wille genau so umgesetzt wird, wie ich es hier verfüge!«

»Oha, das hört sich ja nun schon mal sehr danach an, als habe er Befürchtungen gehegt, jemand könne sein Testament vielleicht anfechten. Aha, er hinterlässt seiner Aufwärterin Luise Klewe 1.500 Mark und Fräulein Emilie Deppe 10.000 Mark.«

»Hä? Wie jetzt? Dich speist er mit 1.500 Mark ab und dem reichen Fräulein Emilie hinterlässt er gleich 10.000?«

»Ja, darüber hat er mit mir gesprochen, ungefähr zwei Wochen vor seinem Tod. Der Fürst war gerade gestorben und Otto muss gewusst haben, dass es noch große Probleme geben würde. Da hat er gesagt, er hätte mit Fritz beratschlagt, wie er es ermöglichen könne, mich und den Jungen abzusichern, falls ihm etwas zustoßen würde. Es hätte merkwürdig ausgesehen, mir als seiner Aufwärterin so viel Geld zu hinterlassen. Die beiden Männer haben dann besprochen, das Geld an Emilie zu geben, die es für mich beziehungsweise für Heinz und seine Ausbildung anlegen sollte.«

»Ach so, ja, das macht Sinn, stimmt! Aber, sag mal, was hast du gerade gesagt? Der Fürst war gestorben? Welcher Fürst? Seiner? Woran und wieso?«

»Ja, er ist am 20. März 1895 in der Früh an einem Fieber gestorben, plötzlich und unerwartet, auch wenn er schon über 70 Jahre alt war.«

»Merkwürdig, sehr merkwürdig. Wann ist dein Otto gestorben? Moment, hier steht's: Er starb nach kurzer, schwerer Krankheit unter heftigen Schmerzen, am 11.4.1895 an Pneumonie und wurde am 14.4.1895 um 7:30 Uhr auf Ostersonntag beerdigt. Na, wenn das ein Zufall ist, dann fresse ich einen Besen, aber echt. Da hat doch jemand die beiden aus dem Weg geräumt, was meinst du, Mam?«

»Keine Ahnung! Aber hätte man bei einem plötzlichen, unerklärlichen Tod eines Fürsten nicht Nachforschungen angestellt? Untersuchungen gemacht? Ich meine, wenn jemand nachgeholfen hätte, dann vermutlich so, dass es schwer oder gar nicht nachweisbar war. Erschießen, erdolchen, erwürgen fällt damit schon mal flach, das hätten Ärzte auch im 19. Jahrhundert gemerkt. Was blieb? Vergiften! Womit? Das beliebteste Gift war Arsen, aber das konnte man damals schon leicht nachweisen und die Symptome kannte jeder Medizinstudent im zweiten Semester. Nee, das war's nicht. Blieben noch Pflanzengifte, wie Akonit oder Colchicum, die Herbstzeitlose. Die Symptome waren aber so heftig und traten sehr schnell nach einer Mahlzeit auf, hätte die Gattin misstrauisch machen müssen. Nee, gehen wir mal davon aus, dass der Regent eines natürlichen Todes gestorben ist.

Dass aber unser Otto drei Wochen später ebenfalls plötzlich und unerwartet seinem geliebten Fürsten in die ewigen Jagdgründe folgte, das ist mir ein Zufall zu viel. Wenn da nicht einer nachgeholfen hat, dann weiß ich es nicht. Und eine Lungenentzündung ›unter großen Schmerzen‹? Mmmm … ich habe da ein sehr ungutes Gefühl. Frag mal Granny, ob sie sich an irgendwas aus Ottos letzten Tagen erinnern kann.«

»Natürlich kann ich das. Otto war durch den Tod seines Fürsten wirklich sehr erschüttert. Er hatte ja nicht nur seinen obersten Dienstherrn verloren, sondern auch einen Freund. Er betrauerte Fürst Woldemar aufrichtig und aus tiefstem Herzen. Obendrein befürchtete er, dass jemand versuchen würde, das geheime Dekret zu vernichten.«

»Was meinst du damit? Das ist vielleicht sehr wichtig.«

»Genau weiß ich es leider nicht. Er hat nur Andeutungen gemacht zu einem geheimen Testament, mir aber nicht gesagt, was genau darin stand.«

»Ah, das war die Geschichte mit der Nachfolge, darüber hat er geschrieben. Klar, die konnten sich doch denken, dass Otto von einer solchen Verfügung wusste. Sie werden es auf alle Fälle vermutet haben. Bleibt aber die wesentliche Frage: Wer waren ›die‹? Ach, du heilige Scheiße, da hat er sich vermutlich am Ausheben seines eigenen Grabes kräftig beteiligt. So, wie ich das sehe, hat Otto nämlich genau das getan, was ihm in diesem Dekret befohlen wurde, nämlich für seine umgehende Veröffentlichung gesorgt. Sollte also irgendjemand den Plan gehabt haben, besagtes Dekret stillschweigend verschwinden zu lassen, war Otto ihm entschieden im Weg. Das setzt aber zwei Dinge voraus: Erstens: Derjenige wusste genau, was in dem Schreiben stand, und zweitens: Es stand seinen eigenen Interessen im Weg. Dann hätte er aber doch nicht riskieren dürfen, dass Otto es auf der einberufenen Sitzung öffentlich machte. Wieso hat er nicht gehandelt?«

»Vielleicht erfahren wir Näheres aus seinem Tagebuch, da ist ja noch ein Kapitel offen.«

Zwischenzeitlich sind wir höflich aufgefordert worden, uns leiser zu verhalten, haben alle Kartons geöffnet, aber nichts mehr gefunden, was uns weitergebracht hätte. Alte Reisetagebücher, so eng beschrieben, dass Mam Wochen brauchen würde, die zu lesen. Seine Art, alles detailliert aufzuschreiben was er erlebt und empfunden hatte, war mir schon bei seinen Tagebüchern aufgefallen. An diesem Mann war wirklich ein Schriftsteller verloren gegangen. Leider blieb jetzt keine Zeit für Reisetagebücher, war auch alles lange vor seiner Detmolder Zeit. Schade eigentlich, so würde ich vielleicht noch viel mehr über diesen unbekannten, spannenden Ahnen erfahren.

»Weißt du was, Mam? Mir ist gerade so durch den Kopf gegangen, dass es mich ohne Otto und Luise gar nicht geben würde! Na ja, dich natürlich auch nicht, und deine Mutter nicht. Schon komisch, wenn man so darüber nachdenkt, oder? Ich hatte bis vor einigen Wochen niemals etwas von den beiden gehört, na ja, bis auf diese Anekdote vielleicht, aber interessiert haben sie mich nicht die Bohne. Ich habe sie gar nicht wirklich mit mir in Zusammenhang gebracht, dabei sind sie sozusagen lebenswichtig für mich. Vielleicht machen es die Völker, die einem ausgiebigen Ahnenkult huldigen, richtiger! Ob's bei denen auch Geisteromas gibt?«

Granny guckt missbilligend, kann sich aber ein Grienen doch nicht ganz verkneifen.

Gegen 14 Uhr sind wir fertig, stellen die Kartons fein säuberlich wieder auf den Wagen und sagen danke und tschüss. Den Ausweis dürfen wir behalten, falls wir noch einmal zurückkommen möchten. Dann befreien wir unsere Handtaschen aus ihren Kästen und machen uns auf den Weg in die Altstadt von Detmold.

Die Lange Straße möchte ich gern sehen. Mam erzählt, dass sie ja auch in der Langen Straße aufgewachsen ist. In der Nummer 51, also gar nicht so weit von Otto entfernt, nur war der natürlich schon über 50 Jahre tot.

»Damals, als ich Kind war, fuhr hier noch die Straßenbahn, die Haltestelle war direkt gegenüber von unserem Haus. Neben uns war das Friseurgeschäft *Harke* und daneben die Drogerie *Köhler*. Dann am kleinen Markt der *Donopbrunnen*, ein Lokal, in dem ich sehr oft war. Mein Onkel war da Oberkellner. Im Sommer gab es draußen Tische und Stühle, das war richtig gemütlich.«

Von all dem finden wir natürlich nichts mehr wieder. Andere Geschäfte, andere Kneipen, das ist der Lauf der Dinge. Auch ihr *Schuhhaus Lange* gibt es nicht mehr, nicht einmal das alte Haus steht noch. Dafür ein neues mit einem neuen Schuhgeschäft. Na ja, immerhin etwas. Wir schlendern durch den Schlosspark, der wirklich schön ist, obwohl die Bäume noch etwas kahl sind. Mam ist entsetzt und vermisst die vielen, schönen alten Kastanienbäume von früher. Die sind nämlich auch nicht mehr da, immerhin steht das Schloss noch. Auch das Denkmal des Herrn von Bandel, auf dem sie als Kind »immer rumgeturnt« ist, gibt es noch und direkt gegenüber das Lippische Landestheater. Granny schaut zum Schloss und versinkt einmal mehr in ihren Erinnerungen.

»Hey, ihr alten Ladies, könnt ihr jetzt mal aus der Versenkung wieder auftauchen? Ich habe Hunger, ich habe Durst und so langsam null Bock mehr darauf, eure verstaubten Erinnerungen anzuhören. Wo gibt's hier was Anständiges zu beißen?«

»Nun werd mal bloß nicht frech, meine Liebe. Komm du mit deinen Tagen erst mal in unsere Jahre, dann wollen wir mal sehen, ob du dich überhaupt noch an etwas erinnerst.«

»Das wirst du ja wohl kaum noch miterleben«, feixe ich, aber Mam ist so schnell nicht beizukommen.

»Weiß man's? Vielleicht bin ich ja dann schon das erste Mal wieder da? Aber, ich muss dir beipflichten, wenn auch ungern, ich habe ebenfalls Hunger und ein Bier wäre auch nicht verkehrt. Also, wohin?«

»Woher soll ich das wissen? Wer ist denn von hier, du oder ich?«

»Okay, ich weiß was. Wäre Chinese okay?«

Natürlich kennt meine Mam meine absolute Vorliebe für chinesisches Essen, daher ist ihre Frage rein rhetorischer Natur.

Wir steigen wieder ins Auto und fahren erneut Richtung *Lippischer Hof* und weiter, am Palaisgarten vorbei, bis rechts ein Hinweisschild auf ein Restaurant *Obere Mühle* auftaucht. Es liegt im strahlenden Sonnenschein, fast alle Tische draußen sind besetzt. Die Menschen genießen die angenehmen Temperaturen und lassen es sich gut gehen.

Wir finden ein schönes Plätzchen unter einem Schirm. Leider ist aus dem Chinesen, den Mam in Erinnerung hatte, mittlerweile ein Spanier geworden, aber, na ja, in der Not frisst der Teufel Tortillas.

Wir bestellen beide einen großen Salatteller mit Hühnerfleisch. Granny sitzt abwesend und in sich gekehrt neben uns. Geister haben es wirklich nicht leicht.

Die Heimfahrt verläuft ohne weitere Zwischenfälle und wir kommen gegen 18 Uhr zu Hause an. Beide Hunde stürmen auf den Parkplatz und freuen sich wie Bolle. Besonders Teddy singt vor lauter Begeisterung in den höchsten Tönen, bevor er eiligst in den Wald rennt und Beinchen hebt. Er verlässt das Haus nämlich nicht, solange meine Mutter nicht da ist. Dass man ihm das vielleicht mal abgewöhnen müsste, darüber rede ich mit ihr lieber nicht. Ist zum Glück ja auch nicht mein Problem.

Nach einem gemeinsamen Abendessen, an dem auch mein Dad anwesend ist und mäßig interessiert unseren spannenden Berichten lauscht, freuen wir uns auf das letzte Kapitel in Ottos Tagebuch. Wir müssen natürlich warten, bis Dad den Rückzug angetreten hat, denn er weiß schließlich nichts von Granny und ihrem Minister. Für ihn haben wir einfach einen Ausflug in den Teutoburger Wald gemacht und Mam hat mir die Stätte ihres kindlichen Wirkens, Lippe-Detmold, gezeigt.

»Verdammt«, entfährt es mir plötzlich, kaum dass er aus dem Raum ist, und alle gucken mich erschrocken an. »Ich hatte mir fest vorgenommen, mir zumindest noch die Bruchmauer Straße und die Krumme Straße anzuschauen, und das habe ich völlig vergessen. Auch Ottos Haus habe ich nicht gesehen, ob es wohl noch steht?«

»Nein, es steht nicht mehr«, sagt Granny leise, »da ist jetzt ein großes Geschäftshaus, ich habe es gesehen, als wir in den Schlosspark gegangen sind.«

»Vielleicht wurde es in einem der Kriege getroffen«, vermute ich, »oder musste aus anderen Gründen abgerissen werden. Ich meine, es wäre jetzt ja auch schon fast 200 Jahre alt, mindestens aber 180 oder so.«

»Kriege, wieso Kriege?« Granny kann natürlich nicht wissen, dass in wenigen Jahren in ihrer Zeit der Erste Weltkrieg ausbrechen wird, um dann 30 Jahre später zum Zweiten, noch furchtbareren zu führen. Ich erzähle ihr das kurz und sie schweigt betroffen.

»Mir fällt ein, dass meine Großmutter erzählt hat, ihr Mann, also dein Sohn Heinz, sei im Ersten Weltkrieg Meldereiter gewesen. In Russland war er, oder war es Polen? Keine Ahnung, aber, immer, wenn es etwas zu berichten gab, schwang er sich auf sein Pferd und ritt los. Er ist heile und gesund zurückgekommen. Konnte dann noch sein Missfallen darüber kundtun, dass auch sein zweites Kind »nur eine Pissnelke« war, bevor er 1922 an einem Hirntumor verstarb. Fragt mich nichts, ich weiß nichts Näheres. Ich fand den einfach immer nur total doof, weil er so derart abfällig auf die Geburt meiner Mutter reagiert hat. Ach ja, ein großes Foto von ihm hing im Keller über einem alten, schwarzen Buffet. Darauf hatte er eine Uniform an und trug einen gewaltigen Bart. Marke: Kaiser-Wilhelm-Schnodderbremse.«

Granny hat kein bisschen Farbe mehr im Gesicht und mir wird klar, dass sie ja alle diese Ereignisse, die für uns schon lange Geschichte sind, noch vor sich hat. Sie wird den Krieg erleben, vielleicht den frühen Tod ihres Sohnes. Das ist einfach makaber und ich weiß nicht, was ich sagen soll, um sie zu trösten.

»Also dann«, unterbreche ich daher die Schweigeminute, »wollen wir anfangen?«

AUS OTTOS TAGEBUCH

Mitten in der Nacht, ich war gerade erst zu Bett gegangen, nachdem ich Fritz verabschiedet hatte, wurde laut und fordernd gegen die Haustür geklopft. Ich hörte Hermine die Treppe hinunterhasten und kurz darauf ihr Rufen nach mir. Ich sprang auf, suchte mit den Füßen nach meinen Pantoffeln und zog in aller Eile meinen Morgenmantel über.

Von der Treppe aus erkannte ich einen Pedell, der schon des Öfteren Nachrichten überbracht hatte. Der Mann war völlig aufgelöst und außer Atem. Als er mich sah, stammelte er: »Exzellenz, bitte untertänigst um Verzeihung, aber seine Durchlaucht, unser hochverehrter Herr und Fürst liegt auf den Tod darnieder und möchte Eure Exzellenz sehen.«

Ich hielt mich nicht mit langen Nachfragen auf, drehte auf dem Absatz um und lief zurück in mein Schlafzimmer. Ich weiß nicht mehr, was ich überhaupt angezogen habe, vermutlich passte ein Teil nicht zum anderen, aber das erschien mir jetzt nicht von Bedeutung zu sein. In wenigen Minuten war ich wieder unten in der Halle und verließ, zusammen mit dem Diener, im Eilschritt das Haus. Die wenigen Minuten bis zum Schloss betete ich stumm, meinen Fürsten noch lebend anzutreffen. Ich konnte mir keinen Reim darauf machen, woran er so plötzlich und ohne jede Vorwarnung erkrankt sein mochte.

Ich wurde natürlich erwartet und der persönliche Kammerdiener seiner Durchlaucht lief mir eilig voran. Fürst Woldemar lag zu Bett, den Kopf durch mehrere Kissen erhöht. Er hatte die Augen geschlossen und ich konnte sein mühsames Atmen schon an der Tür vernehmen. Er war bleich wie der Tod, der offensichtlich bereits auf der Bettkante saß.

Ihre Durchlaucht, Fürstin Sophie, weinte leise in ihr Taschentuch, der Arzt beugte sich über den Sterbenden und schien auf seinen Atem zu lauschen. Bei meinem Eintritt schauten beide auf und die Fürstin ergriff das Wort: »Wie gut, dass Ihr so schnell kommen konntet. Tretet näher, bitte.«

Ich ging zum Bett des Fürsten und an seine linke Seite. Er schien mein Kommen bemerkt zu haben, drehte den

Kopf mir zu und bewegte die Lippen. Ich verstand ihn nicht und beugte meinen Kopf so weit, dass ich die leise geflüsterten Worte hören konnte: »Nicht vergessen ... Alexander ... Schaumburg-Lippe, Testament ... nicht vergessen.«

»Natürlich, mein Fürst, nein, ich vergesse es sicher nicht, ich verspreche es Euch. Sorgt Euch nicht. Schlaft, Ihr müsst Euch ausruhen, dürft Euch jetzt nicht anstrengen.«

Ich verbeugte mich tief und verließ langsam rückwärts den Raum.

Viele Menschen standen mittlerweile auf den Fluren und in den Räumen. Ich wollte niemanden sehen, war ich doch viel zu aufgewühlt und bewegt. Ich ging in mein eigenes Zimmer und ließ mich hinter meinem Schreibtisch nieder. Einer meiner Sekretäre erschien unaufgefordert mit einem großen Cognac und einer Zigarre. Beides war mir nie willkommener gewesen, und ich stürzte das Getränk – entgegen meiner sonstigen Gewohnheit – in einem Zug hinunter. Einen zweiten lehnte ich aber ab, ich würde die nächste Zeit einen sehr klaren Kopf benötigen.

Die Nachricht vom Tode seiner Durchlaucht ließ nicht lange auf sich warten. Ich nickte nur, ich hatte es erwartet.

Ich ließ müde den Kopf hängen und schloss für einen letzten, friedlichen Moment die Augen, bevor ich meine Mitarbeiter, die längst vollständig versammelt waren, hereinbat.

Ich teilte ihnen in knappen Worten mit, dass unser Regent verschieden war, und berief sie zu einer außerordentlichen Sitzung für den bereits angebrochenen Morgen, 11 Uhr, ein. Ich musste den letzten Willen meines toten Regenten erfüllen, und zwar so schnell wie irgendwie möglich.

Danach begab ich mich, tief in trübe Gedanken versunken, auf meinen Heimweg. Ich verspürte Übelkeit und Schwindel. Zusätzlich pochende Kopfschmerzen führte ich auf den hastig getrunkenen Alkohol zurück. Da ich außerdem Durst hatte, ging ich, nachdem ich mein Heim erreicht hatte, in die Küche, um ein großes Glas Milch zu trinken. Danach legte ich mich angekleidet auf mein Bett und schlief sofort ein.

Nur wenig später wurde ich von heftigsten Krämpfen in meinem Leib wieder geweckt und erreichte gerade noch mein Nachtgeschirr. Mein Mund war völlig ausgetrocknet und mich quälte ein schier unstillbarer Durst. Ich schleppte mich zur Tür und rief nach Hugo, der zum Glück gerade eben durch die Haustür eintrat. Er brachte mir einen großen Krug mit frischem Wasser, den ich, fast ohne abzusetzen oder ein Glas zu benutzen, leer trank. Das Wasser hatte wohl den Magen noch nicht erreicht, als es schon wieder hochkam und ich mich auf meinen Teppich erbrach. Hugo starrte mich auf das Äußerste erschrocken an und bei seinem Anblick dämmerte mir die Wahrheit. Zögerlich noch, aber es sprach einfach zu vieles dafür. Ich war vergiftet worden, Opfer eines feigen Anschlages. Hugo hatte mich gewarnt. Doch was war mit Fürst Woldemar? War er auch …? Nein, undenkbar, sein Leibarzt hatte »Herzversagen« diagnostiziert und das passte auch zu den Symptomen. Aber wieso dann ich? Ich lag auf meinem Bett und wand mich in Krämpfen, doch mein Kopf arbeitete klar. Das Testament! Wer, außer mir, hatte Kenntnis davon? Die Fürstin? Nein, ich glaubte nicht, dass sie in diese Dinge eingeweiht war. Sekretäre? Kammerdiener? Der Hofmarschall? Ich wusste es nicht und daher konnte ich auch nicht sagen, von wo die Gefahr drohte, wo der Feind saß. Wenn es nicht ohnehin schon zu spät war. Wer hatte mir gestern den Cognac gebracht? Ich erinnerte mich nicht, wahrscheinlich hatte ich in meinem Schock nicht einmal hochgeschaut.

Ich schlief trotz meiner Schmerzen noch einmal ein und als ich erwachte, fühlte ich mich ein bisschen wohler. Ich kleidete mich neu ein und schickte dann nach Luise und dem kleinen Heinz. Sie kamen umgehend, sehr erstaunt darüber, dass sie zu dieser frühen Stunde zu mir gerufen wurden.

Luise erschrak bei meinem Anblick heftig, aber ich beruhigte sie, dass es mir bereits wieder besser gehe. Ich erzählte ihr vom Tod unseres Regenten und dass ich wohl in der nächsten Zeit sehr wenig Zeit für sie haben würde. Ich bat sie daher, doch mit Hermine eine Weile in Bad Salzuflen zu verbringen. Hugo könne sie zum Bahnhof fahren, sobald sie die notwendigen Dinge gepackt hätten. Sie weigerte sich rundheraus und ließ mich wissen, nur mit Gewalt würde sie mich jetzt verlassen. Ich war zu erschöpft, um mit ihr zu streiten, außerdem hatten die heftigen Kopfschmerzen erneut eingesetzt. Ich verabschiedete mich mit einem Kuss auf die Stirn von Luise und strich meinem Sohn über den Kopf. Dann ließ ich mich von Hugo zum Schloss fahren, selbst dieser kurze Weg erschien mir heute viel zu weit zu sein.

Ich beauftragte Hugo damit, sich vorsichtig umzuhören, ob es Gerüchte irgendwelcher Art gäbe, und mir alsbald zu berichten. Gegen alle meine Gewohnheiten ging ich zuerst in mein Zimmer, öffnete eine Tür in meinem Schreibtisch und entnahm ihr eine Flasche Steinhäger. Es war noch keine 10 Uhr und trotzdem hatte ich das Bedürfnis, etwas zu trinken, bevor ich mich in die Sitzung begab. Ich hoffte, auf diese Art der immer noch vorhandenen Übelkeit Herr werden zu können. Ich nahm aber nur einen vorsichtigen, kleinen Schluck, direkt aus der Flasche. Das scharfe Getränk tat meinem Magen auch tatsächlich gut, es wärmte mich auf der Stelle. Wie verwirrt und vielleicht krank ich aber doch war, stellte ich fest, als ich bereits meinen Platz im Sitzungssaal eingenommen hatte: Ich hatte vergessen, das Dekret aus seinem Geheimversteck in meinem Schreibtisch zu nehmen. Da ich aber ohnehin schon der Letzte war, der eintraf, verkündete ich erst noch einmal die Nachricht vom Tode des Fürsten und betraute meine Männer mit unterschiedlichen Aufgaben. Dann erhob ich mich, um das wichtige Dokument zu holen, als sich die Welt um mich herum zu drehen begann. Mein Kopf drohte zu zerspringen und meine Zunge erschien mir dick und schwer in meinem Mund zu liegen. Ich griff nach dem Wasserglas, stieß es aber um, ich hörte Stimmen, die mich etwas fragten, aber ich verstand ihren Sinn nicht.

Irgendwann fasste jemand nach meinem Arm und führte mich aus dem Raum. Ich erkannte Hugo, der mich so fest hielt, dass ich stehen und gehen konnte. Ohne ihn wäre ich wohl zu Boden gestürzt.

»Exzellenz«, rief er angstvoll, »Exzellenz, kommen Sie, Sie müssen hier weg. Sie brauchen dringend einen Arzt, kommen Sie, so kommen Sie doch.«

Ich muss dann bewusstlos gewesen sein, denn ich kam erst wieder zu mir, als Dr. Pohlmann auf meinem Bauch *herumdrückte. Er schaute mich an, zog meine Augen nach oben und nach unten, hieß mich den Mund zu öffnen und die Zunge herausstrecken und dergleichen Dinge mehr. Er fragte nach meiner Verdauung und sonstiger Befindlichkeit. Ich erzählte wahrheitsgemäß, was ich befürchtete. Er sagte nichts dazu, schrieb etwas auf und schickte Hermine damit in die Apotheke.*

Viel später kam Hugo, der mir auf Geheiß der Köchin eine Hühnerbrühe brachte. Ihr Allheilmittel für sämtliche Unpässlichkeiten des Lebens. Ich wies ihn an, sich einen Stuhl an mein Bett zu ziehen, damit wir reden konnten, ohne Gefahr zu laufen, belauscht zu werden.

»Exzellenz, ich weiß nicht genau, ob alles stimmt, was ich gehört habe, aber ich glaube, das meiste schon.

Ihr kennt Oberregierungsrat Reichelt und seinen Cousin?

Er heißt Werner, Werner Köhler. Nun, dieser Werner hat im Letzten Heller *damit geprahlt, dass es Euch an den Kragen gegangen ist, und dass man dafür gesorgt hätte, dass dieser Kretin, Verzeihung Exzellenz, also dass Alexander nicht die Nachfolge des Fürsten antreten wird. Er habe gelacht und gesagt, das sei dann wohl Euer letzter Cognac gewesen. Ob sein Cousin auch zu diesen hinterhältigen Verbrechern gehört oder ob er allein schuldig ist, das konnte ich bisher nicht herausfinden.«*

Ich nickte und dankte Hugo mit schwacher Stimme, dann schickte ich ihn mit einer Eilnachricht zu Fritz.

Der kam binnen einer halben Stunde und erschrak heftig, als er meiner ansichtig wurde. Ich unterbrach mit einer Handbewegung alle seine besorgten Worte und zeigte auf den freien Stuhl an meinem Bett.

»Fritz, mein Freund, ich brauche dich jetzt, wie ich dich noch nie vorher gebraucht habe. Es scheint so zu sein, dass ich einem hinterhältigen Giftanschlag zum Opfer gefallen bin. Es geht um ein geheimes Testament zugunsten der zu Schaumburg-Lippes, von dem kaum eine Handvoll Männer weiß. Der Fürst ist tot und nun will man verhindern, dass eben dieses Dekret an die Öffentlichkeit gelangt. Es befindet sich – gut versteckt – in meinem Schreibtisch. Du musst dafür sorgen, dass es die richtigen Männer lesen, bevor es in falsche Hände gerät. Ich bin sicher, man sucht bereits fieberhaft danach. Nur aus diesem Grund hat man mich aus dem Weg räumen wollen. Ob ihnen das endgültig gelungen ist, vermag ich noch nicht zu sagen, aber das ist jetzt egal. Du musst handeln, sofort! Wende dich an Dr. Wendland und sage ihm, es ginge um die Akte A. Er weiß Bescheid. Dann geh mit ihm zusammen an meinen Schreibtisch, öffne die rechte Tür. Wenn du das Holz, auf dem normal eine Schublade ist, nach unten drückst, klappt eine flache Holzscheibe auf. Darauf liegt die Akte. Nehmt sie und lest sie am besten allen, die gerade dort sind, laut vor. So viele Menschen wie möglich sollen wissen, was Fürst Woldemars letzter Wille war. Danach wird es unmöglich sein, dieses Dekret zu vernichten. Bitte, Fritz, eile dich und komm schnell wieder zurück. Warte, bringe auf alle Fälle die Flasche aus dem Schreibtisch mit, sie könnte ein wichtiges Beweisstück sein. Dann bitte Dr. Bennecke und einen Schreiber her, wir müssen ein Testament aufsetzen. Nein, keine Widerrede, dazu ist keine Zeit, geh!«

Mein langes Reden hatte mich sehr erschöpft, aber trotzdem war mir jetzt leichter ums Herz. Wenn nicht etwas gänzlich Unvorhergesehenes passieren würde, war der Anschlag auf mich umsonst gewesen. Die Gerechtigkeit würde siegen, auch wenn ich das vielleicht nicht miterleben würde.

Nachdem ich mich ein bisschen erholt hatte, rief ich nach der Köchin und bat sie, die inzwischen kalte Suppe noch einmal zu erwärmen und mir das Büchlein aus meinem Sekretär zu reichen. Für Feder und Tinte war ich heute nicht kräftig genug, aber auch mit einem Bleistift kann man schließlich schreiben. So verbrachte ich die Zeit bis zur Rückkehr von Fritz und Dr. Bennecke damit, die Ereignisse zu notieren, wie sie mir in Erinnerung waren.

Kurz nach dem Erscheinen der drei Herren kam Hugo mit der Medizin und verabreichte mir einen Löffel von dem ausgesprochen bitter schmeckenden Mittel.

Auch Else erschien noch mit meiner Suppe, von der ich aber nur wenige Löffel essen konnte, bevor mir wieder übel wurde. Immerhin ließen die schrecklichen Kopfschmerzen etwas nach.

Fritz nickte mir bestätigend zu und machte eine beruhigende Handbewegung.

Ich begann also damit, Dr. Bennecke ein Testament zu diktieren, das der Schreiber eifrig festhielt. Verwandte hatte ich keine, lediglich zwei junge Patenkinder, die ich bedachte. Außerdem die Köchin, das Dienstmädchen, meinen treuen Hausdiener Hugo und noch einige mir nahestehende Menschen. Schließlich gab ich an, dass meiner Aufwärterin Luise 1.500 Mark auszuzahlen seien und weitere 10.000 Mark dem Fräulein Deppe. Auf den erstaunten Blick des Anwaltes erklärte ich unmissverständlich, dass gerade diese beiden Punkte auf das Genau-

este so auszuführen seien wie von mir verfügt. Ich war erschöpft, meine Eingeweidekrämpfe nahmen wieder an Heftigkeit zu, ebenso die Kopfschmerzen. Daher bat ich Dr. Bennecke, mir das Testament zur Unterschrift zu reichen.

Fritz bat ich mit einer Handbewegung, noch zu bleiben.

»Du solltest dich jetzt ausruhen, du siehst einfach furchtbar aus«, sagte er, kaum das Dr. Bennecke samt Sekretär den Raum verlassen hatte.

»Später«, winkte ich ab, »erzähl mir, wie es verlaufen ist.«

»Es ist alles gut gegangen, niemand hat uns auf dem Weg zu deinem Schreibtisch aufgehalten und die Akte lag noch da, wo sie liegen sollte. Eine Flasche gab es allerdings in deinem Schreibtisch nirgendwo, auch nicht im übrigen Büro. Wir sind dann losmarschiert und haben überall laut verlesen, was Fürst Woldemar für den Fall seines Todes angeordnet hat. Es gab zwar ein Raunen und Wispern, aber niemand ist uns in irgendeiner Weise entgegengetreten.

Dr. Wendland wird nun dafür sorgen, dass umgehend ein Kurier zu Adolf zu Schaumburg-Lippe gesandt wird, auch eine größere Zeitung hat es erfahren. Es ist nicht mehr aufzuhalten, der letzte Wunsch des Fürsten wird sich erfüllen. Das haben wir geschafft, aber ein Beweismittel dafür, dass du vergiftet worden bist, haben wir nicht. Das hat der Täter wohl in der Zwischenzeit entsorgt.«

»Ich danke dir, mein Freund, das hast du trotzdem wundervoll gemacht. Und wenn du dich vorhin gewun-

dert haben solltest, warum ich deiner Tochter ein Vermögen vererbt habe …«

»Darüber haben wir ja schon vor einer Weile gesprochen. Ich weiß doch, dass das für Luise und den Kleinen ist. Es sähe ja wirklich mehr als seltsam aus, würdest du deiner Aufwärterin eine solche Summe vermachen. Ich werde es ordentlich anlegen und verwalten. Und, mein Freund, nur damit das mal gesagt worden ist, sollte dir, was ich weder glaube noch wünsche, wirklich etwas zustoßen, dann verspreche ich dir in die Hand, mich um Luise und den Jungen zu kümmern. Es soll ihnen an nichts fehlen.«

Zu meinem eigenen Entsetzen stellte ich fest, dass mir die Tränen über die Wangen liefen. Ich war tief gerührt, aber ich war auch offensichtlich ernsthaft krank. Bevor ich endgültig einschlief, zeigte ich auf das Tagebuch, das noch auf dem Bett lag.

»Fritz, jetzt lache nicht über mich, aber das ist mein Tagebuch. Sollte mir etwas zustoßen, dann nimm es an dich und tu damit, was du für richtig hältst. Vielleicht gibst du es später einmal meinem Minchen oder meinem Jungen. Ich danke dir, mein Freund, ich danke dir für alles.«

Ich schaffe es nicht mehr, weiter aufzuschreiben, was ich noch zu sagen hätte, ich bin unendlich müde. Ich rufe nach Hugo und bitte ihn, das Büchlein in die Schreibtischschublade zu legen.

»Du meine Zeit, der arme Mann. Hört sich leider ganz danach an, als würde er nicht überleben. Der Fürst ist tot und er stirbt dann am nächsten Tag? Hatten die keine Angst, dass das mal jemandem auffallen würde?«

»Das kann nicht sein, Mam. Der Fürst ist am 20.3.1895

gestorben und Otto am 11. April 1895, also gute drei Wochen später. Irgendwas stimmt hier nicht. Granny? Wie war das? Weißt du es?«

»Otto war krank, sehr krank. Fast eine ganze Woche lang erbrach er sich immer wieder und litt unter Krämpfen und Diarrhoe. Er behielt einfach nichts bei sich und Dr. Pohlmann kam täglich ins Haus, verschrieb immer neue Medizin, die nichts half.«

»Och, da hat sich bis heute nicht viel geändert«, werfe ich ein.

»Ich blieb Tag und Nacht bei ihm, mir war es gleichgültig, wer es sah, und Otto war kaum bei Bewusstsein. Hermine hatte ich gebeten, für eine Weile mit Heinz in unser Haus in der Bruchmauer Straße zu ziehen, weil ich keine Minute Zeit hatte, mich um das Kind zu kümmern. Ich war vollkommen mit Otto beschäftigt. Ja, es war schlimm, er magerte ab und hatte keine Kraft mehr, aber nach einer Woche schien es ihm langsam besser zu gehen. Er konnte etwas Suppe zu sich nehmen und auch einen Haferschleim behielt er bei sich.«

»Na, den hätte ich freiwillig wieder von mir gegeben«, schaudere ich und schüttele mit dem Kopf. »War das eure Aufbaukost zum Überleben?«

»Natürlich, sein Magen musste doch geschont werden, feste Nahrung konnte er noch nicht vertragen. Else kochte ihm Fleischbrühen und Haferschleim, dann Kartoffelbrei mit einem winzigen Stich Butter. So ging es langsam nach und nach aufwärts mit meinem Otto, er bekam wieder Farbe und sein Appetit kehrte zurück. Das ganze Haus atmete auf.

Ich weiß nicht, wie oft Fritz und ich auf ihn eingeredet haben, zur Polizei zu gehen, um diesen hinterhältigen Giftanschlag anzuzeigen, aber Otto weigerte sich. Da man nicht wisse, wer alles daran beteiligt gewesen sei, wolle er nicht riskieren, erneut zur Zielscheibe zu werden. Er wollte zuerst mit Fürst Adolf über seinen Verdacht sprechen, bevor er weitere Maßnahmen ergriff.

Nach etwa zwei Wochen ging er dann das erste Mal wieder ins Schloss. Ja, ich weiß es genau, es war der 5. April, ein Freitag. Ich habe ihn angefleht, sich doch noch ein paar Tage länger auszuruhen, sich noch zu schonen, aber er war nicht aufzuhalten. Es sei so viel liegen geblieben und was es denn für einen Eindruck mache, wenn der erste Minister im Staate, der Kanzleiminister nicht für den neuen Regenten verfügbar sei. Ich musste ihn also wohl oder übel gehen lassen.

Nun, er bekam ihn gar nicht zu sehen, weil er nicht anwesend war, der neue Regent. Die Stimmung im Schloss sei merkwürdig gewesen, hat er mir abends erzählt. Jeder schiene jeden zu belauern und jeder jedem zu misstrauen. Ihm selbst sei es auch so gegangen, er habe weder etwas getrunken noch gegessen. Seltsamerweise habe er auch den Kanzleisekretär Köhler nicht zu Gesicht bekommen, ebenso wenig den Oberregierungsrat Reichelt. Erkundigungen nach den beiden hätten nichts ergeben, sehr merkwürdig. Er habe sich aber schon einmal die Akten der beiden Männer kommen lassen, um sie zu studieren. Dann könne er sich in der kommenden Woche näher mit diesen Subjekten befassen. Er habe da schon einen Wachtmeister im Auge, der für diese Aufgabe bestens geeignet erschien. Dazu ist es dann nicht mehr gekommen.

Am Montag verließ er morgens das Haus wie gewohnt und machte einen gesunden und kräftigen Eindruck, lediglich ein leichter Husten machte ihm neuerdings zu schaffen. Er hatte zum Frühstück bei Else Rühreier bestellt und eine große Tasse Milch dazu getrunken. Gegen Mittag kamen auch Hermine und Heinz zurück, die ich fast zwei Wochen nicht gesehen hatte.

Otto kam abends sehr spät heim, sodass ich bereits im Bett lag. Ich hörte ihn husten, stand auf und wollte zu ihm gehen, da begegnete mir auf der Treppe Hermine mit Hustenmedizin. Sie lächelte mich an und sagte, ich solle lieber wieder ins Bett gehen, Otto brauche nur seinen Saft und dann seine Ruhe.« Am nächsten Morgen konnte er nicht mehr aufstehen, und man holte sofort erneut Dr. Pohlmann.

Otto hatte kein Fieber, aber starken Husten und Schmerzen beim Atmen. Dazu traten immer wieder Krämpfe in seinen Beinen auf. Ich machte mir große Sorgen, aber Hermine beruhigte mich und versicherte mir, alles würde sich zum Guten wenden.

Dem war ganz und gar nicht so! Sein Zustand verschlechterte sich dramatisch, obwohl Dr. Pohlmann ihm Medizin in großen Mengen verabreichte.

Es wurde immer schlimmer, man hörte Tag und Nacht sein Husten im Haus und ich litt mit ihm.

Natürlich wusste ich, dass er schwer krank war, aber ich wusste nicht, dass der Tod auf ihn wartete. Ich war wie vor den Kopf geschlagen, als Hugo am frühen Morgen des 11. April leichenblass aus Ottos Zimmer kam, Tränen in den Augen. Ich lief zu ihm hin und sah ihn fragend an. Daraufhin nickte er und sagte: »Seine Exzellenz ist gerade eben verschieden.«

Ich starrte ihn an und begriff den Sinn seiner Worte nicht. Erst als ich Hermine aufschreien hörte, ging mir auf, was er gesagt hatte: Mein Otto, mein Minister, mein Geliebter war tot! Ich wollte in sein Zimmer stürmen, wurde aber von Hugo daran gehindert.

Er sagte mir, der Arzt sei noch da und den dürfe man jetzt nicht stören. Wenn seine Exzellenz abgeholt worden sei, könne ich den Raum lüften und säubern.

Ich muss ihn angestarrt haben wie ein Gespenst, aber dann fiel mir ein, dass ich für Hugo ja nicht den geliebten Mann verloren hatte, sondern nur meinen Dienstherrn.

Ich glaube, das war mit das Schlimmste für mich. Ich durfte ihn nicht ein einziges Mal mehr sehen. Nicht mehr Abschied nehmen, ihn nicht ein letztes Mal küssen. Hugo hielt mich noch immer am Arm fest und schaute mich sehr merkwürdig an. Er war mein Bruder, vielleicht spürte er einfach, was in mir vorging? Er erzählte uns, dass seine Exzellenz keinen leichten Tod gestorben sei. Bis auf die letzten zwei Stunden, da sei er nicht mehr bei sich gewesen. Bis dahin habe er aber sehr leiden müssen. In Fieberfantasien habe er abwechselnd nach einem »Minchen«, einem Fritz und seiner Mutter gerufen.

Mein Otto war gestorben, hatte nach mir gerufen und niemand hatte mich zu ihm gelassen. Wie konnte man ihm und mir das nur antun? Wie konnte man meinen geliebten Mann so einsam sterben lassen!«

Ich wische mir heimlich eine Träne aus dem Augenwinkel und Mam sieht mich fragend an. Als ich ihr kurz berichte, schaut auch sie betreten auf ihre Füße. Schon seltsam, dass einen der Tod eines Menschen auch nach 120 Jahren noch berühren kann.

»Ach, Granny, ich würde dich so gern in den Arm nehmen, warum geht das bloß nicht? Ich kann es wirklich kaum fassen, was man da mit euch beiden getrieben hat. Sag mal, hat dein Bruder vielleicht doch etwas geahnt?«

»Geahnt vielleicht, gesagt hat er nie etwas zu mir. Er hat meinen Otto verehrt und war von seinem Tod tief getroffen. Natürlich, als ich dann später laut ausgesprochen habe, dass man ihn vergiftet hat, da wird er sich schon sein Teil gedacht haben. Aber, wie gesagt, er hat mit mir nie darüber gesprochen.«

LUISE

Hermine war natürlich fast ebenso erschüttert wie ich. Sie weinte heftig und wollte sich gar nicht wieder beruhigen. Dabei hatte ich die letzten Jahre doch eher den Eindruck, sie sei nicht mehr gut auf Otto zu sprechen gewesen, da hatte ich mich wohl getäuscht. Wir weinten also zusammen um diesen wunderbaren Mann und als man ihn schließlich aus dem Haus abholte, brach ich völlig zusammen. Die Köchin, das Dienstmädchen, Hermine und Hugo, alle waren traurig, beunruhigt und ratlos, schließlich wusste keiner, wie es nun mit ihnen weitergehen würde. Aber nur ich hatte meine Seele verloren, mein Glück, den Inhalt meines Lebens. Auch Heinz war traurig, auch wenn er natürlich nicht wirklich verstand, wen er gerade verloren hatte. Vielleicht wurde er auch nur von der allgemeinen Trauer im Haus angesteckt. Else hatte sofort alle Spiegel verhängt, wie es üblich ist. Ich lag zusammengekrümmt auf meinem Bett, als Fritz hereinkam.

Das war äußerst ungewöhnlich, er war ein Herr und ich ein Dienstmädchen, zumindest für die Menschen in diesem Haus. Er kam trotzdem, setzte sich auf die Bettkante und ließ mich an seiner Brust weinen. Ich weinte, bis sein Hemd ganz durchnässt war. Er strich mir nur über das Haar und sagte nichts, bis ich schließlich den Kopf hob.

»Es tut mir so unendlich leid, Luise. Ich weiß, was er dir bedeutet hat und du ihm. Glaube mir, wäre ich anwesend gewesen, ich hätte mich den Teufel um etwas geschert, dann hättest du an seinem Bett gesessen und seine Hand gehalten.

Wäre der Fürst nicht gestorben und Otto nicht krank geworden, dann wäret ihr schließlich längst Mann und Frau gewesen.«

Ich blickte sehr erstaunt zu ihm auf und glaubte, mich verhört zu haben.

»Wie meinst du das? Mann und Frau? Hermine hat mir erzählt, er wolle Emilie heiraten, damit der Fürst zufriedengestellt wird?«

»Bitte? Nein, das wollte er gerade nicht. Ich weiß, ich selber habe ihm das vorgeschlagen, aber das sollte doch nur zum Schein sein. Es gab da ein paar sehr hässliche Gerüchte, die Otto sehr geschadet hätten, darum. Aber er wollte ja ohnehin nichts davon hören und hat gesagt, es wäre jetzt endlich an der Zeit, dich zu heiraten, er hätte das lange

genug hinausgezögert. ›Morgen, wenn der Pfarrer Zeit hat‹, waren seine Worte, daran erinnere ich mich genau. Ich weiß nicht, wieso dir Hermine etwas anderes erzählt hat, sie hat doch selber gehört, was Otto gesagt hat.«

»Sie hat das gehört? Dass er mich heiraten wollte? Ganz sicher?«

»Nun ja, schon, aber, warte mal, wie war das genau? Otto hat ein Geräusch an der Tür gehört und als er sie geöffnet hat, gerade noch die Röcke von Hermine verschwinden sehen. Er hat dann gelacht und gesagt: Na, da hat sie doch mal eine schöne Neuigkeit für Luise oder so ähnlich.«

»Wann war das, Fritz?«

»Am Abend, bevor Fürst Woldemar verstarb. Wie gesagt, wäre nicht der Tod dazwischengekommen, hätte Otto am nächsten Morgen den Pfarrer rufen lassen.«

»Ja, ich erinnere mich. Hermine kam außer Atem in mein Zimmer und erzählte, sie habe gehört, dass mein Otto Emilie heiraten würde. Ich habe sie ausgelacht und sie war darüber sehr empört. Jetzt verstehe ich, warum sie so tieftraurig ist, sie hat ihm bitter unrecht … aber, Moment, sie kann es doch gar nicht wissen, oder hast du mit ihr darüber gesprochen?«

»Ich? Nein, habe ich nicht. Ich habe ja auch nicht gewusst, dass sie dir etwas anderes erzählt hat, als Otto tatsächlich sagte.«

»Oh, wie verworren ist das alles! Mein Bruder ist fest davon überzeugt, dass jemand meinem Otto Gift verabreichte, am Abend, als Fürst Woldemar verschied. Er war ja auch wirklich sehr krank, erholte sich aber doch wieder. Und nun ist er tot! Ich verstehe das alles nicht.«

Ich begann wieder heftig zu weinen und Fritz tröstete mich.

Die nächsten Tage liegen für mich immer noch wie unter einem Schleier.

Die Zeitung brachte eine Sonderausgabe, überall hörte man die Rufe: »Der Kabinettsminister ist tot, Kabinettsminister folgt dem Fürsten nach!«

Hermine, Heinz und ich zogen wieder in unser altes Haus in der Bruchmauer Straße. Es war auf Fritz übertragen worden, lange bevor etwas von den Ereignissen der letzten Wochen passiert war. Otto hatte wie immer vorausschauend gehandelt.

Ich war stumm und starr vor Schmerz und Trauer, konnte nicht begreifen, dass ich meinen Otto niemals wiedersehen würde. Danach kamen Wut und der Mut der Verzweiflung. Ich lief zum Schloss und schrie meine Anklagen gegen die Mauern.

»Ja, den Rest kennt ihr schon. Irgendwann saß ich in deinem Sessel. Du kannst mir glauben, das war auch für mich eine ziemliche Überraschung.«

»Überraschung? Na, du kannst ja vielleicht untertreiben. Ich bin fast vor Angst gestorben, habe dich für eine gemeingefährliche Psychopathin gehalten und dir nur zugehört, um dich nicht weiter aufzuregen«, grinse ich und zwinkere Granny zu.

»Okay«, Mam greift nach dem Tagebuch, »bringen wir es hinter uns, viel ist es ja nicht mehr. Was ist das denn? Das ist aber nicht Ottos Schrift!«

Mein Name ist Fritz Deppe und mein Freund Otto von Wolffgramm ist tot. Schon seit über einem Monat begraben. Luise sitzt im Frauengefängnis ein, der kleine Heinz hat keinen Vater mehr und Hermine? Hermine ist ebenfalls tot. Vielleicht ist das auch besser so, denn sie war eine Giftmischerin. Eine gemeine Mörderin, die einen unschuldigen, guten Mann umgebracht hat.

Macht es eine Tat besser, wenn sie sozusagen auf einem Irrtum beruht? Aus Versehen geschieht? Ich glaube nicht, denn die Auswirkungen sind ja die gleichen.

Es wäre wohl nie ans Licht des Tages gekommen, hätte ich Hermine nicht wegen der Testamentseröffnung aufsuchen müssen. Da habe ich wohl, noch ganz ergriffen von der Tragik der Ereignisse, einen Satz gesagt, der Hermine zu Tode erschreckt hat. Ich erwähnte die ersehnte Hochzeit Ottos mit Luise, die durch den Tod des Fürsten verhindert wurde. Sie erbleichte und beschwor mich, das noch einmal zu wiederholen. Ich tat ihr den Gefallen und versicherte unaufgefordert, dass es sich tatsächlich so verhielt: Otto hätte Luise an einem der nächsten Tag geheiratet, ohne jeden Zweifel. Da brach sie zusammen und gestand mir unter lautem, verzweifelten Schluchzen, was sie getan hatte und warum. Ich konnte kaum glauben, was ich hörte. Sie war an dem Punkt von ihrem Lauscherposten verschwunden, als ich die Heirat mit Emilie erwähnte. Traf mich jetzt eine Mitschuld? Hätte ich diesen unseligen Vorschlag nicht gemacht, würde Otto dann vielleicht noch leben?

Vielleicht nicht? Ein Zweifel wird mir bleiben, solange ich lebe. Hermine hat, wie ich nach und nach erfuhr, Ottos Hustenmedizin mit Petroleum versetzt. Der ahnungslose

Dr. Pohlmann hatte ihm auf diese Weise täglich aufs Neue eine große Menge Gift eingeflößt. Es war aber noch einmal eine Besserung eingetreten, als sie mit dem kleinen Heinz das Haus verlassen hatte, um für eine Weile wieder in der Bruchmauer Straße zu wohnen. Otto behielt nur einen Husten zurück, den er sicherlich überlebt hätte, wäre die Giftmischerin nicht zurückgekehrt, um ihre abscheuliche Tat zu vollenden. Vermutlich verschluckte Otto sich bei der Einnahme der Medizin und musste heftig husten. Dadurch gelangte Petroleum in seine Lunge und verursachte so das schreckliche Ende. Das, was den unbekannten Attentätern nicht gelungen war, erreichte ausgerechnet Luises Vertraute und beste Freundin. Welch eine Ironie des Schicksals und welch eine Tragödie.

Nun, Otto ist tot, Hermine starb wenige Stunden nach ihrem schrecklichen Eingeständnis an einem Herzschlag, und Luise? Ja, Luise hat noch weitere vier Wochen im Frauengefängnis vor sich und weiß noch nichts von all dem, was ich erfahren habe. Wird es sie in ihrem Kummer trösten, wenn sie erfährt, wie sehr Otto sie geliebt hat? Wird sie verzweifeln an dem Wissen, dass er durch die Hand ihrer Vertrauten gestorben ist? Ich weiß es nicht! Es ist einfach sinnlos, eine große Liebe, unerfüllt und tragisch bis zum Schluss.

Getreu meinem Versprechen, das ich Otto gegeben habe, werde ich sie bitten, in mein Haus zu ziehen, in dem der kleine Heinz jetzt schon lebt. Es soll ihnen an nichts fehlen, und dem Knaben soll das Andenken an seinen Vater heilig sein.

Dieses Tagebuch, mein alter Freund, darf aber nicht in falsche Hände geraten. Dein Geheimnis soll gehütet bleiben, damit niemand üble Nachrede führen kann. Ich habe daher beschlossen, es deiner geliebten Luise zu überlassen. Sie wird es hüten wie ihren Augapfel und notfalls mit ihrem Leben verteidigen. Sei versichert, dass hier alles so geschehen wird, wie du es gewollt hättest. Ruhe in Frieden.

Immer Dein Freund Fritz Deppe
Im September 1895

Wir weinen nun zu dritt, sind tief ergriffen von diesem letzten Freundschaftsdienst eines anständigen Mannes. Granny hat die Faust in den Mund gesteckt, als müsse sie mit aller Gewalt Worte zurückhalten. Ich begreife mit Entsetzen, dass sie ja jetzt das erste Mal gehört hat, wer letztendlich ihren Otto umgebracht hat.

»Oh, Granny, wie schrecklich! Ausgerechnet Hermine, deine liebste und einzige Freundin über all die Jahre.«

Sie starrt vor sich hin und kann das Gehörte offensichtlich nicht fassen.

Ich wende mich an meine Mutter, die sich tatsächlich auch eine Träne aus den Augenwinkeln wischt.

»Schrecklich, oder? Aber ich hatte schon so eine Ahnung. Seit sie da an der Tür gelauscht hat, habe ich sie in Verdacht. Trotzdem, bei aller Liebe und ihren hehren Motiven, da hat noch etwas anderes mitgespielt. Ich glaube nicht, dass sie nur Granny vor einer Enttäuschung bewahren wollte. Vielleicht hat sie befürchtet, Otto würde sie auf die Straße setzen oder so was.«

»Hör auf!« Granny hat die Faust aus dem Mund genommen und ihre Augen sind wieder klar und blitzen kämpferisch: »›Die Rache ist mein; ich will vergelten, spricht der HERR.‹

Lass also Hermine in Frieden ruhen. Sie ist der irdischen Gerichtsbarkeit entzogen. Du hast auch sie nicht gekannt. Sie war eine durch und durch gütige Frau, die nur mein Bestes wollte. Als sie ihren Irrtum erkannt hat, ist sie vor Schmerz gestorben. Sie hat also für ihre Tat gebüßt und ich verzeihe ihr.«

»Eine durch und durch gütige Frau? So gütig, dass sie mal eben deinen heißgeliebten Otto auf eine besonders heimtückische, geradezu perfide Art um die Ecke gebracht hat? Mein Gott, wie kann man nur so edelmütig sein? Das ist ja zum Kotzen! Sie hat dein Leben ruiniert! Otto ermordet! Deinem Heinz die Eltern genommen! Den Arzt als Werkzeug missbraucht! Ist dir das alles klar? Ihr hättet noch ein langes, glückliches oder weniger glückliches Leben zusammen verbringen können, wäre sie nicht gewesen.«

Ich bin rechtschaffen empört, aber Granny lächelt weiterhin milde und schüttelt den Kopf.

»Ach Kind, du bist vielleicht noch zu jung, um das zu verstehen. Sie ist vor Kummer gestorben, was konnte sie mehr tun? Wem hilft es, wenn ich jetzt Rachepläne schmiede? Für Otto und für mich war es leider nicht vorgesehen, zusammen alt zu werden. Ich habe trotzdem nichts bereut, nicht einen einzigen Tag. Kannst du das von dir und deinen Männern auch sagen?«

»Also, jetzt werd aber mal nicht komisch, ja! Willst du mir vielleicht erzählen, deine heimliche, versteckte Beziehung zu Otto, von der niemand etwas wissen durfte, wäre die Erfüllung all deiner Träume gewesen?«

»Nein, das sage ich nicht. Aber, mein liebes Kind: ›Der Mensch denkt, Gott lenkt!‹ Ich würde alles noch einmal ganz genauso machen. Du auch?«

Jetzt sage ich mal besser nichts mehr, wer weiß, was ihr sonst noch einfällt. Die ist mir mit ihren Bibelweisheiten meilenweit überlegen. Zum Glück fragt Mam jetzt: »Wie geht das denn nun weiter hier? Das Tagebuch ist zu Ende, der beziehungsweise die Mörderin ist überführt, geständig und verstorben. Anzeigen können wir uns also sparen.«

Ich drehe mich zu Granny um, aber sie ist nicht mehr da. Auf dem Tisch liegt das Medaillon mit der Haarlocke von Otto.

»Ach, Mam, das darf jetzt aber nicht wahr sein! Sie ist weg! Hat sich wortlos einfach wieder vom Acker gemacht! Verschwindet, wie sie aufgetaucht ist, von jetzt auf gleich! Aber das geht doch einfach nicht! Sie muss sich doch wenigstens verabschieden, das ist doch wohl das Mindeste, was ich erwarten kann, oder?« Ich bin den Tränen nahe und will nicht glauben, dass sie gegangen ist, ohne ein einziges Wort des Abschieds. Da steht sie plötzlich wieder mitten im Raum.

»Verdammt, Granny, du bringst mich noch um. Ich habe doch wirklich gedacht, du wärst ohne ein einziges Wort einfach verschwunden.«

»Aber Kind, du bist immer gleich so ungeduldig. ›Ehe du etwas anfängst, so frage zuvor und ehe du etwas tust, so nimm Rat dazu‹, spricht der Herr.«

Granny und ihre Bibelzitate. Ich hätte nie gedacht, dass ich die einmal vermissen würde. Immerhin lächelt sie jetzt schon, wenn sie wieder eines zitiert.

»Ja, Kind, aber sosehr ich es auch bedaure, ich muss jetzt gehen. Ich habe meine Aufgabe erfüllt, ich weiß, wer meinen Otto getötet hat und warum. Als ein Geschenk ohnegleichen habe ich aus seiner Feder, wie aus seinem eigenen Munde erfahren, dass ich seine Liebe ebenso war, wie er die meine. Bis zum letzten Atemzug. Nun kann ich vielleicht etwas ruhiger weiterleben und meinem Sohn die Erinnerung an den Vater erhalten.

Du, meine liebe Sabrina, behalte mein Medaillon, und denk ab und zu an uns. An deine Granny und ihren Minister. Gib es zur gegebenen Zeit an deine Luise weiter und erzähl deinen Kindern unsere Geschichte, damit sie nicht vergessen wird. Nur wer vergessen ist, ist wirklich tot. Und du, meine Urenkelin, dir möchte ich das Tagebuch von Otto überlassen, heute und hier kann es ja kein Unheil anrichten. Halte es in Ehren.

Ach ja, eine letzte Bitte habe ich noch: Darf ich noch einmal das Bild von meinem Otto anschauen, das in dem internen Kasten?« Ich bin sprachlos und echt traurig über den bevorstehenden Abschied. Ich lege das Medaillon um meinen Hals, und grabe in meiner Reisetasche, bis ich gefunden habe, was ich suche und halte es Granny hin. »So, das ist für dich.« Granny entfernt sehr vorsichtig das Papier, faltet es noch ordentlich zusammen, bevor sie sich das Geschenk ansieht. Lange schaut sie darauf, ohne ein Wort zu sagen, aber ihr Gesicht verrät, wie überrascht und glücklich sie ist. Ottos Porträt, nun in einem schönen Rahmen und vergrößert. »Danke, Kind, ich danke dir von Herzen, ich hätte mir nichts Schöneres vorstellen können«, damit verstaut sie es vorsichtig in ihrem Täschchen.

»Ach, Granny, einen Moment noch. Wieso hast du eigentlich nie deine Brille mitgebracht?«

»Brille? Welche Brille … oh, ach so, ich verstehe. Ja Kind, wie soll ich dir das jetzt erklären? Eigentlich brauche ich keine Brille, meine Augen sind ausgezeichnet, ich hatte einfach nicht den Mut, dieses Tagebuch aufzuschlagen und zu lesen. Außerdem erschien es mir sicherer, wenn du es selber, sozusagen mit eigenen Augen sehen würdest. Ich konnte ja nicht wissen, dass du die Schrift nicht lesen kannst. Aber, gebt es ruhig zu, ihr hättet mir niemals geglaubt, wenn ich euch nur davon erzählt hätte, richtig?«

»Du bist eine Schwindlerin, meine liebe Granny, aber ich muss gestehen, auf deine Art war es wirkungsvoller. Also werden wir uns wohl mal großmütig zeigen und dir verzeihen.«

»Da bin ich sehr beruhigt«, sie lächelt amüsiert. »Dann seid jetzt nicht traurig, wenn ich gehen muss, denn irgendwie habe ich das Gefühl, dass es kein Abschied für lange ist, ich bin da nämlich einer ganz komischen Geschichte auf der Spur …«

Bevor ich noch den Mund aufmachen kann, um zu fragen, was sie denn damit meint, ist sie weg und ich vermisse sie im selben Moment.

»Die Geschichte glaubt uns keiner, besser, wir behalten sie für uns.«

Dass meine Mutter immer so realistisch sein muss. Ich gestehe aber, dass auch ich darüber nachdenke, wie ich mit dieser Story meine Weltkarriere starten soll.

Andererseits … nun, ich habe mich entschlossen, bei der Wahrheit zu bleiben! Schließlich steht schon in der

Bibel geschrieben: »Darum legt die Lüge ab und redet die Wahrheit, ein jeder mit seinem Nächsten, weil wir untereinander Glieder sind.«

Schau'n wir mal, ob ich damit bis zu George Clooney komme.

DANKSAGUNG

Um die Geschichte von »Minchen und ihrem Minister« aufzuschreiben, brauchte es viele hilfsbereite Menschen und eine lange Zeit der Recherche.

Bedanken möchte ich mich ganz herzlich bei Mathias Schafmeister, der mich mit seinem Buch »Detmold 1871–1914« überhaupt erst inspiriert hat, mich mit diesem Thema zu beschäftigen. Auch für mutmachende Emails sage ich danke.

Auch das von der Stadt Detmold herausgegebene Buch »Detmold um 1900« hat mir bei der Recherche sehr gute Dienste geleistet, ebenso wie das hervorragende Archiv mit seinen noch nicht gehobenen Schätzen.

Mein besonderer Dank gilt Frau Winkler von der Lippischen Landeszeitung, die ganz viele Seiten für mich kopiert hat und in ihren Archiven so manches Puzzleteilchen ausgegraben hat.

Danke auch denjenigen, die mir als »Vorlage« für Personen gedient haben, sie wissen, wer gemeint ist.

Zum guten Schluss möchte ich mich noch ganz besonders herzlich bei meiner Lektorin Claudia Senghaas dafür bedanken, dass sie an mir »technischem Totalausfall« nicht verzweifelt ist und mir sachlich und fachlich immer weitergeholfen hat.

Das Neueste aus der Gmeiner-Bibliothek

Unsere Lesermagazine

Bestellen Sie das kostenlose KrimiJournal in Ihrer Buchhandlung oder unter www.gmeiner-verlag.de

Informieren Sie sich …

www … auf unserer Homepage:
www.gmeiner-verlag.de

@ … über unseren Newsletter:
Melden Sie sich für unseren Newsletter an unter www.gmeiner-verlag.de/newsletter

f … werden Sie Fan auf Facebook:
www.facebook.com/gmeiner.verlag

Mitmachen und gewinnen!

Schicken Sie uns Ihre Meinung zu unseren Büchern per Mail an gewinnspiel@gmeiner-verlag.de und nehmen Sie automatisch an unserem Jahresgewinnspiel mit »mörderisch guten« Preisen teil!